U0541110

陕西师范大学中国语言文学"世界一流学科建设"成果

中国当代作家的情爱叙事

EROTIC NARRATIVE IN CONTEMPORARY CHINESE LITERARY WRITING

刘国欣　著

中国社会科学出版社

图书在版编目（CIP）数据

中国当代作家的情爱叙事 / 刘国欣著. --北京：中国社会科学出版社，2024.11
　ISBN 978-7-5203-7651-8

　Ⅰ.①中⋯　Ⅱ.①刘⋯　Ⅲ.①人物形象—小说研究—中国—当代　Ⅳ.①I207.42

中国版本图书馆CIP数据核字（2020）第257098号

出 版 人	赵剑英
责任编辑	张　潜
责任校对	贾森茸
责任印制	张雪娇

出　　版	中国社会科学出版社
社　　址	北京鼓楼西大街甲158号
邮　　编	100720
网　　址	http://www.csspw.cn
发 行 部	010-84083685
门 市 部	010-84029450
经　　销	新华书店及其他书店
印　　刷	北京明恒达印务有限公司
装　　订	廊坊市广阳区广增装订厂
版　　次	2024年11月第1版
印　　次	2024年11月第1次印刷
开　　本	710×1000　1/16
印　　张	17.25
插　　页	2
字　　数	255千字
定　　价	98.00元

凡购买中国社会科学出版社图书，如有质量问题请与本社营销中心联系调换
电话：010-84083683
版权所有　侵权必究

目 录

绪 论 ……………………………………………………………（1）

第一章 性工作者书写的社会背景 ……………………………（27）
  第一节 古代书写与近代书写 …………………………………（27）
  第二节 电影、雕塑、摄影及其他艺术影响 …………………（31）
  第三节 社会转型期的突变 ……………………………………（36）
  第四节 想象的他（她）者 ……………………………………（41）

第二章 性工作者文学形象塑造 ………………………………（51）
  第一节 男塑女色：男作家对女色塑造 ………………………（56）
  第二节 女塑女色：女作家对女色塑造 ………………………（88）
  第三节 男塑男色：男作家对男色塑造 ………………………（117）
  第四节 女塑男色：女作家对男色塑造 ………………………（133）
  结 论 …………………………………………………………（145）

第三章 性工作者题材的象喻与比较 …………………………（147）
  第一节 物象和人象隐喻 ………………………………………（147）
  第二节 病象隐喻 ………………………………………………（170）
  第三节 不同年代与不同性别之观照 …………………………（188）

第四章　作家作品个案分析 ……………………………………（201）
　　第一节　《在我的开始是我的结束》的欲望书写 …………（201）
　　第二节　《女人马音》的时空隐喻 …………………………（212）
　　第三节　《炸裂志》中的情欲磨难 …………………………（222）
　　第四节　《梦中人》之悖谬与激情 …………………………（232）
　　第五节　《飘窗》身份解读 …………………………………（242）

附录　主要文学文本 …………………………………………（253）

主要参考文献 …………………………………………………（259）

绪　　论

一　欲望与困境

笔者试图分析中国近三十年来小说性描写中的各类人物形象，尤其是性工作者题材的小说中性工作者形象的塑造，对当代其他时期性工作者题材的小说也做了一些较为详尽的分析，因为它们在精神上有一贯的连续性和继承性。

本书包括以下几个方面：性工作者题材小说创作时代背景，不同性别创作者笔下的同一性别和不同性别的性工作者形象，以及性工作者题材作品的隐喻，不同年代性工作者小说的题材和形象塑造的对比、作家作品个案分析等。

总体上，近三十年来在改革开放商业发展快速的经济理性主义的影响和统摄下，中国性工作者题材的小说发生了很多新变化，无论在内涵还是审美方面，均和全球化的大时代背景有密切的关系。

性工作者题材的小说不再陷入以往较为单一的谴责和批评里面，相当一部分作家开始以较为理性的眼光审视消费文化中的性交易和交换逻辑，建立了一套新的"性交易货币哲学"。这有其时代的合理性，也体现了人性的宽阔，同时也较为准确地表达了新的时代的伦理诉求，这是历史性的进步，具有思想和审美的双重内涵和意味。

现代人的苦，与其说是物质匮乏，不如说是对信仰的缺乏。在现代化进程中，性工作者与性工作者所面对的顾客，几乎都是由于物的匮乏退而在性中寻求支撑。这归根到底是因为信仰缺失或者信仰异化而产生的，是一种时代进程中人们必然面对的"茫然若失"。无论是在作品里还是现实中，城市不光消费农村的土特产，也像消费土特产一样消费着来自农村的身体。此处的"农村"也是隐喻，既是特指，也可以是文化转喻意义上落后的地区、阶级坡度上的底层和金字塔那最根基部分。作家们在作品中，对于宗教（为信仰）型性工作者、政治型（为国为民）性工作者、商业型性工作者，间接制定了不同的道德审判和评价标准。被分类的性工作者因此被抛掷在不同的类别领域里，接受着暧昧的肯定和否定。

近三十年来小说中的性工作者，尽管有各种类型，但是也有时代赋予他们的一些共性。他们集体挑战了传统的伦理道德，对自己命运的把握和生存空间的争取更为主动和积极，给笔者留下了深刻的印象。在传统社会里，性工作者，尤其女性性工作者，总是处于被性化的低等地位、从属地位。然而在现代社会，资本循环往复，她们积极利用自身资源争取更广阔的生存空间，努力施展肉体的魅力，摒弃压力，在争取个人自由和权利方面表现出了她们合乎人性追求的一面，同时也表现了她们对社会文化的创造。当代的性工作者，主体意识更为觉醒，人格尊严方面也有自己的个人认识，对于社会有着重要的意义。传统的性工作者，无论被称为"鸭子"的男色还是被称为"妓女"的女色，总是处于被对象化的"他者"地位，处于社会阶层从属地位，缺乏独立意识。而这三十多年文学作品中的性工作者，个人意识极其强烈，这归功于创作文学作品的作家精神的独立，也或者时代的发展，赋予了他们异于传统形象的新面貌，使他们有了更多的自主特征，敢于反抗被人摆布的命运。当然，这些作品有它们的优点，也有值得改进的地方，笔者就此提出个人的一些看法。

性工作者题材小说的优点表现有三：一是关注社会现实，关注底层群体（主要指经济底层）；二是普遍肯定经济的调节作用，肯定经济所带来的理性主义；三是较为肯定个人的欲望，社会宽容度变得越来越高，尤其对同性之间性事的书写，更反映了这点。

关注现实、关注底层群体的表现，在于作家们较为认可性行为是一种生理行为，但是作为人，在文学作品中，随时都深深植根于人类社会的环境之中，受着各种文化的支配和规约。任何一场社会的变迁和社会的改革和革命，都必然涉及性革命。性一直是文化的一个密码符号。关注底层群体、边缘群体，去除对他们的遮蔽和忽视，显现他们的生活状态，性的书写极其重要。云南籍文学评论家冉隆中就云南这一片区的作家为研究对象书写的《底层文学真相报告》中将底层的写作者划分为体制外的写作者、以命相搏的写作者、小地方的写作者、乡土上的写作者、退下来的写作者、梯田上的写作者、老板写作者、官员写作者等。尽管条理不是很分明，但是就他的划分而言，有一定的合理性甚至机巧性。书写底层性工作者群体的作家，也不出乎他所划分的这几类。而关于底层，冉隆中个人看法为："底层写作、底层叙事，甚至底层作家这些称谓，可能统统都是伪命题，有可能在若干年后被人'解密'：这不过是某些理论家和书商们联手之后又一次谋划眼球的策动。"[①] 他提出对"上层写作""上层叙事"和"上层作家"的诘问，提出与"底层"相对应的逻辑关系的质疑。但是，"底层"写作是不容置疑的问题，搁置底层概念的准确与否，书写"底层"性工作者，是书写种种可能存在的生存方式，对这些生存方式提出作家自身的观照和疑虑，也是值得肯定的。当代性工作者题材的小说，继承传统关注现实、关注小人物的命运主题，是对白话文创作鲁迅《颓败线的颤动》、老舍《月牙儿》《微神》、曹禺《日出》等现代以来关于底层（主要指经济底层）性工作者生活这一传统题材的继承与拓展。

性工作者题材的小说核心重在写"消费"，而近三十年小说性描写中涉及人物形象塑造时，与传统的重视情节不太相同。近三十年的作品作家在写作时更强调一种经济理性主义，更贴近现实进行书写。文学需要现实主义，时代也需要现实主义，现实主义的作品更贴近社会，更能反映社会问题。性工作者，作为一种单面社会的双面职业者，在文学里出现，从题材的选择就已经表明创作者的态度。与正面构建的社会公共形象相比，他们本来就处在暧昧的边缘地带，有更多的困惑、矛盾、忧

[①] 冉隆中：《底层文学真相报告》，云南人民出版社2012年版，第17页。

郁、艰难、冲突，属于灰色而不是亮色。书写他们的身体、心灵、精神、思想，尤其是书写他们在交易过程中所秉持的独特的经济原则与理性主义，更能凸显他们的形象，凸显随着时代发展人们建立的新的经济主义。即使创作者有意掩饰自己的情感价值取向，以达到尽量客观纪实的效果，但处在个人主义浪潮高涨和消费主义浪潮膨胀的年代，性工作者所携带的叛逆性、追求自主性，以及他们张扬的经济理性主义，对于时代的发展和个人权利意识，都有极其重要的意义。

部分性工作者题材的小说文本，既描写了建立在货币金钱至上思想之上的个人主义者的自尊与社会地位的提升所带来的众人的鞭挞或羡慕，也描写了经济衰退或者容颜衰退之后性工作者的窘境和痛苦心理，尤其是当他们因为种种原因患病，最后无法支撑自己时的那种失落。相对而言，近三十年来文学作品里的性工作者，即使出身寒微、处于社会底层，但是当他们靠着自己的"外貌"辛苦地赢得一些出头的机会后，与传统以身份划分社会成员阶层的社会相比，他们有了更多的经济自由和人身自由。创作者们在这方面，相对而言，充分肯定了金钱的客观作用，以及物质财富给人带来的相对安稳和富足。这改变了过去小说里通常对性工作者的金钱财富进行道德贬损和批判的做法，肯定了他们对世俗物欲的追求，虽然这物欲相对于更高的精神追求而言，在大多的说教里显得鄙琐，但正因为此才显出了常态生活于琐碎不堪之处的温暖的神性。

性工作者题材的小说在20世纪80年代末期开始注重个人欲望，到21世纪这十多年，更是注重个人欲望的张扬，较为肯定个人自由的追求，而不再过度陷入政治泥淖和阶级批判之中。90年代以来性工作者题材的小说，大多极其注重个人欲望的张扬，极其注重个体世俗的小幸福。创作者们大多"沦陷"于新写实的纪实主义，不再大肆对家国主义的主题进行书写和讴歌，开始关注世俗的、被忽略的琐碎生活，个体的欲望和需要开始不断凸显出来。不少性工作者，作为"经济人"出现，有些成了"经济英雄"。依傍于他们的带领，全村或者全镇探索着财富的叠加，他们不光带有较为理想的个人气质，甚至带有崇高的悲剧性的英雄气质，他们是财富的引领者，是忧郁的两栖动物，在财富与声名之间辗转，因此这些形象极大地丰富了当代文学的人物画廊。

身体欲望和身体叙事受到空前关注，与性工作者在作品里高频率的出现有极其密切的关系。一些作品性化身体，也是捕捉到了个人欲望在消费时代的变化，身体叙事的正面意义也由此凸显，它也显示了个体解放在思想领域的层次和程度，显示了不同地域、不同空间的人对性的不同看法以及不同追求。

"娱乐场所"在作品里得到不同程度的兴建，尤其是都市小说里，快感主义横冲直撞，媚俗与媚雅同时盛行，生活成为文本，文本甚至成为生活。网络与现实甚至混淆了区别，人们在货币哲学的指导之下美化同时也贬低化肉欲的追求。但客观而言，这种冲击力虽然表明了时代发展过程中物质对社会人群的围困，同时也在客观上破除了旧有传统中对于享乐、追求金钱、追求自身欲望的观念性贬斥，人们可以开始较为理所当然地享受物欲和性欲生活。这方面，性工作题材小说，做出了很多贡献。

性工作者题材小说的缺陷：整体考察1949年以来，尤其是改革开放之后近三十年来主要描写性工作者题材的小说，虽然有一些优秀的作品出现，如《小巷深处》《红粉》《高兴》《在我的开始是我的结束》《日光流年》等。但是，与整个时代发生的复杂的巨大变迁相比，这些年来描写这一题材的作品的广度和深度依然不够。主要体现在两方面：一方面是写作模式化、平面化；另一方面是缺乏批判性和思想性。

写作模式化、平面化表现在由于受传统的诉苦机制和诉苦模式的影响，性工作者题材的小说情节、人物、主体等元素雷同，人物形象重合，主要表现为以下几种：伤残、贫困、自暴自弃。在当下性工作者题材的小说里，尤其是描写底层性工作者题材的小说中，这类模式化的叙事更是严重，作品相像，甚至相互抄袭。胡学文《飞翔的女人》的构思和王祥夫的《米谷》有极其多相似之处，同样写进城生活的艰辛，人物在诱惑面前抵挡能力的缺乏，苦难的各种泛滥化、模式化。尤凤伟《泥鳅》、张继《去城里受苦吧》也多相像之处，都是讲农村人进城打工，男女皆囿于生活，不得不做了性工作者，出卖身体。这些作品都体现了作家思维的惯性，体现了对性工作者生活，尤其是底层性工作者生活的疏离，更多是空想，甚至是幻想。对性工作者生存苦难的描摹仅仅表现在外层，而没有深入他们的心灵，无形中降低了小说的审美价值和思想内涵。描写性工作者题材的小说，多数建立在描写现实生活的基础上，热衷于利用有限的几个元素（如城乡元素、性别元素、贫富元素等）拼凑故事，情节单一，叙事干扁，声音单调。

缺乏批判性和思想性的作品更是俯拾即是。学者丁帆在《缺"骨"少"血"的中国文学批评》一文里说："我们的批评家和评论家既无'血'——对文学的忠诚；又无'骨'——对真理的追求，同时，我们还缺乏沉下心来读书思考的时间与空间，所有这些，才真正是我们今天批判沉沦的根本原因！"① 这句话对于中国当代的作家亦同样适用，描写性工作者题材的当代小说作家，多进行的是二元书写，贴着生活写，缺乏深度也缺乏广度，过于遵守传统现实生活的描写法则，使得小说缺乏传统的审美，缺乏原生态的生活现场。性工作者自身声音失真，他们近乎被社会"正确的性婚姻制度"即家庭专偶制支持者认为是"废弃的生命"。在传统性工作者题材的小说书写里，性工作者有过自身的陈述，虽然是选择性的，但是出了名的性工作者，比如高级交际花，自道身世还是可以代表自己的群体的一部分。然而近几十年性工作者题材的小说，一些女作家，如九丹等，进行自身的半自传体身体书写，也是经过市场的包装而进行过滤过的，并不是真正的性工作者的声音。性工作者的声音，尤其是底层性工作者的声音，依然发声艰难。这些小说中叙述者的声音，往往不是出自知识分子之口，就是底层人士的蹩脚普通话，或者经过改良的地方语，缺乏鲜活的人物对话，更缺乏鲜活的人物内心。

齐格蒙特·鲍曼在他的社会学著作《废弃的生命》的"导言"里提到"废弃人口""人口过剩""可牺牲的人"等概念，他论述废弃人

---

① 丁帆：《缺"骨"少"血"的中国文学批评》，《文艺报》2012年7月19日第18版。

口时这样写："越来越多的人被剥夺了其无论从生物上还是从社会文化意义上都曾经有效的生存手段，而正是现代化生活范式的全球传播引发了这样的一种剥夺。对于作为其后果的人口压力来说，我们曾熟悉的那些旧的殖民压力反过头来针对我们自身，因为再也没有现成可用的出路，无论是为废品'循环利用'还是安全'处理'。"[1] 1949年之后的妓女改造运动，也是对性工作者进行"清洁处理"，是一种"去污"。改革开放邓小平"南方谈话"，农民工离开土地进城务工，某种程度而言造成了城市生产力过剩，也就使得一部分人最后不得不走上卖身道路，就如阎连科、孙惠芬、尤凤伟等在小说里将农民批量化赶进城市一样，这些人，既卖灵魂又卖身，最终不得不成为"可牺牲的人"。因为在社会发展过程中，他们在农村的生活一定程度上就已经是被剥夺了的。传统的有效的生存手段被剥夺，这些人就成了城市化进程中的"废弃的生命"。

每个时代赋予每个时代作家文学使命，书写性工作者形象的作品时，作家们应该认识到自己的不足，努力提高自己的思想内涵和表达力度，笔者认为，应该做到以下几点：

第一，体现批判性、独特性，叙述多角度。

作家应该有独立的批判精神和反抗精神，应该对现实社会秩序有所批判，不仅呈现具体的社会生活，而且在表现这类题材作品的时候，于描绘和塑造里能较为深入地表达一种思想、一种情怀。

性工作者本身就代表着某种话语痛苦，一种潜在的创伤。性工作这份职业，突出的特点就在于它存在于可说与不可说、敞开与封闭之间，它似乎是但又未必是人们所说的样子。性工作本身就是一种秘密的工作，是个挑衅的工作，需要被揭示、被发现，在可见与不可见之间制造诱惑和矛盾。劳拉·穆尔维在《恋物与好奇》中评价电影中的性时，引用玛丽·安·道恩的话："性事成为关于什么可以知道和什么不可以知道等问题的场域。知识和性事的交织、认识癖和窥淫癖的交织，对电

---

[1] ［英］齐格蒙特·鲍曼：《废弃的生命》，谷蕾译，江苏人民出版社2006年版，第7页。

影有至关重要的意义。"① 这句话同样适用于评价文学作品的性叙事，性事，尤其是性工作者模糊指向的性事，是社会与政治关于什么可以知道什么不可以知道的问题可以涉及的场域，对文学和人生有着重要的意义。

第二，召唤性工作者自身的声音。

鼓励或提倡更多性工作者题材的"非虚构"写作，呼唤性工作者自身的声音。目前关于性工作者问题的调查此起彼伏，性工作者题材的小说也是如此，但是，性工作者自身的声音很弱，很少能直接地理所当然地表达他们的诉求，可以说，他们甚至是沉默的，他们的发声是异化的、被选择的。美国社会学家欧文·戈夫曼在他的社会学著作《日常生活中的自我呈现》写道："表演所要求的是表达一致，指出了在我们的人性化自我与我们的社会化自我之间一个至关重要的差异。作为人，我们也许只是被反复无常的情绪和变幻莫测的精力所驱使的动物。但是，作为一个社会角色，在观众面前表演，我们必须保持相对稳定的状态。"② 他指出人们期望某种精神科层化，以使我们在任何给定的时机和场合都做出完全一致的表演。就如他所提到的涂尔干的观点一样，高级社会活动不允许我们的知觉和机体意识紧随我们的机体状态变化而发生变化。性工作者所进行的针对雇主的性活动，也是一种社会表演，是自身工作要求的一部分。作为一种社会角色，就如戈夫曼所言，他们必须保持相对的稳定状态，而这个过程中，雇主与雇员之间精神科层化，小说应该能表现出这种科层化的特征以及所反映人物之间的情感纠葛和内心矛盾。

性工作者固然是以消费为前提而存在的，但是消费文化并没有彻底剥夺他们的人格。迈克·费瑟斯通《消费文化与后现代主义》也认为消费文化并未使低贱的物质主义遮蔽了所有的神圣性，他认为应该采取

---

① [英]劳拉·穆尔维：《恋物与好奇》，钟仁译，上海人民出版社 2007 年版，第 69 页。
② [美]欧文·戈夫曼：《日常生活中的自我呈现》，黄爱华、冯钢译，北京大学出版社 2008 年版，第 45 页。

一种宽泛的文化定义，他说："我们不能接受把消费当作直接的产品消费、从而以此来弃绝'大众'消费的方法。我们不得不承认，虽然消费主义带来了商品的过度膨胀，但这并不意味着神圣被遮掩覆没了。若我们能注意到在实践中的商品所具有的象征意义，那事情就一目了然了。"① 笔者认为费瑟斯通过于贬低物质主义，也就看轻了物质在生活里的重要性，过度注重精神的品质，而忽略了物质狂欢所带给人发泄后的轻松与平和的一面。但是他强调的符号消费所带有的神圣性的一部分，值得作家们在塑造性工作者形象时借鉴和吸收，而不是如同一贯大多文学作品所表现的那样，在触及性工作者形象时，总是将其虚化、物化、异化，将他们的象征作用过度贬低或过度拔高，而不是客观地对待他们。

第三，建立全球化伦理观念。

程为坤《劳作的女人：20世纪初北京的城市空间和底层女性的日常生活》评论20世纪初的北京女工时写道："在近代中国，性工作者不仅仅是受害者，也是工人阶级女性。城市不能提供足够的工作机会，女性不得不开辟一个市场来谋生，不管她们出卖的是什么样的服务。性产业是分层级的，名妓和站街女有很大差异。很难说妓女属于某一个受压迫的阶级，因为很多高级妓女的生活实际上能与精英阶层的女性媲美。……妓女及其鸨母为男性精英创造了社会空间、为普通男性建立了性交易市场，为自己开辟了工作和生活的空间。妓院即使声名狼藉，也还是为女性带来了一个提供其他选择和社会关系的公共场所。"② 这段话同样适用于改革开放之后的当代中国，农民被迫从土地上大规模搬迁，上亿人离开生活了多年的家园，男女青年进城务工，成了农民工阶层，城市不能给他们提供好的、足够多的工作机会，因为城市的承载力也是有限的。于是，他们不得不主动或者被动开辟或

---

① ［英］迈克·费瑟斯通：《消费文化与后现代主义》，刘精明译，译林出版社2000年版，第177页。

② ［美］程为坤：《劳作的女人：20世纪初北京的城市空间和底层女性的日常生活》，生活·读书·新知三联书店2015年版，第198页。

者加入一个市场来谋生，不管他们出卖的是什么样的服务。这些农民工，如果不能通过传统的读书治学走向精英阶层，他们很难改变自身的命运，很容易落入性交易市场。就这方面而言，即使性工作者被不断污名化，卖淫仍然没有无罪化，但是这一份切实存在的职业，也还是为他们提供了一种社会关系，提供了一份可能的收入机会。在"旧"时代，"妓女"是"受害人"，被大多数的文学作品和社会调查以及相关的惩罚机制建构为"受害人"，是需要拯救的"失足妇女"，她们的问题是关于国家振兴、民族复兴的大问题。在当代社会，性工作者从客观上来说，仍然是受害人，是城市改革要解决的问题，也是和谐社会要解决的问题，同时是实现政府所提倡的中国梦需要解决的问题。

　　弗洛伊德主义的马克思主义代表人物、美籍奥地利精神分析学家和社会学家威尔海姆·赖希，在其论述德国法西斯主义的著作《法西斯主义群众心理学》第八章的一节"性经济的实践与对它的异议"中提出性经济的实践，对于作家们塑造性工作者形象和进行性工作者文学叙事很有借鉴意义。他指出："为了完成使社会的性经济成为有效的行动的任务，首先必须有一个统一的工人运动。没有这个先决条件，性经济工作就只具有预备性质。其次绝对有必要建立一个紧凑的国际性经济组织，它的任务是从事并保证实际工作。最后一个必不可少的先决条件是，这一运动要有一批非常有纪律的领导干部。至于其他的，我们没有必要提前解决每一个别问题。这会造成混乱和停滞。实践本身将产生新的更详细的实践。"[①] 在赖希的另一本著作《性革命：走向自我调节的性格结构》中，赖希提到"性压抑"会形成人的独裁主义性格结构，提倡人类在日常生活中享受自己的欢乐，他把人的自然需求主要归结为性需求，同他的老师弗洛伊德所认为的一样——生活幸福的核心是性欲的幸福，他强调人们正确对待性道德，去除强制性调节，建立自我调节的性道德。赖希的性革命理论对性实践有一定的参考价值，而乔治·巴

---

① [奥] 威尔海姆·赖希：《法西斯主义群众心理学》，张峰译，重庆出版社1990年版，第184页。

塔耶《色情史》与赖希的性观念相对立。巴塔耶的主张与福柯的主张相仿，福柯强调性的权力监管与性控制，巴塔耶则从经济的角度强调性消耗。赖希是马克思主义化的性观念，强调性的劳动性，而在《色情史》里，乔治·巴塔耶则认为性的耗费与革命格格不入，性不是一种劳动，而是一种催生色情的工具。赖希主张的是马克思主义实践的观点，认可劳动可以协调精神与灵魂的关系。在赖希来说，家庭只要不是强制性的家庭，而是自然性的家庭，就是正常的家庭，他主张自然的婚姻的合法性。但是巴塔耶则认为禁忌才使得人类获得社会秩序，人们通过禁欲来换取劳动的效率和成果，闲暇耗费与生存积累是对立范畴，文明的进步与秩序的维护需要压抑性的消耗，但是人类需要游戏和僭越，所以需要国家的规训，需要家庭制度保证婚姻的安稳和繁殖。巴塔耶针对的是资本主义社会，但对于我国，他们两人的观点有极其重要的借鉴意义，因为社会主义的市场也离不开消费，离不开闲暇，也有性压抑与性反抗。

20世纪八九十年代到现在，婚姻的合法性却制造了焦虑，专偶制造成了各种家庭矛盾，法律制度对家庭和谐的保障又不到位，笔者认为，这种"合法性婚姻产生的性焦虑"是一种对压抑的反叛。笔者在一定程度上较为肯定巴塔耶的说法，他认为卖淫并不属于色情，而是一种算计好的性商品，不是纯粹的耗费，纯粹的耗费才最色情，但是卖淫标志着消费主义的滥觞。相对于笔者提出的"婚姻合法——性焦虑"，法律的部分缺席造成了家庭亲密关系的危机，巴塔耶认为罪愆是焦虑的意义，认为"没有焦虑，性欲不过是一种动物活动，不是色情。……在每个这样的情况下，一种危险的感觉——还不够迫切，不会中断一切拖延——将我们置于一种可恶的虚无之中。在这样一个虚无面前，人是一个实体，有丧失实在的危险，人既渴望又害怕失去极限。仿佛极限意识需要一种不确定的、悬而未决的状态。仿佛人本身是对一切可能性的探索，他总是走极端和冒险。因此，一种对如此顽固的不可能性的挑战，一个如此丰盈的虚无欲望，只能以死亡的终极虚空结束"[①]。巴塔

---

① [法]乔治·巴塔耶：《色情史》，刘晖译，商务印书馆2000年版，第83—84页。

耶强调我们需要性的精疲力尽带给我们的危险,也就是禁忌的愉悦,这与婚姻的合法性焦虑是一致的,性工作者是婚姻的补充,也是法律的不完整造成的对家庭亲密关系的补充,也可以说是漏洞,就单个的人而不是婚姻双方而言,有时候是幸福而不是灾难。齐格蒙特·鲍曼也有过类似观点:"固定性只有以盘旋于坟墓上空的幽灵的形式才能扩展爱的生命;然而,漂流性只有在付出了禁止爱去访问虽然冒险然而快乐地探测到的深度这一代价时,才能消除在稳定和不自由之间的令人恼火的连接。似乎爱不能承受治愈它的先验性的努力;作为爱,它只能与它的二元矛盾状态共存。与爱在一起正如与生命在一起一样,它们是相同的经历:只有死亡是明确的,并且逃离二元矛盾状态是死亡愿望的诱惑。"[1]相对来说,婚姻是社会性的,有社会和法律契约,是相对固定的;而婚外的性,性工作者所进行的性,则具有漂流性。婚姻是可控里的不可控,而性工作者,则具有不可控中的可控因素,因为作为一种补充性存在,它是明确的,是一种"愿望的诱惑",作为一种愿景是对平庸生活的许诺。

作家们应该建立自己的全球化伦理观念,而不是囿于传统的伦理观念和民族观念一再在作品里进行模式化叙事和人物形象的相似创造。德国知识分子孔汉斯《世界伦理手册》和美国教授彼得·辛格《一个世界:全球化伦理》都较为详细而具体地论述过全球化伦理观念,前者更多从神学信仰方面论述,后者侧重于从经济政治方面论述,两者都强调了在全球化的背景下,人类应该超越传统理念和习惯思维,改善不同人物的处境,建立全球化认可的一套伦理规则,争取人类的可持续发展。在这个一切东西迅速全球化的时代,塑造性工作者形象,作家们应该高瞻远瞩,有自己的全球化的、世界性的理念意识。聂绀弩在《论娼妓》一文言过:"在一切不幸者中间,娼妓将是最后的得救者!"[2] 在

---

[1] [英]齐格蒙特·鲍曼:《后现代伦理学》,张成岗译,江苏人民出版社 2003 年版,第 128 页。

[2] 聂绀弩:《蛇与塔》,生活·读书·新知三联书店 1999 年版,第 15 页。

全球化伦理意识建立之前，性工作者也许会一直站在道德审判的席位上，接受来自大众目光的制裁，接受作家们对他们的想象和异化。作家们应该更客观地看待他们，塑造他们。

中国现在处在一个转型时期，这种大语境背景的"转型"也许是长期的，城市化进程势必导致很多矛盾，这是时代变化的必然。全球化的进程也会制造很多矛盾，就如雷蒙·威廉斯《乡村与城市》所言："我们世界的日常生活具有变得广泛的流动性；在这种流动性当中，文学持续体现着几乎变化无穷的各种经历和阐释。我们仍然能够记得我们自己的早期文学当中对流动性和城市堕落的发展过程的描写，也看到了这些主题在非洲、亚洲和西印度文学当中再度出现——这种文学的特点是它使用了大都市的语言，而这本身就是流动性带来的结果之一。……一个社会进程正发生在一个我们原本不熟悉的社会里，这是它的重要之处。但当我们从乡村和城市文学的漫长历史中获得洞察力后，我们会在不同的时间、不同的地点看到，这个社会进程是人类共同历史中一个连接性的过程。"① 笔者非常认同威廉斯所表明的观点，城市无法拯救乡村，而传统的乡村也绝对拯救不了城市，无论文学作品怎样为乡村唱挽歌，"乡村文明"的失落是发展的必然，而且传统作品中所抒发的"乡村文明"的情感，也是值得怀疑的，只是一种文学情感。乡村是客观的，既不是落后愚昧的象征，也不是逃避城市危险的桃花源，同理，城市也不全然代表进步，或者全然代表罪恶。城市和乡村的矛盾在改革开放之后文学作品里的体现越来越明显，一些地方建筑和地方文化，到了消费社会，在商业的浪潮下土崩瓦解。城市和乡村的矛盾反映了消费主义发展模式遇到的严重危机，要改变这种危机，文学作品要有引导作用，不该一味地指责城市的罪恶、讴歌乡土中国伦理，而是在作品里，无论是塑造性工作者形象，还是谴责消费制造的迷狂和精神的萧条，都该严谨地抵制消费文化不合理的入侵。

---

① ［英］雷蒙·威廉斯：《乡村与城市》，韩子满、刘戈、徐珊珊译，商务印书馆2013年版，第392页。

总之，性工作者是时代的观光者也是流浪者，是当代生活的一个活体隐喻，是写作者经常热衷表现的一个"边缘群体"，出场率很高。他们随时都在移动，不管是身体还是灵魂，无论是主动还是被迫。他们的存在是功能性的、调节性的，他们处在暧昧的边缘地带。某种程度而言，文学作品是一种越轨艺术。合法性焦虑，也是一种时代病，性工作者的存在补充或者治愈着这种疾病，虽然，是以"溃烂"的方式。性工作者，说到底，其在文学作品里的书写和建构，和信仰、政治、商业有着永远的联系。

二 缘由与意义

选择近三十年来小说性描写中的各类人物形象研究是有一定的缘由和意义的。"性"是中国文学的重要论述主题，"性工作者"的文学自然也是一个论述主题。不过无论是在我们的生活还是我们的学术环境中，"性工作者"的话题很少拿到桌面上。但是，从众多的文学作品我们可以发现一个规律，性描写是日常生活叙事的一种策略。

从生物属性来说，人是从自然中走出来的，更具体一点说，人是靠性欲孕育的。当然，除开现在高科技手段下的脱离生殖的孕育，大多数的人是由母体怀胎生育出来的。这种原始的自然关系，确定人的血缘关系，并在这种关系里使人成为人，形成人的亲缘关系和社缘关系。但当性进入更广阔的交易市场，性的内涵便不再局限于以繁殖为目的，变得比以往更为丰富起来。随着时代的发展和文明的进步，性的多样性越来越丰富，人们对婚姻之外所形成的情爱关系，尤其是消费性关系的看法也变得越来越客观中立。"性工作者"这一词汇开始于社会学，然而现在没有得到广泛的承认，但是进入21世纪，文学、心理学、哲学等学科也相继征用这个词汇进行学术研究。本文主要探讨当代文学，尤其是近三十年来小说性描写中的各类人物形象的塑造与叙事。

欲论近三十年来小说性描写中研究的人物形象，必先对"性工作者"这个词义做界定。许多人理所当然地认为性工作者为"卖淫的男女"，其实这可以上溯到性工作者的早期情况，上溯到巫术与信仰。在一些少数民族的文化记载中，也或多或少涉及对身体的买卖和占用，这些奉献身体进行性交的人，是属于民俗和宗教类的性工作者。性工作者，顾名思义，是以提供性服务而获得商业价值的男性或女性。"性工作者"这个词，是社会学术语，无相关法律依据，也无相应的社会道德认同。"性工作者"，相对来说，属于亚文化群落，属于边缘群体。一般来说，就社会习惯而言，对于"性工作者"的称呼，不同性别有不同叫法。一些关于性工作者的俗称，很容易引起人们情绪上的反应，形成形象的、情节性的、世俗性的一些线条性想象或记忆。

"性工作者"，相较于一般从事性服务的其他民间称谓来说，比较客观中性，力求从称谓的角度体现社会平等的价值。从社会学方面来说，"性工作者"的提出首先是为了学术研究，是一个中性词，这一相对客观的称呼，提倡平等与尊重，减轻了对于从事性工作的人的带有侮辱性命名的道德审判和过多的情感贬低。"性工作者"，就社会发展而言，是一个进步的词汇，客观上展示了它的严肃性，虽然相对于社会稳定的一夫一妻专偶制的婚姻制度，性工作是"性正确的婚姻制度"外一个有着极大宽阔度的灰暗地带，但作为生活的补充，它的存在有自身的理由和意义。

性工作者，在不同时代有不同的称呼，大体以女性为主。要全面地考察在当代尤其是近三十年来中国的性工作者在小说中的叙事，考察性工作者在小说中的形象生活与形象塑造，必须将性文化作为参照系，尤其是以男性为主体的男性文化作为参照系。

"五四运动"时期，李大钊提出"废娼运动"，一大批有识之士表示支持，在理念上开始宣传性工作者的不合理性。在法律上，中华人民共和国是从20世纪50年代初期开始，宣布卖淫为非法，所有的妓院都关闭了。从此，卖身作为一种古老的行业不再受法律的保护，但是，暗中的卖身者从未中断。就如波伏瓦在《第二性》里引用摩尔根的话并对其做出解释所说一样："婚姻与卖淫有直接的关联。""娼妓制度就像落在家庭之上的阴影一样，伴随着人类，直至文明时代。""男人出于谨慎，让妻子恪守贞节，但他不以强加给她的这种制度为满足。"① 在大陆，性工作者的卖身现象其实是一直存在的，"妓女现象是人类进入文明社会以后的世界性现象，只不过由于各自的历史条件和文化环境不同，妓女的产生和发展及其文化内涵也各有差异"②。美国学者贺萧在《危险的愉悦》论著中也有过论述："性交易的场所、价格和流动形式的极其多样化，已成为20世纪末中国娼妓业最显著的特点。……到了80年代中期，中国的城镇已形成复杂的、分割的性服务市场，吸收本地和外省的妇女进入性劳务队伍。"③ 从这里可以看出，即使在政治文化生活占绝对地位的20世纪六七十年代，仍然有婚姻之外的性交易行为在发生，不过在公开场合，这样的事情不太普遍而已。

"也许是由于20世纪50年代大陆已彻底取缔了娼妓制度，当代学者出于一种'家丑不可外扬'的心理，羞于重论这样一部虽然悠久但却并不光彩的历史。然而客观现实并不以人们的善良愿望为转移，暗娼卖淫现象在中国当代仍然存在，尤其是近二十多年来又有发展、蔓延之势。有不少人对此困惑不解，甚至误以为它是改革开放的必然产物。其实，当代出现的暗娼，既不是门户开放后从外国直接进口的'洋货'，也不是在改革进程中直接创造出来的'新产品'，而是旧时代遗留下来的娼妓文化残余在特定历史时期的复活与蔓延。"④ 武舟将性工作者的卖身现象当作一种病态的文化现象审视和研究，尽可能透过这群性工作者研究这一社会群体的文化深层心理。武舟这本书有其可取之处，但相对来说，直截了当将这种社会现象当作一种病态现象，是有失公允的，是一种道德提前预设论调，而关于文学作品中性工作者的生活和想象塑造，实际非常复杂。不同的性工作者小说文本，有不同的特殊之处，尚待仔细评判。

早在武舟之前，就有研究娼妓的文献。1934年，上海生活书店出

---

① [法]西蒙娜·德·波伏瓦：《第二性》，郑克鲁译，上海译文出版社2011年版，第394页。
② 武舟：《中国妓女文化史》，中国出版集团东方出版中心2006年版，第7页。
③ [美]贺萧：《危险的愉悦》，韩敏中、盛宁译，江苏人民出版社2003年版，第347页。
④ 武舟：《中国妓女文化史》，中国出版集团东方出版中心2006年版，第9页。

版了王书奴编著的《中国娼妓史》，该书将中国娼妓史分为五个时代：巫娼时代（商）、奴隶娼及官娼发生时代（西周至东汉）、家妓及奴隶娼妓骈进时代（魏晋南北朝）、官妓鼎盛时代（唐代至明代）、私人经营娼妓时代（清朝至民国）。

武舟的《中国妓女文化史》更注重从类型划分方面来比较分析不同娼妓的命运，以及反映的社会现象。该书第八章讲到"当代娼妓的取缔与残余"，主要从制度的制定和执行及暗娼现象的复活与扩张方面来研究当代性工作者现象。

在中国文学史里，性工作者总是作家们热衷书写的对象。在传统写作里，作家们对妓女较多怀着一种神圣的道德伦理感，多是以关注者的姿态出现，表现社会的不公、世道的艰难、生存的困苦之下的性工作者所展现出来的被侮辱被损害的悲惨现象。从众多前人的历史典籍里，我们可以看到，这些作品多是表现性工作者的悲惨生活，无论是红极一时的名妓，还是被性变态购买的娈童，他们悲剧性的个人生活为社会生活做着注脚。中国不同年代的作家大多对性工作者，尤其是对女性性工作者进行过凝眸和沉思。性工作者身上所集中体现的危险与愉悦、反抗与耽溺，以及他们独特的个人经验和形象、独特的个人生活经历，可以反映一整个群体形象的侧面、反映社会的一种生存方式、反映一个时代。

19世纪20年代中国文学出现性意识的苏醒，现代白话小说对性描写较多。到1949年，刚刚苏醒的性意识被放逐，性意识在狂热的革命激情以及宏大叙事的挤压下遁失于"集体叙事"之中。面对改革开放，建构怎样的不同于以往的文学，成为摆在作家们面前的一个问题，而日常生活的性、性的购买，在文学作品里也鲜活起来。身体是一种社会性存在，无论是谁，都无法抛开身体来辨认身份，正是我们的身体给了我们身外的世界。所以，文学作品中性工作者的身体，是讨论的重中之重，身体所处的场域和空间、身体所形成的内涵和象征隐喻、身体的创伤经历，都非常值得探讨。

直到20世纪80年代初期，禁锢出现裂缝，文学作品中表现性的题材逐步大胆起来。到了90年代，个人化写作、身体写作在传媒的宣传下变得兴盛，表现性工作者的生存境遇的作品更是多了起来。从某种程度上说，这个古老行业依然带着它古老的特征，但是，在作品中有了不同于古代社会文学层面对性工作者面貌的描述内容。现在的性工作者，无论是在文学作品还是在现实里，他（她）们（后如无特别强调，均以"他们"做统称）的成分十分庞杂，有乡下人，也有城里人；有无业者，也有改行者；还有业余兼营的，有没文化的盲流，也有知识男性和女性。中国风月场有句俗话一直流传，叫作："妻不如妾，妾不如妓，妓不如偷，偷不如偷不着。"虽然看似粗俗，但说的是一种真实的审美观，也或者准确说，这是一种真实的市井性观念，讲的是性刺激中的一种心理状态。当代各行各业的人选择去做性工作者或者选择性工作者作为自己愉悦的对象，和这个传统观念不无关系。

总之，当代文坛上的性工作者形象多姿多彩，描写性工作者的文学有着广泛的市场。卖身业在改革开放后大规模"死灰复燃"值得深思。在物质诱惑面前，意识形态显得非常脆弱，而文学作品里的性工作者，则也是脆弱无力的，他们以身体为职业工具，用自己无多少情感的"性"，消解了太多的"性情感"，引起人的眩晕。

文学作为特殊的意识形态必然反映社会的重大变迁，从文学对性工作者形象变迁的透视中，可以找到一些扭曲的社会现象症候。中国古典诗词偏重于为性工作者编造香艳辞藻，而现代商业文化则把身体引向物欲和虚无。1978年以后文学作品里的性工作者形象，虽然其中有突出个性被人们记住的典型形象不多，甚至几乎没有，但是这些性工作者为题材的文学，还是显现了现代社会中人的精神风貌。文学是一种景观，是一个想象的博物馆，描写性工作者的文学是博物馆的一个部分，体现了作为自然的性在面对人类文明发展过程中建构自身文学与文化时的矛盾与艰难。

性欲望成就一种消费——性售卖，性工作者所携带的"产品"，是一种单一又丰富的消费产品。在这个世界上，我们所知所见十分有限，作为欲望对象的身体也只是一种想象的对象，就如文学作品也只是一种想象的产物一样。文学作品中性工作者的出场和缺席、匮乏和满足、受禁和放纵，都形成了文学所必须面对的挫折。所以，文学作品里的身体，身体所承载的性消费，不单单是一具具的身体，又有一定的象征意味，本身就构成意义的隐喻和建构。

研究文学作品中的性工作者，尤其是小说作品中的性工作者，在当代、在改革开放后，尤其近三十年，分析现代气候转变下的性书写，不同时间段对性工作者的建构，分析不同性别的作家对同一性别或者不同于自己性别的性工作者的形象以及生活的塑造和描写，从而分析性工作者的自身心理，以及分析社会权力、商品消费和观念思潮对性工作者在文学作品中形象的建构、规训和解构的过程，分析性工作者在当代作品里的时代意义和时代特征，对于当代文学而言，具有非常重要的现实意义。

古今中外的文学作品中，性工作者一般可以满足部分人对生活和性的一些特别幻想和要求，性工作者的才和貌有其特别所在，因为其职业的特殊性，也较能委曲求全，他们既反抗社会的传统道德和伦理，也在意识形态方面失范的同时自愿或被迫放弃掉一些道德或法律保护。生活在他们精神和肉体上都打下了坚实烙印，有些人苦于生存，有些人苦于被人逼迫，有些人苦于爱情的失意，有些人苦于家庭失序，有些人则随波逐流，自弃于更有作为的人生；当然，有些人乐衷于此，颇为享受。凡此种种，他们都承受着社会集体道德的指责，但他们身上有危险的愉悦的一面，有今朝有酒今朝醉的颓靡，他们有的反抗社会，有的反抗爱情，有的反抗家庭。他们的反抗与顺从，他们的配合与叛逆，在当代文学作品里，尤其是20世纪90年代开始的消费浪潮的推涌之下，深深打上了消费文化、民族文化、性文化、女性文化的时代烙印。妓女改造的规训制、失足妇女的劳教制和其他处罚制度，消费文化的多范围袭击、性文化的广泛启蒙和传播、理念的解放等，让当代中国文学作品中的性工作者形象显出不同的建构特色和不同的权力关系，以及与以往不同的时代新形象和新叙事。

1949年后，在中国，性工作者是被改造的对象，需要被拯救，是被侮辱与被损害的可怜群体。然而他们的存在又是罪恶的，在国家政策以及人们被宣传接受的意识形态里，性工作者是"旧社会的"，是罪恶的象征，要建立一个新的国家，必须挽救和改造这一部分人。于是，"妓女改造运动"的相关小说就出现了，20世纪50年代有陆文夫的《小巷深处》，八九十年代及之后，有苏童的《红粉》、霍达的《红尘》、张沪的《鸡窝》，以及董立勃描写新疆建设兵团里经过改造嫁人的性工作者在1949年后"重新活人"的小说。改革开放以来，各种西方价值和消费文化兴起，传统道德约束力下降，文学艺术在政治领域相对解禁，性工作者以及性工作者形象在社会生活以及文学作品中大量出现，类似性工作者的男公关和女公关或其他职业靠换取利益乱性的人物等被大量书写，类似性工作者靠吃软饭为生的男人或者靠有钱人养着的女性靠勾搭洋人骗得出国机遇或者外币的人物形象被塑造得越来越多、越来越清晰，甚至模式化。到了90年代，个人化写作发展到一定势头，1949年以来所形成的那种以国、以族、以宏大题材、以表现社会事件为主要描写对象的文学作品不再占相对一元的地位，私人化写作开始有了自己的市场和读者。伴随着社会经济的发展和消费文化的兴盛，市场和政策引导的社会价值开始走向多元化，传统伦理道德约束减少，甚至在一些领域内消隐。性书写越来越没有禁忌，以往进入人们视野的苦难化写作，也已经相对改变了旧有的一些元素和外衣，塑造的人物的内心世界更为复杂多变。不同性别的作家、不同经历的作家、不同年龄的作家，在描写性工作者社会经历和个人形象方面，注入了不同的文化内涵和丰富多元的时代意蕴。

20世纪八九十年代国家一直进行的"扫黄打非"活动，到了21世纪成了拯救"失足妇女"，而"扫黄打非"和"失足妇女"所指向的几乎都是女性。如洪峰作品《恍惚情人》里，写到相关部门捉到男扮女装进行卖身活动的两个男青年时候，因为没有相关法律条文，竟然无法处理。

正如贺萧在《危险的愉悦》里写道："娼妓是表现民国时期各种相互关联的社会弊病的喻体；娼妓是对中国的文化传统做出贡献的重要

历史人物;娼妓是值得男性精英人士关注和大书特书的对象;娼妓是女性传统美德的典范,是借以抒发怀旧情绪、提供大众娱乐的对象,也是没有彻底被国家改造好的臣民。但是,恐怕还会有其他的东西的出现。"① 性工作者是一种重要的社会符码,在世界上其他地方也一样,性工作者的问题还会被继续重构和谈论,不同时代有他们不同的时代意义和文化内涵以及社会价值。性工作者作为一种社会群体,应该得到尊重,而尊重性工作者,其实也是尊重人类文明的一些根本原则。小说作品通过对现代气候下性的权力、欲望、消费等结合的描写,反映现代社会性的焦虑,让当下的人类对生活进行思考是非常有意义的。

对于性工作者的研究古今中外有很多,尤其是社会学方面。性文化的一个重要方面,就是对性工作者的研究,关于他们的生活、疾病、个人经验等的研究专著和作品都很多。对于中国性工作者的研究,不同时期不同类型,海外亦有很多论著,如荷兰学者高罗佩《中国古代房内考》、美国学者贺萧《危险的愉悦——20世纪中国的娼妓问题与现代性》,法国学者安克强《上海妓女——19世纪中国的卖淫与性》。在国内,刘达临编著了《中国古代性文化》,社会学家潘绥铭和李银河也出版了许多部关于性工作者研究的书。李银河在她的《性文化研究报告》《新中国性话语研究》等性学作品里提到性工作者的现状以及历史,从国内外的一些事件和话语分析,表达对于性工作者的看法,认为这些从业者至少是无罪的,提出卖淫非罪化的说法,与此同时,也大面积采用和推广"性工作者"这个较为中性的词,而不是以其他有些污名化的词语表达对这一职业的蔑视和道德审判。潘绥铭、黄盈盈等学者,从实地考察案例分析方面,对卖淫非罪化等观点表示了支持。

性工作者问题的研究著作已有很多,无论是男色还是女色,当然,相关专著多以女性性工作者为主。这些研究和论著可以分以下几个方面。

第一,对性工作者发展史的研究。有文史精华编著部编著《近代中

---

① [美]贺萧:《危险的愉悦》,韩敏中、盛宁译,江苏人民出版社2003年版,第410页。

国娼妓史料》,武舟《中国妓女发展史》,邵雍《中国近代妓女史》,王书奴《中国娼妓史》,萧国亮《中国娼妓史》,张耀铭《娼妓的历史》,万献初《中国名妓》,徐君、杨海《妓女史》,刘师古《妓家风月》,严明《中国名妓艺术史》,陶慕宁《青楼文学与中国文化》,陈流沙《风尘列传》,刘钧瀚《青楼——繁华背后的苍凉》,修君、鉴今《中国乐妓》,单光鼐《中国娼妓——过去与现在》等。

第二,不同朝代的性工作者研究。有柳素平《晚明名妓文化研究》、张晓虎《清代四大名妓》、张超《民国妓女盛衰》、廖美云《唐妓研究》以及明朝张梦微的《明代嫖经青楼韵语》等。

第三,不同地域的性工作者研究。贺萧《危险的愉悦》、波尔《市民与妓女:近代初期阿姆斯特丹的不道德职业》、潘绥铭《小姐·劳动的权利:中国东南沿海与东北城市的对照考察》《情感与感悟:西南中国三个红灯区探索》《生存与体验:对下一个地下"红灯区"的追踪考察》《呈现与标定:中国"小姐"深研究》、孙国群《旧上海娼妓秘史》。

第四,单个性工作者或几个性工作者的个体研究。有刘半农《赛金花本事》、陈寅恪《柳如是别传》、曹保明《没有墓碑的女人》、山崎朋子《望乡:底层女性史序章》等。

第五,部分作家部分论著中的单篇单章研究。波伏瓦、林语堂、周作人、鲁迅、舒芜、聂绀弩等,这些名作家都关注过性工作者问题。另外,还有陈东原《中国妇女生活史》、钟年《中国人的传统角色》、程为坤《劳作的女人:20世纪初北京的城市空间和底层女性的日常生活》等,也分章或分节论述过性工作者现象。

第六,在学位论文方面,有2013年陕西师范大学颜敏硕士论文《电影文本对"妓女"群体的形象建构分析》等。

从上面的一些书籍可以得出一种比较客观的结论,国外研究人员研究中国的性工作者,多是以这一群体进入一个时代的社会里,探索时代特征;国内的研究比较注重于从性别方面研究性工作者的发展和生活。国外研究多挂钩于民族、阶级,国内研究多与文化、性别相交融。

目前，国内对涉及当代性工作者角色的文学的研究，主要有以下几种类型。

第一，对文学作品中经常出现的性工作者形象进行现象分析和理论阐述。如对底层作品研究的论著，有令狐赵鹏博士论文《作为想象的底层——当代乡下人进城小说研究》。对于当代文学中性工作者形象和叙事专门研究的不多，多是以研究女性性工作者为主，贺绍俊《我们从"青楼"里看到了什么》、李运抟《现代"青楼"文学及其他》、雷鸣的论文《新世纪小说中妓女形象谱系与中国现代性问题》等，几乎都是以现实视角出发，分析当代文学里"新青楼"文学的特点。另外，对苏童、阎连科、方方、何顿、艾伟、孙惠芬、乔叶等作品里描写性工作者形象的论文比较多，多是从社会矛盾、社会底层的生存方面进行宏观思考。严歌苓《扶桑》《金陵十三钗》，石钟山《豖》等从民族国家方面反映女性性工作者的个人历史浮沉。《红粉》《红尘》《鸡窝》等的研究多是从妓女改造等社会制度入手。陈染、九丹、林白等的研究，多从身体、消费方面探讨。这些方面，多囊括进女性命运的研究中，而不是整个包括男性的性工作者群体。

第二，研究某一位作家笔下的性工作者形象。如研究张爱玲、阎连科、乔叶等作家笔下的性工作者形象，多以研究女性性工作者形象为主，例如2009年吉林大学高媛硕士论文《论张爱玲小说中的妓女形象》。

第三，对女性性工作者形象进行分类归纳，如雷鸣《新世纪小说中妓女形象谱系与中国现代性问题》、韩鑫《浅谈新时期文学妓女形象的内外展现》、刘玲玲《浅析现当代小说中典型妓女形象的社会意义》等。

第四，对一部或者几部性工作者题材的文学作品进行比较综合解读，在一些论述或者片段里进行分析。如胡少卿的著作《中国当代文学中的"性叙事"（1978—　）》其中第二章第三节里的《"母亲"与"妓女"》，论述当代文学里女性性工作者的部分形象的叙事特征。

第五，在学位论文方面，女性性工作者研究比较多，古代文学、现代文学、当代文学都有，以形象和叙事研究为主。2006年东北师范大学戴亚琴硕士论文《恶之花——当下作家对娼妓题材的书写》对乌鸦等作家的作品进行分析，探讨书写性工作者的社会意义和文学价值。2007年吉林大学刘羚硕士论文《解开缠绕多重的"结"——现当代文学作品中的妓女形象探析》，研究现当代里面几篇小说中的女性性工作者形象。2009年厦门大学刘海燕硕士论文《九十年代以来小说中的"小姐"形象研究》对女性性工作者进行比较分析，探讨这一时期女性性工作者形象的塑造和文化价值。2010年山东师范大学董蓬蓬硕士论文《论新世纪底层文学中的"新'青楼'女性"》分析了21世纪女性性工作者的生存和精神困境，从危险与愉悦方面探讨这些文学作品的艺术感，对底层女性在文学作品里的现象进行观照。2014年西北大学朱娟硕士论文《中国当代文学中的妓女形象研究》从写作背景、文化传统、当代形象塑造方面论述了女性性工作者在文学作品里的书写。

关于当代女性性工作者在文学作品里的书写的博士论文研究没有单独成篇的，关于性工作者在当代文学作品里的文学研究更是没有。有几篇关于男色书写的论文，属于古代文学范畴，如2012年赵睿才硕士论文《中国古代男色文化研究》、魏墨青2012年硕士论文《中国古代男色文学研究》。另外，在耽美文学方面，有几篇很小一部分涉及当代的男性性工作者文化，但是展开不足。整体而言，这些硕士论文多泛泛而谈，这一领域的学理性和学术性价值需要更多学者更高水平的文章出现。

以上这些著作和文章，对于我们理解性工作者题材的文学有很大的提示和启发作用，一定程度上构成了本书的部分因子。但是，它们只是开启而不是全部，因为这些研究对于性工作者的性别划分、阶层划分、符号隐喻都比较暧昧含混，没有做过综合性的对比分析，没有对这些性工作者形象和叙事的文学作品进行深度剖析，尤其是对男性性工作者在文学里的表现挖掘不够。本文力图填补这方面的不足，阐释笔者个人对性工作者的理解观点，探究近三十年来小说性描写中各类人物形象的展现方式。

在阅读前人文献的基础上，笔者进行了梳理，同时也形成了一些个人的思考，本书试图从不同性别的作家、不同年代的作品、不同性别的性工作者书写方面来观照当代文学尤其是近三十年来文学作品中性工作者形象的塑造，分析改革开放以来在新的时代背景下所建构的性工作者形象，反观在现代化的影响下，不同作家如何解构以往的政治话语权力以及社会政策，考量性工作者形象在当代文学中的内涵和价值，以及不足之处和未来前景。

全文分为四章。第一章，分析性工作者在小说中书写的社会背景和文学史发展的背景，分析古代文学、现代文学对近三十年来小说性描写中的性工作者形象建构的影响。第二章，从不同性别角度分析同一性别或不同性别的性工作者在小说中建构，以及他们所表现的文学史意义和社会意义。一般而言，男性作家注重从道德的、伦理的、社会的向度等外在化因素批判和建构性工作者形象，女性作家则更注重从性工作者的心理、身体感受、精神状态等内在性方面扩充男性话语下性工作者的不同经验和声音。通过对文本的比较，笔者分析了他们的异同。第三章，对性工作者题材小说中物象、人象、病象的隐喻进行分析解读，探讨性工作者题材的象喻特征。然后，通过不同性别、不同年代作家对同一题材的不同观照来比较小说中性工作者形象的丰富意蕴，分析他们在不同时期的变化。第四章，作家作品个案分析。接着进入结论部分，对救国济民型传统的性工作者是如何"受命于危难之际"进行简要分析，同时结合"妓女改造运动"的部分作品对这两种备受争议的性工作者形象进行对比判断，反思当下性工作者题材书写的缺陷以及积极意义。

本书难点在于以下两方面。一是具体文学文本的评价与社会调查之间存在裂隙甚至矛盾。二是性工作者在文学作品里的损耗，反倒成全了文学作品的品质，但是如何来证明这样的意义是个问题。小说性描写中的性工作者总是在从良与救赎—牺牲与救赎—救赎的虚妄之间打转，人物形象由洁净—受污—惩罚—悔过（继续耽溺）—救赎（沉沦）之间流转。苦难成就一种最终的认识，苦难主题的现实意义在某种程度陷入悖论：文学在消费苦难？

本书突破点，笔者认为有三。一是引入社会学和哲学的视野，通过对性工作者社会性和精神性的辨析，解释性与文学、性工作者与文学等关系问题。二是性工作者在文学中的问题被评论家多归结为社会的问题、人的问题，使被污名化的性工作者呈现出他（她）自身的生命质感，从符号的覆盖下显影出来。三是当社会学家们试图从各种调查数据和田野考察中还原真实性工作者的生活时，笔者则试图从近三十年来文学中的性工作者形象中，看到隐藏在他们身上的人性浪潮和欲望、社会病象和个人病象、社会伦理和个人认知以及文学隐喻意义。总之，任何文学作品都具有未定性，文学作品是一种隐喻的艺术，隐喻的思维方式为鉴赏文学提供了各种可能。笔者以性文化为指导，综合运用原型批判、女性主义、性科学、心理学、哲学等多种研究方法和手段对近三十年来小说性描写中的各类人物形象进行了分析，以自圆其说的方式阐释藏在文本背后的性伦理，分析和梳理作家所要表达的精神内涵，尽量接近小说的真实，尽可能从小说文本出发。同时，在研究过程中，笔者还运用最新的性科学的研究成果进行分析，结合当下发生的一些案例以及特意挑选的几个作家单篇做案例，进行具体的评价和分析。笔者希望从性伦理的视角出发研究文学作品，通过对近三十年来小说性描写中各类人物形象尤其是性工作者形象的书写的研究为当下的性别研究、消费话语、性文化的文学书写等注入一点个人看法。

总之，由于性一直是文化禁忌和道德禁忌的一部分，相关研究不够深入也是理所当然。尤其当代文学研究中，迄今没有对性描写中各类人物形象的研究博士论文，硕士论文和期刊评论也多侧重于社会学方向、女性主义方向，这一描写领域的学术性和学理性价值尚待跟进。笔者试图构建这一领域新的学术价值判断，也是填补研究空白。秉着揭露即是欣赏的本质，笔者探究这类题材的创作并做出判断，目的是展望和期待更高水平的相关作品和相关研究出现，有更多的学者研究这一领域，对这一领域做出新的文学价值判断体系。

第一章　性工作者书写的社会背景

从性描写的角度进入近三十年小说研究，既可以感受作家感性的审美，也可以从性文化的伦理建构和解构的变化隐喻中窥探政治、历史、社会的多方面信息，因为性爱是我们寻求作家原初体验世界的一个视点，同时也是探测历史、文化、社会意识形态等状况的有效角度。性爱叙事的边缘性和可感性可以打开文本的很多空间，为文学研究和文学史提供新的可能。写有性学专著《性，不只是性爱》的美国社会学家J.韦克斯说："性欲把大量起源于别处的矛盾集中到自己身上来：阶级的、性别的、种族地位的、一代人与另一代人之间的冲突，道德上的可接受性和医疗上的解释等方面的矛盾，在性欲这里有了一个交叉点。"[①] 本书主要研究的对象是性工作者，波伏瓦《第二性》里的名言："女人不是天生的。"同理，性工作者也可以说不是天生的，没有人天生去卖身。性工作和性工作者，是一种社会文化建构，只有人是其主语，是属于文化的。当代性工作者形象在小说里被创造，有其历史原因和社会原因，以及性别的原因，不同地域不同性别作家有不同艺术，对性工作者的形象建构也不同。

第一节　古代书写与近代书写

性工作者是游离于家庭之外的特殊群体，其产生和发展由来已久，

[①] 户晓辉：《解读文化中的性快感》，载叶舒宪编《性别诗学》，社会科学文献出版社1999年版，第127页。

性工作者问题在各个国家也几乎是一直存在的问题。对于性工作者这一广泛受到大众道德谴责的特殊群体，各个国家各种艺术有不同的描述，如文学、绘画、雕塑、影视、戏曲等，不同的正史和野史也有不同的记载，对于同一题材，不同的艺术表现不同的形式特征，不同时代表现不同时代的风格。

文学方面，世界名著里的性工作者有雨果《悲惨世界》里的芳汀、左拉《娜娜》里的娜娜、小仲马《茶花女》里的玛格丽特、托尔斯泰《复活》里的玛丝洛娃、莫泊桑《羊脂球》里的羊脂球等。绘画方面，顾闳中《韩熙载夜宴图》里的王屋山等，《千秋绝艳图》里的薛涛、苏小小、薛素素等，仇英《东坡寒夜赋诗图》里的王朝云，唐寅画里的李端端、秦蒻兰，吴伟画的武陵春、李奴奴，郭诩《东山携妓图》、傅抱石亦作《东山携妓图》，张大千《孽海花》亦有名妓赛金花等。在雕塑里，罗丹的《老妓女》非常著名。中国延安宝塔有锁骨菩萨的记录，亦有相关的菩萨雕塑。

由此可见，性工作者题材的作品，不仅仅是一种文学现象，也是一种社会现象和其他艺术现象，透过这些现象我们可以认识其背后复杂的历史、经济、文化、政治和社会的深刻原因。这是一个学术问题也是一个社会问题，这种现象不仅需要学术关注和研究，也需要相关的政策出台。性工作者"非罪化"的提出，有一定的社会意义，但还只是一种观念，缺乏具体的执行力以及操作细则。

性工作者的历史由来已久，妓女和男风现象的叙述和研究在很多文本里出现过。亨利·哈夫洛克·霭理士《性心理学》里提出娼妓的起源来源于宗教。古希腊的记载里也有这方面的论述。古巴比伦王国的女祭司，神殿的女士们，就是被认为是可以上下来往于天地之间的"神"，被认为是从事"圣职"的神职性性工作者，俗语就是神职妓女。刘达临《中国古代性文化》认为女性性工作者不是在原始社会就出现的，而是进入一夫一妻专偶制度之后出现的，是随着私有制社会出现而出现的，里面同时也提到了男风，贵族阶层男性对娈童养育的癖好等。王书奴在《中国娼妓史》里也表明性工作者来源于巫术，尤其是女巫师的舞蹈。武舟的《中国妓女文化史》则不认同性工作者起源于巫术的观点，而认为性工作者是由于社会贫富差距、阶级分层鲜明才出现的。

女性的身体古往今来经常被计价，包括和亲，如昭君出塞、文成公主嫁松赞干布，都是在为维持政治平衡的前提下进行的。民族动乱、国家处于战争或者朝代更替时期，也容易产生大量从事性工作的人员，如老舍的《正红旗下》，对当时清末满族由于政治变动出现了一批性工作者进行了一些具体的描绘。这些虽然和性工作者标示所展现的价值和形式不同，但也暗含着"售卖"的意思。然而这种现象不该被粗暴批判，因为这涉及很多方面问题，性道德一定程度可以说就是性法律，当法律在家庭、婚姻方面不能有效保障弱势群体时，相关的社会问题就随之而来。

西方恩格斯和激进女权主义者，表达过婚姻的长期性与卖身者的短暂性的区别，前者是终身以婚姻的名义租给一个人，后者是零售给不同的人，除过社会道德规训，两者之间的差别在于价格的不同以及履行契约时间长短的不同。从这方面来说，婚姻之内的性，如果没有爱情，也就只是缺乏一顶"性工作者"的帽子，本质上或多或少沾染着性工作者的特征。如果除开社会公约和法律契约，在当代，性工作者和非性工作者的界限越来越模糊。不过，我们在谈论性工作者的时候，评价标准还是在法律之内的。法律安排的罪化称呼为"失足妇女"，而社会学家所提出的称呼为"性工作者"，后一种比较客观，以显示感情的中正，以显示在进行评价时男女不同性别运用的是同一标准。

这种情况，与中国传统的以男权为主体中心的社会组织形式有极大关系。就是《聊斋志异》这些描写鬼怪的小说，也烙印上了极强的男权色彩，里面的性工作者多是女性，里面的妖魔鬼怪，可爱的或者凶残的，皆为女性的变形，是可以蹂躏和制服的。这些描写鬼怪的作品，女性总是被当作性化的对象，无论是动物还是植物，是作为"她"出现的，是性化的一种物。在这些鬼怪作品中，作为男性的人与作为"妖精"的"她"，所生的一般都是"人"，而如果作为人的"她"与妖魔鬼怪被迫或主动发生关系，则容易生下"怪胎"。这些男性生殖意识的建构，多是以男性的心理祈愿和欲望为中心的，女性可以被宰制、被审判，女性就是在妖魔鬼怪题材的作品里，依然难以逃出被弱化、被矮化的命运。

在中国古代，有官妓和私妓。中国最早的妓女，一些来源于战俘和奴隶，《史记·匈奴列传》有相关记载。关于官妓，《周礼》有提及，是为帝王淫乐所提供的女性。到了管仲，则将此作为一种职业普遍化，敛财以增加国家收入，这应该是最早的性服务合法化记录。

性工作者作为一种社会现象，很早就进入了文学写作，无论是通俗文学还是严肃文学，都有大量的涉及。元代的戏剧和唐宋诗词，有大量篇幅证明青楼女子参与了文学创作，也有大量文人士子描写青楼文字的文章。

唐传奇里有一些描写性工作者的小说，如《霍小玉传》《李娃传》《虬髯客传》等，这些传奇小说作品流行于文人圈子，和元稹、薛涛、白居易等一些描写青楼的诗词一样，多是附庸文人的风流。到了宋元，白话本小说出现，青楼与商人联系紧密起来，青楼文学作品中，不再相对单调地写才子佳人的爱情。尤其是宋代，市民经济较发达，这些小说在坊间就相对于前朝变得通俗繁荣，比较有影响的有柳永和苏东坡等的一些词。到了明代，市民经济发达，性工作者题材的艺术在话本、诗词、散曲、杂剧等方面都开始变得繁荣，数量也极其可观，如《卖油郎独占花魁》《杜十娘怒沉百宝箱》。"三言二拍"里，对于商人与性工作者的情爱故事，也多有铺陈。

清代男风文学兴盛，女性的青楼文学也很繁荣，陈森的《品花宝鉴》、韩子云《海上花列传》、曾朴的《孽海花》、孙家振《海上繁华梦》、毕依虹《人间地狱》、程惠英《凤双飞》等，题材广，对现当代影响极其广泛，尤其是《海上花列传》，直接影响了现代张爱玲和当代金宇澄的写作。当然，也影响了其他人，对于新感觉派，以及当下的城市写作影响很大。张爱玲《沉香屑——第一炉香》《十八春》、苏青《蛾》、沈从文《柏子》《丈夫》、老舍《月牙儿》《四世同堂》《骆驼祥子》、丁玲《庆云里的一间小房子》、周天籁《亭子间嫂嫂》等，当代作家陆文夫《小巷深处》、苏童《红粉》、严歌苓《扶桑》《金陵十三钗》、白先勇《孽子》等这些书写性工作者的小说，和传统书写性工作者题材的小说有很多相似元素，是受其影响而出现的。当然，不管是男色还是女色，在一些古典文学里也早已出现，如《红楼梦》《金瓶梅》《聊斋志异》等。言情、武侠等小说也有这些角色。外国国籍的性工作者在作品里也有出现，如《沉沦》里的日本艺妓。当然，也有外国作家描写中国的性工作者，如日本桐野夏生《异常》、英国玛琳娜·柳微卡《乌克兰拖拉机简史》等都写到中国的性工作者。以上这些作品，集体表征出性工作者叙事和形象一直以来都是作家热衷书写和观照对象。

第二节　电影、雕塑、摄影及其他艺术影响

在戏曲方面，无论男风还是女伶，作品里表现性工作者形象的，以青楼女子为主要抒发情怀对象的从元代到清代剧本颇多，著名的有关汉卿《救风尘》《杜蕊娘》《谢天香》、乔吉《两世姻缘》、马致远《青衫泪》、杨显之《酷寒亭》、郑光祖《云窗梦》、明代沈鲸《狭笈记》、郑若庸《玉玦记》、清代钱维乔《醉仙桥》、沈起凤《黄泉路》等，以及一些佛家的宣扬菩萨妓女点化众生的戏剧，都是围绕着这些从事性职业的人展开的剧本。这些剧作对后来的《霸王别姬》《游园惊梦》等的演出，也深有影响。

性工作者，尤其是女性性工作者，是雕塑和绘画等艺术热衷于表现的主题，青楼与文人向来缘深，丝竹管弦也与青楼相连，摄影艺术也与性工作者有密切的关系，已故摄影家赵铁林拍摄性工作者的作品有《聚焦生存：赵铁林另类人生拍摄手记》《她们：一个摄影师十年纪录的风尘故事》《看不见的人+看不见的城市》《镜头里的社会（上下）》等，其他摄影师专门跟踪拍摄性工作者的照片和视频也有很多，但是不像赵铁林这样具体翔实。不过，他们都一样地从不同侧面展示了这一特

殊群体的生存和生活状态。

绘画方面，中国古代就非常热衷于展现勾栏女子的容貌，而且，一些女性性工作者，即青楼女子们，也是这方面的创作者，如江南名妓董小宛、林奴儿（南京）、朱斗儿等。现代画家潘玉良的一系列作品，均是以勾栏内这些从事性工作的人为主要观察对象的。当代画家张建华的"夜来香"就是表现底层无名的性工作者的生活，都是以底层性工作者为主要观察对象，与他们一起生活一段时间，对他们进行记录的。通过绘画与摄影表现和裸露他们的身体，表达创作者的艺术诉求，也同时通过镜头表达他们自身的精神诉求，这些画作和摄影作品虽然在现在还不被大众广泛阅读和接受，但是他们对这些另类的处于正常社会的边缘群体的关注，除了一种简单的猎奇心理之外，也从侧面反映了他们对人性的悠远关怀和想象，对艺术的美的一种侧面定义和贡献。在外国绘画中，提香《妓女玛丽的忏悔》也是直接描写性工作者的。宗教题材里，圣玛利亚未婚生子，也经常以"圣妓"的形式出现在画作中。日本浮世绘，以及中国春宫图，也多以花街柳巷里的故事串联起头。日本对艺妓的描绘，一定程度上也是直接指向其不合社会常规的性秩序带来的诱惑和恐惧。

在雕塑方面，德国、瑞士边界竖立着一些性工作者雕塑，甚至是扭曲的、裸露的。日本也有性工作者的雕塑。在中国，一些地方，设立着妓女公共坟墓、雕塑和陈列馆，如东北胭脂沟的妓女坟。罗丹灵感来源于17世纪诗人维龙的诗《美丽的欧米哀尔》的雕塑作品《欧米哀尔》（又名《老妓女》）就是为性工作者所做的雕塑，一如瑞德边界的性工作者雕塑，罗丹的这幅雕塑也展示了一个年老色衰、满是皱纹、皮肤松弛、乳房扁平和脑袋下垂的老年女性工作者形象。

在电影作品中，性工作者也是无处不在。法国社会学家波德里亚在《游戏与警察》里论述黄色电影，他认为整个黄色淫秽都围绕着女性性器打转。连续不断的吞食，张开大口的贪婪，在这种视野上，人们总能感受到男性性器的脆弱、稀少和无能。传统社会神话的反面，其中男性阳具带有攻击性，器官的侵入总是雄性的行为。黄色电影通过这种颠覆

(当然总是男性权威的颠覆,这是已经改换了极性的性事),反倒展现出这一点:倘若作为神话,男性气质、大男子主义是取之不尽的,若作为商品、作为性交易市场上的财富,它总是稀缺的。它是所有人缺乏的东西,在日渐稀少和物化的性表现之中,男人和女人们都缺乏——经济范围内开发的等价物,男性的勃起从来都不可靠。女性的性器总还信得过,它只需张开就行,并不存在零度状态。①

性工作者是导演热衷拍摄的对象,指向不同的符号和意义,甚至导演进行去意义、去升华的拍摄,也会被观众编码出个人的解读。性工作者由于职业的特殊,游离在家庭和社会的正常规则之外,有较多隐匿性和自主性,有较多发生社会关系的可能性,所以往往容易成为时代隐喻和文化象征的一部分,成为社会矛盾的一种意指的社会符号。他们多元多向,脆弱坚韧,至贵至贱,至尊至卑,命运充满离奇。他们既可以是拯救者,也可以作为被拯救者,他们以承受苦难又制造苦难的面目出现在观众的视野和舞台,是时代隐喻和社会隐喻的载体。

性工作者被不同的导演在不同的电影作品里建构着不同的形象,进行着不同的叙事。电影是可纪实的,也可表现写意,无论纪实还是写意,不同的表现带给观众不同的视觉体验。对性工作者的拍摄,有些影片纪实,有些侧重于符号化的写意,有些则灵感或者部分事实来源于生活。这些作品有《神女》《胭脂扣》《安阳婴儿》《金陵十三钗》《南京南京》《望乡》《生于妓院》《艺妓回忆录》《柳如是》《榴莲飘飘》等。

电影里的性工作者和文学作品里的性工作者有很多类同处,但是电影相较于文学,暧昧色彩浓,灰色地带比较多。电影里的性工作者,可以简单地划分为两类,一类是主动投身者;另一类是被迫献身者。主动卖身者如《榴莲飘飘》里的阿燕、《天上人间》中的阿英,她们更多是出于梦想的渴望,出于消费的渴望,走上了性交易道路。被迫卖身者,如《神女》《安阳婴儿》,这两部电影里面的主角都是为了哺育自己的

---

① [法]波德里亚:《游戏与警察》,张新木、孟婕译,南京大学出版社2013年版。

孩子而出卖身体，其美德被部分人歌颂，属于母爱的变形体现。不管是主动拥抱这种职业，还是处于生活的逼迫，这些性工作者，都将自己间接或者直接地推进了生活的别册，就如韩寒的《1988，我想和这个世界谈谈》（一本公路小说，公路是时代的隐喻）里面得了性病为不影响孩子成长主动消失的女性性工作者一样，她们都行走在时代的公路上，是敞开者，也是匿迹者。

以性工作者为题材的优秀电影非常之多，性工作者形象各异，他们一直被书写、被拍摄、被发声，但是在发声的过程中，他们又被选择、被误读、被剔除、被异化，无论是自我污名自我异化，还是被迫承受污名和异化，在时代的背景下，他们总是不得不承受一些解读和偏见。性工作者出现在电影里，可以表现社会问题，也可以表现哲学问题；是艺术对生活发出的问询，也是生活对艺术发出的回访；是爱欲压抑的解放，也是爱欲制造的压抑。性工作者出现在电影中，可以毫无意义本色出演，但是这种出场本就制造了一种意义和联想的机构，制造了一种所指。众多文本认为性工作者是沉默的、不发声的，但是他们独特地被标出，就已经是一种发声，就已经于日常生活之中制造了一种正常之中的不正常。

除了日常生活中的雕塑、绘画、摄影、电影等有性工作者的踪影，现代博物馆中，也经常可以看到裸体的女性，被当作艺术的对象"供奉"在展厅，潜在地作为情色对象被人打量着，尤其是被男人打量着。男性对女性性的剥削和入侵，多以艺术的名义呈现。西方学者邓肯曾指出："收藏中常见的女性身体形象突出其性别特征的做法积极推动了作为社会环境的博物馆的男性化。悄无声息、偷偷摸摸，它们将博物馆仪式的精神诉求描画为一种男性诉求，正如他们把现代艺术的广阔事业首先标注为一种男性职业。如果我们知道现代艺术博物馆是一种男性超越仪式，如果我们看到它是围绕着男性的恐惧、迷恋和欲望组织起来的，那么，一方面诉求于精神的超越，另一方面困扰于女性的性感肉体，就不再是看上去莫不相干或自我矛盾的，而都能够被看作是一个大的、完整的精神整体的组成部分。"① 该论文认为现代一些博物馆,有意地运用父权制特权,把男性的性幻想客观化为一种高级文化,认为对于许多男性来说:"色情的首要(如果不是唯一的)价值和作用是巩固性身份以及随之而来的性特权。色情向他们自己和其他人断言他们的男性身份,并且宣称男性具有最大的社会权力。"② 该论文还对毕加索的画作做出阐释:"在最终完成的作品中,女性们已经成为一种特定的题材,如此人们看到的才不仅是现代意义上的娼妓,而且可以通过'黑非洲'艺术和位于同一线性谱系上的代表西方文化开端的作品(埃及和利比亚神像),并将之追溯到远古时代。毕加索就这样运用艺术史来支持自己的论点:令人畏惧的女神,可怕的女巫,下流的娼妓都是同一种多面生物的不同侧面,所以它既令人恐惧又具有诱惑力,既仪态雍容又自我贬低,既专横又软弱无力——所有这些都是男性想象的心理财富。毕加索还暗示,真正伟大的、有力度的和富有启示性的艺术经常是并且必须是建立在这种孤高的男性财富之上的。"③ 从这些论述我们可以看出性在艺术馆里存在的状况,也可以看出两性在性权力方面的不对等,在艺术领域,性也存在着消费和扩张。

总之,性工作者总是出现在各种艺术里,成为特殊的表现对象。作为边缘群体的性工作者,通常游离于主流价值与体制外,处于连接上层和下层之间的暧昧地带。随着全球经济、政治、文化等的发展,人们的精神受着多元价值观的冲击,主动选择进入性工作者行列的人也越来越多。当然,不能客观上单从传统的道德方面对他们进行指责,应该加大关注和重视的力度,了解并且理解他们,与他们建立沟通;应该去除精英的中心化意识,也应该去除这一群体的"边缘化"意识,以实现和

---

① [美] 卡罗尔·邓肯:《现代艺术博物馆的"妈咪"热》,载 [美] 詹尼特·A.克莱尼编著:《女权主义哲学》,李燕译,东方出版社2006年版,第364—365页。
② [美] 卡罗尔·邓肯:《现代艺术博物馆的"妈咪"热》,载 [美] 詹尼特·A.克莱尼编著:《女权主义哲学》,李燕译,东方出版社2006年版,第373页。
③ [美] 卡罗尔·邓肯:《现代艺术博物馆的"妈咪"热》,载 [美] 詹尼特·A.克莱尼编著:《女权主义哲学》,李燕译,东方出版社2006年版,第371页。

谐为目标，达成相互的理解。在文学作品里，应该多方面地探测他们、进入他们，尽量真实地展示和呈现他们作为人的全体风貌，而不该简单地陷入二分法的道德伦理审判，对他们污名化，或过高拔高他们，因为，过分的性禁锢和性压抑，都是不正常的，文学作品和文学评论对性描写中的人物形象应该有一把弹性的尺子标准，远离片面的两极分化观，探索中间地带、灰暗地带，探索亲密关系的各种可能，丰富文学塑造的形象。

第三节　社会转型期的突变

社会转型时期社会发生了很大变化，表现在两个方面，一是观念的解放；二是消费欲望的释放。观念的解放包括性解放，消费欲望的释放指进入消费时代，人的消费欲望被激发，消费热情空前膨胀。人不光积极地制造有形的商品，同时也在彼此进行"生产"，人也逐渐变为被生产的"物"，而这其中，对自由的追求，也变相地进入消费之中，甚至自由也成了一种消费。

一　性解放

"性"字在中国古代文化里有复杂的意义。徐复观《中国人性论史》等著作对此有详尽的阐释。在早期的儒家典籍中，也记述了关于"性"方面一些直接的或间接的论述。如《孟子·告子》记录"食色，性也"，《礼记·礼运》记载"饮食男女，人之大欲存焉"，《孟子》里有"好色，人之所欲"，孔子认为人之三戒其中一戒在于"少之时，血气未定，戒之在色"。孟子还强调一个和谐的社会应该"内无怨女，外无旷夫"，应该及时婚姻嫁娶。不过，由此也可以看出，中国传统文化的性观念方面存在两种性欲观——纵欲与节欲。老庄观念主张"全生适性"，老子主张"无常无欲"，杨朱认为人生苦短故应顺乎自然及时行乐，是一种纵欲的主张；儒家的中立看法表现出儒家主张节欲。藏传佛教密宗主张男女"双身""双修"，则是一种性修行。宋明时期则因为政治气候等原因，社会相对进入性禁锢时期，宋明理学的核心是"存天理，灭人欲"，人的欲望被当作不好的东西需要去除和遮蔽，对于妇女，更是提出更多的要求，节烈观在这一时期得到较为全面的传播，女性开始盛行束脚。明清时期各地竖立了许多贞节牌坊，将封建礼教对妇女的伤害推向了中国历史的高峰，而女子的束脚文化则体现了丰富的民族关系和男女关系（清代汉族妇女束脚，部分汉民族"降男不降女"文化作祟，是男子对女子的要求）。政权的禁欲同时也导致性欲小说在民间的广泛流传，这种悖论现象从《金瓶梅》等书的一再被禁可以看出。

由此可见，在中国社会发展不同时期，性伦理的发展在文学作品里表现为有时纵欲有时禁欲的特征，这也客观表现了近三十年来小说纵欲与禁欲交织的内在依据，当然，"五四"新文化运动的影响也是不可估量的。

"五四"时期，进步知识分子接受西方启蒙，自身人权意识的觉醒，开始向传统的封建伦理宣战。周作人、鲁迅、茅盾、张竞生、潘光旦、李大钊、江绍原等人，一些批判守旧的性文化，一些译介了许多相关的西方著作，以宣传西方在近代科学和人本主义发展基础上所形成的性观念，现代色彩比较浓厚的性文化体系由他们倡导并宣传。1925年，文学艺术界开了一场性解放的讨论，章锡琛和周建人、陈百年等参加了讨论。随后，性解放运动在全国逐渐轰动起来。

1949年之后，中国颁布了《婚姻法》，提倡一夫一妻，婚姻自由，反对包办买卖婚姻，严禁纳妾，并查封了妓院，将以前的性工作者视为封建残余，进行改造。到了20世纪60年代，在性文化方面，形成了新的禁欲主义，以往的封建传统既打破又结合。进入20世纪70年代末期，社会政治开始松动，到80年代后期90年代初，中国政治、经济和文化等方面大幅度走向开放，多个领域与世界接轨，"性学"研究开始在国内兴起，被当作科学文化的一方面研究。性学专家不断涌现，性学著作相继出版，李银河、刘达临、潘绥铭、李书崇等的性学著作产生广泛影响。当然，电影、摄影、绘画等艺术也产生过冲击，如描写日本慰安妇的日本电影《望乡》于 1978 年在上海公映，引起了社会各界的讨论。尽管只是一部日本电影，但它在上海大都市的上演，几乎可以表明，爱情和性的关系在较为公众的场合开始可以相互剥离。

1985 年，医学研究者阮芳赋撰写了《性知识手册》公开发行，性学不再成为禁区；也就是同年，张贤亮发表了《男人的一半是女人》这篇小说，将性压抑在新的时代背景下提上舞台，引发了一场关于"性文学"的争论；同年，川剧作家魏明伦的作品《潘金莲——一个女人的沉沦史》也开始为潘金莲以往的历史形象翻案，这两本书引起了众多的社会争议。就是在这种争议的影响下，出现了一系列探讨性问题的文学作品，其中较为著名的有莫言《金发婴儿》、苏童《罂粟之家》、刘恒《伏羲伏羲》、铁凝《玫瑰门》、王安忆《岗上的世纪》，这些作品都集中发表于 20 世纪 80 年代后期。贾平凹《废都》、陈忠实《白鹿原》、亦夫《土街》、老村《骚土》等一批描写性并写得极其大胆、有时代特色的作家在 90 年代初期开始陆续登上文学舞台。

毋庸置疑，"性"是大众比较"喜闻乐见"的事情，正是前期对性的保守压抑，造成了 80 年代以来性的诉苦叙事的形成，性话题不断反弹，形成以后的几次书写性的高潮，关于性的碟片、电影、文学艺术等也相应热闹起来。一方面是商品消费文化的流行，一方面是性解放呼声的高涨，这两方面造成了性在当今时代独特的文化现象。

20 世纪 90 年代到现在，同性恋由亚文化状态进入一种较为公开的文化生活叙述里，这也是"性解放"运动取得的进步。不同性别的作家和性学专家提出他们的性学呼求，社会对于同性恋也越来越宽容。作家陈染的小说一再主张将女性的情感和身体出路指向同性情谊，展现出同性恋特征，也写到同性性工作者的服务场面，而铁凝等作家，也在作品里或隐或显地展示过这方面的论述。铁凝《大浴女》小说里唐菲，是个私生女，也曾经想在传统意义上做个好女人，但是面对强大的男权社会，辗转于不同的男人之间，凭借自己的美丽，与白鞋队长、舞蹈演员和铸造机械厂招工的戚姓师傅等发生性关系，最后彻底将自己看成一种疾病，放任自己与众多有权势的男人发生身体关系，以此获得一些名利，而在这个过程中，她曾经试图将自己的情感通向同性情谊。王安忆、方方、徐坤、迟子建、虹影等作家并不认可自己是性别意识强烈的女性作家，但是她们的作品不约而同的进入了评论家的视野，被评论家指出她们具有独特的女性意识，她们的作品也不同程度地表现了女性对性的放纵，以及女性之间相互扶持的同性恋情谊，当然，包括身体的相互安慰和救助、取悦。当然，针对这种对男性传统形象的重新建构以及对女性情谊和出路问题探讨的写作，中国作家和评论家在结合西方理论提出的"双性同体"说（埃莱娜·西苏），提出了自己的批判"超性别意识"（陈染等作家和评论家）。"超性别意识"是陈染在英国的一次演讲中提出的，后整理成《超性别意识与我的创作》发表于1994年第6期《钟山》杂志，她认为真正的爱应该超于性别之上，主要指爱情之爱，她解释超性别意识时说："人类有权利按自身的心理倾向和构造来选择自己的爱情。这才是真正的人道主义！这才是真正符合人性的东西！"她预言"异性爱霸权地位终将崩溃，从废墟上将升起超性别意识"[①]。不过早在1987年，孙绍先《女性主义文学》一书在介绍中国女性主义文学历程时，就指出中国女性主义文学的困惑并预测了中国女性主义文学的走向，提出："女性既不应该继续做父系文化的附庸，也不可能推翻父系文化重建母系文化。出路只有一条：建立'双性文化'。"[②] 这应该算是和西方的"双性同体"与陈染"超性别意识"创作等同的一种说法。

20世纪80年代初，西方心理学著作的翻译和女性主义理论著作大量翻译并深入传播到大陆内，也对性工作者的塑造形成了影响。心理学著作对中国传统性文化的改变，有几个人的作品影响巨大，如弗洛伊德、荣格、舍勒等。女性主义文学理论被广泛介绍到中国，与之伴随的是西方女权主义运动的一系列文化作品被翻译，以及结合翻译产生的本

[①] 陈染：《超性别意识与我的创作》，载《断片残简》，云南人民出版社1995年版，第124—127页。（原载《钟山》1994年第6期）

[②] 孙绍先：《女性主义文学》，辽宁大学出版社1987年版，第130页。

土阐释和演化,对中国作家尤其是女性作家的书写产生了极大影响,无论是文学批评还是创作,都影响巨大。女性主义理论相对是开放的,按其内容划分,有女权主义、激进女性主义、保守女性主义等。女性主义理论对创作的影响是以女性视点的介入作品来体现的,女性主体意识的增长使女性敢于向男权和商品消费挑战。同样,女性视角的叙事也会间接改变男性作家的女性观点,这些新的观点丰富和补充了性工作者形象创造的内涵。

二 消费时代的消费欲望

正如丹尼尔·贝尔在《资本主义文化矛盾》中说:"现代社会富于感应性,这表现在它的经验主义和物质主义的倾向上,而且性格外向,重视技术,信奉享乐。"① 贝尔还写道:"资产阶级社会与众不同的特征是,它所满足的不是需要,而是欲求,欲求超过了生理本能,进入心理层次,它因而是无限的要求。社会也不再被看作是人的自然结合——如城邦和家族——有着共同的目标,而成了单独的个人各自追求自我满足的混杂场所。"② 从 20 世纪 90 年代开始,商品文化的影响无孔不入,时尚产业与具体的人的生活有千丝万缕的联系。消费产业兴起,也就导致了性工作产业的兴起,从而性工作题材的小说和其他艺术也相继繁盛,性所建立的传统的亲密关系也遭到破坏。

消费主义社会将可以被消费的东西当作消费对象,自然,身体也就成为一种产品,成为异化的可以消费的对象。消费主义将人生产为消费对象,人通过身体的消费和被消费实现自我的要求。然而,消费主义无法帮助性消费的双方改变其主客体的地位,性工作者在这个过程中,更深地将自己拖入物质假象中,退化到以身体取悦雇主的地步,从而失去精神的创造性。一种依靠身体的个人奋斗,一种依靠性做媒介而不是凭

---

① [美] 丹尼尔·贝尔:《资本主义文化矛盾》,赵一凡、蒲隆、任晓晋译,生活·读书·新知三联书店 1989 年版,第 83 页。
② [美] 丹尼尔·贝尔:《资本主义文化矛盾》,赵一凡、蒲隆、任晓晋译,三联书店 1989 年版,第 68 页。

自身的创造力实现的生活，归根结底是颓靡的，他们过的是一种如凯瑟琳·巴里在《被奴役的性》里所说的生活，是"另一个世界、另一种与卖淫、乱伦、强奸、婚姻生活不同的可能的现实"①。

纵观近三十年来描写性的文学作品，可以分为三种，按出生时间和书写题材划分：第一种更多关注社会、关注政治，性只是一种隐喻和抵抗的手段，这方面以 20 世纪四五十年代出生的作家为主，包括出生于 30 年代的张贤亮，他们成长于六七十年代，对亲历的历史特殊时期一直"较为有话说"，又不便直说，性就成了一个出口；第二种是表现性张力以及性的情欲不可忽视，如贾平凹、亦夫、刘恒、王安忆、莫言等，这批作家多出生于五六十年代；第三种则将性写得较为自然和日常，靠近实用主义和消费主义文化，这一批作家出生于七八十年代，有陈染、林白、朱文、卫慧、棉棉、木子李、周洁茹、韩寒等，他们的作品虽然也写性的压抑，但已经相对去政治化，也不再过度强调情欲，而更注重从日常生活和市场消费方面进入性的书写。第三种作家比较注重"性"文化的解构，性变得没有太多的庄严感和神圣感，他们对已经建构的"性"文化"祛魅"。由此，性成了一种衡量社会的标准，政策较为严格或较为放松，都会影响到文学叙事。

第四节　想象的他（她）者

顾名思义，"性工作者小说"是写关于性工作者的小说，性工作者小说的名称还没有定性，其原因并不是因为这类小说的数量不足以成为一个独立的小说样式，恰恰相反，因为其数量巨大，角度不同，而"性工作者"又是一个社会学的术语，所以还没有被广阔地纳入文学视野和审美范畴，但是，这类小说如果命名有它的可探讨性。人对待自己和他人身体的态度会影响到人的境遇和命运。人身体的某部分属于隐私，碰触或展示会违背人的伦理和规约，这种伦理和规约属于人类文明

---

① ［美］凯瑟琳·巴里：《被奴役的性》，晓征译，江苏人民出版社 2000 年版，第 312 页。

的一部分，所以对于性工作者题材的文学作品的研究，对社会有非常重大的意义。

一般而言，大多数人认为性工作者文学就是妓女文学，在近三十年的话语环境中，性工作者文学在部分人眼里差不多就是女农民工文学，是底层文学的一部分。固然，性工作者文学很多是写在异乡将自己的承受减少到无声的这些底层讨生活的女性，但也有一些其他出身的性工作者文学。

一　题材特征

从小说写法来说，性工作者题材的小说的叙事必须包含人物的个人性经历，一般有以下几个重要特征。从人物的年龄看，一般主要是年轻的女性和有性能力的男性，但这不是绝对的标准。很多学者把性工作者小说界定为"妓女"题材的小说，但这本身是不科学的，是对女性歧视的一种体现，因为还有一些性工作者是男性，社会上俗称其为"鸭子"。从内容上看，性工作者小说一般都是他（她）性，亲历性的文学作品非常少。它主要反映从事这个职业的人的成长体验和心理变化，以及由此生发对现实生活的批判。人物在这些见闻和经历中的变化，构成了小说的主体，它展示或叙述了对个人成长发生重大影响的某些生活经历。性工作者一般有较为明确的自我意识，却不能较为妥善地协调个人意愿与社会规范之间的冲突，从而在自我价值实现的方面充满了矛盾。从结构上看，性工作者小说的叙述结构相当的模式化。一般来说，从事这方面职业的人，都经历了一种来自生活的突然转变，都承受了一些来自生活的特别创伤，或精神的或身体的，也有来自遗传或者其他的文化创伤，这个过程也就是所谓人为过渡的心路历程，在这个基本模式上变异，生发出各种各样的故事。性工作者小说在结构上具有开放性。从结果上看，性工作者小说中的性工作者在经历这个职业之后，会获得对社会、对人生和对自我的重新认识和确立，这种认识与其明确而切肤的身体感受和精神感受有关。因为只有这样，他（她）们才会对社会和自身形成新的判断。性工作者小说的主人公一般都是动态人物，而小说中的观察者,作者"我"或者其他视觉的次要角色,却通过性工作者的挣扎与毁灭过程,获得了人生的启发和体验。

以上特征,只是对众多性工作者小说包含的一些普遍共性的归纳,每一部作品都有其自身的个性特征,在原型的基础上发生变异。比如,作品长短不同,原型基础上发生的变异就不同;人物不同,体验就不同;有人因新的认识产生幻灭,有人因为接受了新的认识,而不断获得突破。因为这些多样性,才赋予了性工作者小说叙事艺术无限的张力和活力。

"除了少数情况之外,今天的性行为常常是分为男人和女人这样两个平行的世界。两性的繁殖力(fertilitu)在绝大多数情况下只能按传统的方式会合,非传统的方式要想公开提出自己的要求,也只能采取某些沉默或论战的形式。"[①] 由此可见,从事性工作在社会上就显得不正当,被歧视。相比较而言,性工作者的身体创伤是相对可以复原的,精神创伤则几乎一生跟随,社会对其所进行的评判,以及自身的耻辱感、羞耻产生的绝望、由绝望而来的文化创伤,则是永久的。但是这些人何以如此,情归何处,很值得探讨。

二 他(她)者想象

就现有的 20 世纪 80 年代以来到现在的文学作品,性工作者一直都是他(她)者身份在叙述,都是他(她)者的想象。关于性工作者的文学性描述,都是他(她)者想象。他(她)者,是个复杂的哲学命题。他(她)者是相对于自我而言的,通常在与自我的关系中被提及与理解。自我与他(她)者是理解性工作者文学的两个潜在而重要的关键词。性工作者文学塑造的多是他(她)者形象,是被观看的他(她)者,没有独立性格,是沉默的,借助他人发声,而无法自己发声,是隐蔽的、被遮掩的,是文化所规避的一部分,不被正面肯定和赞

---

① [法]露丝·依利格瑞:《性别差异》,载张京媛主编《当代女性主义文学批评》,北京大学出版社 1992 版,第 373 页。

扬的，性工作者的存在是黯淡的、地下的、容易被抹除的。

从20世纪90年代初期的《废都》《白鹿原》，到21世纪阎连科的《柳乡长》、盛可以的《北妹》、林白的《去往银角》和《红艳见闻录》、阿宁的《米粒儿的城市》、季栋梁的《燃烧的红裙子》和乔叶的《解决》等作品，皆反映了性工作者在文学作品中的存在，反映了不同地域不同文化背景下的性工作者的存在。性工作者这个社会学名词，如同霓虹灯闪烁一样，象征着欲望、隐忍，象征着暧昧、晦暗不明。尽管由于政策或者传统的左右，中国女性性工作者被冠之以"失足女"的名词，但是这两个词的含义大体是相当的，敏感又尴尬，也许其中的隐秘性和独特性激发了当代作家的创作和想象，尤其是在21世纪这十多年出现的底层文本中，很多作家的作品塑造了丰富各异的性工作者形象。从这些作品可以看出，性工作者的存在是多元而暧昧的，他（她）们有着不同于其他社会群体的内在体验，探讨这些文本，会发现它们有着独特的审美内涵，而且这些文本也传达出了与主流社会不同的社会价值观念。道德评价是一方面，悬置道德，这些承载着改革开放之后新的社会面貌下新的性工作者形象塑造的作品，在叙事艺术上也表现出了独特的追求。

自从20世纪80年代以来到现在，性工作者的塑造也经历了几个时期。八九十年代文学中的性工作者形象与21世纪以来尤其是网络大面积普及的近十多年有着不同的表述方式，性工作者所处的环境和自身身体的开放程度也发生了很大的变化。相应的，社会环境也显得越来越宽松，无论是文学期刊杂志还是社会学对这方面的创作和评论也越来越多。然而由于性别不同、经历不同、地域或者所受文化程度等不同，男女作家在作品中所呈现的叙事立场与表现的姿态也不同，然而性工作者形象的书写整体上还是有其单一化、狭窄化的一面，有其书写的局限，有些作品主题先行，有些作品流于说教。大体而言，关于性工作者的文学作品的创作眼光都是自上而下的，缺乏一种仰望的姿态，缺乏一种进入的姿态，因此，值得进行广泛而细微的批评。

性别不同、书写方式不同，对性工作者形象的塑造就大不同，在当代美国作家中，乔伊斯·卡罗·奥茨（Ioyce Carol Oates）也许是这种立场最有说服力的代表。在一篇题为《（妇女）作家：理论与实践》（1986年）的文章中，奥茨抗议艺术中的"妇女"或性别的范畴："主题是由文化决定的，不是由性别决定的。想象力本身是无性别的，向我们敞开大门。"自从20世纪70年代以来，多数女性主义评论家虽然承认作家需要感到不受标签的束缚，但她们否认无性别的想象力之观点，她们从各种角度指出想象力逃脱不了性别特征的潜意识结构和束缚，强调不能把想象力同置身于社会、性别和历史的自我分裂开来。① 不同的性别表述不同，生理特征在一定程度上决定着人的叙述方式。

很多作家否定自己是单性别书写，认为自己是双性同体的，其中女作家居多，但是，"双性同体的脑子最终说来是理想艺术家的乌托邦投影：平静，稳健，不受性别意识的阻滞"②。作家们很难超越他们的性别进行创作，纵观所有男性作家的作品，他们很少塑造阳痿的主角。男人的性恐惧使男性作家们根本不敢塑造阳痿的主角，即使进行塑造了，也都是会有一些其他曲笔和解释，因为男作家们更怕对号入座，他们是恐惧暴露自身的。越是身体羸弱的男作家，塑造的男性则越威猛，这是一种互补，作家在生活里实现不了的，在作品里实现。同样，女性作家亦如此，所以伍尔夫的自杀与其说是厌世，不如说是死于智者的谋杀，爱的名义可以篡夺一个女人对生命的责任，削弱她并毁灭她。就如作家们对性工作者形象的塑造，赋予自以为是的理解与同情，正是在这种同情的基础上，真正的性工作者无法发声，被屏蔽，他们被作家们成功地利用和毁灭，成了想象的他（她）者、弱者化的他（她）者、被凝视的可以当作猎奇对象的他（她）者。

---

① ［美］伊莱恩·肖瓦尔特：《我们自己的批判：美国黑人和女性主义文学理论中的自主与同化现象》，载张京媛主编《当代女性主义文学批评》，北京大学出版社1992年版，第255页。

② ［美］伊莱恩·肖瓦尔特：《她们自己的文学》，韩敏中译，浙江大学出版社2012年版，第269页。

整体而言,从数量上来说,文学作品中出现的性工作者多是"农民工",尤其是"女农民工",多从事名目不同的服务业,如保姆、按摩师、陪酒人员,但也并不尽然;男性性工作者的来路是多方面的,相对于女性性工作者更隐蔽,但社会地位整体来说相对高一些,而且价位也更高。不过,无论是男性性工作者还是女性性工作者,都是边缘人物的一种,整体上是遭到社会否认的。不过,很多作家在描绘他(她)们的时候,会假借他(她)们发声,表达一种偏狭的认同或者同情,大多的作家对他(她)们是俯瞰的。性工作者在文学作品里被塑造成孤独的一群,对他(她)们来说,对安全的追求让他(她)们不断与困顿的命运抗争、不断遭受挫折和失落,而他(她)们的性格是复杂的、拖泥带水的。作为边缘人的性工作者大都有一定的创伤经历,他(她)们的创伤表现在文学作品里,可以对读者起到更好的警示、感染、触动、教化和引领的作用。

不过,这些作品的出现,改变了传统文学中性工作者单薄、雷同的面孔,为性工作者以及生活中的其他人更好地生存起了警戒作用。从这个意义上说,这些作品是文学史中绚丽的一章。

不管是朴素的还是华美的描述,不管是明朗的还是含蓄的描绘,不管是碎片化还是掘进式的描写,黑暗、封闭、压抑,夹杂着各种气味,对这些边缘人的描述都带着一种自上而下的批判,是一种他(她)者叙述,尤其是男性作家。如果一个男性作家有过这方面的经历,是受者的地位,被书写的时候会获得一种大众的同情;而女性书写者,则会被贴上性工作者的标签。不过,大多男性作家在描写性工作者的时候,都处于一种攻势地位。而实际上,不管是男人还是女人,身体里都存在着巨大的黑洞,场景和故事不断变幻,但"原型"几乎是唯一的,永恒的黑、永恒的诱惑、永恒的光,引领人类上升。

继20世纪90年代之后,21世纪以来,一批作家不断塑造男性性工作者的形象,改变了80年代以来文学作品里性工作者人物单薄、雷同的面孔,为书写性工作者形象的文学注入了新的样式。"女性总是被当作空间来对待,而且常常意味着沉沉黑夜(上帝则是空间和光明),

反过来男性却总是被当作时间来考虑。"①

历来认为《废都》《白鹿原》等之所以长期走红的原因有很多，但是大多研究只停留在表层，有意无意回避了隐藏在其中的男性话语逻辑，造成了一种虚幻的假象，展现社会如何混乱。而实际上，如此流传的隐性原因，不得不说与其中所透露的男性对女性世界的窥视和拆解有关系。

如果天空没有太阳，向日葵如何仰望她的爱？

这是一个隐喻，如同性一样。在性工作者文学中，性成了仰望太阳的向日葵，可是天空没有太阳。

与20世纪八九十年代的性工作者文学相比，21世纪之初这十多年的性工作者文学中，"爱"几乎是被处决了的，恋爱被压抑，而色道横行市场，所以很多作品中，不再以爱的理念来思考与他（她）者的联系。在性工作者题材的文学作品中，性的使用扮演着被审判和救赎者的双重角色，但是说到底，性终究只是一个装置。现代恋爱理念附着着太多的东西，看似自由，实则是脆弱和虚伪的。从20世纪80年代开始，人们对于爱如同对于政治经济一样，都是理念先行，而爱的基础和实质被延宕了。反讽的是，性成了一种看不见的重负、一种隐喻、一种衡量男女关系深浅的阀门和标准。

三 矛盾的张力

性是自足的，进行方彼此要是自愿的。然而，在大量的关于性工作者题材的文学作品里，这类描写性的场面显得那么的不自然、扭捏。作家们试图表现性之外更高明的东西，因此极尽心力地创造一个背景，不断回闪、拜访这些社会环境，他们在作品里植入性，与他们惯用的话语逻辑是一脉相承的。

性工作者在社会上是被疏离的、边缘化的，他们的社缘、地缘和血

---

① ［法］露丝·依利格瑞：《性别差异》，载张京媛主编《当代女性主义文学批评》，北京大学出版社1992版，第374页。

缘都不强。他们在"他（她）者化"与"被他（她）者化"挤压下撕裂，逃跑和还乡成为这些人自身生存的一部分，虽然这样的情节安排并非必不可少，但是，还乡和逃跑题材在性工作者文学里成了一把扇子的两面，这些人成了大地上的漂泊者。性工作者，多是迁徙式的候鸟，有着多重生活，与家族间的血缘关系不强，与出生地所建立的关系也不深，往返之间，无处着落；而社会缘，也是糊里糊涂的，他们不敢公开承认自己的身份。这批人是社会上的他（她）者，也是文学作品里的他（她）者，作为他（她）者的"保姆"、作为他（她）者的"按摩师"、作为他（她）者的"理发师"，等等。这些职业是他们的身份，隐匿的身份，他（她）们与这个社会与自己的家庭以及故乡是暧昧模糊的，他（她）们的情感不被广泛地认同，没有合法权利的保障，没有道德的大范围支持，就连他们自己，大多都坚持认为自己有罪，所以隐匿自己。纵使这些人有了看起来像模像样的职业，但是依然摆脱不了主体性的迷失与分裂，他（她）们的对抗反映了他（她）们的脆弱。在一个隐蔽的"非我"的生存语境中，总是有人时时提醒他（她）们的"他（她）者"地位。存在的不安和自我的受难，让性工作者迷失在他（她）者的自我中。他（她）者，是世界的彼岸，也是存在的深渊。

性工作者是身体意义上真正的漂泊者，与此同时被放逐的还有他（她）们的灵魂。不管是他们对物质是否过度追求，但是在这个过程中都反映了精神的失落。难以抹去的标出符号，无论是他（她）们自己还是别人都无法走出，偏见与暴力，不管是隐蔽性还是显示性，都在如影随形跟着他们。

在文学作品里，作家对性工作者的塑造大多是消极的。在表现性题材的叙事里，作家们的优越感非常强，到处表现同情，采取一种居高临下的口吻，把性工作者降低到沉默而下贱的"他（她）者"地位，同时实用性地利用"他（她）者"身份来反观自身或批判所处的社会。性工作者在文学作品里很少有自己的名字，即使有自己的名字，也是一些带有符号的名字，标出性非常强烈，像一群幽灵在舞台的背景上活动。因此，在这些题材的作品里，作家的代理自我非常明显。

当代作家对性工作者的塑造颇具剥削和利用的性质，将其表现为被动的他（她）者加以利用，像一面镜子一样观照自身，往往利用性工作者来表现对现实生活的批判，功利动机十分明显。性工作者成了牺牲品，只不过会像牲畜一样发出点不明所以、引不起什么注意的呻吟声，任作家和笔下的其他角色进行角色玩弄和性幻想，成为作家们随意操纵的玩偶。也正因为如此，中国当代作家作品里出不了《茶花女》式的有着独立性追求的"玛格丽特"这样的妓女吧。

随着现代社会的发展，以及西方理论和影视的传入和深远传播，偶尔也有作家在接续传统的基础上，像对白雪公主进行演绎一样，他们会理想化、浪漫化地塑造一些性工作者形象，把他们描绘成另一种形式的令人羡慕的"他（她）者"，赋予他们另一种形式的"秦淮八艳"的品格。为了强调这些性工作者作为特别"他（她者）"的异质和不同，作家们往往以二元对立的表现方式来表现他（她）的独特品质，本来这无可厚非，是比较惊艳的一笔，但是作家们往往表现出一种把玩的屈尊俯就的崇拜心理，带有浓烈的猎奇的特别崇拜，赋予他（她）们以特别的美貌或者特别的"性功夫"，也或者赋予他（她）们一些可理解的反抗的美德，但是这种反抗同时也是胆怯和悲剧的。在这种描述里，作家们赋予这些人寻求获得自己权利的能力。可是，这些形象的塑造往往是单薄的、相似的、不成功的，充满不切实际的想象的成分。

大体而言，作家们塑造性工作者，以寻求生活的质量划分，是两类形象，就是活着的和生活着的性工作者。活着的性工作者多半处于社会食物链的底层，需要解决生存问题，对精神的关注不太强烈，多是"女农民工"。而生活着的性工作者，则较多地关注自己的精神生活，这些人，有着各种不同的因由，选择自主或者半强迫地进入这个行业，他（她）们有较多的对本职工作的看法。相对于生活着的自主的性工作者，活着的性工作者也是有自己的生存理念的，只是比较素朴。

在这些描写性工作者的文学作品中，作家们几乎一致地明显表现出一种集体的焦虑和诉求。他们迫不及待地表达对社会的批判，对这种不光明正大的职业发表自己的看法和高论,但是破而不立,在这些观点后面,是带有很大隐蔽性的歧视和偏见的,因为他们指出了这一群从业人员的不正常性。这些观点已经滞定,是一种固化的隐性偏见与暴力,现实世界与幻觉世界有非常大的距离,很多人以身体为武器来反抗对身体的压抑。可是,当代文学作品里,对性工作者的塑造是消极的,没有表现出本质上环境和人性的共振,时代的印记太深,作家们的焦虑和诉求太过笼统。这时候,性工作者只是一种装置、一种工具、一种文化想象,而借此标出,性工作者已经成为当代文学作品里的一枚"化石",作家们热衷于不断地展开自己的想象,对性工作者进行自己欲望的书写。"占据着间隔或为之命名的是欲望。欲望是没有一成不变的定义的,永恒的定义就意味着欲望的结束。欲望要求一种吸引的感觉,也就是存在于间隔之中,或者说存在于主体与客体的远、近关系中的某种变化之中。"①(此处的间隔指内容与形式两者的间隔)作家们面对性工作者展示了自己欲望的欲望,但是他们的情感趋于平庸。这种亚里士多德式的廉价的同情的悲剧观,让这些作家对"被污辱与被损害"的性工作者描绘显得太过庸俗化,而遮蔽了社会发展所展现出的人性的复杂的暗物质。

总之,即使在文学作品里,性工作者依然是被标出的、被审视和监测的。部分作家们热衷于消费性工作者,无论是历史还是现下的性工作者,都被他们在想象里剪成碎片,织进继续生活的大画卷中,植进文学作品的形象塑造之中。

---

① [法]露丝·依利格瑞:《性别差异》,载张京媛主编《当代女性主义文学批评》,北京大学出版社1992版,第373页。

第二章　性工作者文学形象塑造

虽然性行为是一种生物性行为，但是其所根植在人类文明的大环境下，文化可以对之进行价值判断。性一直是文学的一个重要核心符号，性的支配权是文学也是文化中一个根本的权力概念，性文学也形成了性爱叙事谱系学。近三十年来小说性描写中的人物形象因为时代的发展，生发出了鲜明的新的性伦理意义和观念，具有现代意味。也同时具有极强的后现代意味。这些多元素的性伦理观念彼此共融共生，使得近三十年来描写性工作者题材的小说具有特别的文学史意义，各类形象也极具时代特征。

1978年之后，随着改革开放经济发展，户籍制度对乡下人进城的束缚作用虽然还很明显，但是一系列的新的户籍政策的出台和落实，使乡下人进城逐渐在20世纪八九十年代和21世纪形成一种社会潮流，出现了"民工文学"。乡下人进城在中国现当代文学有一系列的作品，并不是一个新鲜的主题，从鲁迅《阿Q正传》、老舍《骆驼祥子》、丁玲《奔》等，到高晓声《陈奂生进城》、路遥《平凡的世界》与《人生》等小说，已经构成了一系列"民工形象"。我们可以看出，城乡流动的小说想象在"民工文学"的口号提出以前，就已经进入了小说家书写的视野。从20世纪80年代中后期开始，到21世纪这十多年，大量乡下人进城生活和居住，相关的小说作品逐年增多，甚至以前占主流的乡土文学，在这三十多年也被乡下人进城生活为主的题材所取代，很少再有纯写乡土的小说，城乡流动成为小说的主要主题。"底层"问题也随着社会学家提出，进入文学视野，被征用进文学批评，"底层文学"

"打工小说""打工诗歌"等进入研究视域,乡土社会的性伦理状态成为改革开放文学中性爱书写的重要一维。

丁帆先生在2005年《城市异乡者的梦想与现实》中提出"城市异乡者"这个名词,相对于"农民工",城市异乡者在字面上更接近中性词。他认为描写"城市异乡者"都市生活的作品仍然属于"乡土小说"范畴。

"'农民工'是一个广义的称谓概念,它囊括了一切进城'打工'的农民,'农民工'的定义似乎还不能概括那些走出黄土地的人们在城市空间工作的全部内涵,因为游荡在城市里的非城市户籍的农民身份者,还远不止那些从事'打工'这一职业的农民,他们中间还有从事其他非劳力职业的人,如小商小贩、中介销售商、自由职业者、代课教师、理发师、按摩师、妓女等许多不属于狭义'农民工'范畴,他们比那些真正的'打工仔'更有可能成为城里人。当然,在阶级身份层面的认同上他们仍旧是属于广义的'农民工'范畴的。因此,无论从身份认同上来确定这些'城市游牧者'阶层,还是从精神层面上来考察这些漂泊者的灵魂符码,我以为用'城市异乡者'这个书面名词更加合适一些。"① 城市异乡者小说既指城市中生活的异乡者写的小说,也指囊括这一题材的小说,就是指包括城市异乡者生活为题材的小说,和广义的"打工文学"里写"打工小说"题材的小说差不多等同。

"城市异乡者"与"底层""打工者"相比,具有更丰富的意识形态内涵,突出表现出了"城乡流动"的景观,成为现代社会发展不可避免出现的图景。城市异乡者更关注城乡流动,与底层、打工者有密切的交叉之处,其空间流动的特点,使社会产生了更多的焦灼和冲突。作品里城市异乡者题材的性工作者形象,是本章的主要论述范围,内容与打工文学和底层文学中的性工作者形象交叉。笔者在论文中所论述到的"底层",主要指经济层面,而非精神层面。笔者对时下"底层文学"的概念并不十分认同,因此悬置对这一名词进行定义,而且这一概念的

---

① 丁帆:《城市异乡者的梦想与现实》,《文学评论》2005年第4期,第32页。

提出，本就没有得到广泛认可，但是在论文论述过程中，对"底层文学"所涉及的部分评论，笔者认可的部分，会选择性征用。

城市异乡者中的性工作者，在文学作品的建构中，存在"污名化"与"被侮辱与被损害式的同情"这两种倾向。作家在描述"城市异乡者性工作者"形象时，往往不是污名化来自贫困地区的性工作者过度追求物质享受，让他们落入自甘堕落的窠臼，就是将这类作品处理为暧昧的被包装的情感风景线，让这些人在物欲与情欲之间辗转。城市里流动的游牧民族，本就是一道文明社会的暧昧风景。总之，鲜少有作品写出城市异乡者的丰满形象，大量模式化、扁平化甚至景观化的小说作品里的性工作者形象被塑造，他们成为被观赏、被猎奇的对象。作家们甚至不惜征用国外的一些贫穷的处于城市异乡的性工作者为书写对象，如陈家桥的《人妖记》写到东南亚变性人，来抒发他们对这些异乡者的想象和建构。

可以说，性是城市异乡者进入城市的一座暗桥，如丁帆先生在《城市异乡者的梦想与现实》中所表明的一样：就像美国许多乡土文学是建立在移民文学之上一样，中国目前的乡土文学在很大一块被这些向城市进军的"乡土"移民的现实生存状况所占据，我们没有理由不去关注和研究这一庞大"候鸟群"生活的文学存在。[①]"候鸟群"生活在城市的边缘地带：工地、发廊、垃圾场、酒馆、街角、出租屋等一切杂乱黑暗的暧昧地带，他们的命运体现为捡垃圾人的生活（以《高兴》为代表）、发廊女的生活（以《发廊》为代表）、酒店三陪女的生活（以《归来》为代表），要不就是明着当保姆，暗着当家庭主夫的床品，要不就是有钱女性的隐形性伴侣兼保镖等。身体是他们可利用的资源，性是他们获得利益的资源，也是灾难的源头，身体的失控与失重体现了情感和灵魂的失控和失重，身体自由到性自由的丧失，隐喻着主题人格的焦灼与丧失。所以，他们或者死于自戕，或者死于被替代的谋杀，在这一点，无论女作家还是男作家，相对是一致的。《明惠的圣诞》中明惠

---

① 丁帆：《城市异乡者的梦想与现实》，《文学评论》2005年第4期，第40页。

死于对爱情的绝望、对生活的绝望,死于梦想的破灭;《泥鳅》里国瑞死于阴谋,由一场法官和政府组成的充满正义的审判,宣告了他最终的结局;《送你一束红花草》里樱桃因为卖身生了性病,受着身体和精神的双重折磨,作者安排她的生命结束于家乡的一条流动的河。

作家写到性工作者时,会用到第一人称手法,但大多时候选择第三人称,以旁观者的角度叙述。然而不论是第一人称还是第三人称,这些作品都在试图走进城市异乡者漂泊卖身为生的特殊心理。在叙述语言上,也大多保持质朴无华的风格,尽量贴近乡下人的生活方式和思维习惯。但是具体分析文本,大都落入一种高高在上的眼光,作者在背后无处不在,无论是温情化的悲悯叙事,还是客观化的冷静叙事,似乎在反复告诉我们,乡村贫于物质富于自然,乡村伦理是美好的,至少在出发的地方,是大体可以忍受的,而一旦落入城市、落入消费的陷阱,城市就催生了堕落和邪恶,毁掉了乡下人的淳朴和善良的优秀品质。作家们一再通过对城乡经济贫富差距的对比,暗示乡下人在城市生存的艰难,暗示他们不得不把卖身为生当作一种机会和手段,借以表达作家对他们的体谅和同情,谴责城市开启了人的欲望潜能,使人或自主或被动地走向物质的追求。在文学作品里,部分乡下出身的性工作者进入城市之后,很容易被看成是一群没有精神追求、贪图物质享受、寡廉鲜耻的动物,只有重返乡下,他们的那种廉耻心才会重新返回自身,再开始重新约束自己的行为。而性工作者"从良"或者"返乡",在作品里至多都只是身体意义上的,他们依然难脱古话,在作品里被一次次书写和诅咒"从良不易"。

关于性工作者的文学作品,摆脱不了消费主义意识形态的侵袭,乡下人进城做了性工作者,无论是主动还是被动,几乎成了文学消费的符号。中国自从20世纪90年代,准确说80年代已经开始,随着商品化的社会发展转型,全面进入消费时代,形成了消费主义文化,性的消费和性工作者在文学作品里的塑造就屡见不鲜。90年代多是沿海城市、以女性性工作者为主,到21世纪近十几年来,男性性工作者在文学作品里的塑造日渐增多,并且服务对象也日趋同性化,满足同性恋市场,相对打破了以往的异性恋市场。相比于 90 年代的悲悯化、温情化、污名化叙事，进入 21 世纪，对于性工作者，文学作品中越来越用笔宽厚，而性工作者个人心灵的艰难几乎被消费主义的意识形态所掩盖。作家们所塑造的性工作者形象大体模式化，缺乏典型性、代表性。以至关于性工作者的文学叙事，也从性消费的一个符号变成了文学消费的符号。

对于进城民工而言，无论是出卖身体还是出卖身体的力，都是出卖"体力"，靠出卖"体力"来完成金钱的交换。作家往往通过对城市异乡者身体的想象来完成他们在城里生活的想象。性工作者身体的位移既是作家连缀故事的着力点，也是容易引起读者关注的兴趣点，因为性工作者既联系着城市最繁华、最隐秘的角落，也联系着一个城市经济的发展。

虚构城市异乡者题材的生活方式，性遭遇是一种。城市异乡者的性遭遇，可以创造更多的文化冲突。性的资本化造成一种鲜明的、存在的冲突，而这种冲突构成一种内在的精神焦虑，这种焦虑为叙事提供了张力。性遭遇从身体领导着灵魂。城乡身体的位移也造成了身份的位移、性的位移，身体的性属成了所有属性最重要的一种。

性工作者成为创作者们处理城乡底层民工题材的共同想象，城市对农村的"剥削"从"物力"到"人力"，"性"是极为突出的着眼点。性的剥削和购买，无论是肉体还是精神都是城市异乡者遭遇城市所受的侮辱和伤害，不管这种伤害来自主动还是被动，一定程度上都是城市对农村的"诱捕"、强者对弱者精神和肉体的捕猎。

除了出于生存的"性销售"外，另一种广义的"性售卖"则纯属于自由性消费，这样的销售或者为钱，或者是为了解放身体、释放精神的性苦闷，或者单纯为了追求自由。出于这些原因出卖自身的性工作者，在文学作品里，往往被赋予一定的"思想"，因为无论是追求物质的享受，还是追求性自由，这一群人相对于那些为了生存出卖肉身的人，显得似乎更有理想，更能体现一个人的自主性。所以，本章主要分析近三十年小说作品中为了生存出卖肉身的性工作者和为了自由（消费自由、性解放自由）出卖肉身的性工作者，从不同性别的作家的角度入手分析他们所塑造的与他们是同一性别或不同性别的性工作者形象。

总之，近三十年来小说性描写中的人物形象非常复杂，小说书写混乱性叙事大致将物质性、肉体性、庸俗性以及媚俗与媚雅等因素错综结合起来，建构了一种文学世界。本章主要集中对经济底层型性工作者和消费型性工作者（纯物质消费、对"自由"的消费）探索研究，以男塑女色、女塑女色、男塑男色、女塑男色四种不同的观察视角来进入对文本的分析。

第一节　男塑女色：男作家对女色塑造

对乡村的怀念和渴望是男性作家的普遍倾向，无论是进城作家还是城市出生的男性作家，总在作品里不断回望乡村。阶层与性别有着特殊的联系。福柯认为性与历史有密切关系，性的支配与被支配是历史权力关系的后果。女性主义者也有这样的认识，她们认为男性阶层对女性阶层存在着剥削和控制。由诸多的作品我们可以得出结论，男性作家比女性作家更容易"思乡"，女性作家更具有前瞻性，热情地奔向城市文明，而男性作家则在回望和打量，这样的姿态，让人不得不从两性在农业社会的地位和权力方面做出思考。在乡村，宗法制度下，男性的性权力有着更深的伦理保障和道德许诺。在男性作家笔下，厌倦都市的节奏、厌倦都市的无聊、厌倦都市的金钱主义，这方面以邱华栋、亦夫、李肇正等诸多作家为代表。随意找出几个男性作家观其作品就可以看出，他们对城市是厌恶且厌倦的，并且津津有味地描摹着这种厌恶及厌倦情绪，不断分泌着时代的焦灼感。而另一些男作家，为了消释这种情绪、寻求内心的平静，往往在回忆里添油加醋地回望旧日的乡村文明，将旧的生活方式抒情化，制造一处田园港湾，然后再将身体所携带的性在这样的时空转换中并置呈现。这种情况下，性在乡村与城市之间的根本裂隙就会越来越大，社会进化论造就了一种痛苦的内心选择，而这种内心选择，为男性作家拥有的更多一些。因为，在农业文明所制造的伦理规约里，他们所享受的性支配权与对女性的支配权也更多一些，在新时代里，丧失的也就更多。

一 男性作家笔下底层女性性工作者的塑造

很多作家把城市设置为城市异乡者梦想的天堂、现实的地狱。乡村人进入城市，要么颠沛流离，要么就沦为性工作者，不是专职于一个雇主被包养，就是犯罪或者接受城市经济的剥削。但不同性别的作家对不同性别的性工作者描写的侧重点和笔法不同，男性作家笔下的性工作者不同于女性作家，男性作家笔下的女性性工作者形象分两种，一种是赢得赞美的"母物"，极其具有奉献精神，可以王超《安阳婴儿》、曹征路《那儿》、刘庆邦《家园何处》塑造的性工作者为代表；一种是魔鬼女人，可以以阎真《因为女人》、卢新华《梦中人》、梁晓声《贵人》中出卖肉身为满足心灵的享受和物品的消费的性工作者为代表，这类型的作品体现了作者典型的厌女症意识。这两种形象时有交叉，但不同的作家不同的作品所塑造的形象侧重点不同。

男性作家在塑造城市异乡者中的性工作者时，倾向于采取五种方式：污名化、景观化、温情化、物化、陌生化，以这样五种方式交替呈现城市里底层性工作者的形象。下面以男性作家的作品为主来分析和比较不同性别的性工作者形象的塑造。

第一种：污名化。已病逝的作家李肇正在 2000 年前后创造了一系列乡村和下岗女性性工作者形象，其作品《姐妹》诉说了底层妓女宁德珍和舒小妹的情感生活。宁德珍的梦想是嫁给城里人，几年之后，在女作家邵丽《明惠的圣诞》里，明惠延续了宁德珍的梦想，也是做城里人的妈。李肇正的小说《女佣》也塑造了一个明是保姆私下是暗娼的农村女性杜秀兰，小说《永远不说再见》里高玉玲也是为生活所迫在城市做了妓女。《姐妹》和苏童的《红粉》也有相似之处，苏童《红粉》里两位妓女秋仪和小萼之间有女子共助情谊，《姐妹》里宁德珍和舒小妹也有共助情谊，所不同的是，《姐妹》里女子之间的情谊更能体现两者之间的互动和义气。宁德珍的梦想是嫁给城里人，将自己的孩子接到城里生活，她将目光投注在常客常先生身上，终于破灭，为了继续实现这一梦想，她不得不辗转嫁给一位阳痿的都市男人。这阳痿，也是作品的一种隐喻，但同时也显出了作者潜意识方面对农村生殖力的肯定。城市是无根的，城市的男人也是无根的，嫁给无根的生活，相当于部分地阉割自己的欲望，对于一个从事过性工作者的女人来说，阳痿男人的存在，是对自身的侮辱。相反，舒小妹则找了一个相对健康的人，但是他的人格却有着极大的缺陷，把老婆当摇钱的工具，还四处拈花惹草，惦记着老婆的姐妹宁德珍，未能成其好，就向公安局告密宁德珍犯法，结果让其妻子彻底地去势，失去了男人的性能力。当然，相应的，舒小妹也被收押入狱。然而在李肇正笔下，这方面表达了女性有力的反抗之声，虽然是以绝望的形式，但是通过作者的书写，可以看出这些女子即使是性工作者，但仍然有内心的清白，朋友之间有其义气和志气，渴望温暖、渴望真情。在这方面，虽然李肇正也落入描写"被侮辱与被损害"的性工作者的俗套，景观化她们的苦难生活，但是，他书写的角度与一般作家的角度不同，体现了女子独特而有力的反抗。《女佣》则讲了一个被动卖身的故事。少妇杜秀兰被老太太的儿子强奸扔下五百元，她虽然心有不甘，不愿意受此侮辱，但是心里马上就明白，五百元够二十担大米，够她辛辛苦苦种一年地。于是，钞票就此收下。

陈武《换一个地方》里面讲述了一个乡下姑娘红红进城的故事。她来到城市首先遭受的是性侵犯，在这里作者给她安排的出路是"换一个地方"再继续谋生路，就如在乡下，姑娘们长大了只有种地和嫁人的出路，其他正常的出路是少之又少的，自梳女或者出家也是需要一定的勇气。而且，在乡下，未成婚的姑娘死掉甚至得不到一块墓地。因此，改革开放，男人进城，姑娘也进城，进城就是有各种磨难，或可万幸，讨得一条活路，而且再不济，也还相对比乡下强，不过是在一个男人和多个男人之间徘徊。当然，个人也是有感情的，然而农村也许只是因为没有更多的选择性，所以才容易被冠之以淳朴的德行之名，就如"勤劳"一样，都是一种道德标签，也是一种道德压力。红红在一个地方受了挫，自然换了一个地方，就如乡村换到城市一样，由一个地方又换到另一个地方，然而小本生意仍然解决不掉的诸多障碍纷繁而至。最后，没有什么技能不能在城市里较为体面生活的她，走上了卖身的道路。这是一种肉体的沦落，也是一种精神的沦落，同时也是沦落者对社会的一种报复。除了年轻，出身和教育没有赋予她更多的技能，而时代的快速发展又逼迫她一次次做出选择，而选择哪一条道路，都从客观上进入一种社会的框架之内。与其说是特殊的经历让她加入卖身者行列，做自己身体的主人，靠出卖自己的身体赚钱，不如说是现代化的生活引诱或者强迫她选择了这种生活方式。她的沦落近乎是必然的，因为她并不是在彻底自由的前提下进入性从业者行业，而是由于生存的必需。出卖身体沦为一种生存需要，但是与生存相比，身体似乎更为廉价。如果没有美满的情感，乡村姑娘的身体，到一定的年龄也会得到岁月的收割，然而，这怎么也是一种悲哀。生存艰辛导致了人精神的困顿，人在困顿的精神里，顺其自然随波逐流，进入沦落状态。一些人的沦落是身体的，一些人的沦落则连精神一起陷落，红红的"换一个地方生活"，是活着，而不是生活着。她可以算是实现了她的目标，但这个"换一个地方"只能是目标，生存目标，而不可能成为生活理想。理想对她来说是遥远的，甚至是无有的。这才是城市异乡者在城里做了性工作者的悲凉之处。

王十月《出租屋里的磨刀声》讲述打工仔天右和女朋友何丽在深圳的城郊出租屋发生的故事，天右在城郊租了一个二百元的小房子，每当两人缠绵之际，隔壁就会传来霍霍的磨刀声。这种声音让天右尤其是天右的女朋友烦恼不堪，先是影响了两个人的性爱，接着影响了两个人的感情。何丽提出分手，天右因为悲伤在做工时被机器轧断了四根手指。工厂老板拒绝赔偿，天右被扫地出门。天右找到磨刀人复仇，竟意外得知磨刀人的身世，在此之前，天右和磨刀人的女人宏发生了身体关系。当天右直接找磨刀人砍其两刀泄恨时，才知道磨刀人内心的苦楚，磨刀人和他的伴侣宏私奔到城里，工厂环境导致宏不断流产，养不起孩子，宏又被辞退，最后受经理引诱强奸，因此索性做了小姐。而磨刀人因为女友每天接客,开始性情大变,想报复社会,但也只是通过磨刀克制这种仇恨社会的心理。天右和女友何丽做爱,幻想中进入磨刀人的内心,两个人进行灵魂的交战,最后,天右砍出两刀。然而正是天右砍出的两刀,除去了磨刀人的心魔。小说的结局是,磨刀人和宏离开了城市,天右开始夜夜磨刀。故事在新的惊悚中落幕,而远走的天右女朋友何丽,则可能成了新的宏,受着城里有产者的欺凌,做了性工作者。生活在不同的人身上轮回,不幸者寻找不幸者的替身。

"……这是一个没有一点新意的私奔的故事。这种故事大量充斥在我们的民间故事和唐宋传奇中,故事的结局当然是才子佳人终成眷属,一个是八府巡按,一个是诰命夫人。而这个故事中的男女主人公双双来到了南方,然后他们开始了漫长的流浪生涯。"① 旧时的才子佳人结局是大团圆,现下才子佳人团圆亦团圆了,但才子做不成才子样,佳人亦缺乏佳人的德行。生活所迫,时代转换,年轻男女之间私奔的结局,在当代是悲惨的,自由恋爱也是没有人关注的,如天右和女朋友何丽。时代的深渊在等着他们去跳,而他们之前的时代和社会里,已经有人给他们做了跳的榜样。无产者为了爱情可以私奔,娜拉可以出走,但等待他们的,依然是生活的不幸深渊。

回族作家李进祥短篇小说《换水》也是一篇书写底层人民苦难生活的小说。女主人公杨洁因为丈夫马清在打工时候受伤,没钱住医院,丈夫的弟弟又要上大学交学费,无奈之下选择了卖身。

刘继明《送你一束红花草》中年轻姑娘樱桃靠出卖色相为还算可以撑过去的家庭盖起了高楼,但是家中重男轻女,她得病之后回村,却不被家人接纳。亲人冷淡,旁人闲言闲语,家乡的一切,除了跟着医生姑父当学徒的小宝送她野生的红花草外,没有人敢走近她。她在城市思念家乡,可是当回到传统的生活环境,却不被家庭和村庄接纳,身体是病的,心也是病的,最后于绝望里投河而死。季栋梁《燃烧的红裙子》也塑造了一个这样的农村姑娘,叫红喜。红喜跟着村人进城打工,最后

---

① 王十月:《出租屋里的磨刀声》,《黄金时代》2011年第11期,第54—55页。

出卖身体为生，干了"那种事"，被公安人员抓住后遭返，家人冷落轻慢，终至于不堪忍受，失去活着的信心，倒在了水窖里。然而人命仍然不如水窖值钱，她的父亲更心疼的是水窖，因为活着的人还要活下去，死者长已焉。红喜是可怜的，与樱桃几乎等同的是，樱桃为的是弟弟学费和家里盖房子出卖身体，红喜为的是哥哥娶媳妇出卖身体，同样，她们都是因为家人的寒凉最后失去生活信心的。红喜家人和樱桃家人一样，容得下钱，容不下她们返回农村之后的身体，乡村伦理的藏污纳垢也由此显示出它的暧昧以及不合情理。

雪漠的短篇小说《美丽》也写了一个类似的故事，与《送你一束红花草》和《燃烧的红裙子》等直接对性工作者的污名化相比，《美丽》有更多的人之常情，显得温情而细腻。《美丽》的主角月儿在城市里抵御不了勾引，委身于卡厅的顾客——一个来自己打工场所玩耍的老板，最后染上了梅毒。在这里，梅毒是一种象征，一点点侵蚀着月儿的身体，也折磨着她的灵魂，她的丈夫灵官及其父母虽然对她生病有各种看法，但是还是将她当作亲人来治疗，而并没有放弃。由此可以见出雪漠的人文关怀，但是，他同样在作品里让月儿最后死于自戕，给出的理由是不想让丈夫看到自己身体的逐渐溃烂。由此可以看出，雪漠客观上也是要"毁尸灭迹"的，要从事这些工作的女子死掉。

在这方面，刘继明、季栋梁、雪漠等男性作家保持了近乎一致的看法，在作品里，他们"谋杀"了这些从事过性工作由于种种原因返回故乡的女性性工作者的身体，也"谋杀"了她们的灵魂，虽然作家给予了表面的同情，是以一种被侮辱和被损害的口吻诉说樱桃、红喜、月儿等的经历的，但是这也客观上反映了男性作家对女性卖身的告诫和惩罚。一种文字的惩罚，仓颉造字鬼夜哭，文字对女性的惩戒也在此体现了它的强大力量。

樱桃、红喜、月儿，她们是都市的弃儿，都市在享用过她们的身体之后，不是遣返她们，就是回赠她们一身疾病，她们注定是一群离开就无法重返的候鸟，无可依靠，被贴上不道德的标签，走哪里都无法翻身。不过，雪漠较能以平视的态度写出月儿的敏感和痛苦，以及她对尊严的渴望，这种眼光相对而言比起其他一些模式化书写底层性工作者，尤其是女民工这样的性工作者，已经显得弥足珍贵。

刘继明、季栋梁、雪漠笔下的性工作者，和李肇正、陈武、王十月等笔下的女性性工作者一样，也是时代的被侮辱与被损害者。她们有着极其浓烈的奉献主义情结，在创作者笔下，她们虽然脸上戴着受审的红字（套用名著《红字》的隐喻），但是却有道德所要求或者可以说道德律者所赞扬的"奉献精神"。因此，她们的受辱受苦甚至失去生命的受损，以及她们身体的被购买，倒成了获得赞扬的承诺证。

第二种：景观化。景观化女性性工作者，向来是文学作品的一种表现手法，这方面，莫言《神嫖》和阿城《年关六赋》都有涉及。《神嫖》主要写一种超现实意义上的"嫖娼"，更多是一种意指，而没有落入现实主义写法。《年关六赋》则更强调"漂漂女"卖身的"民俗性""文化性"，不过，这篇小说用温情的笔调，写出了沉默无声的女性生存的艰难，应该算是当代极其早的景观化女性性作者的小说。

进入20世纪90年代，文学作品中塑造的性工作者形象就与阿城《年关六赋》里传统民间卖身者大不相同了。面对社会转型时期的巨变，很多人成了时代发展的"成本"，被拥挤着被迫进入"废弃的生命"行列里，接受着时代的白眼和审判，积极拥抱或艰难反抗，成了他们应对世界的方式。除此之外，他们几乎无法选择中间状态。

曹征路《霓虹》中主角倪红梅是一个下岗女性，丈夫早逝，女儿患有心脏病，婆婆瘫痪。努力要做个"良家妇女"的她，辛苦卖过早点，做过保洁员，端过盘子，给别人按摩过，为自己的家庭寻找出路，可这些远远不够生活和医疗。她再婚找的人却是个骗子，最后，在别人的劝说下，半主动半被动地安慰自己，几次暗示或明示：我卖的都是我自己的。[①] 最终成了一名性从业人员，投行卖身业。大规模失业下岗的社会转型时期，倪红梅形象有时代的典型性，小说里倪红梅的丈夫因工而死，倪红梅一家却成了厂长口中的"总是有成本的"成本的一部分。

---

① 曹征路：《霓虹》，《当代》2006年第5期。

就连父亲的朋友,一个单位的大领导,也并没有帮助她,而是在设法嫖她之后,多给了她点钱,借以表达对她的"同情"。这一切的苦难让倪红梅重新开始认识社会,认识到自己是社会发展中理所当然被"废弃的生命"(鲍曼语),认识到时代将自己制造成"垫脚石"和"抹布",倪红梅彻底陷入了生活的痛苦之中。曹征路《豆选事件》写底层女子菊子在城市变相做性工作。胡学文《飞翔的女人》也是关于为娼为妓的底层女性书写。张楚《曲别针》里面写到一个叫刘志国的小老板,女儿重病,却与性工作者私生了一个孩子,在此之外,依然不断嫖妓。但是小说的笔法沉重,让人对这种随波逐流的小人物也起了同情之心,觉得生死都艰难。小说的主要情节写主人公刘志国完成陪客人嫖妓任务,却因为误会警察里有个女子是性工作者准备当皮条,被带进了派出所,最终在释放之后,与派出所附近的一个性工作者稀里糊涂上了床,最后因为身上没钱,妓女搜衣服,抢走了女儿送给他的串珠,他糊里糊涂居然将妓女杀死,随后又把经常随手把玩的曲别针放进嘴里,准备自戕,小说到此走向终结。

吴玄《发廊》里"我"是一名中学老师,"我"妹妹方圆来到"我"所在的城市开发廊,最后做了妓女。方圆为了生存开发廊,但也并不是因为发廊是唯一出路,而是因为好赚钱。方圆开发廊,作为"哥哥"的"我",并没有觉得有多么不好,但是却经常怯于世人的口,甚至对自己妻子看不起发廊妹有看法,然而仍然是支持和近乎欣赏的。当然,作者叙述笔法很细,相对态度冷静,不是在直接控诉苦难,甚至带有调侃和欣赏苦难的意思。作者露出明显的暧昧态度,左右摇摆,甚至看不出明显的价值取向。最后,方圆的丈夫因为得知方圆一夜风流做了妓女,几乎是自戕于车下。作家写到方圆最后下落不明,似乎是转移了地方继续去开发廊,一种开放式却又宿命式的结局在那里等着她,等着故事的女主角方圆,也等着读者。小说里,作者有意或无意地流露出对按摩的欣赏,以及对按摩时候调情的肯定,实质上是作者在描绘在城市讨生活的农民工时候,专门流露出的一种一本正经的调侃。某种程度上来说,这是作家积极迎合消费主义时代的一种表现,是在迎合市场和读者。不客气地说，甚至有附庸的眼光。描写发廊等性工作者的生活，客观上是一种猎奇，用话语调情和按摩动作的描写来加以表现，制作一道身体盛宴的风景。

阎连科《柳乡长》《炸裂志》中，农民的发家致富，乃至地方政府的强大，也是靠身体的销售来获得进入城市的资本，获得相应的政治资本。火车站等交通流通的地方，既运输着货物，也运输着身体，确切地说是性货物。槐花们的命运，如同乡村槐花一样，在运输进火车站前就已经被决定，人的尊严在被运输的过程中就已经潜在消失，靠出卖身体赢得的只能是财富。所以，火车站也是一个隐喻。在阎连科的作品里，火车站等交通地点的隐喻无处不在，甚至，丰碑也是隐喻，功德碑实际是乡村为女子竖立的另一种贞节牌坊，触目惊心。其实，这样的妓化书写，批量化生产性工作者群像，景观化复制和呈现性工作者的生活，不能具体形象地深入性工作者的个人生活的内心，写不出人心的深度。但是，在一定程度上，却是一种现代意义上的忧国忧民，表达方式沉郁顿挫。

尤凤伟《替妹妹柳枝报仇》客观上表露了对"卖身生活"的同情，甚至是认同，虽然作者也进行了谴责，但看起来力量很薄弱。陈应松《归来》暧昧地表达了对农村女子卖身换取家人盖楼房资金的肯定，对城市异乡者通过身体换取物质赢得一家人甚至是全村全乡人的生存表现出一定的宽容，虽然用笔暧昧，甚至嘲讽，但却传递出了这样的感情。何顿《蒙娜丽莎的微笑》、李铭《幸福的火车》、王手《乡下姑娘李美凤》、卢新华《梦中人》、巴乔《阿谣》也通过对性工作者的日常生活的描绘，客观上较为宽容地表达了一定的认可，对生存的不易，尤其是在攀比状况下造成的人心的焦灼，以及对于物质的攫取，就去走捷径做性工作者也没有过多的苛责与道德批判，景观化她们的生活，更多的是展现，而缺乏观照。

20世纪80年代改革浪潮对各个阶层产生了巨大的冲击，一些人失业下岗，一些人主动下海，作家曹征路的作品对性工作者"来龙去脉"进行文学叙述的时候，多将她们预设为下岗的女性，软弱无助，最后不得不为了生活,"被动"选择性产业作为职业。《霓虹》《那儿》都是如此。《霓虹》里嫖客用假钱嫖娼,《那儿》里下岗女工为了生活主动卖身,这两篇小说都体现了大时代背景下小人物内心的流离失所和无可奈何。

第三种:温情化。这一类型性工作者,是当今时代男人笔下的才子佳人们里的王宝钏,与实际社会上的性工作者形成鲜明的对比,更多是男人对女人的期许。

> 其实,我从干这行开始,就知道社会上的人都对我们另眼看待,包括我家里人也是这样。可是他们其实并不知道,也有好多的按摩小姐,我们最最讨厌的男人,就是那些素质很低的男人,比如那些总对女人纠缠不清的地痞,这种男人,在广州和你们这儿的桑拿院里都有,而且不占少数,其实说起来,那些男人自己也都有家,可他们就可以整夜整夜地不回家。在我的眼睛看呢,你们这边儿来做按摩的中年男人,比广东男人更横更霸道,广东的男人呢,来做按摩的年轻人普遍要比老一点的素质相对低,有好多人没念什么书,就出去做各种职业了。对那些心已经坏了的男人,性这件事,实在是挺害人的。就比方说我现在在你们这边儿干的这家桑拿院,里面有好几个东北来的女的,本来就没有什么别的本事和技术,只能靠出卖自己的身体赚钱,她们不可怜吗?我就亲眼见过那些吸毒的男人,花了钱就拿她们当牲口一样折腾。有些年轻的女的,她们出身本来就低家里又穷,找来找去也找不到个像样的工作,那么就到各地流浪靠卖淫赚钱,处得时间长了,听她们讲心里话,也真是很苦很惨的。我不是说在这个行业里的女人都是好人,有的人就是吃不了苦,就是为了不花力气赚钱去享受的,这样的女人也不少,有钱就买首饰还有吸毒的,但也不是所有的人都是这样的。那天我看报纸看见说三陪女的,全都是讲三陪女怎么怎么不要脸,一门心思活着就是为了勾引男人的,好像现在的社会风气,全是被女人带坏的,那些很坏的男人,倒好像全成受害者。但你说那些写文章的人,真的很了解三陪女的实际生活吗?知道她们心里是

怎样吗？我发现那些当记者的人里，也有不少很没意思的，他们也到这些场所来鬼混，可回去一写东西，就马上变成了另一个样子。我在广东就碰见过一个记者，老是泡在我们那家桑拿按摩院里混，整天缠住我们问这问那，可嘴里又问不出一句好话，全是"性、性、性"的，一听就没安什么好心思，有一次还找我做按摩，我就不给他做，他就到老板那里讲我的坏话，招得老板好一顿骂我，我觉得，这种男人也真实在没意思。①

以上是《天涯》杂志里按摩女的自述，由此可以看出，社会对性工作者的污名化与性工作者自身生活的艰难（物质与精神）是脱节的，并不是发廊等一些容易让人浮想联翩的地方就只与色情有关，是堕落和不道德的、是丑恶的。从事这些服务型工作的人，也有其细腻的感情和对人世的爱，也是充满温情的。

贾平凹长篇小说《高兴》重复了一个才子佳人式的古典爱情故事，不过才子不是真才子，佳人亦不是古式故事里青楼里那样的佳人，是一个叫孟夷纯的当代性工作者，然而仍然未脱旧时代青楼妓女与落魄才子相恋的痕迹。刘高兴在城市里以捡垃圾为生，像当下很多作品里表现的一样，天赋奇禀或者有着过人的见识，有着不相配于农民的远见。刘高兴就是当下作品里这样的人物，他虽然是个拾荒者，但是身上有着与其农民身份所不标配的才子气质。刘高兴极其有知识分子的气质，相貌清秀衣着整洁，亦追求体面的高质量的精神生活，不仅识文断字还弄笛吹箫，如同贾平凹的其他作品一样，作品中总有人会一门传统的乐器，刘高兴亦然。刘高兴空闲时读报弹唱，逍遥洒脱。就是这样的一个城市拾荒者，渴望一场刻骨铭心的真爱，最后美梦成真，与漂亮的按摩女（性工作者）孟夷纯相恋。

作者采用第一人称叙述，在"我"的口中，孟夷纯是个在理发店打工的女孩，为了哥哥的命案不得不出卖肉体来赚钱，以为哥哥伸张正

---

① 何东：《按摩女自述（1999）》，《天涯》2000年第2期，第75页。

义为目的。当刘高兴得知孟夷纯的苦难之后，不断地为孟夷纯送钱，即使这些收破烂得来的钱对所谓的"办案经费"来说只是杯水车薪，然而他仍旧陷入如此单纯的奉献中，尤其当刘高兴将乡下带来的鞋子送给孟穿的时候，孟脚正合适，他陷入了爱情中。作者为了让才子佳人的爱情显得脱俗些，将刘高兴设置为城市拾荒者角色，而且在从农村进入城市之后，还卖给城市人一个肾；作者将孟夷纯的角色设置为一个在城市里工作的性工作者，而且，为了更显出他们精神上的高洁，刘高兴将孟夷纯幻想为为普渡众生而献身的锁骨菩萨，镀上一层信仰和救赎的光辉。而与之同时，为了自己的爱情，刘高兴付出了很多代价，甚至失去了从农村一起走出的五富的生命。五富本来只是刘高兴的保护对象，跟着刘高兴来城里赚钱，为使妻子和三个孩子过上好日子。小说的高潮，是孟夷纯因为性工作者的身份被公安局抓去劳教，需要五千元赎身，而因为筹款，五富没日没夜赚钱突发脑疾失去生命。在整部小说中，我们无法了解孟夷纯的内心，亦无法了解五富的内心。孟夷纯是个美丽的幻觉，是个奉献者，执着而坚定；五富为了救出孟夷纯，也坚定地奉献了自己，他们作为一种想象的存在，使整部作品显得虚假。尤其是孟夷纯与刘高兴之间的爱情，一个是精神的高蹈者，一个是为赚钱救哥哥的落魄的年轻漂亮的妓女，他们之间的相爱，是同病相怜还是暂时凑合，很值得怀疑。甚至，他们之间的爱情也是缺乏基础的，是作者的想象而已。小说还写了跟刘高兴一起捡破烂的人：发牢骚的黄八和市井味很足的杏胡夫妻，但他们身上仍然有作为普通人的一些互助品质，会自发性按时攒钱，交给刘高兴去救孟夷纯。作者通过对比的手法，塑造了代表城市成功人士的叫作韦达的人，他玩弄孟夷纯的身体和灵魂，直到最后还让孟念念不忘，这个人的形象与刘高兴的形象形成了鲜明的对比。

整体而言，刘高兴和孟夷纯都是作者对时代的精神想象，他们的精神是饱满且圆融的，在他们身上体现了高贵的精神信仰，因此与精神匮乏的大多数人形成鲜明对照。然而，生活里的刘高兴们并没有这样的思想，这只是作者赋予时代的一种高贵想象，是含泪的微笑。

王祥夫《米谷》与王超《安阳婴儿》的妓女有相似之处，同样写为了孩子操持皮肉生涯的年轻母亲。《米谷》里作者主要塑造了底层妓女米谷的形象。如同大多描写妓女形象的文学作品一样，米谷在这部小说里，也是一个漂亮的乡下女孩，为了生计到城市乞讨，遇见卖羊肉串的小伙之后，两人同居，由此灾难不断出现。先是米谷的孩子福官被人抢走，米谷为了支付五千元赎金开始卖身生涯。当米谷最终攒够钱交给骗子，她还是没有换回自己的孩子。其后，孩子的父亲被警察撞断一条腿，为了付医疗费，米谷又重新卖身。接着因为这个男人喝了假酒，被迫住院，医疗费昂贵，至少十万元，米谷再次加入性工作者行业。卖羊肉串的小伙最终感到生活无望，选择自杀，但都没有成功。米谷看出其生不如死受着折磨，铤而走险从医生处弄得安乐死的针剂，结束了孩子父亲的生命。最终的结局是被关进了监狱，其活着的儿子却出现，责问她为什么杀死父亲。如同贾平凹的《高兴》一样，我们无法客观具体地获知米谷的内心。《高兴》以主角刘高兴的口吻写，而《米谷》采用第三人称叙述，两部作品对于女性内心的描写都是模棱两可的，含混不清。我们无法获知她们为什么选择卖淫来救助别人，但是两部作品都仿佛是为了体现卖身者的优秀品质安排她们出卖身体一样，她们出卖身体不是为了自己，而都是为了别人，米谷为了孩子、为了丈夫，孟夷纯为了哥哥，《安阳婴儿》里的冯艳丽也是为了孩子，她们都是为了别人出卖自己的肉身。和电影《神女》一样，母爱与爱情、亲情成了卖身的借口。几乎大多关于卖身的作品，都无出其右，很少有性工作者从事这项工作是为了自身。在文学作品中，这是一个不容忽视的现象，道德成了借口。所以，这些方面，那些书写为了追求个人自由和性自由而做了性工作者的文学作品，倒显得更有特色。

　　刘庆邦中篇小说《家园何处》塑造了一个为了奉献自己而出卖身体的女孩，也有绮丽的爱情，虽然是以下层人的那种缺衣少食的贫苦方式作为基础来体现的，但是也是一种经过过滤的温情。小说写一个叫何香停的女孩，父母去世，已经有了未婚夫，住在三哥家里等着出嫁，受不了嫂子的闲言碎语，不得不出外打工。她的未婚夫是一个叫作方建中的乡村教师，她和未婚夫方建中之间的爱情，是整个小说的亮色。何香停到了城里工地做饭，先是从了带她进城的有妇之夫张继生，接着被张继生有后台的老婆赶出工地，然后囿于经济原因跟了酒店的老板，开始卖身。方建中由于自己学校校长出了事情，混得不太如意，漂泊到城市里找何香停，两个人终于得以在一起。最后，因为受不了城市的冷漠和侮辱，他们远远离开了这座城市。小说的情节显得牵强附会，一个待嫁女子，两个人之间还有一定的感情，但未婚夫却不能承担责任；未婚女子太过贤良，出门打工，除了养活自己，还要负担哥哥家；未婚夫方建中明明知道未婚妻到了城市意味着什么，却还像是木讷人一样，毫不负担和帮助，只是捎寄一纸又一纸的书信。另外，作者明明写的已经是改革开放的打工年代，故事却弥漫着纯农耕时代的气息。

这些作品，作家们用温情的手法景观化地描写性工作者，灾难无处不在，让人喘不过气来，一步步紧逼着这些苦难的人。当《高兴》里孟夷纯卖身，当《米谷》里米谷卖身，当《安阳婴儿》里冯艳丽卖身，当《家园何处》里何香停卖身……爱她们的男人都几乎没有感受到应有的受辱感，他们甚至全部体谅并将这种行为美德化。人物的品格居然通过卖身来获得加冕，不能不说是悲哀的，这一点，作家们未免有专门通过贩卖苦难来塑造悲壮的人物形象的嫌疑。

这些作品几乎都是通过描绘牺牲肉体来做"祭祀"，达到塑造辉煌形象的目的，属于乡村叙事加奴才精神一类的文章，读者完全可以有理由由此感到叙述者的冷漠和促狭心理。因为这些作品里的人体盛宴是扭曲的，甚至以一种冷漠的没有温度的态度在幸灾乐祸地描述。过度戏剧化地描绘苦难，则让叙事者的态度显得含混暧昧，苦难压抑了叙述的节奏，泛滥的苦难让人怀疑叙述的可靠性。无论是《高兴》还是《米谷》《安阳婴儿》《家园何处》，都让人在某种程度上产生文学真实性的怀疑。

可以说，以这几部为代表的作品，都没有较好地走进女性的内心，而只是客观上展览了性工作者苦难的纪念馆，女性都成了新时代的王宝钏，温情无限，奉献无度。女性被妓化的同时，也被母化，这些含混不清的叙事客观上反映了作家们的不严谨，他们有意或者无意将性工作者题材的作品当作一个一个吸引读者的亮点，贩卖和兜售自己的随意性想象。

第四种：物化。物化，是资本对伦理的重新规划，性工作者的物化，体现在时代发展过程中的"笑贫不笑娼"。性工作者获得的道德宽容度越来越广阔，但这并不全然是因为社会的进步，更多是"资本在说话"。

王梓夫《花落水流红》塑造的村庄里最富人家一夜暴富的原因，是因为这家的小簸箕在城市里出台做了性工作者赚了大钱。于是，村庄里更多的"小簸箕们"踏上了这条道路，在家长的默认甚至鼓励之下，进入城市，以身体密谋资本的积累，谋取一家人物质富裕的幸福生活。

王祥夫《塔吊》也是一个迎合资本消费的文本，甚至还有几分肯定和赞美，不过，相对来说，他写出了这个过程之间个人的艰难。葛生和女朋友红豆感情很好，但是在包工头杜老师的引诱之下，来到了工地，红豆给民工做饭，葛生开塔吊。不久，他就发现红豆做了包工头的情人，明明他是要把身子留给红豆的，却也在见样学样之下，很快和两个妓女在塔吊上欢喜连天。杜老师是他的榜样，却也是他愤怒的对象，然而这愤怒很快就消除掉了。小说里关于红豆的心理描写很少，但是很明显的，将原本单纯善良的红豆放了一个资本丰富的世界，无论是女子红豆，还是作为隐喻的相思红豆，都被资本入侵了，成了都市的消费品。

彭见明《躲避南方》写青年人对南方的向往以及做父母的对南方的躲避，反映两代对广州、深圳的城市生活的不同接受心态。写了一对姐妹在都市卖身最后得了花柳病。荆永鸣《取个别名叫玛丽》、刘庆邦《九月还乡》也从不同侧面物化女性为了物质不惜卖身，出了各种症状。

梁晓声《贵人》写考研的女学生素和周芸（周芸已考上研究生），她们是化过妆的城市异乡者，她们的底层身份是暧昧的，她们大学毕业后"潜伏"在北京，一心一意考研，为了能留在北京，她们或主动或被动地寻找包养自己身体的雇主，终至于成功交易。拿底层女性说事，向来是文学的一大特征，这篇小说亦然。然而钱财名利的追寻是无止境的，出身于乡村的女大学生有自己个人发展的强烈愿意，并不是因为经济赤贫才去投靠富商阶层。每个人每个阶段，都会有新的追求和新的精神状态。素和芸虽然出身农村，但毕竟大学毕业，就算兼职也不至于沦落到卖身的地步，虽然作者为了专门强调底层的艰难，一再过度苦难化她们的个人生活，但这样的描写激发的不是读者的怜悯，而是不适，甚至是厌恶。作者用的是同情的笔调，在京城的女孩子，家庭条件不好，为了考研兼职，但来钱不快，不如卖身，也似乎显得情有可原，但是这样的描写细想显得猥琐而缺乏崇高。这样的书写不够力度，以猎奇的方式呈现城市女大学生被购买的生活，用的是同情的口吻，创作极度表面化、虚化。在一定程度上，有贩卖女大学生、过度夸大她们的私生活赢得读者和市场的嫌疑，缺乏普遍的社会现实背景，只是展现了一种可能的现象，从立意和描写来看，均缺乏深刻的文学力量。表现了当代的女大学生从乡村进入城市，虽然受过较高的高等教育，但是只懂得追逐目标，而不懂得建立理想。素和芸所受的苦难是没有深度的，甚至她们也算不上被压迫、被侮辱和被损害的一批人，而作者在城乡对比中，将她们更多地作为对比过的受损害和被压迫者加以塑造和描绘。可以说，她们的悲剧是限度之内的悲剧，是经过化妆的悲剧，作者提前预设了她们的出身，接着就理所当然地通过一系列苦难的塑造，让她们因为目标的追求沦为金钱的奴隶。

对于进入城市的乡下人来说，尤其对于通过知识或者技能考入城市的学生和职工来说，城市虽然是异己的，但是城市仍然是大多人追求的处所，而曾经的乡村，则多半成为心理上回不去的故园。因为乡村的承载力是有限的，大学生回到乡村，除了村官，相对来说，没有更好的职业，而村官是有限的。在文学作品里，一些大学生为了走捷径留在大城市，不惜卖身，是社会发展的悲哀，也是现代化发展的必然，是现代性的一部分。这些被物化的女孩，自身也成了物的一部分，具有了物的功能，这是一种时态的退步，但是在商品浪潮的侵袭下，人也难以逃离被生产和交换的劫数。

第五种：陌生化。艾伟《小姐们》通过小孩子红宇纯真的眼光，写了来乡间参加一场丧事的一群"小姐们"的活动。逝者的女儿兆娟是小姐们的老板娘，所以她带着小姐们返乡参加葬礼，而她与寡居多年的母亲关系并不好。寡居的母亲节欲，对儿女也独断专行，而女儿是一个非常具有反抗性格的人，是母亲的另一面，走到了节制身体欲望的反面。通过丧事平台，展现了母女关系、兄妹关系以及"小姐们"的美丽和情义。她们人性里单纯善良的一面，她们对于美的追求，她们身上的年轻之光，她们的色彩缤纷……这一切都引起了红宇的震动，他和村子里被"小姐们"的美貌搅得魂不守舍的乡村成年男人们一样。从此他开始好好学习，想早日进城。这篇文章的表述角度特别新颖，算是性工作者还乡题材里极为有特色的一篇。

刘继明《小米》明着写一个发廊女小米，实是主要反映群众对这一从业者的污名化，就像对穷人的污名化一样，一些职业和一些疾病相挂钩，也有其相应的道德衡量和标准。发廊女小米被下乡镀金准备提升的派出所所长周斌监禁，自然，小米是年轻漂亮的，而且是发廊女，她的身体就成了评判的标准。年轻的小米有自己的理想和生活准则，尽力保护自己，在暧昧的灰色地方依法行事，没有做过越轨举动。然而小米在不断的逼供之下，交代了一些她按摩过的男子，通过对这些男子的审讯，派出所所长周斌仍然一无所获。小米是清白的，但就在这种境遇下，派出所并没有认可小米的清白，她遭到了男人的强暴。这篇小说也是别出心裁的，当大多的作家写着发廊无处不在的肮脏和交易的时候，刘继明从相反的角度，写出发廊内工作人员的坚守，然而这一从业者仍然是被损害的、被污名的，是潜在的性工作者，在人们眼光里，这些人随时可能从事性交易。有趣的是，作者写被调查的几位接受按摩的男人时，他们所交代的并不是他们自身品德如何可圈可点，而是交代他们活跃的情欲企图，但没有在小米身上得逞。

北村《愤怒》以一个被卖去做性工作者的女孩穿针引线，讲了一个悲伤的故事。主人公李百义（马木生）来自社会底层，农民家庭，他的妹妹被清理城郊简易屋子的城管人员送进了收容所，然后被收容所卖出去做了小姐，当李百义找到妹妹时她恰被车撞死，于是他与自己的父亲开始了漫漫上访路。这里，妹妹被卖身是事件的因也是事件的果，父亲终因这件事被执法人员打死，但却被相关人员以失踪的名义谎报。这篇小说突破点在于对相关执法人员的描绘，有如一则社会新闻一样，其显示的社会性元素很多，点出了社会上切切实实存在的一些问题，具有强大的社会冲击力。

席建蜀的小说《虫子回家》中传统生活的虫子苦口婆心规劝妹妹不要出去打工，怕她落入风尘，因噎废食，尽量阻止妹妹出门，但妹妹却想方设法、急不可耐地走掉了，他陷入寻找妹妹的困境中。在乡村的意识里，对进城打工对于女性来说，是随时可能沾上卖身的污点的，尽管身体说起来是自由的。

邓一光《做天堂里的人》也是一个有冲击力的关于妓女题材的故事。小说通过艾滋病患者忘归的视角，讲述父母双亡之后与卖身为他攒钱治病的姐姐烛奴一起寄居在武汉城里叔叔家的一系列事情。小叔靠制作假酱油为生，但是对忘归姐弟还有叔侄情谊，不过度盘剥他们。婶娘虽然嘴碎，经常在吃喝上慢待忘归，但是相对而言也还过得去。但是寄人篱下的生活总是艰难的，儿童视野里有长的忧伤，也有短的快乐，忘归的理想是做一个送水人，但是他时刻想着自己的身体可能烂掉。忘归没有朋友，同龄玩伴也不陪他，只能去找农民工聊天为乐，有时也偷偷到姐姐上班的发廊去，但这影响姐姐烛奴的生意，也是受限制的。姐弟俩相依为命，甚至艾滋病患者忘归对自己的病和生活不做太多设想，生活看起来似乎无忧无虑。姐姐努力攒钱，准备用自己的卖身钱去给忘归治病，寄希望于好的医院能治好忘归的病。艾滋病几乎是不可救治的，但是在底层人民身上，总还是有美好简单的执着，而正是因为这一点光和暖，让这篇小说看起来充满了情怀和人道主义关怀。小说里，忘归的名字是隐喻，烛奴的名字也是隐喻。烛奴姐行父母双职，攒钱帮弟弟看艾滋病，分明是一盏微弱易灭的灯，但也正因为这盏灯的存在，显示了作家对希望存在的认可。虽然希望是渺茫的，但人心温暖，寒凉人世、父母双亡做姐姐的愿意卖身为弟弟攒医药费，而不是将得了艾滋病的弟弟视为负担和累赘，即便是文学作品，这点微弱的暖意仍然力透纸背，传递了一种渴望和希望。然而正是这种温暖的姐弟相濡以沫的情感，将大多的责任指向了社会和国家。姐姐为了救治弟弟而去卖身，体现了一些穷人身上的那种义气和志气、那种孤注一掷。然而，疾病是堕落的根源吗？卖身算是堕落吗？如果卖身可以救治一条生命，给一条生命以可能的希望，是不是卖身也可以获得大众的同情？若有条件的卖身可以获得大众的同情，那么卖身在很大程度上就不该受到道德伦理审判。因为这也是一种输出，虽然就社会道德而言，看起来不那么体面。

《做天堂里的人》是部悲哀的中篇小说，但也是一部温暖的中篇小说，作者的人性关怀无处不在。在这篇小说中，虽然毫不例外的，邓一光和大多主要以描写乡下人进城的一批作家一样，也端上了一盘苦难烩制的盛宴，但是他采用的儿童视角别出心裁，对人物的把握，以及姐弟之间的感情写得非常入木。

鬼金的短篇小说《两个叫我儿子的人》是一篇从动物眼光出发写的小说。小说以一只狗的视角讲述因为父亲遭受矿难而进城做了妓女的李小丽与城市贫民大马之间的世俗生活。这篇小说对苦难的描述极尽其能，小说从一条狗的角度来进行叙述，显出了其新颖性。小说的结果，是大马和小丽准备带着小狗一起逃离城市，但是这个时候小狗被车撞死了。这样的巧合虽然不太合理，显得虚假苍白，但对整篇小说形成了强大的冲击力，竟而形成一种命运的暗示。他们这一对弃城而去的情侣，也许就如小狗被撞一样，莫名的充满不测的未知在世界的每个角落等着他们。

综上可以看出，男性作家写城市异乡者中的女性性工作者，几乎都是从污名化、景观化、温情化、物化、陌生化这五个方面来描绘塑造的，往往表露出一副居高临下的同情，获得道德上的制高点，表演甚至是展演自己的道德情操和人性良知。这永远是讨巧和不过时的，因为无论哪个年代，无论用怎样的笔法，描写在他们认为的弱小者，在感情上都会多多少少获得肯定和认可，这几乎是一种精明的写作策略，为大多数普通作家所运用。另外，在描写城市异乡者的时候，这些不断移位的身体所潜藏的不稳定的性事,又是作家们可以精心描绘的景观。

写底层性工作者的人生经历,男性作家多是以"他者"的眼光去观看的,性工作者以"底层"身份出现,作家的自我身份意识则潜在看起来很强大,是以潜在的精英身份进入底层、俯视底层。这样写,反映了作家们热衷通过诉苦机制模式反映塑造底层女性的理想人格,也反映了作家的多面人格。所以,这类作品往往更倾向于表达个人和社会之间的紧张和被压迫的一面,而忽略了性工作者作为人的情感和尊严,以及她们具体的作为人的内心独特的感受力,忽略了她们自己的理想和精神追求,忽略了她们在城市之中虽然受着压迫,但是仍然有着浓烈的追求幸福生活的渴望。创作者太过注重于描写她们与社会的脱节,对她们的内在性生活则书写不够。

二 男作家笔下叛逆型女性性工作者

智利作家罗贝托·波拉尼奥在他的小说《美洲纳粹文学》书里和封底皆有这样一句话:要想进入上流社会,通过文学创作,因为文学是一种隐秘的暴力,是获得名望的通行证;在某些新兴国家和敏感地区,它还是那些一心往上爬的人用来伪装出身的画皮。[①] 美国文学评论家瓦特在其论著《小说的兴起》中也说:"小说的世界本质上就是现代城市的世界;两者都呈现出一幅生活的图画。"[②] 他们两人的这两句话从客观上很好阐释了作家和社会以及作品和社会的关系。作家通过描写性、性工作者,在实施一种隐秘的暴力,更易引起社会的关注和争议,这是现代营销的一种方法。而有关注就可能有名望,有争议就可能有收获,这是20世纪90年代乃至21世纪一批作家惯常的主动或被动使用的手段,是他们的文学策略。

近三十年来男性作家所书写关于中国文学性工作者题材的小说,除

[①] [智利] 罗贝托·波拉尼奥:《美洲纳粹文学》,赵德明译,上海人民出版社2014年版。
[②] [美] 伊恩·P. 瓦特:《小说的兴起》,高原、董红钧译,生活·读书·新知三联书店1992年版,第208页。

描写底层物质的贫瘠外,最大的特点表现在对消费主义的狂热书写,与此同时,对幸福感的描绘多着落于日常世俗物质生活的点上,而不再以宏大叙事题材为主流。这一时期男性作家的创作,日常生活政治取代了"阶级政治""国家政治",肯定世俗化,作品也进入媚俗化时期。在改革开放之后,国家的商业发展起来,男性作家塑造的女性性工作者,除过"肉身主体"为中心的经济贫困迫于生存压力进行卖身的底层性工作者,具有"消费意识思辨意识主体"的女性性工作者形象占了主流。关于这些特征,作家主要通过对性工作者自身欲望和对召色者的欲望的书写两方面来表现。

  首先,正面表现性工作者的欲望。男性笔下的消费型女性性工作者可以简单地分两类:一类是经济人;另一类是自由人。顾名思义,前者追求物质,追求享受;后一种追求精神自由。但殊途同归,这两者共同的特点,其一是追求一种官能主义,其二在于这两者都敲上了鲜明的商业印记。这两类性工作者形象的塑造有丰富的意义,其所体现的现实意义和文学意义非常鲜明。第一,她们共同所体现的现实意义表现在都共同反映了改革开放以来中国消费社会情况下的实际面目和价值不断颠覆与重新构建的现状,体现了消费自由,以及消费对自由的解构,既体现了社会时代感的急速发展,也体现了城市发展的感召力。第二,她们共同的文学意义体现在延续了以往传统作品中将性工作者与经济和追求自由相关联的文学传统,但同时赋予了新的时代背景和时代意义,让追求金钱的"经济人"和追求自由的"自由人"这两种性工作者叠加在同一文本中,丰富和扩展了性工作者小说题材的形象谱系。这两种类型的性工作的特性,有时也可以在同一个人身上体现。

  在现当代文学作品中,男性作家通常将性工作者产生归因于社会的发展、生存的逼迫、经济的困顿、个人发展的需要等外部因素的驱使,通过苦难的揭示表达对社会的看法,代表作古有《琵琶行》、现代有老舍的《月牙儿》等。比较而言,女性作家一般不是如此,丁玲《庆云里的一间小房里》从女性的欲望方面讨论这种为众多人不齿的职业的生活方式的存在性,表达女性在性方面追求愉悦和快感的自由,表明女性从事这方面职业并不是单纯顾虑物质的交换，也还有对欲望的满足和对自由的追求。有这种追求的性工作者，不能不说是有追求自由意识的革命者，她们有一定的消费意识和自我建构意识。进入20世纪90年代，消费社会文化让《庆云里中的一间小房里》的阿英们成群结队出现，而且她的观点越来越被更多的性工作者持有。道德伦理的规训在她们那里越来越少，她们越来越将追求个人欲望的发展和实现自我当作生活的出发点。当然，随着时代发展和观念的不断变迁，这种意识，不仅是女作家们热衷书写的材料，在男性作家这里，对女性追求欲望和自由的做法也越来越肯定和宽容。

根据弗洛伊德的理论，生命的本能就是一种爱欲的本能，人之所以在现代社会中受压抑，就是因为人的本质受到压抑。马尔库塞《爱欲与文明》的观点，也是认为爱欲在现代社会受着压抑。尽管在现代社会性看起来确实是自由的，但所谓的性关系却越来越紧密地与其他目的性很强的社会化问题产生关联，性活动往往被看作手段而不是目的，而性产业链上的性工作者们也只是手段而不单纯是目的。

福柯《性经验史》将权力监督引进性理论，认为性欲仅仅是资本主义兴起的一种附属性成分。他认为在现代社会性欲问题与权力问题直接关联，从而性工作者的问题与权力问题的直接联系就是性欲问题的表现形式之一，当普通市井百姓被政治等高压压制的自由空间越来越少、支配能力越来越小时，对自己身体的支配权就成了一种彰显自由和权力的形式。所以，这时候，性工作者的行为，可以算是一种革命性行为，他们公开地面向社会的性行为，就是对权力体制的一种抗议。

这一时期男性作家笔下的消费型女性性工作者，具有以下四方面的悖论特征：主体化/客体化，审美化/资本化，身体意义化/肉欲化，媚俗化/媚雅化。注重经济积累为主的女性性工作者，倾向于将自己的肉身客体化，实现资本的较大利润，这是"经济人"的杠杆原理。注重自由的性工作者，非常强调自己作为主体的个体地位，将追求金钱的过程审美化，同时将性工作者意义化，当然，也就是将身体意义化。在不同的文本里，不同的性工作者身上，这四方面悖论体现的侧重点不同。

第一种：性工作者主体客体化。叶舟《最后的浪漫主义骑士》所塑造的性工作者——英语系大学三年级学生康玲就是这样的，她出卖自己的身体并不简单是因为钱，而是有她自身特别的理由。

"你这样出卖自己的肉体和灵魂，提前预支生命，划算吗？值吗？"我问。

"我并没有出卖自己的肉体和灵魂，正相反，我觉得我那样是对得起自己的生命。你知道吗？青春是不可再生资源，少一笔就是少一笔。我跟谁上床都一样，我跟谁做爱我都是解放自己，我并没有什么道德上的忧虑，我符合自己的生命和生理要求，我觉得快乐就行。但我最大的错误是和一个贩毒头子上了床，除此而外我并没有什么罪恶和羞耻。"康玲满口灿烂，言如珠玑。①

在康玲思想里，性交换不是买卖，是生命和生理所需求的生活方式。

女作家魏微《情感一种》也写的是一个女学生被包养的故事，女研究生栀子和叶舟所塑造的康玲看法几乎一致，不过更讲实利一点而已。

关于身体，栀子是这样想的：它不重要，对女人来说，它只不过是身体，需要维持它基本的需求，吃饭、排泄、做爱——她喜欢和谁做爱，就和谁做爱；和这个男人是做爱，和那个男人也是做爱；做爱不但能够得到快乐，然而比快乐更重要的，还是利益；妓女可以得到钱财，女间谍可以得到情报，女职员可以升迁，女演员可以出镜，女歌手可以扬名，女作家可以发表小说……栀子可以得到一份工作，留在上海。②

---

① 叶舟：《最后的浪漫主义骑士》，《人民文学》1996 年第 5 期，第 94 页。
② 魏微：《情感一种》，《青年文学》1999 年第 7 期，第 15 页。

栀子二十四岁,研究生要毕业了,准备找工作,遇见了人到中年的潘先生,兜兜转转,床上床下,想要达成交易,又在内心里与自己过不去,不想爱,然而渴望被爱;不想出卖身体,然而在辗转反侧之间,还是"卖"掉了。

主动为妓,体验别样的生活的性工作者,不管是来自乡下还是城市,不管是大学生还是村姑,都有追求自由的一面。王手《乡下姑娘李美凤》中李美凤认为钱对于乡下人来说是重要的,身体不算什么,在家里被一个没出息的乡下人睡,还不如在城市里找个靠山,终于进城做了卖身者。

艾伟《小卖店》叙述了良家妇女与性工作者彼此观望的故事。性工作者小蓝从事性工作的原因并不是生存需要,有部分是生理需要,但更多是心理欲望的驱使。她喜欢从各类不同的顾客身上获得一种遍识各类男人的满足感,而这种满足感又让她生出与一般女人与众不同的特别感。当她与对她有恩的发廊街上的小卖店的家庭妇女苏敏娜开始建立一段友谊时,她编造了一个少女时代被老师强奸的悲惨故事,从苏敏娜那里获得了同情,也感受到了她泪水涟涟的同情里那种家庭妇女所操持的道德优越感。苏敏娜那种自以为是的、总觉得发廊里的小姐有特别理由才去做小姐的架势伤到了小蓝,以致她看似不经意实则精心准备地诱惑了苏敏娜的丈夫,最后却在觉得快乐的同时,若有所失。

第二种:身体既审美化又资本化。田耳《友情客串》里苏小颖因为男友嫖娼,自己离家去找朋友葛双,发现高中密友操持皮肉生意,其独特的性体验诱惑了苏小颖,她也半推半就地客串起了卖身者角色,将失意的情爱放逐到随遇而安。与此形成对比的是邱华栋《黑暗河流上的闪光》里的著名主持人罗宁,因为发现妻子出轨,就借本不是自己必须出差的一次出差机会,找了个女性性工作者,从生活的深渊里又一次升腾起生活的喜悦,不光因为所找的女性性工作者和自己妻子在初开始亲密时候相像,而且因为明白自己跨越了道德的障碍,知道金钱可以换得与性工作者的相连,所以在亲密的时候觉得欢喜。这与其说是对妻子的报复,不如说是对感情的平衡。

这些性工作者，不同于那些因为生存压力卖身的苦难型性工作者，她们甘之如饴地主动拥抱这份工作，在金钱与欲望的双重加持之下，满足且自得地建立一套自己的立身体系，并形成一种新的商业社会的立身处世的观念。塑造这样的性工作者的时候，苦难已经被暂时悬置，生存不再是问题，金钱和欲望的满足成了行文的着力点。这种自愿做性工作者的女性，属于20世纪90年代尤其是21世纪的一大景观，相比于古代的娼妓，这类型性工作者有极大的自主性，这是时代发展文明的一角悖论。全球化的消费语境客观上改变了中国传统文化的伦理结构，"笑贫不笑娼"有了其合理的现实依据，而且，随着西方思潮的涌入、妇女解放等理论著作多方位译介、电子媒介等新兴媒介的兴起，人们对身体的观照越来越多，也越来越深，对于身体自由、性自由的渴望也越来越强烈。当然，另一方面，时代对个人的"规训"（福柯语）也越来越全面。

以身体换取金钱，以性换取权力的支配，这些在客观上是合乎商业发展的逻辑的。然而另一方面也可以说，性工作者，甚至是性自由追求者的代表。同样，也是自由追求的代表。他们有时甚至被描述为追求自由的化身、表达不满的一类人群，尤其是同性恋者，同性恋寻找伴侣相比较异性恋而言是比较困难的，但是他们也有他们的性需求和爱需求，这一方面，部分性工作者给了他们安慰和解放。这样一来，这一类型的性工作者，既是消费社会的畸形儿，又是追求自由奉献自身的社会积极分子，对他们进行道德和伦理的审判，需要不同的维度。

第三种：身体意义化的同时肉欲化。阎真《因为女人》写了一个有文化的女人是如何自主地一步步沦为一个靠出卖肉身打发时光的女人的故事。它描写主角柳依依从大学开始与几个男人之间的情感交往的故事。

学生时代的柳依依开始被物质诱惑，但是拒绝了包养自己的薛经理，薛经理转而包养了她的室友苗小慧。接着，柳依依与夏凯伟结缘，谈了一场刻骨铭心的初恋，却由于其移情别恋，最后辗转于相亲的道路上，在这个过程中被电台的成功人士秦一星包养五年之久，其后年老色衰，被其半推半就地转手宋旭升，结婚生女。故事的结局落入庸常的生活,但是却无处不显示出男性对女性的暴力。直到最后,柳依依看着逐渐长大的女儿,开始担心起她的命运,她的重心不再是男人,而是自己的女儿,女性生命的另一种轮回展开。然而,就在与丈夫不冷不热的关系里,柳依依踏上了卖身的道路,开始应对不同的男孩子,甚至年轻男学生,出卖身体,勾引年轻的男人,包养男人。

小说描写的是21世纪初期,小说的背景也完全设置在21世纪初的那种商品化大背景下,但小说特别倚重的却是性别不平等思想,而且特别倚重这样的事实。作品里,性多样化是男人的特权,而不是女人的,婚前婚后都是如此。

《因为女人》中,年老的女性是被歧视的、不自然的,如同丑陋的女人一样,后者如吴安安,因为丑陋,没有约会,在同性间也不被待见;而年龄,则威胁着每一个女子。男性对女性的邀请,则充满着欺骗、诱惑、危险。作家对柳依依的塑造,充满赞美又自我贬损,专横暴力又软弱无力,而作家塑造的男性,无论是夏凯伟还是秦一星,以及后来与柳依依结婚的宋旭升,如同他们的姓氏排列所展示的权威一样——"夏秦宋",都是有威力、有力度的,都是以男性权力为代表的。同男性耀眼雄伟的名字不同,作者赋予女性的名字都是预设的,如柳依依、苗小慧、阿雨、温雅、吴安安等,她们都被赋予了温顺的特征,给人一种依附的感觉。名字所隐含的宿命是作家建构的,是男性作家对女性的一种性别凝视,男女的性关系成了一种社会的权力的关系,其次才是身体关系。

在《因为女人》里,男性充分体现了自己的个人意志和欲望,而女性则作为一种被欲望的对象,男性作为主体发出命令,女性作为客体承载和接受这种符号命令的指示。女性所展现出的欲念,是通过自恋式的投入对身体赋值,成年女性潜在地认可了这种性色情。未成年的女性,柳依依的女儿,以及秦一星的女儿,都成了一种投射,一种命运已经在张开。女性的身体是作为交换的功能出现的,是一种物质的变体,是一种经过估算的性。

《因为女人》里阎真本着旧有的男权意识塑造女性,也不能不说是一种另有目的伪装出来的画皮表现，骨子里还是通过对女性的规约和惩戒，要求女性中规中矩地在婚姻内修炼忍耐性。

这篇小说讲述年轻感性的危险以及混乱的生活，讲述女人的孤独和恐惧，书写生活的扑朔迷离，以细腻写实的笔法勾勒了21世纪女性在商品经济浪潮下被物化、虚化、污名化的社会现象。女性被物化是可悲的，同样这也是男性的悲剧，亲密关系经过现代社会市场发展的变革，变得与传统不再一样，各种矛盾激化，在女性成为被购买商品的同时，男性也同样被捆绑，人与人之间的沟通变得困难。物品什么也不是，但滋长了人际关系的空虚，《因为女人》呈现出了性作为一种畸形的社会生产力的巨大流通的空洞轮廓，却没有更好地预料两性出路或者打破这种空洞，从这点来说，这部小说只是一个男人陷入富裕的物质陷阱的神话，两性之间的精神需求都是残缺的。

第四种：既媚俗又媚雅。毕飞宇《睡觉》塑造了一个受过幼师教育被人包养的情人小美，然而她仍然是渴望正常的爱情的，甚至养了一条狗，将自己所受的教育用来培养一条狗。当她遇见自己有所心动的人的时候，她不是单纯地贪图钱，而是期待一些情感的回应，但是，那个在草地上与她一起躺下的人，却对她提出无言的要求，伸出五个手指头。不言自明，一个被包养的女子，碰上了另一个卖身的男子，两个人之间的尴尬与虚空，在"五个指头"的伸出走向结束，于读者的想象里却正在展开，制造出了一种正常却又反常的荒诞感。

短篇小说《睡觉》与何顿《丢掉自己的女人》很相似。这两篇小说同样分别塑造了一个"丢掉自己的女人"。《丢掉自己的女人》描写的是一位千万有钱女性寻找真爱而最终失败的悲剧。《睡觉》写的是一个被人包养的年轻女子不愿意给包养者生孩子却依然人性未泯渴求真爱却失败的故事。《丢掉自己的女人》里面写了两个受过高等教育在长沙先富起来的知识女性邓瑛和方为，前者是建筑公司老板，后者是美容院老总，她们的婚姻各有各的不幸。相比较而言，邓瑛仍然相信爱情，而方为则在不同的年轻男性之间留恋辗转，很享受靠着金钱和交际带来的感官体验。邓瑛与丈夫田胜的婚姻归因于特殊年代的悲剧，他们并没有多深的夫妻感情，而田胜也并不是个上进的人，所以当邓瑛邂逅高大帅气的外号为"良种公马"的保险公司推销员大力之后，在他的甜言蜜语之下，陷入爱河，为他不断花钱置办各种行头。她爱上了他，而他，却只是将她当作是顾客对待。大力在受到邓瑛的丈夫的威胁之后，觉得自己应该尽早结束与邓瑛的危险关系。尽管大力是退伍军人，但是他的思想主要建立在生命和手上，他不能允许因为游戏女人而遭到别人丈夫的威胁丢失双手，所以，他放弃了邓瑛。

与邓瑛相对的另一个百万有钱女性方为，和邓瑛一样，下海之后颇得财神眷顾，夫妻双方处于异地，丈夫在国外读博，无情趣也无性欲。她兴奋的是抓住机遇好好享受人生，当然，主要是享受身体的盛宴，于是，她让三个男人围着她转悠。无论是方为和邓瑛，还是为她们出卖性器的年轻"良种公马"，他们的情欲都因为购买关系的交换打上了明显的商业印记，在经济学思想主导的生存里，他们将彼此金钱化的命运都在劫难逃。尽管邓瑛爱得炽烈火热，但是她爱的只是爱情，而并不是大力这样的良种公马，一旦她发现这一点，就立即动用自己的商业手段进行止损。然而，悲哀的是，何顿对于爱情金钱化度量的合理性似乎在某种程度上怀有认同。当然，这是20世纪90年代商品大潮席卷整个社会的趋势。到了21世纪，毕飞宇《睡觉》就显得相对纯洁，当然，也显得更加荒谬。小美并没有求仁得仁，她求取爱情的时候却遇上了对她伸出五个手指头的男性性工作者，但是作为一个被人包养过并且期待她生出儿子的女性性工作者，她却在某种程度上坚持了爱的纯粹和理性，这不能不说是动人的。

《丢掉自己的女人》里邓瑛是理性的，所以对"良种公马"大力，和她的朋友方为一样，将年轻异性列入可以享受者行列。说到底，其实是满足自身需要，寻求刺激，麻醉空虚的灵魂。无论是雇主还是顾客，都体现了典型的"市场型人格"，理性有余情感不足，显得庸俗而单薄。《睡觉》则体现出了年轻女性小美的暧昧心思，对于爱情和性她似乎显得无比清爽，浪漫而理性，但同时却仍然是怀着希望渴望去睡一回"素觉"（《睡觉》小说里的术语）的。

对于邓瑛和方为来说，"金钱爱情"或者是将爱情世俗化、将婚姻世俗化是她们的生活常识，不需要大惊小怪，但对于小美来说，仍然是渴望爱情的不平淡性的。她世俗化性需求，将身体当作资本一样奉献给"先生"（她的包养者），但是她仍然明显有自己的打算和"纯洁地带"，不愿意因为钱而去为"先生"生育孩子。后来，为了爱情的感觉渴望与心仪的男子睡"素觉"，即使她消费上崇拜品牌意识和时尚主义，渴望拥有绚丽华美的现实人生。但是毕飞宇的笔下，写出了她作为年轻女子纯粹浪漫和脱俗的一面，她在爱情上并不看重对方的物质基础，也愿意努力去试图取悦对方，这一点，难能可贵。不能不说，《丢掉自己的女人》比《睡觉》显得粗俗、模式化，但这同时也反映了20世纪90年代商品浪潮席卷下创作者们自身也一定程度陷入了物的质性，缺乏对性工作者心灵的深度把握和思考。

整体而言，20世纪90年代以来文学作品里男性笔下的消费型性工作者，和其他时期笔下的性工作者相比，有个突出的特征，就是这一类型的性工作者虽然渴望金钱，但并不是守财奴。他们，尤其是女性性工作者，兼有反抗"男权"的特征表现。她们渴望金钱，但并不精于对金钱的斤斤计较，更容易耽溺于感官或情感的享受，过着朝不保夕的生活，愿意为了金钱抵换自己的身体，但同时，对自己也像随意处置的商品，过着近乎是自弃的生活，到处张望，精神漫游。她们渴望鲜花与拥抱，渴望小资与浪漫，但是，她们并不想通过辛苦的努力去获得这些。她们渴望去走的或者正在走的是一条捷径，然而，她们这种游离于生活常规道路的叛逆举动和挑战意识，既成全着她们，也伤害着她们。

其次，通过侧面描写表现召色者的欲望，表现消费社会里人物形象的斑斓，表现性带给人的焦灼和缺失。与其他主角是性工作者的小说不同，《美元硬过人民币》则写的是召女色者的心理。杭小华是一位传统知识分子，毕业后与同班同学结婚并生有一女。中规中矩的日子过惯了，以致他到了单身的未婚同学成寅那里，与他一起召了个性工作者，并先后在性工作者的身上完成了性需求，然而为了表达对妻子的歉疚，与妻子的感情变得更好了。性工作者的存在更像对找性工作者的人的一种平庸生活的补偿，有助于缓解平庸的家常夫妻生活所造成的审美的匮乏与内心的无聊。

毕飞宇《款款而行》里，"我"是一个知识分子，偶尔被小时候的朋友领到声色场所去，也希望发生一些事情，无奈囊中羞涩，面对风尘女子，交易没能顺利进行。但是"我"的心态明显是愿意的、渴望的，这是一种有逻辑的反讽，这种心态值得玩味。在所有消费性的文学里，如《我爱美元》之中，有一种赤裸裸的勇敢，是资本带来的勇敢，但是资本的缺乏，会让一个人到了娱乐场所面对性工作者时产生自卑心理，客观上，也表明了性工作者以一种越界的身份参与了商业与政治的暗里结盟，成了资本社会的受益人。

洪峰《恍若情人》和贾平凹《废都》相似，不过《恍若情人》里为一个面目模糊的东北来的作家韩非献身的，几乎都是性工作者。庄之蝶的背后有惆怅的世纪末情绪，但在洪峰这里，更多是消费社会下人物爱和情感的疲惫。在市场经济时代，昔日的文化英雄们被遗忘和冷落，新经济浪潮下"庄之蝶"们改名"韩非"们，奔向了远离文化中心的边陲云南的女性们，在这些女性身上建立他们的社会主体地位，体验自我的存在价值。

在男性小说家笔下，男性知识分子的性都是被期待的、有自我主体意识的、和传统相像的无脱落难公子与民女的母题。这一写法可以说是从张贤亮《男人的一半是女人》开始的，高行健《灵山》亦有涉及。《男人的一半是女人》袭用传统小说落难公子与民女相恋的模式，章永璘是一个在政治特殊年代性器被去势的男性知识分子，成为"落难公子"后，"民女"黄香久用女性的身体和温情治疗了落难才子章的性能力，这个有着"兼济天下"情怀的知识分子最终弃她而去，走向了合适自己上演文化英雄的舞台。《灵山》里，"我"作为一个作家，拿着如同皇帝发放的封印一般的"中国作协证"之类的证书，证明是个作家，一路沿着长江而下，得到了很多"民间女子"有情无情的身体安慰，沾沾自喜之余，又惆怅若失。后来，这种落难才子的写法在《废都》里大翻转，庄之蝶成了西京的文化名人，各路出身卑微的女性投怀送抱，良家妇女唐宛儿、阿灿、柳月等不例外，妓女亦不例外，直到他身体因为性欲和情爱过度的饕餮，生病中风。"……我原来路上想好还要向你再要钱的，来见了你，你是我遇到的最动心的人，我心里说今日我才不一个小时就走的……"① 每一个与庄之蝶发生性关系的女人，都被描写成因此幸福感爆满的女人。庄之蝶如同章永璘一样，是被需求的、有神性的，是文化意义上的"男性英雄"。庄之蝶将自己与女性寻欢的地方取名"求缺屋"，在女人身上题字"无忧堂"，很有《金瓶梅》里西门庆的风格，不过，从另一个侧面来说，他补的是女性的缺，减的是女性的忧。洪峰《恍若情人》里，有和《废都》一样的男性心理，《废都》里间接写到女性景雪荫渴望被庄之蝶强暴，结果没有，所以多年之后闹来闹去。到了《恍若情人》这里，写到女作家珍妮终于被强奸，各种阶层的女人们为了一个从东北来到云南边陲的作家争风吃醋，看不出在性别意识方面有特别的进步。

洪峰作为先锋作家的代表，曾经有过很大的影响。其消费主义标签下写出的《恍若情人》，满楼红袖招，倒是落到了实处，是先锋的先锋。故事的男主角韩非，是一个离婚的中年作家，帮自己暗恋多年的大学女同学、现在是个大学老师的小韩，找离家出走的叛逆女儿小妮，找到了云南，因为这个女孩子似乎是被拐去做卖身者，接着发生了一系列事情。

作品里，韩非爱上妓女晓溪，也还是多少有点真情的。书中甚至给性工作者翻身，也写到了男性性工作者，洪峰赋予他们一个特别的名字——"男小姐"。就如"女公子"一词一样，洪峰的"男小姐"虽然没有在小说范围之外的地方大量推广，但是"男小姐"的视角显然是独特的。

小说里，无论是异族女子，还是从各路跑来的女作家程建平、珍妮，女警察阿秋，或者乡下来的"单纯善良"的妓女晓溪（金花）等，她们的性行为预示着当下的社会伦理和道德变化。这部小说里剥离了先

---

① 贾平凹：《废都》，北京出版社1993年版，第316页。

锋的那种前卫写法，让故事落到庸常的生活本身，按部就班地叙述生活。无论是女白领、女性性工作者，还是女诗人、女作家、女大学老师，都给出了鲜明的对照。作者是厌恶有文化的女性的，写到她们，无一例外地讽刺她们矫情、虚伪、好吃醋以及狭隘，对女作家更是极尽讽刺，明明渴望亲近和欢愉，还制造被强奸的氛围。笔者作为女性读者读来，深刻感觉到男性作家对于有文化的女性的那种深层的厌恶和恐惧，而他们厌恶和恐惧的，也许是文化本身赋予女性的力量，而不是女性本身。"女子无才便是德"未必正确，但是这部作品里，展示了男性对于来到城里卖身的乡下女子的驯服的能力，而面对拥有文化的其他女性同类，则体现了极其狭隘的一面。作者对乡下女性性工作者晓溪（金花）的赞美，用"单纯"来形容，实际是对女性无知的赞美。因为没有文化、没有力量，容易被规训和监审，能给有优越感的知识分子提供更多的观看视角，能让他为代表的男性体现更多的优越感，是拥有知识者对缺乏知识者的另类诱导和统治，是一种性别对另一种性别的监控，是文化在殖民方面的另一种表现。在这个过程中，作为城市来的作家韩非，无论是性别还是在城乡之间，都以一种优越的姿态体现了自身的贫乏，他的性爱好或者性趣味，不是对性工作者的真正的尊重和同情，不是真正的在心理和精神意义上与他们平等相处，散发着旧式文人的小情小调以及自以为道德优越的陈腐气息。

另外，韩寒《1988：我想和世界谈谈》、何顿《蒙娜丽莎的微笑》、汪宛夫《机关滋味》等作品也是类似的文本，以召色者的眼光，写应召者的生活。

总之，消费型女性性工作者所主要体现的四方面的特征：主体化/客体化，审美化/资本化，身体意义化/肉欲化，媚俗化/媚雅化。无论是召色者还是应召者，他们是一件事物的两面，彼此依存。文学作品也就是以这样的逆反来进行深化创造，从死中意识生、从不洁中意识洁净、从丑中发现美、从不堪中发现伟大、从暴烈中发现优雅，从这种违背社会正面弘扬的道德的背面，发现落差意识交错下人物生存的百态。在肉体的快乐与虚空中，建立精神的愉悦与危险，在被阻抑的性欲与病态的矛盾中展开情节的发展和塑造人物的依据。所以，消费型性工作者形象，实际比底层型性工作者形象更有研究性，这一群体的灵魂更丰富，也更热情。这些人将自身的热情建立在违背社会公约的道德之上，但是这样的文学书写，也同时是一种激情和热情。

第二节 女塑女色：女作家对女色塑造

女性笔下的女性性工作者主要分三类，艰难生存境遇下的底层型性工作者、消费社会制造的物化型性工作者、自我强烈型叛逆者。女性笔下的女性性工作者，更易于结盟，显示出女同性恋的情谊和特征。在一般性的女性关系里，女性与女性的情谊较于男性同性情谊（兄弟伙伴关系），更容易走向解体和崩溃，是一种不稳定关系，但是女同性恋却是一种较为有建设的女性关系，尤其是女性性工作者之间生发的女同关系，无论在文学作品还是现实世界里，能体现女性情谊的相互担当和相互帮助，表现出一种结盟性质的关系。在物欲横流人欲更横流的现代生存环境中，女性作家描写女性性工作者，尤其是描写女性成长之间的情谊，往往带有一抹同性恋的色彩，这方面以陈染为代表，表现出一种超越于物质的审美风格和精神品质。

一 艰难生存境遇下的底层型性工作者

鲁迅先生《关于女人》讲过社会制度把女性挤成了各种各式的奴隶，还要把种种罪名加在她头上。在男性作家笔下，女性当性工作者，一般都归因于社会，而女性作家，则容易从性工作者自身的心理和生理出发，来塑造更为丰富细腻的形象，就是同样写来自经济贫困的底层的性工作者，女性作家所反映的这些人的精神和身体的创伤也更丰富一些。

男性作家对女性性工作者的书写，多是简单地从生活角度叙述，而并不注重或者并不能很好地从女性性工作者的内心方面入手表达女性性工作者的精神创伤。女性作家笔下性工作者充满叛逆性，而男性作家则富有更多苦难性。女性作家在书写女性性工作者的时候，更关注她们的身体、自尊，她们以客观细致的笔尖触摸城市生存环境给城市异乡者（多半来自农村或中小县城）制造的尴尬和困境。女作家比男作家更热衷于描摹性工作者的心理，这种类似场景的复制和摹写，别有旨归。众多女性作家的作品聚焦在这些被忽视、被剥夺的身体之上，传递出女性作家集体在内心深藏的性别焦虑。通过对作品的梳理，可以看出女作家主要从生之艰辛、还乡艰难、从良不易、孤绝反抗这四个角度来塑造女性性工作者形象。

首先，从生之艰辛角度来看，几乎每一个因为生存投身卖身业的女性性工作者，背后都有一个恶劣的家庭环境需要她"拯救"，都拖着一个深重晦暗的家庭阴影。川妮 2008 年发表于《收获》的中篇小说《玩偶的眼睛》虽然笔法稚嫩，内容却非常有特色，"玩偶"一词，让人想到《玩偶之家》出走的娜拉，想到鲁迅的《伤逝》。在 21 世纪，女性仍然在出走，客观上仍旧充当着社会的玩偶。小说里主要写女主角禾香是如何因为诱惑和帮助人动了心思，偷了厂里有价值的玩偶娃娃的珍贵眼睛跑掉，而与禾香对应的是，为了救护生病的母亲不得不到深圳娱乐城做性工作者的柳春。柳和禾都是寻常乡土生活的常见之物，柳春和禾香就如大多普通的农村丫头一样，她们的命运也几乎是世袭的，但是在消费社会的当代，她们被"赶"进了城市里，家里一封又一封的催命书等着她们寄回钱财拯救。柳春母亲病重，信里父亲告知交钱才给开刀，她不得不去做了女性性工作者，而这样惘惘的威胁同样也随时袭击着禾香，因为身处贫困之中的家人是生不起病的，一旦有病，这样的命运也随时在等着她。

姚鄂梅中篇小说《穿铠甲的人》讲述的也是一个女子因为贫穷沦为卖身女的故事。主人公柳小兰是个美女，嫁了两次人，都以离婚做结，生有一个孩子，第三次嫁给了热爱文学被工厂开除回农村种地的杨青春，杨青春偶尔发点小豆腐块文章，挣点稿费，但无法养家，吃喝靠父母。为了生计和孩子上学，柳小兰外出打工，不久在城里做起了"妓女"，连春节都没有回家。柳小兰后来终于回来，杨青春为了长久留住妻子，靠捡垃圾赚钱，说是稿费，然而最终被妻子识破，柳小兰再次出门赚钱，终致杳无音讯。丈夫精神崩溃，儿子辍学沦为打工仔。这部小说客观上说明，卖文有时并不比卖身更容易满足生活的需求。和李肇正《永远不说再见》里调侃写小说的文艺青年有所不同，这篇小说更是用笔辛辣地嘲讽了文艺男青年那种迂腐和自恃。

须一瓜《地瓜一样的大海》中塑造了一个误入歧途的性工作者形象，通过问题少女张小银的视角观察当下社会的人事。少女张小银是"麦田里的守望者"式的流浪者，由于家庭贫困，生活无聊，她搭车跑到了城市里，以各种随口编造的谎言讨生活。张小银一度生活在一个边缘群体里，里面有吸毒者、卖身者。这是一种常见的充斥于酒吧的、街头的堕落生活方式，但是就是在这样的生活方式里面，也有美、有善、有亮光。作者写出了这里面不太正常但尚存的善和义，这一丝光亮也照亮了整体格调低哀的作品。张小银和追求自由与个性的爱弥丽生活在一起，并受着她的保护，而爱弥丽对自己却放任自流，吸毒、坐台，用肉体交换毒品，最终死于自暴自弃。然而爱弥丽是复杂的，她身上有极其善良的一面，她虽然利用未成年少女张小银为她买毒品，但是她同时也保护着张小银不受男人们的侵犯和糟蹋，正是在她的保护下，张小银才没有成为她。然而这样的善又充满悖论，但这样的善在普通人身上是可以随意显示出来的，张小银因为未成年，缺乏关爱，但是还有社会救助和家庭温暖，虽然这些方面的关怀不尽如人意，但毕竟有这方面的保护。而爱弥丽生活在都市里，却是一个孤独无助者，家庭不温暖，社会亦寒凉，个人又在绝望里自弃，是个可悲的妓女，虽然有大学文化，但是却"也无人惜从教坠"。小说因为爱弥丽对张小银的友好和照顾，给原本灰色的性工作者爱弥丽涂上了一层圣洁的亮光，人物的道德性由此产生冲突，造成小说的另一种声音。爱弥丽虽然吸毒、卖身，甚至利用小孩子来运毒，但是她相对是真实的、善的、能辨别好恶的，而小说中的社会救助机构的负责人，以及相关的记者等，却呈现了一副公式化的社会腔调，虽然表现出了他们的精明，但同时也显示出了他们的虚伪。通过对比，自暴自弃的卖身女身上显示出了一种美好的品德。于是，这部小说就成了一部关于性工作者形象的多声部的交响乐。小说里提到未成年的少年被不同的男性蹂躏，穿梭来去，得不到社会保障，也是作者观照社会的一个视点。21 世纪以来，不管是文学作品还是现实生活，不同的男人或男孩主动或被迫地成了性工作者，走进了性产业的发展链条上。

魏微《大老郑的女人》以第一人称的儿童视角展开回忆，讲述十五年前发生在自己生活的南方小城的一段故事。小说中"大老郑"是"我"家房客，与一个女人过着类似于夫妻的生活，他们看起来就像一对亲密的恩爱夫妻，甚至让人忘记了大老郑还有妻儿。但是有一天，他所合居的女人的丈夫出现在院落里，大家才恍然大悟，女人原来是个妓女，瞒着丈夫在外面卖身养家，经常捎钱回去。"我"母亲却为了面子，认为房子里有个卖身体的女人有伤风化，就赶走了这一对男女。小说里，以"我"在多年之后回忆起这些，惦念着大老郑和那个女子是不是已经分开、各回各家为结尾。

作者没有像惯常的描写性工作者的作品一样，将出卖肉体的性工作者归入年轻性感的一类，而是塑造了一个已有家室的妇女，甚至已经人到中年。和大老郑同居的女人，不浪费钱财、缝补衣服、勤俭持家，分明是一个贤惠的妻子。可是作者告诉我们，她确确实实是一个性工作者，以出卖身体换取大老郑的财物。然而这就构成了相应的矛盾和悖论，道德和人性开始起冲突。从道德伦理方面讲，大老郑和他同居的女人都是不道德的，背叛了婚姻和家庭，和别人同居，身体出轨了；但是从人性的感情方面讲，大老郑孤苦在外，也是需要一个女人的，而女人缺钱，和大老郑在一起，按时可以收到一笔钱，女人可以拿回家贴补家用，照顾孩子。

有一天，大老郑带了一个女人回来。
这女人并不美，她是刀削脸，却生得骨骼粗大。人又高又瘦，身材又板，从后面看上去倒像个男人。她穿着一身黑西服，白旅游鞋，这一打眼，就不是我们小城女子的打扮了。说是乡下人吧，也不像。因为我们这里的乡下女子，多是老老实实的庄稼人的打扮，她们不洋气，可是她们朴素自然，即便穿着碎花布袄，方口布鞋，那样子也是得体的，落落大方的。

我们也不认为，这是大老郑的老婆，因为没有哪个男人是这样带老婆进家门的。大老郑把她带进我家的院子里，并不作任何介绍，只朝我们笑笑，就进屋了。隔了一会儿，他又出来了，踅在门口站了会儿，仍旧朝我们笑笑。我们也只好笑笑。①

这个寻常的甚至有点丑的乡下妇女，和沈从文《丈夫》里出来赚钱养家的乡下妇女可以说同属一脉。妻子在城市里卖身，做丈夫的进城看望妻子，还以为在当干部，虽然也骄傲家里盖起的瓦房，但仍然还是更眷念实在的夫妻之情，体谅着妻子在城市的辛苦。而大老郑，这个带回别人妻子的男人，对自己的妻子儿女亦是有情有义的，对付薪水的新人，也以朴素的感情相待，不问长久与以后，就此刻，就当下。这种素朴描写体现出的素朴感情，让人不忍心责备，生之不易由此体现。

原来，我母亲早就听人说过，我们城里有两类卖春的妇女，说起来这都是广州发廊以后的事了。就有一次，有人指着沿街走过的一个女子，告诉她说这是做"那营生"的。那真是天仙似的一个人物，我母亲后来说，年轻且不论，光那打扮我们城里就没见过；我母亲因问道，不是本地人吧？那人淡淡笑道，哪有本地人在本地做生意的？她们敢吗？人有脸，树有皮，再不济也得给亲戚朋友留点颜面，万一做到兄弟、叔伯身上怎么办？

还有一类倒真是我们本地人，像大老郑的女人，操的是半良半娼的职业。对于类似的说法，我母亲一向是不信的，以为是谣言，她的理由是，良就是良，娼就是娼，哪有两边都沾着的？殊不知，这一类的妇女在我们小城竟是有一些的，她们大多是乡下人，又都

---

① 魏微：《大老郑的女人》，《人民文学》2003年第4期，第63页。

结过婚,有家室,因此不愿背井离乡。

这类妇女做的多是外地人的生意。她们原本良善,或因家境贫寒,在乡下又手不缚鸡,吃不了苦,耐不了劳;或是贪图富贵享乐的;也有因家庭不和而离家出走的……凡此种种,不一而足。她们找的多是一些未带家眷的生意人,手里总还有点钱,又老实持重,不寒碜,长得又过得去,天长日久,渐渐生了情意,恋爱上了。

她们用一个女人该有的细心、整洁和勤快,慰藉这些身在异乡的游子,给他们洗衣做饭,陪他们说话;在他们愁苦的时候,给他们安慰,逗他们开心,替他们出谋划策;在他们想女人的时候,给他们身体;想家的时候,给他们制造一个临时的安乐窝……她们几乎是全方位地付出,而这,不过是一个女人性情里该有的,于她们是本色。她们于其中虽是得了报酬的,却也是两情相悦的。

若是脾性合不来的,那自然很快分手了,丝毫不觉得可惜;若是感情好的,那男人最终又要回去的,难免就有麻烦了,总会痛哭几场,缠绵难分,互留了信物,相约日后再见的,不过真走了,也慢慢就好了,人总得活下去吧?隔一些日子,待感情慢慢地平淡了,她们就又相中另一个男子,和他一起过日子去了。

做这一路营生的女人,多由媒人介绍来的,据说和一般的相亲没什么两样,看上两眼,互相满意了,就随主顾一起走了。而这一类的女人,天性里有一些东西是异于常人的。就比如说,她们多情,很容易就怜惜了一个男子;她们或许是念旧的,但绝不痴情。她们是能生生不息、换不同男子爱着的……或许,这不是职业习性造就的,而是天性。

和我们一样,她们也瞧不起娼妓,大老郑的女人就说过,那多脏,多下流呀!而且,也不卫生。她哧哧地笑起来,那是早些时候,她的"前夫"还未出现。她们和娼妓相比,自然是有区别的,和一般妇女比呢,就有点说不清楚了。照我看来,唯一的区别就在于,在通过恋爱或婚嫁改善境遇方面,她们是说在明处的,而普通妇女是做在暗处的。因此,她们是更爽利、坦白的一类人,值不值得尊敬就另说了。①

从这里可以看出，魏微对这一对离经叛道的中年男女没有审判，甚至有体谅，体谅这些小人物的悲哀，尽量用温暖的笔调抹平他们的尴尬和哀伤。无论怎么说，已婚男女之间建立在金钱上的爱情，说起来都是尴尬的，再加上他们缺乏体面的生活，都是底层讨生活的人，没有显赫的地位和权力加持他们建立在资本上的爱情。所以，怎么说，他们都给人一点偷情的味道，然而，即使是露水夫妻，也是露水的世，露水的情缘，虽然是短暂的，但在交汇时彼此融通，贴近对方的生命和灵魂。这一对人，在世人眼里，过出了夫妻的模样，是有时比貌合神离的真正的夫妻更让你觉得感佩。

无独有偶的是，魏微的另一篇小说《化妆》也写了一个看起来平庸无奇但实际性格奇特的女人，这篇小说主要讲主人公许嘉丽曾经贫困、发达之后假扮性工作者寻访十年前旧日恋人的故事。当然，经过十年的蜕变，昔日一穷二白、青春寂寞、沉默寡言、平庸无奇、默默无闻的许嘉丽，通过打扮和个人气质的提升，已经蜕变为一个走在路上有回头率的美女。大学四年，因为贫穷加平庸，她没有谈过恋爱。快毕业实习时，在邻市的一家中级法院里，不由自主地爱上了科室里的科长，一个大她十多岁的法官。当然，这法官也爱她年轻的身体，何况法官的老婆经过岁月的煎熬，已经引不起他太多的兴趣。他只是沉迷于她的身体，她却不可救药地爱上了他，明知他只是恋她的身体，并不会离婚弃子抛开社会身份和她在一起，她仍然爱他。

她欲拒还迎地接受了他给的礼物，结果去了商店验证发现只是低档货，在这种不想卖身却还估量着身价的矛盾状态下，她几乎觉得自己不比娼妓贵。她也倒不是虚荣，只是女孩子爱的时候，愿意拿钱去对比，结果在这方面感觉到了失望。然而，在许嘉丽实习快要结束时，科长还是进行了最后一次身体告别，然后给了许嘉丽三百元钱。她明显感觉到

---

① 魏微：《大老郑的女人》，《人民文学》2003年第4期，第69—70页。

了耻辱，与其说是价格的不合理，不如说是不被爱。她不是妓女，但是在爱的人那里，却是得到了一点费用做补偿，也就是被当作妓女嫖娼了。

十年过去了，艰难奋斗的许嘉丽咸鱼翻身，开了自己的律师事务所，成了白领，过着富足的生活，享受着掌声和回头率很高的赞美。但是她没有爱情，没有激情，虽然也谈过男朋友，但都不了了之。所以，她开始寻访这段旧日恋情。更准确地说，科长在现实里多次给她打电话，她也在十年里，经常想起科长。十年后，科长利用出差到她的城市的名义，约她见面。他们开始见面了。

这时候，小说开始走向高潮。都市白领丽人许嘉丽，为了见旧日恋人，想精心准备一下的时候忽然改了主意，将自己妆成了一个寒酸的看起来像卖身的人，老而丑。总之，就是一个很落魄的人。在她赶往约会的地点时，她碰见了很多人，都没有人能认出她。她见到了想了十年的旧日恋人，诉说的时候，她一再扮演穷困潦倒的角色，说自己已婚，十年来很悲惨，成了一个下岗工人，靠着各种男人救济着生活。科长认为她是个妓女，徘徊在各种男人之间。她也就顺水推舟，继续扮演妓女的角色，可是科长却没有动她。天明之后她醒来，却发现科长连钱也没有给，已经仓皇地在不屑中离开了她。很明显，他怕她纠缠他。

一个都市丽人去见想念了十年的旧日恋人，却别出心裁地将自己化妆成一个妓女，不管在生活中有没有这种现象，在文学作品里，这展现了非常强烈的冲击力。准确说，化妆这个题名，既是身体化妆，也是精神化妆。许嘉丽对旧日情谊是有留恋的，但是她应该深切了解他，所以她做出了这样的举动，结果果如预料，然而，这面对的是她自己恋了十年的人，那绝望肯定非常彻底。她肯定想过，要他爱她的心灵，而不单纯是肉体，但是他对她的感情是化妆了的，他喜欢占便宜，但并不想付出太多。她也许正是潜意识太明白他这一点，所以要求证，结果显示出了各种尴尬和不堪。

她爱他，所以她想考验他，哪怕自己成了个妓女，她也是希望自己爱的人不嫌弃自己的。结果他非但不像过去那样还给点钱，反而嫌她脏,不碰她,这样也罢,却怕她纠缠上他,也不对她施加同情,在尴尬地重温一夜旧梦之后,跑掉了。

不知道真实的作为白领的许嘉丽是名副其实的许嘉丽,还是经过一番装饰将自己扮演成一副风尘的穷酸样子的许嘉丽才是真正的许嘉丽,后一种的样子,证券公司都认不出来,而旧日恋人却几乎相信了她编造的故事。这样,同一个人的两种模样就完全混淆,而它们拥有同一个身体。

魏微将日常生活审美化,抹去了人妻和别人同居赚钱贴补家庭的内心尴尬,也把通过十年奋斗的女大学生终于变成小白领但是去见旧日情人打扮为一副贫酸妓女相的那种微妙心理写得特别骇人,于平凡中看见生活的惨败,立见人性的鄙琐。

其次,从还乡艰难角度来看,性工作者是流动性职业的,职业的特殊性要求他们背井离乡。在文学作品里,尤其是女性性工作者,都是"换一个地方"的拥趸者,然而,她们却很难再次"清白"地踏回故土。知堂老人曾说:"男子之永远的女性便只是圣母与淫女。"(《谈虎集》)这些女性性工作者无法再被男人当"圣母",即使是好人家女儿,也不好回头,无论是返回娘家还是顺其自然出嫁,大体无法再享受一份客观的平静,而是活在一份道德审判里。

裘山山《教我如何不想他》写了一个年近四十的单身下岗女工——黄书玲,为了给儿子交学费,选择去卖身,逐渐熟悉了这一特殊行业的职务,但还是未能将情感与工作分开,在因做而爱的过程中,爱上了顾客黄开华。浪子回头,古话里有"金不换"之说,而"妓女从良","回"和"从"是完全不同的概念。终究,黄书玲的动心,也只能是一场过程温情结局残暴的世俗从良剧。

方格子短篇小说《上海一夜》用含蓄的笔法写了一个在上海一家酒店做性工作者的三十二岁的女青年杨青,她每天不得不忍受酒店的歧视,进出酒店只能鬼鬼祟祟地走后门,而不能像其他员工甚至清洁工一样堂堂正正从正门进入,她曾经提出过抗议,却马上遭到警告。这是作品里的人物在对妓女发出污名化的举动,这种歧视直接蔓延到乡村对她的指指点点。

杨青想着想着就在酒店后门的台阶上坐下来，她们有专门的通道，在酒店的后面，是个半深的隧道，低陷着，有点像地下室，幽长，显得很宽敞，杨青和同伴们上下班都从这里进出，当时，她也犯过一次错误，她想，从酒店老总到部主任，每次开会都说，你们是公司的一员，你们为公司的繁荣昌盛付出了辛勤的劳动，你们为酒店创造了良好的信誉，就自身而言，你们脱贫致富，对社会安定也作出了巨大贡献。既然是这样，为什么我们不能像其他员工那样从正门进去，由穿着红黄蓝三色侍衣的男生为我们开门，享受一声"小姐早上好"，连清洁工都可以从大堂出入，杨青于是就有点憋气。①

杨青是回过一次老家的，那时，她出来已经四年，四年里，她就回了一次家，她原本是很想回家的，但是，总觉得没有理由，她想，回自己的家都要理由，是不是我离家太远了。

后来因为老家的好姐妹阿英要嫁人了，那一天她回到了家，很多人围着和她说话，看她的穿着，看她的脸色，看她走路的姿势，有人就在背后说，杨青的屁股扁了，髋骨也张开了，还有那个上海知青宁珊，她在这个村里的女人中常常起着主导作用，她说，你们别看杨青的脸光彩夺目的样子，她的皮肤是松的，夜生活太多就是那样的。

上海就是个夜生活丰富的地方，而"夜生活"这三个字在上海是生活质量的象征，到了杨青的家乡，那就是很本土的理解，就是男女房事。②

可以说，杨青是来自乡村的城市异乡者的代表，在城市漂泊无依，

---

① 方格子：《上海一夜》，《西湖》2005 年第 4 期，第 27—28 页。
② 方格子：《上海一夜》，《西湖》2005 年第 4 期，第 28—29 页。

可是当母亲打电话要求中秋回家时候，却也只能哭泣。这方面，女作家们更注重或者更能体察到性工作者的那种微妙的羞辱心理，而不落在客观的物质缺乏的描写上。

《上海一夜》避重就轻，客观地描写性工作者杨青在酒店生活和工作的背景，重点着力于她与网聊的一位研究生的性爱经历，中间穿插她美妙的初恋故事。她去找网恋认识的在读研究生，毫无意外地在小酒店发生了性爱关系，但是，她第一次感觉到了自己是一个活着的女人，是需要的，也愿意给出。一个都市里卖身的乡下来的女子，其实也是渴望尊重的，渴望爱的付出，然而这是一份奢望。书里侧面写的配角阿眉，也是一个渴望回乡正常结婚生子的年轻女性，然而最后还是返归了上海。她们乘着的奔往上海的列车，是作品的物象隐喻，是农村被迫步入现代化进程的隐喻，不管个人如何抗拒，都不得不乘上这列发展的列车，无论喜欢不喜欢，都市终究成了性工作者最后的归宿之地，漂泊无依和安稳可靠随时存在，是一种吞噬和毁灭。

孙惠芬《歇马山庄的两个女人》塑造了两个对立的女性形象，一个叫李平，一个叫潘桃。李平在城市里出卖过身体，最后看穿一切，回乡下结婚生子，而潘桃也是嫁进村来的媳妇，由于没有见过城市的繁华，受着城市的物质诱惑，极其虚荣好物，但单调的农村生活、丈夫外出打工，还是让她们很快走到了一起。然而最后潘桃无法忍受李平的丈夫过年归来，而自己的丈夫未归，终于忍不住说出了李平私下告诉她的秘密，就是李平在城市里曾经风流的故事，结果李平的生活陷入困境，两个人的友谊也开始破裂。作家在描述这两个"留守妇女"的情谊时，看似淡然地赋予她们同性恋情谊的特征，但是这种情谊却呈现了阶段性的、不稳定的特征，最终却相互拆台，在无关人的介入之下，分道扬镳，但是作品也只是在分道扬镳处戛然而止，生活仍然在继续，留守妇女仍然在留守，有的是产生同性互助的土壤，只是女性情谊到底走向何方，还须时间给出答案。

孙惠芬《一树槐香》也写了两个卖身的女人，一个叫吕小敏，被丈夫抛弃，却不得不养活两个孩子，所以主动出击四处卖身。另一个叫二妹子，是小饭店的老板，丈夫去世，哥哥是村长，被哥哥接回村里占用公家的地开了一家小饭店，明里是饭店，暗里却被哥哥送给相关的行政人员做暗娼，最后终于明白，终至于"自力更生"，彻底走向"堕落"，做了自由的性工作者。孙惠芬《天河洗浴》里的吉佳、吉美也是通过一个卖身发财、一个洁身自好的对比而表达城市生活的不易。作家孙惠芬以饱含深情的笔墨写出了这些底层女性痛苦的精神世界，逼真地描摹出了她们真实的心灵和颤动的灵魂，写出了她们内心真实的呼求。

最后，文学作品里女性笔下的性工作者充满了"从良"的艰难。"浪子回头金不换"这是古谚，老生常谈，但常谈常新，亦常谈有常理，然而对于女性，却"从良"道路艰难，甚至远甚于还乡的艰难。还乡还的是原乡，尚有旧日温情可以念想，女性性工作者从良，在文学作品里，惘惘的威胁一直在等着她们，就如现实一样。

邵丽《明惠的圣诞》写了一个叫作明惠的年轻姑娘的死亡故事。明惠是个乡下人，高考失利，最后到了城里做了按摩女，和孙惠芬《歇马山庄的两个女人》里塑造的角色一样，也通过两个不同的女性的成长，写了她们之间的友谊以及相互攀比，通过对比写出了她们不同的人生。明惠到了城市里，改名换姓，叫了圆圆，先是做了按摩员，又是跟人同居被包养，她立志要做一个城里人的妈，将自己的孩子生在城里。不能不说她也是肯吃苦和有志向的，成为一个名副其实的性工作者之后，虽然名义上也继续给人按摩，但更经常做的是出卖身体赚钱，她勤奋地工作，甚至厌恶自己因生理期耽误赚钱。她先是成了一个国企领导的安慰，后又成了一个都市男人的情妇，他们都只是将她当作一种工具，但是她却不可救药地通过对比爱上了最后一个叫作李羊群的男人，她甚至还想着要养一个李羊群的孩子。然而在圣诞夜那天，她终于在与李羊群一群朋友的对比中，发现自己在这个男人心里只是被豢养的宠物，并没有多少特别的感情，于是产生了对人生的绝望，最后吞药而死。在她死了之后，李羊群从身份证里才知道她的真名，但仍然无法与叫作圆圆的女孩重合为一个人。从这点可以说，性工作者是匿名的，别人污名，自己匿名，城市是寄居之地，也是下落不明之地。一旦动了真感情，就足以致命。这是邵丽的写法，体现了独特的女性的视角。

乔叶的长篇小说《守口如瓶》（又名《我是真的热爱你》）写了一对姐妹先后选择做了性工作者的故事，姐姐冷红多是因为经济贫困的原因选择卖身，妹妹冷紫则是因为受到诱惑。小说和张爱玲的《半生缘》有相似之处，顾曼桢的姐姐也是一位烟花女子，卖身兼卖艺，妹妹曼桢和冷紫一样，也是一个有文化并且知廉耻的人。顾曼桢有个恋人沈世钧，冷紫有个恋人张朝晖，他们都是美而善的。顾曼桢被姐夫强暴，怀了他的私生子，姐妹共一夫，也就慢慢从了；冷紫也一样，到城市里劝告卖身的姐姐的时候，受不了城市的诱惑，也做了卖身者中的一员，但是还经常觉得痛苦。在面对青梅竹马的这个和她一起考上名牌大学的同学张朝晖的时候，她自卑且伤心，张回到她的城市，想以爱情拯救她，她也打算从此花落一人家，但是天不遂人意，冷紫被跟她有所交流的黑社会夺了性命。有情人未成眷属，小说在张朝晖的失落痛苦中走向结束，并没有显出什么特别的落差。可以说，这是一篇集都市传奇以及艳情于一体的小说，文笔并不如何干净利落，情节设置也差强人意，将爱情和男人设置为拯救女性性工作者的天梯，无疑是幻想。女子的自救，务必于独立中完成，而不是将目光投向任何一个人。

与之可以形成对比的是，日本女作家桐野夏生的长篇小说《异常》。《异常》也写了一对相继做了性工作者的姐妹，姐姐百合子绝对自我张扬，喜欢性，随时准备为了性奉献一切，乱伦放纵，终致丢了性命。妹妹和惠自卑且敏感，一再地在与姐姐的对比里过活，最后虽然身为都市白领，却也暗自走上了卖身道路。她们的卖身不都是纯为钱，更多的是一种心理需求，一种通过性走向他人的自我满足。和乔叶的《守口如瓶》相比，桐野夏生的《异常》更清冽出奇，更击打人心，让人思索这种卖身的存在、通过性走向自由的可能、性的建设力量和破坏力量。

有趣的是，方方一部中篇小说《在我的开始是我的结束》，写了一个失婚的女人黄苏子，因为初恋受了刺激，后来被男人所骗，逐渐走上卖身道路，但又不是因为图钱，这种心理是颇值得揣摩的。可惜的是，与这些小说相比，乔叶的《守口如瓶》有点糟蹋了题材，单调的想象加上电视剧流行的暴力桥段，用言情的虚假掩饰社会的不公，美化爱情的力量，本质而言，这篇小说很失败。

由以上作品，皆可以看出女子从良比还乡艰难。

女作家除过表现女性性工作者生存艰难、还乡艰难、从良不易外，更注重从这些角度出发，进入她们的内心，表现她们对于生存和生活孤绝反抗的爆破力。当然，她们的反抗有时并不是主动，多半出于被迫，但是正因为这样，她们的反抗才显得难能可贵，女性异于男性的特殊品质也由此突显。当然，她们有些因此走向更深的堕落，虽也不一定，但在这个过程中，她们所经历的艰难与挣扎，所经历的忐忑与彷徨，分明石破天惊，是一种鲜明地区别于"良家妇女"的活着，是一种"激烈"的生。无论作者如何用笔，当体现她们孤绝反抗的时候，女性作家的笔皆能较好地击打现实，让人对如何生存发出诘问，而这也许就是性的悖论之所在。越是需要遮掩的东西，经过这样的反抗，越显出性工作这份职业所存在的挑战，以及一种唤起人争取自由的闪光。

盛可以《北妹》相对于一般写底层的小说而言，有更强的可读性，真实性也较强，人物形象藏污纳垢，贫穷者也自有其不可宽容处。女主角钱小红，是个胸部很大，而且在不断增长中的女人。因为和姐夫做爱被姐姐撞破，不可以再在村子里待下去了，于是就到了小县城发廊干活，结识了后来一起闯荡的同性伙伴李思江。后来又被在发廊认识的李麻子带到了深圳，通过假的处女膜换得暂住证进入一间按摩间工作，后因发廊老板娘的各种排挤失去工作。接着，认识了一个叫朱大常的人，朱大常这个人名，让人不得不联想到猪大肠的谐音，亦可以从名字看出不会是什么正经人，但也谈不上是恶人，朱大常帮助她进入工厂，但厂里生活单调，于是，进入千山宾馆当起了前台服务员。接着因宾馆盗窃案认识了警察廖正虎，两个人确立了身体方面的合作关系，在廖正虎的安排下，钱小红进入妇女保健医院工作。这一切，都是因为她的一对大胸使她一路获取着额外的通行证。然而，她亦有她的欢喜和拒绝，看得上眼的，陪睡；看不太上眼的，允许触碰身体；强行逼迫她的，就是拼死她都不合作。由此可见，钱小红是可爱且勇猛的，不是一般底层文学作品里塑造的那种中规中矩为了讨生活不断在各种引诱下主动或被动卖身的人。但是钱小红很快就变了，就如很多女性作家写的作品一样，女性靠睡要睡出地位、睡出江山，王安忆、虹影、严歌苓等一再描述过。王安忆《长恨歌》描写王琦瑶们在上海的兴风作雨，虹影《上海王》描写睡出来的上海王小月桂，严歌苓《金陵十三钗》则索性描写妓女救亡的高风亮节，这些作品里，女性的身体都是道具和武器。同王琦瑶、小月桂、玉墨们一样，钱小红一路从农村到城市睡出了自己的金黄大道，见她的男人对她的胸给予特别的注目礼，也就给予特别的通行证。但客观来说，这也算是一个青年的个人奋斗史，身体的冲锋陷阵也是生活的冲锋陷阵、个人情爱的冲锋陷阵。然而，钱小红的"胸器"在这时候出了问题，与之同时，她的女性同伴甚至兼同性性伴的李思江也江河日下，陷入悲惨境遇。最后，钱小红没有像王安忆、虹影、严歌苓笔下一些以身体铺出江山的女人们一样，成就自己的传奇，而是晕倒在了深圳的街头。在昏倒过去的最后视线里，她看到了朱大常的黑色靴子。这样的结尾，不能不说是一个隐喻。钱小红的身体是隐喻，名字也是隐喻，"钱""小红""胸"都是这部小说要说的关键，当身体失去可以出卖的象征物之时，人物的命运就一下子变得毫无出路。

　　《北妹》中，作为生长在北方南下打工的北方妹，钱小红不能不说也是有勇气且坚持的，她亦有自己的人生理想，亦有姐妹情谊。可以说，北妹钱小红身上有她自身的卑贱与庄严、自身的琐碎不堪以及勇敢坚贞，不是可以靠市场流行的一般道德能审判得了的，有她的特殊复杂性。她虽然与好姐妹李思江因为人生选择不同而后来各居一处，但是还是陪着李思江应对因为有妇之夫所怀的孩子的打胎事宜。钱小红后来选择与李思江一起在千山宾馆工作，两人一起上夜校，准备以考学为发展台阶实现自己创建美好生活的理想。然而李思江很快又与人同居，同时被逮去做了结扎手术，永久失去了生育能力，当然，同居者四眼仔很快如同前一个男人一样消失了。李思江的命运是钱小红的前车之鉴，她来到城市为了发展自身，先是被有妇之夫骗了身体、怀孕，后又被相关政府人员逮去结扎剥夺了生育能力，留下一身病。这个为了暂住证将自己的处女膜给了一个丑恶的老村长的女人，最终没有能力在大都市待下来，带着一身伤痛残缺的身体搭上了回故乡的火车。随着李思江的江河日下，钱小红的好日子也走到了尽头，她离开医院重新找工作，找到了一个照顾宠物的工作，主人是一位退休的老官员。同样，这个老官员也一样被钱小红巨大的乳房吸引，但是当他直视她的双乳发现那已经不再是一双正常的双乳时候，辞退了她。就这样，钱小红挺着一对无限膨胀的在走向病变的双乳，一边陷入内心深深的恐惧，一边继续在深圳的人潮里跌来荡去，寻找自己活下去的可能。

《北妹》是悲伤的，也是震撼人的。《北妹》的书写用笔猛烈，甚至显得极其粗俗，但是它真实地写出了一种凛冽的生存，不是浪漫的，不是可以修饰的，而是残酷的、卑劣的，甚至是恶心的。《北妹》里钱小红的胸部，不具有哺育功能，她"哺育"的是那些性难民，那些不需要"哺育者"。钱小红的乳房不是《丰乳肥臀》的乳房，缺乏莫言式的母性，是妓女性的，是色情的，同时也是生活着的。《北妹》里的大奶是"胸器"，也是"凶器"。虽然《北妹》也是以诉苦为模式揭露社会问题，但是作者更可以提出了极为严肃的社会问题，她在作品里，用文字的笔法构筑了一幅当下时代的中国女性流民图，写出了时代的症候和伤痛。

小说的原名名叫《活下去》，后改名《北妹》，为了更好地销售。不得不说，从这点也可以体现这部作品的命运，这部作品里面人物的命运。

叶弥短篇小说《郎情妾意》情节设置特别，不同于一般描写底层性工作者的作品。初看一下，底层出身的修车工王龙官，是个敏感自尊的人，因为妻女离弃，经常哭泣。后来遇上整天忙碌、身份不明的钟点工女人范秋绵，虽然她不漂亮，也已经老了，甚至有点丑，但是她待王龙官倒有点贫贱夫妻的味道，送吃送喝，两人之间彼此关怀无微不至，是底层人的"郎情妾意"，寒酸里面带着温情，让人感动，但是结尾残忍地点出了范秋绵的妓女身份。

从以上作品可以看出，女性作家坚守边缘立场和个人自由，在作品里，一方面注重于对抗男权文化，以女性自身的经验和立场为出发点来书写性工作者，尤其是女性性工作者；另一方面她们也专注于较为广阔的社会问题和人的生存问题。因此，虽然部分作品被社会所包装，但整体而言，没有彻底堕落为真正意义上的时尚文化消费品，有个人的一些思考。

二 消费社会制造的物化型性工作者

物化包括自物化、他物化，同时也包括异化、性化等。中国自改革开放以来，随着全球化的消费主义文化浪潮的涌入，新的价值观念、审美情趣等同时也建立起来，消费主义文化对中国作家的文学写作观也产生了巨大影响，当然，文学在回应消费主义文化的过程中自然也刺激了消费。

当代法国思想家尚·布希亚（又译为让·鲍德里亚）在他的著作《物体系》中对于消费有这样的阐释：

"财富的数量和需要的满足，皆不足以定义消费的概念：它们只是一种事先的必要条件。消费并不是一种物质性的实践，也不是'丰产'的现象学，它的定义，不在于我们所消化的食物、不在于我们身上穿的衣服、不在于我们使用的汽车、也不在于影像和信息的口腔或视觉实质，而是在于，把所有以上这些元素组织为有表达意义功能的实质；它是一个虚拟的实体，其中所有的物品和信息，由这时开始，构成了一个多少逻辑一致的论述。如果消费这个字眼要有意义，那么它便是一种符号的系统化操控活动。"①

尚·布希亚认为当代工业社会的消费是一种系统化的符号操控活动。当代社会，对于性的消费也是一种系统化的符号操作活动，尤其关于女性的身体的消费。德国学者西美尔在他的《时尚的哲学》里说："女性强烈地寻求一切相关的个性化与可能的非凡性。时尚为她们最大

---

① ［法］尚·布希亚：《物体系》，林志明译，上海人民出版社2001年版，第223页。

限度地提供了这二者的兼顾，因为在时尚里一方面具有普遍的模仿性，跟随社会潮流的个体无须为自己的品位与行为负责，而另一方面，又具有一定的独特性，对个性的强调、对人性的个性化服饰。"[1] 性工作者自我物化的过程中，有一部分性工作者不是为了生存而卖身，而更多是为了更好地消费，满足自己对于符号的享受。20世纪前半叶部分女性，尤其是性工作者就朝着专业化、职业化、时尚化的消费方面发展，到了改革开放的这几十年，个人消费更是高涨。

女性作家笔下的消费型性工作者的特征表现在三方面。首先，这类型的女性性工作者容易被文化物化、被动地接受受洗，这是商业社会和部分传统以及西方观念的冲击造成的后果；其次，在被文化物化之后，这批女性性工作者在文学作品里，被塑造成主动"洗脑"的类型人物，她们热切拥抱时代的浪潮，自我物化，陷入消费的泥淖；最后，在被文化物化和自我物化两方面洗脑之后，这些人在这种题材的文学作品里表现出两种趋向，一类拥有了强烈的自我意识，要求现世的享乐与繁华，一类则成为"自由主义斗士"（如流氓燕及其作品），后一种，更易引起社会的争论。

首先，从文化物化角度看，这是一种被动洗脑。一些男性作家对于消费对女性的异化的描写粗鄙化，甚至夸张得过分。相对而言，女性作家能较为纤毫毕现地细腻地写出物质面前女性的忐忑不安以及可能到来的招安。女性作家乐衷于呈现部分女性性工作者自物化的过程。自物化，顾名思义，就是自我物化的人。她们描写的这些特殊的女性性工作者，一般都受过良好的教育，有一定的物质审美品位和追求，一般在性化的过程中，不是站街女或者暗娼，而是作为情人被包养或者在高级酒店里待业（待售自身）。

男作家邱华栋、朱文、韩东对女性性工作者饕餮于物质的描绘颇多。邱华栋《哭泣游戏》里面女主角黄红梅，是个在"我"影响下，

---

[1] ［德］齐奥尔格·西美尔：《时尚的哲学》，费勇等译，文化艺术出版社2001年版，第81页。

渐渐走上为金钱和名誉出卖色相的女孩，在钱和名都获得之后，仍然在不同的男人身边辗转，过得并不开心快乐。朱文《我爱美元》的父子招嫖、韩东《美元硬过人民币》的国家隐喻及性隐喻，更是将对西洋文化以及金钱的贪婪写到极致。邱华栋《教授》则近乎白描地勾勒了一批当代大学教育者形象。小说描写了一个经济学教授，名叫赵亮，但是他并没有照亮别人。与此同时，整本书对当下上层社会一些人的行状进行了淋漓尽致的描摹，对于夜总会的女大学生的生活的描绘，各种不同的穿越在五光十色建筑物的性工作者，更是写出了她们在被物化的同时异化的灵魂。

很显然，在部分男性作家笔下，女性被彻底地符号化、对象化了，她们成了金钱的等身物，是器具的一部分，是人化的玩具。作品里，男性作家在自我贬损男性、自我嘲弄男性的时候，更加肆无忌惮地贬损女性、物化女性。

卫慧《上海宝贝》里天天有个远在国外不断提供金钱的有钱女性妈妈；棉棉《糖》里面赛宁亦有远在国外提供丰厚资金的父母等，这些依傍父母生活的二代们，和张爱玲《沉香屑·第一炉香》葛薇龙不同，葛被拥有一些资本的姑母包装，竟而成了性工作者，靠卖身取得生存。其实，他们都是一样的，靠着攫取别人的资本包装自己，而父母和亲戚，资本也来源不明，不正不红，也是藏污纳垢的。

张欣《爱又如何》里面的可馨，面对一大包钱时紧张冒汗，其好姐妹关韵黎竟委身于一个香港老头，另一个好姐妹莫爱宛则靠包养街头诗人肖拜伦来填补自己在商场拼杀的寂寞空虚。张梅《破碎的激情》里面贯穿始终的是知识分子式的城市教父圣德，他在充满理想和激情的20世纪80年代，被一批青年崇拜到了90年代，则出入于桑拿浴馆，留恋于服务生的轻歌曼语。而作品里一直声称自己是广州最后一个处男的子辛，则在消费浪潮的席卷之下，说出愿意为钱卖身的话，甚至没有任何婉转。缪永《驶出欲望街》描写的张志菲，很明白自己的追求，对于婚姻和男人都是信不过的，通过身体的资本积累，要完成的是投资自己的愿景，而不再依靠哪个男人。就个体而言，志菲是这些作品里面塑造的极其独特的形象，她有一定的个人思想，用身体对抗社会，同时也对抗男性，有明显的性别意识，虽然以出卖身体赚取钱财，但是她已经量化或者经济化自己的器官，也已经量化自己的人生，对于婚姻和爱情分得很清楚。虽然说有点绝望，但也是一个明丽的形象，毫不拖泥带水，是众多描写都市消费文化对女性心理物化吞噬的作品里极为独特的形象。唐颖笔下的《丽人公寓》里的都市丽人宝宝即使在最容易动情的年龄和音乐教师刘思川爱到深处，也很明白对于自身而言，身体需要更多的消费符号，最后，经过计算，她与男友分手，投入富商安迪的怀抱，得到一套二十万美元的公寓，完成金钱与身体的实在交易。

这些人物与底层性工作者相比，卖身不再单纯是为了生活，他们对于物质有着过度的欲望。这些人不乏有思想者，一些受过高等教育，面对20世纪90年代时代的巨大变迁，他们在物质面前屈服，不约而同地放弃了曾经的清高品质，放弃了自己较为正常的价值观念，交往和发生性关系不再从爱出发，而是从利益方面展开自己的追求。他们的这种追求，因为他们的出身以及所受的教育，比底层性工作者更显得直白和理所当然，如果说农民工进城为了生活卖身养家还多少带有许多被动性质和迫不得已，他们则是主动参与甚至进入竞争之中，并以此为荣。

其次，从自物化角度看，可以说这是一种主动受洗。叶弥《城市里的露珠》描写的"我"，也是物化彻底的女孩子，不过，"我"是物化他人也物化自身。女主人公"我"处于"我需要"的感受，同时"养两个男人"，东西城各一，就如东宫西宫一般，古代宫廷如此，王小波的《东宫西宫》亦如此隐喻，这是作家的有意为之，无非表面女主人公能力超强，居高临下。如同虹影《女子有行》一样，康乃馨俱乐部的骨干蟛蜞也是这样一位女子，不过是以阉割男性生殖器为主来表达对男性的愤怒和反抗，凌驾于男性之上，演绎女性的领袖、佛母以及政客梦。《城市里的露珠》"我"如同露水夫妻一样养着两个男人，可是两个男人提出生孩子的要求时，主人公明确地拒绝了，毫不犹豫地表达了自己的主导意识。在这里，如同虹影《女子有行》、王安忆《弟兄们》一样，传统的女性的温柔与善良、牺牲与奉献已经被遮盖起来，女性不再靠性行为和性生育来体现自己的主要价值,而是互相帮助,结成小集团,对以男性为中心的社会进行嘲弄和反抗。他们消遣男色,砸烂以男性为消费对象的俱乐部,建立"夏娃俱乐部",顾名思义,是女子为主的俱乐部。"夏娃俱乐部"和虹影在书本上所建立的"康乃馨俱乐部"是一致的,是一种对传统的破坏和颠覆,同时也是女性的自建,但是如同王安忆借助"弟兄们"男性化的词汇来表达女子情谊一样,这样的俱乐部的精神是可怀疑的,它的建构从开始就是脆弱的。第一,维持这样的俱乐部的是金钱。女主人公对父亲炫耀自己有钱,炫耀养几个男人别人会佩服。李佳梅们后来砸了男性为主的俱乐部不怕拘留,也并不是因为自己真正的势力如何大,而是仗着有超过千万的资产加上自身的容貌。这种女性的解放实际上并不是解放,只不过因为自身钱财的充盈,才有权利支配男人,而本身用的方式和观点还是男权社会话语建立的。第二,这些女性情谊的维持靠的多是表象,如随意和男性同居,互相包养同一个吃软饭的男人而不争风吃醋,这些本来也是一种伪饰,是一种表面现象。第三,她们所建立的俱乐部,只是个人的,并没有得到来自男性的尤其是社会的集体认同。对男人的渴望,或者是渴望成为男人,使她们用的是男人的方式来对抗男人。所以,最后的结局是女性俱乐部的希望纷纷落空。陆行走了,继续他的个人旅行;黄日望回到传统的婚姻里面,守候空壳婚姻,与妻子重新在一起;李佳梅跟着情人到了国外,偶尔回来,也是岁月沧桑又一世……故事里始终没有名字的"我",也回到传统之内,与代表父权、代表男人的父亲和好,不过,和好的方式看起来是温情的,然而,女性的突围彻底是破灭了,"夏娃俱乐部"最终宣布了破产。

被众多媒体称为"妓女作家"的九丹,在她的《乌鸦》里塑造了一批在新加坡生活的中国"小龙女",她们有较高的学历和体面的工作,而且长得也还不错,也会打扮爱化妆,但是为了在异国扎根下来,她们辗转于不同的男人之间,成了忙碌在异国的性工作者。主人公王瑶和朋友芬,虽然有同胞情谊,但是为了有钱有势的男人,互掐互害,最终都没有落得什么好下场。然而作品里,她们外在的标签诱惑人,首先是留学生、知识女性、漂亮年轻，但是她们在资本的侵蚀下，物化自身，量化友谊和爱情，最终也将自己物化。

王安忆《我爱比尔》通过中国女性与西洋男性的交往，反映出了追逐西洋文化造成的情感迷茫。主人公阿三是个大学生，学习艺术，她从穿着到思想，尽量向西方靠拢，她所爱恋的男子们，也都是西方人。她先是与美国外交官比尔恋爱，后与法国画商马丁一起，都不了了之，以致最后流连忘返于各种酒店，以猎取各种外国男人为目标，最后被以"暗娼"的罪名关进了收容所，小说结束于她从收容所逃跑中。阿三排斥中国传统的东西，但与她交往的比尔，头脑里想象的中国女性却是含蓄古典的，是古中国式子的，所以他不能接受阿三的开放，他没有爱上阿三，但是本着西方人的态度，他享受着阿三的身体；而身体西化的阿三，内心却还是渴望爱的，认为性需要爱才算是有所依附。两个需求不同的人，最终不能相爱。比尔走了，阿三接着和法国画商马丁开始在一起，然而他也是不要和她天长地久的，更不要带她到他自己的国家去，最终分手。她开始像性工作者一样，流连于酒店的大堂，出入于不同的床榻，与她欢悦过的西洋男子们，会像给性工作者薪水一样地给她钱，所以，当她被当作暗娼抓获之后，她几乎不敢正视自己的堕落。她在一味地迎合西方文化的时候迷失了自我。

毕淑敏《拯救乳房》写了一批为乳房而困扰的女人，其中性工作者鹿路（小五）为了给自己的意中人看病而不断工作，但是不成熟的乳房妨害了事业，为此她将乳房整形，也因此财源滚滚，但是一个粗暴的客人在一次性事中伤害了她，造成了她的伤痛。

缪永《驶出欲望街》中张志菲、朱文颖《高跟鞋》中的上海底层出身的安弟和王小蕊、唐颖《丽人公寓》里的宝宝们等，都是被自己的物欲完全吞噬的典型。

铁凝《小黄米的故事》中的年轻妓女小黄米亦是如此，她每天悠闲地等待顾客，淡然地讨价还价，将卖身当作一项理所当然的工作，享受着其间出卖自身实现"自我价值"的乐趣。林白《去往银角》中的"我"是自己希望到银角做小姐，也是被物质消费所迷惑，并不认为出卖身体算什么道德堕落，反倒认为是一项壮举。林白《红艳见闻录》也体现了消费社会对女性心灵的吞噬。乔叶《紫蔷薇影楼》中的妓女刘小丫，从事性工作不是生存逼迫，也不是欲望逼迫，至少不是生理欲望，她从事性工作，就是为了生活得更好、积累原始资本。其实从某种意义上来说，这虽然可悲，但一定程度上，也体现了女性的自主性。这些方面，女性作家们笔下的这些沉迷于物质消费的性工作者们，显得理所当然，对于处置自己的身体，虽然也会有所遮盖和掩饰，但大体内心是自有一套说法的。相比于男性作家而言，女性作家在写到这群物化的性工作者的时候，更多的是辩解，态度暧昧，不像男性作家那样，有太多的道德审判。

最后，从被物化与自物化这两种物化的结果来看，女性作家笔下的女性性工作者表现出两种截然不同的风格。被物化过度的女性，容易及时行乐，陷入物质的泥淖里不可自拔，而自物化的女孩，本就有较深的追求实现自我的独立性，她们的身上反倒可以表现出追求"自由"的时代火花，变为一个"议题"，或者变为一个实现自我的标本。当然，结局有时未必美好，但是给读者留下的印象是惊心动魄的，能引发人的思考，如方方《在我的开始是我的结束》里所塑造的黄苏子，她就是在自我物化虚化之后走向了自己的死亡，但她的死，作为文学文本，具有特别的意义。

女性作家对于性工作者的热情描写，一方面是受了全球化消费主义文化的影响，另一方面是受了西方女性主义思潮的影响。这两方面为女性书写身体欲望和愿景提供了各种可能，也同时设置了陷阱。因此，一些作家偏重于物质欲望沦陷的描述，一些作家则从物质欲望方面窥探身体的各种可能，写作则显得更为尖锐和更具有文化内涵。

波德里亚（尚·布希亚）关于消费、女性、性的关系，写过：

"女人、青年、身体，他们在被奴役、被遗忘了几千年之后的浮现，实际上构成了最具革命性的可能，并因而构成了对任何一种既成秩序的最根本威胁——他们被一体化、回收成为'解放的神话'。把本属于女性的提供给女人们消费、把本属于青年的提供给年轻人消费，这种自恋式的解放成功地抹杀了他们的真正解放。或者还可以这样做：把青年规定为叛逆（'青年=叛逆'），这种做法可谓是一石二鸟：通过将青年规定为特殊范畴以避免叛逆向全社会扩散，并且此范畴由于被控制在一个特殊角色即叛逆之中而被中和。性解放得到引导、惊人的恶性循环又被用来对付女性：将女性和性解放混同，使它们相互中和。女性通过性解放被'消费'，性解放通过女性被'消费'。这并不是文字游戏。消费的一个基本机制，就是集团、阶级、种姓（及个体）的形式自主化，这种形式自主化是始于符号或角色系统的形式自主化并且因其而来的。"[1]

自1949年之后，中国文学的书写在身体方面是政治化为主的，到20世纪80年代初期，身体方面相对是禁锢的。改革开放尤其是邓小平"南方谈话"之后，社会进入消费时代，身体也客观上从一些方面说进入了消费时代，身体不再相对单纯是政治的身体，而是商业的身体、消费的身体、物质的身体、符号的身体。身体的长期奴役和流放在90年代遭到了强烈的反弹，结合西方思潮的涌入、消费浪潮的席卷，以及本土国内政治的改革，在20世纪90年代到现在，身体的呼求越来越高，被异化，也被标出。

让·波德里亚在其社会学论著《消费社会》论述"最美的消费品：身体"一节里写道："在消费的全套装备中，有一种比其他一切都更美丽、更珍贵、更光彩夺目的物品——它比负载了全部内涵的汽车还要负载了更沉重的内涵。这便是身体。在经历了一千年的清教徒传统之后，对它作为身体和性解放符号的'重新发现'，它（特别是女性身体，应该研究一下这是为什么）在广告、时尚、大众文化中的完全出场——人们给它套上的卫生保健学、营养学、医疗学的光环，时时萦绕心头的对青春、美貌、阳刚/阴柔之气的追求，以及附带的护理、饮食制度、健身实践和包裹着它的快感神话——今天的一切都证明身体变成了救赎物品。在这一心理和意识形态功能中它彻底取代了灵魂。"[2]

---

[1] [法]让·波德里亚：《消费社会》，刘成富译，南京大学出版社2014年版，第131页。
[2] [法]让·波德里亚：《消费社会》，刘成富译，南京大学出版社2014年版，第120—121页。

很显然，在消费社会，身体不像以往社会那样受到压抑，但是在新的消费过程中产生了新的压抑，过度的消费、过度的医疗就会造成损伤，但是如此书写绝对具有革命性的意义，对于身体来说，亦不能说是坏事。在既往的以男性为中心的文学体系中，尽管可以看到两性的身体，但是对于女性的身体，不是注重德容的婉约含蓄，就是丑化女性，经过男性审美或者审丑目光的俯视，女性的身体被进行区别化书写。而在女性书写的文学作品里，尤其是女性作家写的女性性工作者题材的文学，则摆脱了以往男性的眼光——圣洁与肮脏的犹疑，不再单纯妓化女性或者圣母化女性，而能较为客观地正视女性的欲求。

女作家里，林白、陈染、王安忆、缪永等相对而言代表的是欲望化的女性写作，发出的是女性内心精神的呼号和控诉；卫慧、棉棉、周洁茹、张欣等，则不是沦陷于消费的符号，就是沦陷于西方文化符号的泥淖之中。陈染、林白、王安忆、缪永等的小说创作里面有对抗性别的性别政治色彩，卫慧、棉棉、周洁茹、张欣等，则已经褪下了性别对抗的衣衫，而更多地向资本和消费投降，屈服于自然的性本身、异化的性本身。可以这样说，林白等的写作是追求爱与性的统一的，因为不统一，所以她们的作品有割裂的疼痛。而卫慧、棉棉等，则实际上自主地对性与爱进行剥离。一直以来，正统文化建构里，性与爱是相对追求统一和一致的，所以，性工作者容易被背上不道德的嫌疑。卫慧、棉棉、张欣们的作品，将这一矛盾呈现，并且理所当然地认可了性与爱的分离。在2003年前后，木子美继承了卫慧、棉棉们的呼声，网络直播性爱日记，写出了《遗情书》，可以这样说，如果没有20世纪90年代到21世纪初卫慧、棉棉、张欣们对于身体欲望和物质的直面、迷恋和呼号，也就不会有木子美的《遗情书》。尽管直到今日，木子美还是毁誉参半，但是除过她泄露别人隐私而言，木子美现象的积极意义是长远的，当然，是笔者个人认为。客观而言，木子美不是性工作者，不过就传统文化意义上性工作者而言，她是性化自身和妓化自身的。与她一起前后出现的流氓燕才算是性工作者，其近些年关于女性主义的一系列行动，也证明了这点。女性身体的欲望从被遮蔽到20世纪80年代张贤亮等作家的过度喧嚣的丑化、莫言的魔化、其他部分男性作家的意淫化,到海男、林白、陈染等小心谨慎地揭开女性的面纱,细语女性的自我确认和体悟,身体的自慰以及欲望的呼号,到卫慧、棉棉、张欣、叶弥等女性作家直面女性对物质和身体的激情渴望,女性的性在文学作品里得到较为全面的展示,女性作家笔下的女性性工作者形象也变得丰富和真实起来,不再是男性的附庸,不再在天使般的圣母与放荡的淫妇之间摇摆不定。

茅盾在《中国文学内的性欲描写》一文中将中国古代小说的性欲描写归纳为三点:(一)根源于原始人生殖器崇拜思想的采补术。(二)色情狂。(三)果报主义。[1] 这三方面都是以男性话语为中心。

有趣的是,奥地利哲学家奥托·魏宁格在他的著作《性与性格》里的一节"母性与卖淫"中将女性分为两种类型:母性型、妓女型。他认为:"卖淫的反道德意义与一个事实相符,即唯有人类当中才存在卖淫现象。在整个动物王国里,雌性的作用都仅仅是繁殖,凡是真正的雌性都绝不会不生育后代。不过,雄性动物当中却存在着与卖淫相似的现象。……卖淫仅仅存在于人类当中,动物和植物则与道德无关,它们根本不具备不道德的意念,而仅仅具备母性。卖淫是一个深奥的秘密,它深深地隐藏在人类的天性和起源当中。我应当纠正我早先的一个说法,因为我现在认为:所有的女人都可能具备做妓女的素质,而动物仅仅具备母性的能力。卖淫渗入了雄性人类的天性深处,连最接近雌性动物的母亲都会受它影响,与雄性人类的放荡性格相应,放荡乃是雄性人类区别于雄性动物的特征。男人的道德放荡是男人区别于雄性动物的标志,同样,妓女素质也是雌性人类区别于雌性动物的标志。"[2]

茅盾和魏宁格对待女性都是以男性为中心的,但是他们客观上也说出了一些道理,尤其是魏宁格,在他的《性与性格》里,母性型与妓女型的女人都不是绝对的,没有一个女人属于绝对的哪一类,母性型与妓女型都是一种文化意义上的隐喻,偏重于是形容词而不是名词的考

---

[1] 《茅盾全集》第19卷,《中国文学内的性欲描写》,人民文学出版社1991年版,第115页。
[2] [奥]奥托·魏宁格:《性与性格》,肖聿译,译林出版社2011年版,第256—257页。

量。不过，女性作家的作品不同于男性作家，男性作家笔下妓女化或者圣母化女性形象，而女性作家的作品，容易弱化或者"雄化"自身，这也是女性自身不自觉地以男性审美的眼光来审视自己的身体以及精神，就如"女汉子"的自称一样。这同样屏蔽了女性自身的独特的感受，而趋向于向大众眼中男性的形象靠拢以获得认同。

范小青在1987年出版的长篇小说《裤裆巷风流记》里写到了暗娼明珍，作家没有直接描写明珍所思所想，而是不断暗示明珍为了钞票、为了消费走上了这条发财的捷径。小说通过明珍追求钱财与另一个依靠传统伦理生活的规规矩矩的女孩阿惠做对比，展现两者不同的人生选择，表明作者并不欣赏明珍的不正当与不合法，简单甚至可以说是单调的道德感一直贯穿在作家对阿惠和明珍的叙述里。这种对待性工作者的看法还是属于20世纪80年代的，改革开放初期的，还不太暧昧和多元，是属于那个年代大多数的作家书写性工作者的态度。很快，到了90年代，作家们也被裹挟着走进消费主义的时代大潮里，笔下的性工作者形象变得暧昧模糊。

卫慧的《上海宝贝》主人公倪可吃穿用度一切都在追求与国际流行接轨，物质的追求四处流溢，资本散入每一个毛孔。棉棉《糖》中塑造的"白粉女孩"同倪可一样，亦是西方文化染习出来追逐各类时尚名牌、沉溺于物欲的年轻女孩子，人物根本没有多少道德负累，理所当然地在灯红酒绿里享受着物质所带来的异化，精神空虚且无望地穿梭于都市之中。不过，相比于20世纪90年代之前的作品的叙事，这些作品都打上了极强的个人烙印，敢于正视和表达自己的欲望，并为此采取行动，虽然矫枉过正，但是喊出自己内心真实的呼声，也是需要勇气的。朱文颖《高跟鞋》里的王小蕊们，更是将身体当作享受的器物，在与包养她们的雇主的交往中，她们剔除灵魂的参与，将性的意义最大限度地金钱化、物质化，赋予性最实际的物质意义和功能，以此享受到了从物质带来的有限却丰富的快乐，从而忽略了精神的丰盈。在金钱和物质面前，王小蕊们全然忘记了对于爱情的追求，甚至否定爱情的存在，她们的追求是低层次的，是物质可以买到且能满足的。在这一点上，这些同样属于性工作者行列的被包养者们，甚至比不得底层一些因为生存需要而出卖肉体的性工作者们。当然，人们不应该起分别心与等级划分，但是，与《安阳婴儿》《青山绿水》《泥鳅》里的卖身者相比，这些都近乎污秽。然而，这些女性作家写出来的作品，倒更接近人物内心的真实，而对于性工作者社会性的苦难化的叙述，在男性作家作品里多见，女性作家的则更多追求心灵和情感的细腻真实，而不过度耽溺于客观苦难的素朴白描。

王安忆《我爱比尔》里面阿三就是一位迷失在时尚文化里的女性，最后因性滋扰罪被送进了劳教所。阿三曾经是大学艺术系学习绘画的学生，心高气傲，看起来不贪图物质与金钱，按理说她有一条比较明媚的大道，但是却深深耽溺于对西方文化的迷恋。她先后结识了不同的西方人，终至于成了他们眼中的高级妓女。她对西方的崇尚最开始只在观念形态里，后来认识年轻英俊的美国外交官比尔，她的西方崇拜由想象落实在具体的人比尔身上。比尔从里到外都符合阿三对西方的想象模式，可以说，比尔帮阿三实现了她想象西方的梦境。为了珍惜这个来之不易的梦境，阿三不惜放弃守护多年的贞操、放弃学籍和职业，在偏远的郊区租房子住，不分昼夜作画赚钱。在阿三心中，比尔不是具体意义上的一个人，而是一个象征，美与自由的象征，是她幻想的西方精神的象征。她之珍惜比尔，是珍惜所崇拜的西方文化。阿三爱着比尔，只是爱着文化意义上的比尔，真正的比尔对于阿三始终是隔阂的。比尔对阿三，则是西方对东方女人的想象式的爱，也是没有落在具体的人身上。阿三在骨子里从里到外是以西方的形式表现的，只是长的是东方面孔，因此比尔始终不能理解阿三，他也并不试图去真正理解，尽管他享受了阿三的肉体，但是毫不留情地从阿三身边消失了。比尔的不辞而别并没有破灭阿三的西方梦，她只是认为比尔没有爱上她，所以当法国画商马丁说出爱她的时候，这种中产阶级的浪漫与虚荣又从她身上复活了，她马上又燃起了爱的希望，西方的梦重新开始。然而，马丁口中的爱也是随遇而安的，马丁甚至还点破了阿三画作的空虚本质，让她从心理上受到一次严重打击。但是，也正是因为如此，她认为与西方的交流不再有隔阂，以为自己感受到了西方人的爱和理解，从而更是陷入西方文化的痴迷之中不能自拔。为了重续这种幻境，阿三开始在酒店大堂来来去去，她深信从这里可以找到她梦想的天堂。于是她开始有计划、有预谋地在酒店大堂认识不同的西方人，努力与他们去交往，但这也同时让她的内心极有挫败感。因为她所认识的大堂的外国人，大多将她归类为宾馆的高级妓女，卖身为生。阿三感到屈辱但是仍然不能悔悟，继续着自己西方梦想的追求，渴望在大堂里搭讪到自己生命的有缘人。因此，她遭遇了自己人生中极为滑稽的一幕，心高气傲的她居然被相关人员以性滋扰罪拘留遭送去劳教所接受劳教，成了一个名副其实的已经被命名并被相关法律惩罚的性工作者。比起底层为讨生活而卖身的女子，阿三是为了文化、为了精神上的西方追求而卖身的，她卖身是为了获得一种文化的认同，这实在是一出令人难以接受的悲剧。但是阿三对于西方的追求，是一种精神的追求，至少是有所追求并且敢于去为此奋斗的，虽然这种渴望在文化上被殖民的心态让人觉得恶劣和可笑，但是比起那些没有什么追求在物质的泥淖里越陷越深的人，阿三更显得可悲，也更显得可惜一些。

九丹《乌鸦》这部小说的语言有极强的文学性，但是由一个年轻的女性来写一部较为开放的关于性工作者的小说，是非常容易被对号入座的，而且，容易引起读者的猎奇心理，市场的销售也会很好。这部小说，叙事语言和人物对话有很多出彩的地方，但是书中所塑造的来自中国大陆的"小龙女"们，既没有被国家如何抛弃，家庭也没有如何不安稳，可是这一群人，差不多不约而同尽显丑态，虽然年轻有学识，然而为了能留在新加坡，自轻自贱，彼此倾轧争斗，不惜卖身，未免太过夸张，作品显得非常失真。

从这些作品里我们可以看到，性工作者的身影无处不在，无论是商海战场、江湖黑道，还是官场争斗、底层反腐、知识分子情感生活、诗人艺术家的行为艺术、贫困挣扎的社会底层等都有性工作者的身影，而这些性工作者，直接关于自身和青年的成长、社会的发展。性工作者在不同题材的小说中出现，尤其是城市异乡者题材的作品里，他们更是两栖动物一样，在城乡之间来回摇晃，一如他们困顿的精神生活。在以往的文学作品中，性工作者从来没有如此大范围地出现在文学作品中，也没有形成如此鲜明的城乡文明冰冷对立。性工作者形象在古代文学里以青楼文学为主，有辛酸也有美好，在现代社会以被压迫者的表现，主题较为单一，如老舍《月牙儿》、沈从文《丈夫》、张爱玲《半生缘》等。

与传统性工作者形象相比较，当代女性文学中的女性性工作者，多是自愿的、享受至上，不再看重色艺、贞节，不再如传统时代那样，与文人唱和，而是更重实利、重应酬和消费、重商人和钱财，追求物质的享受、情欲的享受，追求商业中的平等。李良玉在1998年的《当代妓女问题研究》中搜集的资料显示当代卖身者多为外来农民、城市无业或待业人员。[1] 而今，十多年过去了，潘绥铭在各种性工作者社会学调查里，也有过类似结论，证明与20世纪80年代比起来，"扫黄打非"中卖身者多是自愿，并且多来自社会底层，尤其是农民工，他们进城，输入劳动力的时候，同时输入新鲜的肉体。女性笔下的三类女性性工作者——艰难生存境遇下的底层型性工作者、消费社会制造的物化型性工作者、信仰迷失型性叛逆者，她们共同构筑着当代女色的文学命运，承担着女性作家的文学呼喊和生命诉求，承担着身体的欢愉和爱的希望的可能。女性描写女性，一定程度上也满足了相当一部分人偷窥的欲望和阅读期待，除过丰富的感官享乐之外，极大丰富了女性经验。读者们应该在简单粗暴地进行道德评判之余，对这类文学作品之所以如此有活力和市场进行更多的深挖和深究。

第三节 男塑男色：男作家对男色塑造

"断袖""安陵""余桃"等是古代对男同性恋的称呼，与之相对，女性同性恋则称为"磨镜"。在现代，描写男性同性恋的作品亦有一些，如叶灵凤《落雁》、章克标《银蛇》、张资平《上帝的儿女们》。

---

[1] 李良玉：《当前妓女问题研究》，《南京大学学报》（哲学·人文·社会科学）1998年第2期，第140—149页。

当下，男色文化现象越来越盛行，男色文化主要是一种视觉系的审美享受，随着多媒体的传播，男色文化在全球范围内也极其流行，已是风尚。就中国而言，古人对于男色的欣赏和把玩由来已久，在传统文学和历史中留下了很多笔墨。男色，顾名思义，多指拥有美丽面貌的年轻男子，他们对同性或者异性都有极强的性魅力。汉字里"嬲"，为上田下女，意思指男男关系，而"嬲儿"，指男性性工作者；"嬲片"，则指以男性与男性发生性关系的片子。《现代大字典》与《康熙字典》皆收有这个字，表示"以男为女"。所以，文学作品里，描写男性与男性之间发生性关系的小说，为"嬲小说"，是男色小说的一部分。相较于古代社会，当代社会女性作家也开始创作男色小说，但是男性作家对男色的创造热情更热烈。

西方《性学观止》对男性性工作者的调查为："同性爱卖淫者实际上都是男性，他们被称为男妓。女同性爱者很少进行性交易。一般来说，这些非常年轻的同性爱卖淫者有四种类型：全天在路边和酒吧的男妓；专职的应召男妓或被包养的男妓；兼职男妓；以及青少年犯罪，他们借嫖妓进行其他违法活动，比如盗窃、出售毒品等。"[①] 而实际上，在中国当下的文学作品里，除过少量的嬲儿，更多是乡下进城男性农民工为了生存而向城市有产或者有权者卖身，他们的雇主已经不再单纯是传统的其他有权有势的男性，而多为女性有产者，笔者将从以下几个方面分析他们的精神情感和生活状态。

一 贫富差距下对金钱的犹疑与妥协

法国哲学家米歇尔·福柯在其著作《性经验史》第一章指出，在所有社会中，性都发挥着现代权力机制与社会控制相结合的作用。[②] 英

[①] [美] 贺兰特·凯查杜里安：《性学观止》（下册），胡颖翀等译，世界图书出版公司北京公司 2009 年版，第 540 页。
[②] [法] 米歇尔·福柯：《性经验史（增订版）》，佘碧平译，上海人民出版社 2005 年版，第 1—10 页。

国社会学家齐格蒙·鲍曼在《后现代性及其缺憾》第十一章"论性在后现代的重新部署"里也谈到，在后现代，家庭与生意分离造成家庭与性分离，性被抛在了大街上，性活动不再与各种假设的义务相联系，但性的弦外之音却无处不在，人类关系由于失去了亲密性和感情迅速在解体①。奥地利马克思主义代表人物威尔海姆·赖希提出"性经济的斗争是被剥削和被压迫者反对剥削和压迫者的总斗争的一部分"②。改革开放之后，大量农民工涌入城市，农村男性欲在城市建立他们的权力关系与体现他们对社会控制的能力，就设法体现他们的性权力和性控制，这也是他们赢得经济胜利的一部分。作家们在面对性经济时，也就如威尔海姆·赖希所说："在讨论性经济的作用和重要性时，人们不是把自己的评价建立在以实践的方式完成了的东西之上，而是倾向于确定经济政策和性政策之间的对立。"③作家们构建农民与市民之间构建的性别关系时，也往往采用的是经济政策和性政策的对比书写，反映它们之间的矛盾。

张继《去城市受苦吧》贵祥、陈斌先《留守女人》家天、尤凤伟《泥鳅》国瑞、刘庆邦《红煤》宋长玉、苏童《米》五龙、李佩甫《城的灯》冯家昌、李肇正《啊，城市》文东、胡学文《一个谜面有几个谜底》老六等都是靠通过征服城市女人的性开始在城市建立自己的地位的。他们都以不同的目的进入城市，都被城里有钱的女性看重，做了她们性欲的追求对象，出卖男色，以此讨得在城市的一些实利。这些《红与黑》家族在中国出生的"于连"们，通过对城市女性身体的植入性器，在城乡道路的分裂点上越走越远。作家们潜意识写了城市异乡者里男性在面对城市女性时候的客观"收获"，实际上也许在暗示城市最

---

① [英]齐格蒙·鲍曼：《后现代性及其缺憾》，郇建立、李静韬译，学林出版社2002年版，第171—184页。
② [奥]威尔海姆·赖希：《法西斯主义群众心理学》，张峰译，重庆出版社1990年版，第169页。
③ [奥]威尔海姆·赖希：《法西斯主义群众心理学》，张峰译，重庆出版社1990年版，第169页。

终臣服于乡村的事实,也或者,是作家的某种幻想。这些性事件的文学叙述告诉我们,由城入乡的情感遭遇,在很大程度上属于性遭遇,性的成功和失败,以及跌宕反复,表示了性力量的悬殊与较量。性遭遇构成了城市遭遇的一部分,遭遇城市就是遭遇一场场潜在或者也许根本不会发生的性事。对于城市异乡者来说,要么沉沦在性的深渊里,要么遭受无形的性渴望。总之,在性方面,无论是顺从、屈服、反抗还是抵触,几乎都是处于支配地位的,对于所有的向城求生的城市异乡者而言,这一点,是遭遇城市或者说遭遇先进的社会生产力必须面对的命运。

尤凤伟《泥鳅》中,有不同性别的出卖色相谋利者,既有女大学生,也有男民工国瑞。农民工国瑞在城市的边缘挣扎,去搬家公司出卖苦力,眼睁睁看着同伴被致残告状无门,后来因为长相等原因,出奇般地开始享受荣华富贵。实则完全是因为他在城市的性奇遇,成为城市里资本拥有者有钱女性玉姐的性工具,然后名义上成了一个公司的老总,得以进入玉姐及其丈夫所在的官商阶层,直到最后成为这个阶层一个阴谋的代替者而受到法律的惩罚。《泥鳅》中,个人命运的转变和身体所携带的性有密切的关系。

李佩甫《城的灯》塑造了一个现代"陈世美",写乡下人冯家昌抛弃未婚妻而与城市女子李冬冬结合的一些事情,也是通过征服城市女性的身体以爱情婚姻的名义实现扎根城市的计划的,性爱是一场城与乡的战争,也是一场性别战争。在男性作家笔下,作家无意识地肯定了乡村男性的身体征服城市、征服女人,但同时自己也被吞噬,在背叛乡下未婚妻的时候,也是背叛故土、背叛乡下的文明。男性作家在描写男性从事性工作或者以出卖色相换取生存和生活资本的时候,总是会赋予男性更多的力和美,而写到女性性工作者,则是较多的伦理审判与身体污名,这也许是一种男性集体潜意识作祟。

张继《去城里受苦吧》塑造了一个因为不满村干部分地现象进城告状的农民形象——贵祥,他就像阿Q家族出现在当代社会的一个农民一样,不满村里分地,进城告状,很快被城市捕获。贵祥到城里是为告村长卖掉自己的两亩好地,但是根本没有可能进入市委大院,更不要提能见到市长。他在城市经济日渐艰难,可是,却被美丽成熟的少妇李春看重,不断施以帮助。尽管贵祥对此有所防备,不断给自己的爱人徐钦娥打电话说要回家,但最终被李春的各种好处收服,从此乐不思归。后来,贵祥老婆也到了城里,但是贵祥老婆不是《骆驼祥子》里的虎妞,贵祥也不如祥子一样,不过他们都被城市里的女人看上,都在城市讨生活,这是他们的相同之处。贵祥老婆徐钦娥在城里最终盘了一家店面卖衣服,算是在城市里立住了脚跟。与此同时,贵祥在两个女人之间各尽风流,一个进城告状渴求呼唤正义的农民,最后忘记了进城的目的,得享女人风月,成为都市妇女的性用品,并以此积累资本,成为一个城里人。张继对农民进城的书写,如同路遥等作家一样,将乡下人进城之后的一些遭遇极尽浪漫虚构化。路遥习惯写乡下进城的知识分子,而张继塑造的贵祥,是农民。乡下男子进城,很快得到城市女子的青睐,倒贴着来帮助他们。贵祥是个农民,一穷二白,也没有过人外表,又没有会说好话的资质,居然得到城市妇女的青眼。作家让李春——旅店老板娘——这个见识过很多男人的少妇很快就看上贵祥,两个人身体进行互相慰问,为了情节需要,作家还安排了她丈夫抛弃她出走这一桥段。乡下人进城会被贴上各种标签,比如,告状是一标签,讨生活也是一标签,保姆、理发师、工地工人……乡下人进城面临着非常具体的文化差异、生活习惯、语言的使用、身份的重新确定等困境。在这篇小说里,张继似乎有意淡化了这些。农民贵祥进城告状,进不了市委大院,被当小偷审问,但是却因为城市女人的青睐,找了好工作——帮旅馆老板娘李春看店,同时也帮忙让妻子进城做老板,自己享受齐人之福。这样的描写,相对来说,也许只有男性作家才愿意如此构想男人在城市出卖色相却得以保全和享受幸福生活的结局。

《去城市受苦吧》与以往大多歌颂农村牧歌般生活的小说有很大的不同,最新颖的地方在于作家虽然取名"去城市受苦吧",但实际农民贵祥确实因为在农村生活艰难、乡下基层干部腐败、农民种地不自由,所以才进城告状,城显然显示了一种文明和高度,一种可以讨得正义的地方(虽然相对而言,就事论事,贵祥没有讨得公平正义)。城市最后成了贵祥的"天堂",有比做农民更多的收获,还有艳情,还可以被女人们争风吃醋,还可以坐享女子赚的钱的幸福。到小说最后,贵祥夫妇的邻居小胡也在他们俩的带领下,信心满满地准备进城实现他的城市梦。然而,具体分析就会发现这几乎是张继的一厢情愿。作家给上访农民安排的"城市梦"是虚无缥缈的,是非常不现实的,城市里多的是流离失所的乡下人,住在属于他们的贫民窟里。作家给上访农民安排的都市梦,确实赢得了一些读者,再怎么说,一个在农村不断受到欺压的农民,城市的天空对于他来说也不会多么的广阔,但是这是城市异乡者的心灵鸡汤,也是那些没有多少真功夫但渴望在城市扎根的白日梦患者暂时有效止痛的杜冷丁,这丝毫没有掩饰小说在实际生活方面的矫揉造作和黔驴技穷。因此,一个受压上访的农民故事,在作家张继笔下,成了一出香艳的旧式才子佳人故事的改写。才子是落难的城市上访者,佳人是被丈夫抛弃的有钱少妇,佳人救了落魄才子,愿意不要名分,"薄命怜卿安做妾",倒贴钱财包养乡村来的农民,使他只是出卖男人的色相,就可以得享齐人之福。

　　这些作品都体现出一种客观的事实,出身即命运,至少是部分命运,尤其是农民的出身,而改变命运的方式——性是一种,因此性也就成了一种宿命、一种时代遭遇。性遭遇成为乡下青年在城市里直接改变命运的遭遇,带来幸福,也带来祸患。性有力量,可以说,性即力量。城乡遭遇意味着一种性遭遇,性构成了城乡关系的张力,也构成了一种命运。性遭遇往往是解读城市异乡者命运的一个关键切口。无论男性还是女性,出卖体力者在某种程度上,变相出卖的是身体的性,通过性交往达到与城市的交流,性成了城乡关系的桥,"性的城市化"是城市异乡者抵达城市的一种方式。作家们书写性工作者,以不同的性别和不同内容的文本,在某种程度上,也是以一种最隐秘生命体验的角度和想象来完成这种深度的表达;反之,笔者的关注亦然,性即命运。

二　男性较为主动地进入"观赏者"身份

　　货币近乎成了现代社会的宗教。西美尔在《货币哲学》里论述货币与卖淫现象的典型关系，对于性荣誉与钱有过论述，他认为："我们现代文化中卖淫活动的特征，是性荣誉与钱这两种价值之间有不可逾越的鸿沟，全然不可通约。但在另一种卖淫观念中，这两种价值的关系肯定要接近得多了。这类似于偿命金（即用钱为杀人赎罪）发展而来的结果。人的生命日益上升的价值与货币日益降低的价值共同促使偿命金不可能存在。文化的分化过程给予个体一种特殊的意义，使个体独一无二，不可替代，正是这同一分化过程使货币成为诸种势不两立的对象之标准和等价物。在我们现代的文化中，商品与价格不成比例即是卖淫活动的特征，然而这种不平衡关系并非同样不成比例地存在于较为低级的文明中。"[1] 作为性资源，不同性别的价格是不同的，就如西美尔所说"商品与价格不成比例是卖淫活动的特征"，男性作家所书写的男性性工作者，作为一种"服务型产品"有其"价格"，但是构成了不同于女性性工作者的独特的性别矛盾，比之于女性性工作者，他们有更多的自主权和选择权。

李肇正《啊，城市》写农村出身的男大学生文东，出卖色相，被小酒店女老板引诱，后与之结婚。文东是要扎根于城市的，和李肇正《姐妹》里的宁德珍以及邵丽《明惠的圣诞》里的明惠一样，农村进入城市的人，无论是大学生，还是打工女，都是要留驻城市的。《啊，城市》的情节设置也与《去城市受苦吧》有相似之处，只不过出卖肉体的由到农村上访者贵祥变为了在城市读书的男大学生文东，文东进入城市，很快被金钱和欲望吸引，被店里的女老板所引诱，成了她的性工具。他一方面充当着她的性工具，以之反抗对城市的不满；另一方面又贪图钱财。如同西方作品里那些写着二三流小说的作家经常被有钱女性包养一样，文东也开始写不入流的三级小说，获得一些稿酬，但是他深刻明白，要真正在城市站稳必须向城市投降。所以，虽然他爱恋着有钱人家的女儿宋小婉，但是为了留在城市，还是与给他钱花的小酒店老板娘想方设法结婚。巧合的是，《去城市受苦吧》和《啊，

---

[1] ［德］西美尔：《货币哲学》，陈戎女等译，华夏出版社2002年版，第299—300页。

城市》一样，都是乡下人进城之后碰到有钱的却情感不顺的酒店老板娘，很快成为她们的肉身性器。《啊，城市》里的文东的母亲一再反对儿子与老板娘的纠缠，反对儿子充当别人的玩物，但是自身因为这些陈规约束，却是一个被都市拒绝的人，不为城市所喜悦，在城市处处碰壁。

胡学文《一个谜面有几个谜底》这篇小说，于城市女性对于乡村男性的那种性欲的渴望和需求更是写得离奇。主角老六负责为小丁调查哥哥是否在外面包养情人，在调查时候被女主人发现，经过权衡利弊准备逃走，所以不再害怕，乘机强奸了女主人，而女主人在这个过程中几乎没有挣扎，居然在完事之后提出请求，要老六答应每周来一次，这样她就不告他，而且还会给他钱。就这样，老六简直成了一个出卖身体、出卖男色给城里女性的性工作者，不管是他主动还是被动，他都获得了他所认为的好处。就这样，一个乡下人在调查别人过程中由一个强奸犯变成了一个双面间谍，和女主人不断地发生着关系。这明显是在消费环境里作者为迎合读者和市场进行的浪漫化虚构。男作家在描写性工作者的时候，很容易落入窠臼，表现来自农村的土特产——身体在城市非常受欢迎，主要指乡村妇女，当然，乡村男性的身体同样也是城市妇女觊觎的对象，城市男女在这个过程中，大多被塑造为欲求不满的色情狂。作家这样写，较易引起读者的猎奇和关注。胡文学《飞翔的女人》也写的是一个底层苦难的故事，一个叫荷子的女人，为了找回丢失的女儿不惜卖身，宁愿去做性工作者。一个作家笔下的两个不同性别的为生活所迫做出交易的"性工作者"，有着不同的面相和心路历程。但是，显而易见，在男性作家笔下，男人出卖性，比女人更有市场和更有尊严。由此也可以看出，男性作家自身在作品里的代入感太过强烈。

尤凤伟《泥鳅》则几乎是中国版的《红与黑》，国瑞是不断奋斗的于连。乡下人进入城市，就如小鱼小虾进入大江大海一样，有各种传奇在角落里等着他们。乡下人进城，在长篇小说里，性简直是描写他们的主要景观，这在《泥鳅》体现得非常明显，在阎连科的《炸裂志》里，也是如此，而《炸裂志》是群体性的性工作者形象塑造，《泥鳅》则相对"批量少",不过也有男有女。国瑞是农村的壮年男子,依靠出众的男色打入城市的上层,成功成为少妇龚玉的相好。在这方面,作家对他们的性事进行了活色生香的描写,极尽缠绵绮丽,尤凤伟还安排国瑞进行性消费,所用笔法,一边赞慕,一边批判,态度暧昧。可以说,一定程度上,城市景观的一部分,就是这些城市异乡者,最最独特的一部分,就是这些来自乡下的性工作者。不管他们是有意还是无意,不管他们是主动还是被动,他们集体构成了城市独特的景观,不能用"不可缺少"来形容,但实际上,却是几乎不会也不容被忽略的一道"风景线"。国瑞这样的形象的塑造,更多是作家的凭空想象,一个农村进城的男子,因为长得帅,就能轻易地被女人看上,就能很快进入社会顶层,是值得怀疑的。因为他缺乏相应的能力,以及审美眼光,至少需要一段时间的历练,但是作者没有给出这样合理的假设,而是让他很快成为城里女人猎食的对象,最后被人捉弄,成了替罪羊,进了牢房,然后被送上了断头台。这个结局倒是非常有合理性,农村人总是糊里糊涂甚至没有来得及享受什么就被人拉去当了替罪羊,文学作品这样的描写,很有写实性。在《泥鳅》里,包养国瑞的玉姐是因为丈夫花心,其性欲和情感走上了这条路;而国瑞碰到的一个卖淫的女大学生,则是为了报复花心的男朋友选择了此举,但相对而言,国瑞们出卖身体,是为了生存,城市里女性出卖身体,则有更多的情感欲求。

洪峰《恍若情人》里亦写了两个"男小姐"——"玫瑰"和"百合",而且是两名同性恋,这是21世纪之前文学作品里几乎不会出现的事情。如同其名字一样,他们男扮女装,深夜被风流成性的黑流先生当作女性性工作者邀约,结果被警察抓住,发现两名女性性工作者不是女性,而是男儿身,并且是同性恋。这两个性工作者被民警周睿及同事喊去做审讯笔录,但是法律上却不知道如何处理,毕竟他们不是女性性工作者,相关法律当时还没有具体写进条文。

"据武成派出所周睿介绍,日前黑流对自己付订金给'玫瑰'和'百合'欲嫖宿未遂一事供认不讳。民警也将'玫瑰'和'百合'带往昆明市司法医院验明正身,结果表明两人均属男儿身。但让民警棘手的是，他们从未碰到过类似问题，对'玫瑰'和'百合'应如何处理，只好请求上级部门对此事研讨后作出结论。因为此事在云南还属首次，昆明市公安局法制处为此将开一个专门研讨会研究处罚事宜。"[①] 农村男性在城市里做性工作者，他们仍然客观上受着男权的保护，在作品里，作者委婉地写出了他们所处的裂隙和尴尬境遇，从中可以窥探出实际社会生活中两性权力的失衡和失范。

王宛夫《机关滋味》也写到出卖身体周旋于权力和金钱之间的男公关，和其他男性作家描写男性性工作者一样，殊途同归，男性性工作者在这个过程中，虽然亦有不舒服和尴尬，亦觉得尊严和道德有所损失，但是他们相对于女性性工作者而言，更被市场需要，游刃有余，甚至有更多的选择性。与此同时，有钱女性和身居各种关系要职的官员太太，面目则显得可憎，甚至可恨、猥琐，传统女性的庄严感在男性作家描写的男公关（男性性工作者）面前，显得那么的滑稽可笑。李骏虎《牛郎》也写了年轻男性原亮为了金钱做性工作者的故事，体现了消费社会对人的异化。

三 权力反转必须做出的"牺牲"

陈斌先《留守女人》是篇较有特色的小说，题名虽然写的是留守女人，但实际上作品里次要角色反客为主，被城里富人包养的男子家天是一个奇特的形象，包养男色的许月也是奇特的。许月可以说是当今时代下《骆驼祥子》里的虎妞，欲求不足，所以找了一个她可以调遣掌控的乡下"祥子"。包养农民工为贴身保镖兼性工作者的城市富商许月，尽管表面上大胆地渴望从民工男性身上得到性满足，但是在叙事里，这样的渴望被重新打量，被赋予了她对他一厢情愿的爱。这也许是男性作家潜意识对于女性的渴望，暴露了他们以自我性别为中心的男权思想。许月受到农民工家天孔武有力的拔刀相助之后，利用自身优越的物质条件制造了两人之间的包养关系，但是情与肉分离，这种矛盾的感

---

① 洪峰：《恍若情人》，江苏文艺出版社 2007 年版，第 143—144 页。

觉随着文本的展开一直持续着。她对他身体迷恋，她对他其他部分又不太满意。有钱女性许月为民工家天吸引，这让读者可以看出她心理颓丧病态的基本结构，性挫折与她作为中国城市富商女性有着不成比例的矛盾。她无法创造一个更强大、更理想的代表城市先进文化的男人来满足取代她的性挫折，所以，农业文明巨大的阳具携带者民工家天出现了。在这里，作者对于传统文化影响下的农村男性从事性交易工作的心理着墨甚少，甚至将这些性挫折去性别化，但是小说中作为妻子的女主角边少春，却拒绝或者无力去忽视这些心理状态，这使得整个小说显得有趣又令人不安。然而受到城里有钱女性吸引的农村男性，半推半就出卖肉身，拜倒在金钱之下，在回到农村之后，不得不感受自我否定/自我怀疑/自我厌恶的心理折磨。

《留守女人》中，作者对于边少春明显理想化，但这也开启了很多可能。边少春的丈夫家天，因为物质出让性给城市里有钱的女人，就如汪宛夫《机关滋味》里的男主角一样。《机关滋味》里的主人公在几个有地位的或者丈夫有地位的女人之间流浪，将自己当作一件床上用品一样不断过渡，出卖自己的性，换取现实的利益。家天在这条道路上虽然初走上去时看起来有点胁迫，但似乎越走越顺，越走越得心应手，直到将老板娘带回乡村的婚姻家庭里一起过年。虽然作者刻画了他内心的挣扎，但也不能不说是一种"资本的炫耀"。

在许月面前，家天是受虐的，虽然表面上是她在依恋他，但实质却是她可以用钱购买他的性。他以商业形式出让了性权力，她购买的则是这种权力，因此，实际许月才是一个真正自主的人。家天施虐于自己的妻子，男人理想化的女性主动接过施虐者的担子，进行自虐，却还保持了性方面的纯净。这是作品对人物内在美塑造需要表现的笔法，却也非常值得诟病。作品为了塑造理想化的留守女人边少春，甚至对她进行了去性化书写，这种书写方式令人不安。

"今天，占有他人的肉体、占有他人的服务、剥夺他人选择基本生活的权利，几乎在全世界都受到谴责，至少在原则上如此。但是，在某一个领域，这些情况却顽强地抵抗着任何改变，甚至连原则上的改变都做不到。"① 精神/传统/语言的"他者性",认同的"他者性",人的"他者性",在这篇小说里得到多方面的反映。农村对城市的"他者性",农村男性是被物化的;丈夫对妻子的"他者性",女性在被理想化的同时被弱化;传统伦理文化遭遇当下社会的发展变迁的"他者性",传统伦理受到质疑。其实这种地域的迁徙,古已有之,名"雁户"。"雁户这个词让我大吃一惊,原来,唐朝已经有了如此贴切的命名和相应的户籍分类。按照这种比喻,我说的主流故事和变型故事,无非就是雁户定居城镇,或者回归乡村,两者必居其一。"② 吴思在他的作品里提到城镇问题如是说,这里的城镇问题与当下的城镇问题也密切相关,当下民工潮叫盲流,其实也是雁户一种。由此可见,城乡问题一直存在,只是不同社会会呈现不同的形态。

在这篇文章里,城市是肮脏不洁的,却具有无穷欲望,吞噬乡村,许月象征城市;而家天象征城市对农村的吞噬,对农村男人的阉割。城市作为一个容器是罪恶的深渊,尽管城市女性追求性权力值得肯定,但是我们可以看到,受虐的乡村男性所屈从的是物质,而不是女性。和《泥鳅》里的国瑞、《去城里受苦吧》里的贵祥等一样,他们被物质所引诱和收买。

家天这些新时代的"于连"们,这些"城市牛郎",是城市化进程的受害者,但是也是城市化过程中的攫取者,而这样的境遇很可能永远彻底地将他禁锢。因为,受降于物的人,灵魂也同样可以受降于其他。金钱成为一种吸取,以数的方式做着递增的趋势,但就人力和智力而言,乡村的阳具注定会失败。家天缺乏应对城市的智力,他出卖的只是身体,而身体注定会衰退和淘汰。

小说中丈夫家天一再向妻子解释他的爱情,但明显充满矛盾,因为我们很快就看到故事的全部悲剧都是因爱而生。作者在叙述中规范女性

---

① [美]理安·艾斯勒:《神圣的欢爱:性、神话与女性肉体的政治学》,黄觉、黄棣光译,社会科学文献出版社2009年版,第346页。
② 吴思:《血酬定律》,中国工人出版社2003年版,第262页。

的贞节，却让口口声声说着对妻子有爱情的男人出让性给婚姻外资本投资者。在现代社会，爱几乎成了性最后的信仰，但是爱也因此绑架了性，婚姻外性的出售让爱受到了伤害和挤压。在婚姻内，在爱情里，女性的贞节被规范，但是男性的身体却可以畅通无阻。"'爱'的灾难本质呼应了具有美德与教养的个人注定受限于现实之程度，尤其是在女性身上。换句话说，'爱'表现出意外与灾难，以负面的方式展现文化的运作原则：当文化受到挑战，它所牺牲的不是自身，而是牺牲那些挑战它的人们，即使（尤其是）那些人反而其实是这个文化最坚实/最忠诚的拥护者。"① 由此可见，婚姻制度在一定层面上是专制的，是制造爱的灾难的根源。

家天在城市求职受挫，村里宗族里亲戚家的孙女所依仗的老板出了事情，连她抛弃，顺便也辞去村里所有的民工，家天最后沦落为性工作者，为人包养。这样的"际遇"居然在乡村受到不同程度的艳羡，传统中国伦理面临现代社会的挑战，农业文明面对工业文明的入侵，一片颓唐，甚至无招架之势。家天看似特殊的际遇，却是投靠城市、暂时立足于城市的一种生活方式，这与现代社会残酷的商品化文化息息相关，这种际遇代表了一个人与他所处的原来的世界的关联受到了摧毁。

帮助呈现传统瓦解不可镇守的是许月的私家车，当车子移动出村庄，按部就班的农村生活方式彻底被打破，甚至于妻子边少春的风味小吃、家常饭菜，也不能留住一个入城丈夫。破碎的农家生活经验被保镖这一职业掩盖，民工身份发生了一次置换，乡村经验与城市经验发生了内在的冲突。与边少春耕作相比，许月的车子不只是一种实体的象征，在价值层面上也显示出了两个女人生活方式的断裂。许月的生活是自主的、独立的，她用她的金钱包养别人，她所选择的痛苦是自主的；而次生文化语境里的边少春，作家安排给她的是一个不独立的人格，依靠在婚姻之内，开始反抗被虐，后来逐渐去承受甚至主动受虐，赤裸裸的物

---

① ［美］周蕾：《妇女与中国现代性》，蔡青松译，生活·读书·新知三联书店出版社2008年版，第100页。

质主义几乎成了她认知婚姻的方式，这一点上，她的自主人格受到质疑。

　　对于民工家天而言，他在农业社会确实是家里之天，可是当他通过女性的裙带关系进入城市当了农民工，后来被辞退又沦为专业性工作者，关于他自身的文明在城市里彻底地呈现出断裂之态。农村可以自给自足，但是进入城市，他则是无力的。整部小说充满了离开的欲望，家天在离开他的生活，边少春也在离开她的生活，许月也在离开，他们或借助于交通工具车子，或借助于梦游症，每个人都在离开自己的生活，写作者也以透视的眼光观察生活，也在准备叙述结束离开。整个小说安排了几次集市场面，市井生活家长里短在这里上演，而整个的小说人物的境遇，也像是漂移的集市生活一样，"离开"成为叙事的主调。每个人都在离开，每个人的情感都在漂移，每个人从自己的位置逃离出去。是什么造成了每个人物的精神恐惧，文本没有提供具体答案，但却不言自明，整个社会处于一片不安稳的焦灼之中，每个人都无法安居乐业。

　　苏童《米》五龙觉得自己拿下城市，也是以"拿下"城市的女人开始，利用强制性的暴力控制城市女性，成为城市的主宰者。似乎农村男人征服城市，必须以征服城市里的女人为表征，说得再具体直白一点，就是从征服城市女性的身体和性开始，以证明一个乡村男人征服城市的能力。

　　张者《找不到话说》表现了农村留守男人李红旗对村里妇女的安慰，也是描写女性在自然需求的召唤之下对男人发出信号，从客观上体现了男性为中心的被需求的主导地位。

　　学者孙绍先先生在他的著作《女性与性权力》中归纳社会对性关系的判断的三种价值取向：一是婚姻标准；二是爱情标准；三是快乐标准。其间亦有论述，性权力的快乐标准重在强调性行为的身心愉悦感。这种标准在古今中外的各种社会形态中，均受到谴责和抑制；然而，又总是在特定时期或特定人群中公开或隐蔽地流行。[①] 就权力而言，城市

[①] 孙绍先：《女性与性权力》，辽宁画报出版社2000年版，第10—11页。

男女，尤其城市女性因为文明的熏陶，有了更多的自主意识，在性方面敢于主动出击，满足自己的欲望。从这方面来说，城市有钱女性不论如何发家，如何勾引农村男民工，虽然客观上伤害了别人的婚姻，但女性敢于追求自己的身体享乐，敢于积极主动地出击，这种自主地满足自己欲求的能力，是非常值得肯定的。不管作者是持肯定还是持否定态度，在这方面，塑造了一个肉欲的立体的丰满的城市女性形象，虽然她不是故事的主角，但是她发出了自己欲求不满的尖厉的声音，是所有被压抑的女性的共声，值得肯定。

四 异国或异类的身体想象

陈家桥《人妖记》是一篇塑造特殊性别性工作者形象的小说。他将小说的地点设置在有特色的热带风光的中缅边陲地区，塑造了一个妖艳寂寞的变性人。陈家桥笔下的变性人，由于做过手术，男变女，性格也是阴柔气质，在读者眼里，是一个可以猎奇的对象。但是陈家桥极为细腻地写出了他不同常人又类似于常人的七情六欲和丰富的内心生活。他有着对爱情的渴望，虽然是社会的边缘群体，但是也渴望常人的爱情和生活。如同陈继明《和尚》里面和怀有身孕的女性性工作者结婚的和尚一样，虽然都是社会上在两性关系之外的一种特殊的社会性别，但是他们也会有凡俗人生的欲念，只是奇特的社会身份隔离着常人和他们的距离。作品以变性人"我"的口吻写出，写到游客之一的意中人为"你"，变性人对一个游客产生了浓烈的感情，中国游客中的"你"既接受诱惑又克制着诱惑，然而，"我"还是奋不顾身地追到了宾馆，欢度爱河。爱情的力量如此强大，以至让一个变性的性工作者主动到失态，但是这也只能是瞬间的情感，两个人最终都没有突破各自的社会角色的身份，未能尽情地享用这份爱情，因此，一份"只是当时已惘然"的怅惘一直弥漫在全文里。对于变性人的情感，小说作品里很少有直接的具体的描绘，陈家桥的这篇将男性变为女性的变性人特殊的个人感情写得淋漓尽致，写出了性属特别的人作为人的常人常情，其情哀矜。这不该被当作一篇猎奇的小说，里面的性工作者是独特的、可爱的，亦是可怜可叹的。

　　故事中的中国男子"我",事实上已经通过变性人的性别将变性人客体化,确认和强化了自己作为主体性一面的存在感,他在面对变性人产生强烈的感情时,一方面是欲迎还拒的,另一方面与其说是留恋,不如说是好奇。变性人是被消费的群体,消费主义发展的宗旨,就是不断挑起人消费的欲望,变性人作为展览的商品,虽然有其独立作为独立人的一面,但更多是以物的形象出现的,是精美奢华的到处走动的物。作为一种特殊的职业从事者,一个抽象的性别,在欲望高涨的消费时代,她注定只能作为消费品继续活在一种看似成功的失败里,继续在欲望高涨的男人或女人面前落入自己被观看的命运中去。

　　总之,虽然在作品里,男性在消费男色,女性也在消费男色,相比较传统的较为单一的以消费女色为主要市场的社会现象而言,这点发生了很大变化,但是,这并不代表一种性别平等。性别平等并不是把男人或女人同样地放在消费品市场陈列出售,不是双方互相可以购买,这种购买体现的是"物"的处境,并没有把人当人,顾客所购买的,也只是人体器官的一部分。所以,尽管现代社会已经在大规模地消费男色,甚至文学作品里,男性作家书写男色也变得极为宽容和大胆,带有猎奇和展示的成分,但是不管是文学作品还是我们的现实生活,是时候对此做出一些调整了。从这种意义上可以看出,性商品化,男性的性也被大规模地在文学作品里"消费",看似表面可以给女性带来一种满足和过瘾,实际上,并没有真正实现社会意义上的性别平等。

　　近三十年来,女作家更为关注性别权力,但是对待同性之间的性需求,在21世纪,无论是男作家还是女作家,都变得相对宽容。文学作品里,相同类型相同需求的相同性别的人,不同类型不同需求不同性别的人,他们的性需求和性渴望,相较于社会伦理,在文学作品里,有了更为宽阔的暗流地带。尤其是近几年来,性工作者非罪化和同性恋可以结婚的呼吁越来越强烈,社会不再以性别标准进行社会地位的划分,人的生理性别和自身意愿所选取的性别也已经不再理所当然被视为畸形,社会和文学作品,都较为宽容地承认性别的多样化和多元化,打破了以往性别文化的窠臼和桎梏，在性别平和与公正的基础上，有望建立两性间的和谐发展。

第四节　女塑男色：女作家对男色塑造

随着改革开放社会发展和西方思潮的涌入，对性和身体的理论知识获得渠道越来越多，尤其是女性。女性在身体上的觉醒表现在文学里面，有时简直可以用"惊心动魄"形容。身体的觉醒，同时也会体现精神的觉醒，让女性从性别角度来更好地认识自身、认识男性的身体。

对性的觉醒和呼吁，20世纪80年代是个高潮期。固然，"五四"开风气之先，不过到1949年之后，改革开放以前，性在文学里的正常的直白的呼吁比较少见。女性对性的觉醒，女作家对性的大量描述，起于80年代。断层以来，中国文学上真正意义的女性对性的情色书写应该是从以王安忆、陈染、林白、海男、徐小斌等为代表算起，尤其是陈染和海男、林白，其后20世纪90年代末到21世纪初的卫慧、棉棉，以及2003年开始大出风头的木子美等，将女性关于性的书写推向极致，对于男性形象的塑造，在作品中更加丰富多彩。她们，或自传或半自传的小说使女性的生活和经验、女性的欲望和情感秘史，在中国得到了前所未有的展现。

虽然，20世纪80年代中后期到90年代初期登上文坛的女性的作品里的性看起来张扬，但仍然隐多于显，是含蓄晦涩的，就是王安忆的《兄弟们》、陈染《私人生活》、林白《子弹穿过苹果》等，也只是描述女性自身的性意识的苏醒，通过想象来完成对男性世界的对抗，而不是正常地享受欲望所带来的满足以及感受来自性的空虚；她们最初的作品，更多是含蓄地表达女性的反抗和决绝、女性的撕裂和纠缠。本节中所主要论述的一篇小说张洁的《她吸的是带薄荷味儿的烟》，也有这方面的特征，描写的两性关系处于对抗状态。而其后进入21世纪的新起来的一批女性作家，如陈玉春、叶弥，则进入了探讨两性和谐相处的可能阶段，20世纪八九十年代成长起来的女性作家的锋芒减弱，她们笔下的性，是消费的物质欲望，也是消费的文化欲望，是异质的西方文化的欲望，她们大胆直陈对性的享受和渴望，是另类的、时尚的、纸醉金迷的，也是空虚的、忧伤的，当然，与传统相比，是越轨的。

整体而言，20世纪90年代以来，与男性作家相比，女性作家更坚定于性别不平等的控诉。女性作家笔下的男性性工作者（狭义而言，也俗称男色），不同于一般男性作家所热衷表现的常见的性工作者形象——被侮辱与被损害的，反而颇有越轨意味。女性作家笔下的男性性工作者，是女性的"他者"，更易遭到扭曲和变形。女性站在"他者"对面，对男性形象进行特殊的建构，将他们从父权制的整体社会制度下推远，拉进边缘的阴影里，展现他们生命状态里被遮蔽的角度，以及揭露他们其他可能存在的角度，刻画他们雌伏的一面，借以呈现他们、虚化他们。

在女性作家笔下，女性更多会着重描写和反映女性作为雇主一方的暴虐的快感，不管这种快感是来自精神还是出发于物质。晚清女作家程蕙英创作的弹词小说《凤双飞》，是晚清时期广泛流传于江南地区的一部小说，应该说最先开这种风气，但是里面所塑造的是狭义的男风，侵犯他们的是作为传统权力掌有者的其他男性，而不是女性；在这个过程中，他们被雌化，雌伏于他们的同类。小说以明朝宪宗至武宗时期为背景，描绘了以男主人公郭凌云、白无双、张逸少等为中心的男性同性恋爱情谊，穿插战争事件，以及多妻家庭的矛盾争端与和解等故事。《凤双飞》具有创新性和逾越性的地方在于其所设定的男性同性情谊，以及由此引发出对性别认同、性别角色，以及性别政治的一些突出见解，既承认男性社会一般认同的性别取向，也承认特殊的性别取向，以及对于女性情欲的大胆追求，也予以一定的肯定。《凤双飞》这部小说，应该算是中国女性描写娈童现象最早的小说，身为私塾女老师的程蕙英，以女子之笔，极力描写娈童之丑，描写男性性工作者生活的艰辛，明显颠覆一贯的男性书写的娈童形象；同时，在战争中，更是将男性置入，将传统历史和文学里江山美人换和平的和亲政策，变换为由提供给外邦男色来完成，而不再单由女性担任这一角色。

《凤双飞》对于作为"人的发现"时期的"五四"文学中的女性文学,也有启发作用。丁玲《莎菲女士的日记》、凌叔华《酒后》、庐隐《海滨故人》等,就已经有过女性性意识的觉醒和呼求。

到了20世纪80年代张洁、王安忆、铁凝等作家们的创作,在承接传统的书写上,走得更远。"反复出现在女性小说中的,是致盲、致残或致枯萎的母题,它看上去即便算不上阉割意愿,也确实表现出十分敌视男性的态度。"① 而到了20世纪90年代和21世纪,女性作家在作品里,一再对男性实施"侵犯"和"阉割"动作和手术,既反映了女性地位的提升,也一定程度上让两性之间传统的较为温情的相处之道表现出赤裸化倾向,两性斗争的泥淖仍然在持续,但在斗争之中,却也在讲和与沟通,有走向和谐的可能。

一方面是女性意识的普遍觉醒让女性进入与男性争夺自己主体性的角色当中;另一方面是消费主义文化泛滥的当代,男性的身体同样也不可避免被消费的命运。随着女性经济地位的提高,20世纪90年代以来,女性对于男色的消费也越来越大胆。在文学作品里,21世纪,男色更是越来越大规模地纳入各种艺术作品和各种消费中。准确应该这样说,被纳入消费浪潮中的,是人的身体,虽然有性别之分,但是除过生理的男女性别外,只要是身体,就会被纳入消费范畴。从这一点而言,已经客观上抹除了身体在文化方面的性别差异,身体都已成为"物"的一部分,被物化、被性化。

福柯《规训与惩罚》中,提出有关身体的"权力技术学"和"政治经济学"。在他看来,肉体也直接卷入某种政治领域;权力关系直接控制它、干预它,给它打上标记,训练它、折磨它,强迫它完成某些任务、表现某些仪式和发出某些信号。肉体也是一种生产力,受到权力和支配关系的干预,只有肉体既具有生产能力又被驯服的时候,它才可能变成一种有用的力量。权力正是施之于个体,才得以在社会的各个层面

---

① [美]伊莱恩·肖瓦尔特:《她们自己的文学》,韩敏中译,浙江大学出版社2012年版,第139页。

得以传播复制。① 改革开放以后，社会环境在市场方面变得宽容，女性解放运动也能相对深入发展，女人的经济和社会环境相对都从容起来，身体和生产相对割裂，种种传统伦理和政治意识形态随着全球化的语境和消费主义文化的推进，逐渐失去了权威性。于是，男色消费开始逐渐变得多起来。随着营养学、健身房、美容院和时尚产业在媒体的宣传下不断跃入人们的眼球，作为生产的身体已经不是第一位，人们的眼球经济变得重要起来，无论是男性还是女性，都有自己的性别打量对象和要求，应此社会和市场的需要，男色文化逐渐从一些领域上升。男性的身体也开始大量在市场的消费环境中接受女性目光的审视，开始扮演商品的角色，挑战传统社会里主客关系、主动与被动的关系、看与被看的转换。男性的身体，也开始成为被欣赏、被把玩的对象。女性对男性身体的消费，也反映了女性的性诉求与性欲追求，是女性在爱欲挣扎里体现出来的人性呼唤。

当然，在此之前，中西方都有娈童文化，也有面首等说法，这些都是特权阶层所把玩的，尤其对于女性来说，除过武则天等仅有的几个女性掌权人物，女性对男性的身体进行消费和把玩，在历史记录里是少之又少的，甚至都可以忽略为无。所以，到今日男性身体也成为消费市场的一道景观，不管是女权主义的胜利，还是由于市场环境全球一体化的客观要求，相对来说比以前的时代进步了很多。当然，男性也沦入身体消费的市场景观里，人类自设套子套进自己的文化夹子里，自我监控和把玩自己，乘着一速停不下来的邮轮，整体来说也是可悲的，不过这是市场发展的必然，由不得单个的人谁做主。

本节主要分析张洁的《她吸的是带薄荷味儿的烟》（发表于1993年）、叶弥《城市里的露珠》（发表于1999年）、陈玉春的《男色》（出版于2002年）等几篇小说中的人物形象，从中探求不同年代女性作家塑造的不同的男色形象，反映不同的文化内涵和女性对异性的渴望

---

① [法] 米歇尔·福柯：《规训与惩罚》，刘北成、杨远婴译，生活·读书·新知三联书店1999年版，第27—29页。

与追求，反映女性的呐喊和诉求。

一 女性对抗男性

张洁的小说《她吸的是带薄荷味儿的烟》（以下简称《烟》）写了一个靠推销自己性能力傍有钱女性的男性性工作者，结果推而不销落入尴尬的境地。张洁的写法，除了女性意识的觉醒，和西方思潮在中国产生影响亦不无关系。张洁在《烟》之前的作品《方舟》，对于其他女性作家很有影响，20世纪90年代之后的王安忆、陈染、林白等许多女作家殊途同归地沿着这一条女权主义标杆的线路创作了很多作品，但张洁自己，不同时期有不同的变化。在《烟》这篇女权色彩特别浓厚的小说里，有对历史的反思和人性的反省，但更多表达的是对男性以性为霸权中心潜意识渴望以此征服女性的蔑视和愤怒，在作品里，女舞蹈家角色反转，借社会地位和个人成就羞辱了一番男性。

小说《烟》里，张洁不再固执地坚持"爱，是不能忘记的"，她笔下的男性不再是童话和神话里的男性，开始跌倒在尘埃的世俗生活里，变得猥琐不堪。在这篇小说里，张洁的词语汩汩而出，用尖刻、老辣的中老年女性的目光，重新开始审视男性、反思女性；以女性的视角，一方面向内审视自我的性别意识和情感需求，另一方面对男性的情欲和意图进行了描写和批判。年老色衰的女舞蹈家，当然，因为成功过有一定的社会地位根基，多年沧桑让她对男性没有了什么兴趣。但是当一个年轻男人通过多次写信表达自己的性能力，想通过男色勾引她的时候，她还是将计就计，给了他一个展演自己的机会。在落地灯的暗影里，她气定神闲地指挥着这个男人一件一件剥光了自己的衣服。不过，她用他所不断强调的性能力成功地羞辱了他，使他渴望通过献出男色来达到目的的美梦破产。在这里，张洁通过塑造一个男性性工作者的畸形心理来表达对男性的看法，但同时也暴露了年老色衰的女舞蹈家变态畸形的一面。男女性别的强烈对抗让这篇小说的格局显得有点狭隘，男性神话被剥开，中年妇女在对爱情婚姻幻灭之后的琐屑尴尬以及无止境的怨毒也流泻出来。

这部作品与众不同之处在于改写了看与被看的性别对象，大多数文学作品里，女性是被看的，女性的身体可以展览和销售，男性身体则有太多的禁忌，但在《烟》里面，老年女舞蹈家是观看对象，既观看年轻男性的身体，也观看他的灵魂。

在历史和文学史语境里，女色总是受到种种曲解，女人因为"性"受到各种非难，为了生存或者因为被剥夺生活的主动权，很多女性进入到出卖肉体的古老的行业里。甚至，性工作者产业链，也多指的是女性，泛指卖身这个词"妓"，也是从"女"旁，女性被污名化。女性只要贫穷，只要无自主权，就很容易被猜测会落入这个行业，而这个行业的道德性又是那么为人诟病，所以，出卖色相几乎成了女性的"专利"。就连1949年之后进行的妓院改造问题，也多是针对妓女。21世纪之初，"妓女"二字，被换成"失足妇女"写进相关的法制条文，但是，"失足妇女"，仍然是女性，强调女性卖身的可能性。"失足"二字，更是高下立见，是一种情绪色彩，或者准确说，是一种褒贬色彩很浓的形容词修饰，而不是中性的判断。然而，张洁却在20世纪90年代，就将传统的性别视角颠倒过来，在这篇小说里，追求被女性消费的男色出现在舞台。可以说，在历来不平等的关于性工作者的描写中，大胆地描写男性渴望通过变卖自己的身体谋取利益的意识，张洁算是较早拥有。通过作品，张洁将男性对自身集体的性优越提出质疑，它的独特性是鲜明的，带给人特别的触动和震撼。

二 女性欲望与男性的生存危机

首先，男色们依然你方唱罢我登场，活跃在这些缺性又缺爱的有钱女性中间，寻找他们的猎物，也同时成为猎人手中的货物，彼此成全。

叶弥发表于《花城》2014年首期的《幸存记》，也是以一个年轻的男性性工作者口吻来描写这一群体的生活，写到了由于性事过度，死在有钱女性中间的一个同事。叙述者是一个以男色事女人的男性性工作者，灰暗的结局在等着他，但是他仍然前仆后继，在生存和物质面前，停不下自己的脚步。叶弥的这种对时代人物卑琐命运的书写，除了体现女子不易，也体现了男性的不易。时代的焦灼感赶着大多数人在欲望的沼泽里奔走，人们已经无法停下自己的脚步，甚至，作家如此写，也是感受到了这种焦灼对自己的索命追捕。

另外，其他一些女作家也不同侧面地写到不同面相不同性格的男性性工作者，表现女性的欲望与男性的生存危机。九丹《女人床》、孙瑜《空心床》也都是以女性的眼光书写男性性工作者，既反映了消费文化盛行之后流行的产物，也反映了文化迷失者们在社会中空虚无聊的一面，同时也表达了性工作者不光有性别划分，亦有等级划分。不同的性工作者，由于个人际遇和个人性格经历的不同，命运也不同。周洁茹《你疼吗》也写到一个美容院的男性老板喜欢对顾客"动手动脚"，各种轻柔撩拨若即若离，结识了一群"表姐们"，他给她们提供身体，她们给他提供资金，让他拓展事业。

一般而言，女性较为感性，在现实常态生活中，女性的爱情多以结婚为结果，而婚姻，实际多半是以外在的社会标准为前提。一些男女的结合并不纯然因为爱情，但即便是因为爱情，在这个文化快餐时代，爱情也几乎变为快餐的一部分。婚姻的建立和维持，就多建筑在物质基础上，以利益交换为目的，生儿育女，维持表面的社会形象。实际上，女性的心思比较复杂幽微，社会地位和能力大小在婚姻里并不对等，这必然导致婚姻冲突。在父权制的束缚支配之下，物极必反，女性在婚姻内被性化或者被作为生育机器生育化，如果经济条件尚可，对传统的男女关系失望，有些人可能会寻找男性性工作者对自己进行身体和情感的补偿与抚慰，甚至可以说是报复。这些小说集中反映了女性的欲望是无助的，注定落空，陷入时代的黑洞里，但同时也显示了资本侵蚀下青年男性对自己的异化出售行为。男性以潜在的性出售，换取丰富的利益以求自身发展，而他们的灵魂在日渐漂泊的生活里走向随波逐流，他们也同样陷入时代的危机之中。

三 消费男色：欲望背后的权力关系

女作家陈玉春长篇小说《男色》，又名《男人陷阱》。从21世纪初到现在这十多年，男色的消费从电影电视到网络媒介，越来越有广泛的社会影响。从张洁的《烟》到《男色》盛行，反映了女性欲望在消费社会的高涨以及空虚。

色情业在世界范围内古往今来一直存在，但是色情业的受惠者大多都是男性，女性作为受害的一方存在着。中国古代文人，更是将青楼描绘为一处旖旎之所，中国古人的恋爱，也多发生于青楼妓馆。女性作为被消费的对象，一直存在着，即使是1949年之后的三十年，权力与女色的交换、权力对女性的压榨，也一直存在。关于女性真正消费男色的长篇小说，《男色》应该可以算第一部。《男色》小说相对来说在当时有点前卫，但十多年过去，这种现象却越来越普遍。《男色》讲述的是中国一批现代有钱女性和中国男性性工作者之间复杂的另类的上层生活，女作家如此在作品里大规模地描写男色，不能不说是对男权社会的挑战。

在消费时代，女性的经济地位有所提高，女性的身体欲望也同时提出要求，所以，对于男色的不同形式的消费，除了与媒体传播以及消费文化的兴盛相关外，更与消费男色的主要对象（女性）的社会经济地位以及身份的提高有关系。也就如波德里亚所说一样："不论在何处，问题都在于性膨胀，性欲是消费社会的头等大事，它从多个方面不可思议地决定着大众传播的整个意义领域……性本身也是给人消费的。"[1]女性对性的消费欲望和男性一样，同样是作为人的女性，和男人一样是有很强的生理欲望和精神欲望的。在"文明化"的进程里，相对而言，女性的性欲显得被动消极，但是，就今天对于男色文化的热烈反应可以看出，女性也可以是并且也能够是广泛消费男性肉身的创造者的。消费

---

[1] ［法］让·波德里亚：《消费社会》，刘成富、金志刚译，南京大学出版社2001年版，第159页。

社会中，每个人都是消费者，都逃不出时代的陷阱，都可能互为消费品，无论是不同性别的相互消费，还是同一性别的相互消费，一切物（包括观念上的物）都可以是消费品，比如情感的商品消费。在这种语境和社会环境下，男色成为女性消费对象的一部分，符合"符合意义"的消费，也是女性在建立自己主体文化、建立新的女性形象，从这方面说，消费男色，只要不是矫枉过正，更利于促进男女平等、社会发展、性别和生态的平衡发展。

小说中，艾珊、弥、周洁等是几个家庭失范婚姻触礁的富有女子，有着较宽裕的经济和时间，也受过高等教育，为了平衡自己和报复在婚姻内受到的不公正待遇，她们各自私下找男性性工作者寻求身体和精神的慰藉，成为费兵、李森、石头等一群年轻男性工作者的"雇主"。费兵、李森、石头等男色是一批寻找发财梦的外省青年，出身家境不好，文化低，无特长技能，但是因为长相英俊，被聘为"公关先生"，和男作家王宛夫《机关滋味》里面的公关先生有一致之处，这些人主要是向可以支配金钱和权力的特层阶级提供性服务，借以获得钱财和其他报酬，他们或者被迫或者主动地操着皮肉生意。

作品中，以"我"（艾珊）的口吻叙事，"我"年轻貌美，丈夫却性无能，所以过着非正常意义上的婚姻生活，身体乃至心理都受着情欲饥渴的折磨。在去俱乐部消遣的时候认识了年轻的费兵，被其英俊打动，"我"几乎是完全被这个英俊的男人拿下，因此随后就与他发生了性关系。而费兵在"我"身上第一次尝到了生理的快感，由此对顾客产生了感情。然而，这种似乎是交易又似乎是爱情的复杂关系不为社会和伦理道德所接受。最后，费兵如同大多的"生意人"一样，走上了卖身者常见的道路，被一个香港有钱女性包养，与"我"在车站充满伤感地告别。

与费兵不同的是，艾珊的朋友弥对李森的感情则导致了李森的悲惨命运。弥有当代社会所说的畏触症，这是西美尔提出的观点，尼采也有过简单的表述。弥并不喜欢找情人，怕被缠住，得养着他，索性只是找男人玩，不求其他，不拖不欠玩得开心就好。可是李森有个挚爱女朋友，为了与女朋友摆脱贫困生活才卖身的。李森为赚钱不惜一切，随意与人发生关系，最后在一颗贵重的钻戒的诱惑下，和一个香港来的男人发生了同性肉体关系，不小心染上了重病——艾滋病。最后失望于生活，最终悲惨地跳河死去。其遭遇和很多陷入贫困被迫卖身的女性性工作者相似，很模式化，但是苦难的叙事还是隐隐地为其作品加上了浓重的悲剧色彩。相比较而言，周洁与石头的关系相对简单一些，他们没有肉体上的紧密关联，多是精神抚慰，但同样也是游离在正常的社会关系之外的，不受祝福。

　　费兵、李森、石头，这三个男性性工作者，靠出卖色相为生，虽然是自主选择自身难辞其咎，但也是社会一步步引诱的后果。艾珊、弥、周洁三个受过高等教育相貌还可以社会地位也相对很高的女性，挣扎在很不美满的婚姻里，出于身体和心理需要，出于对生理的以及精神的爱的渴望和需要，远离了婚姻的轨道，看起来也是应该审问的，但是，从一定程度来说，她们在婚姻之外，得到了一种慰藉和满足，谁又能全然否定这种感情呢？整本小说，人物的挣扎无处不在。无论是婚姻里不幸福、职场上成功的女性，还是作为性工作者的男性，他们的挣扎都是严肃的，都来自具体的实实在在的生活，他们求得并不多，但是，他们挣扎得那么艰辛。尤其是这一群男性性工作者，并没有因为男性性工者相对稀缺而获得特别的安慰，如同女性性工作者一样，他们处于社会的边缘地带，生活在人们暧昧的眼光里，演绎着生之不易、爱之艰辛。

　　"女性对男权的解构是软弱的，女性的解构之路也是相当漫长的，男性文化早已巩固好的一整套霸权话语，规定着这个世界的秩序，也规定着两性不同的形象。"[1]陈玉春以细腻的笔调揭开了社会上这一块隐蔽的角落，在当代文学作品里，以此为描写主题，却还鲜见。虽然作品里每个角色都是软弱的，但是显示了她对男女关系探索的努力。女性作家更注重社会发展对个人的影响，而不是宏大叙事。小说鞭挞丑恶，但也从不和谐的性交易里，找隐藏在人性幽暗之地的亮色，以及小人物的

---

[1] 许志英、丁帆主编：《中国新时期小说主潮》，人民文学出版社2002年版，第461页。

彷徨无奈、颓废,甚至罪恶。

与《男色》题名同样有趣的,是发表于同一年的《男豆》,其作者是女性作家钟物言,《男豆》也是写男欢女爱的小说。《男豆》的女性主人公叫男豆,徘徊在包养自己的有钱人王波和自己包养的情人林峰之间,辗转演绎资本与爱情不断发生冲突的故事。就本质而言,《男豆》也是在"影响的焦虑"下产生的一种对两性生存和斗争的表达方式的追寻。与《男色》相比,《男豆》同样是在一个较大的尺度之内,表现了"性"在女性写作中的特殊的意义。《男豆》中有一段话表达欲望:"也许在这个崭新的时代里,卖淫也不失为一种时髦。是男人的时髦,也是女人的时髦。"[①] 很显然,无论男性性工者,还是女性性工作者,都已经成为一种消费的符号,进入消费体系。而就书名而言,《男豆》和《男色》都有一种挑衅心理在里面,是多年来男性对女性不公所导致的那种郁郁不平之气的反弹。对于这种故意以性别色彩消费命名且含有明显敌意和贬损的写法,长远而言,实则是不利于女性文学的成长和发展的,但从客观方面来讲,相对可以更容易唤醒女性的自我意识。虽然有点矫枉过正,但这种不太温良的措辞,让人更警醒。

男性,被文化建构为"力"的产物,女性作家在建构男性性工作者时,相对而言,是在反抗现有的大众文化中男性形象的特征的,在重新确立女性的坐标,建构属于女性的话语体系、权力体系、身体欲望体系。女性作家描写男性性工作者的小说,就是在当代,也是大胆且勇敢的。相对于传统的男性作家描写男性性工作者侧重于从身体和社会地位而言进行表面的描述书写,女性作家塑造男性性工作者,更注重心理的描写,注重从女性的审美角度出发,满足女性对男性在生理和情感方面的某种想象。

女性作家描写受辱的、不被肯定的、容易屈服于生活的男性性工作者,一方面是变相宣泄自身在社会中的性别压力,以看客的姿态在作品里消费男性,寻求自我价值;另一方面也是在一种虚构的文学建筑里,

---

[①] 钟物言:《男豆》,现代出版社2002年版,第1—2页。

潜意识提升自身的社会地位。女性作家书写男性性工作者形象,体现了女性微妙的心理矛盾,一方面,在人物设定方面,不得不符合女性诉求的理想的平等关系;另一方面,却不得不将现实中男女关系的不平等兑换为作品里女男关系的不平等。一方面想表现女性的独立和反抗,寻求自身性别价值;另一方面却不得不借助男性的权力机制话语体系重构女性形象,以此弱化男性性工作者,来显示自身的强大。这实际上却暴露了女性内心的不坚强,以及男权社会赋予男性的势力的强大。

总之,女性作家描写男性性工作者,是女性渴望建立和掌握自己的女性话语权,也是在追求一种新鲜刺激的书写体验,是对于性欲和爱情在婚姻家庭之外的人性追求和想象,同时也是对以男权文化为中心的社会的一种反抗,在生活和书写中建立虚拟的安全感,回击男性。女性作家塑造的男性性工作者形象,有着明显的男权烙印的意识,是恋父情结的一种特别置换,在传统的"看"与"被看"间努力逆转性别对抗。身为女性却不断试图向男性文化靠拢,一面寻求自我价值,一面脆弱、渴望被保护,这也显示了女性建构男性性工作者形象的无力,以及女性自身的脆弱。

在弗洛伊德看来:"满足没有受到自我驯服的狂野本能冲动可以产生幸福感,这种感觉绝对比通过满足受到自我驯服的狂野本能所产生的幸福更强烈。"[①] 弗洛伊德这里所说的"满足",主要是一种性欲的满足。对物的欲,在某种程度上,也是性欲的转化,是一种原始的狂野冲动经过文明熏陶的转移。归根到底,这一切问题,是作为人的信仰的严重缺失所导致的精神疲软。

然而,作为一种女性写作,女性在对男性性工作者的揣度和描摹时,宣泄了自身在男女感情中受挫的体验,抛弃了传统的主流话语和道德,在禁忌里寻找安慰和佑护,是进步的。女性作家通过对男性性工作者的幻想和描述,解构了传统文学传统伦理和传统的生活方式,营造了

---

① [奥]弗洛伊德:《一种幻想的未来:文明及其不满》,严志军、张沫译,河北教育出版社2003年版,第71页。

超越大部分人所居于期间的现实，构建了真正的女性主义文本，使得性，尤其是男性的性、男性性的出售，不再为男性作家所把持，争夺了部分的话语权，突破了之前女性在这个领域被遮蔽的状态。这既归功于当代社会女性取得的较为突出的表达平台，也一定程度上客观显示了娱乐至死年代的一种精神追求，女作家在异化男性的时候，也异化了自身。

随着女作家大规模的兴起，女性在20世纪八九十年代开始，女性意识逐步觉醒，先是关注自身内心的呼求，关注自己的身体，虚构女性身体和经验以供男性观看，接着关注男人的身体，对男人的身体进行想象和描绘，进行批判和修改，逐渐瓦解以男性为主导的主流文化以及叙事模式，将男性当作观看和把玩娱乐的对象，在作品里描摹，获得审美的快感。从女性自身出发，建构一种新的男性与女性、男性与男性的关系，并通过这种方式表达女性的自由意志、权力向往（日常生活的政治权力）。女性作家对男性性工作者进行热情的书写，是一种女性文化实践行为，不过这一文化行为并没有改变男性根深蒂固的主导地位，女性面对的仍然是一个男权文化为主导的社会，女性仍需努力。

结　论

美国女性主义批评家苏珊·格巴说："女人还不仅仅是一般的物。作为文化的产物，'她'是一个艺术品。'她'或是一个象牙雕刻，或是一个泥制品，或是一个圣像、偶像，但她从来不曾是一个雕刻师。"[①]其实，在商品社会，不光是女人，男人也走在成为"物"的道路上。人人都是生产者，但人人都可能成为别人眼中流动的"静物"。可以说，既是"雕刻师"，又是"泥制品"，是圣像，也是偶像。就连对自

---

① ［美］苏珊·格巴:《"空白之页"与女性创造力问题》，载张京媛主编《当代女性主义文学批评》，北京大学出版社1992年版，第162—163页。

由的追求,也近乎成了一种对"自由"的消费,自由也在一定程度上被落入"物"的命运,成为无形之"物",被建构、被生产和消费,成为框架之内的物品。人类的灵魂在挣扎中拒绝走向"物"的命运,所以有了文学艺术,也有了文学评论。

第三章　性工作者题材的象喻与比较

大量使用隐喻，是描写性工作者题材小说的共同特征，而隐喻的使用，广义来说，通常体现在两个方面：物与人。由此也引出抽象性隐喻和事件隐喻，但这些同样包含在物象隐喻与人象隐喻里。要展开对物象隐喻和人象隐喻的分析，必须首先解释隐喻概念，这里的隐喻一词，征用亚里士多德和束定芳的分析。亚里士多德认为："隐喻通过把属于别的事物的词给予另一个事物而构成，或以"属"喻"种"，或以"种"喻"种"，或以此类推。"① 束定芳《隐喻学研究》对隐喻下的一般定义："修辞学家说，隐喻就是一种修辞格，是一种修饰话语的手段。逻辑学家说，隐喻是一种范畴错置。哲学家说，隐喻性是语言的根本特性，人类语言从根本上来说是隐喻性的。认知科学家说，隐喻是人类认知事物的一种基本方式。"② 文学作为语言艺术，和隐喻有着极其密切的联系。文学作品中的大量隐喻，尤其是作家出于个人想象所创造的非规约性隐喻，极其明显地体现着作家的认知方式和语言风格，但同时也指向社会现实和人类共同的内心生活，反映着丰富的社会万象和人性变迁。

第一节　物象和人象隐喻

广义的物，有自然属性和物象属性。物在马克思的文本语境里，有

---

① ［古希腊］亚里士多德：《诗学》，陈中梅译，商务印书馆1996年版，第149页。
② 束定芳：《隐喻学研究》，上海外语教育出版社2005年版，第19页。

三种存在方式，一是指具有使用价值的商品；二是指体现（交换）价值的物质；三是指资本生产过程中的物质生产关系。人在一定社会形式中借助社会形式对自然进行占有表现为物象化、对象化。物象化，指人与人之间的关系通过社会生产、商品流通行为来展现。物象化（物化）指对东西的对象化和社会关系的他物化。性工作者被物化，是指人通过直接的"财产关系"掩盖了性工作者作为主体的"人格"的存在，更在于强调肉体的自然属性。物象，是现代财产关系中与"人格"相对应的"物"。"物象"原是德国古典哲学中常见的概念，但可以拿来评论文学，物象是现代私有制的一种普遍现象。

"物象"在中国文学批评里也被广泛应用，相比较评论诗歌常常所用的"意象"，"物象"更适合评论小说。唐朝孔颖达在《周易正义》里提到物象："凡易者象也，以物象而明人事，若《诗》之比喻也。"[1] 此处的物象主要指"天地阴阳之象"。白居易的《金针诗格》里面也提到过并做出一番解释："象，谓物象之象。日月、山河、虫鱼、草木之类是也。"[2] 笔者所要讨论的物象，指由具体名物所构成的象，是符号化意指，当然，"人"也应该是物象一种，但是"物"在自然发展过程中逐渐演变为与"人"相对的一个概念，所以笔者将"物象"与"人象"分开论述。

物化，有两方面含义。第一，物化也就是一般意义上所说的生产，性工作者的雇主通过借用一定的社会形式对性工作者的身体也就是自然肉身进行占有，这种物化，也就是马克思所讲的生产劳动的对象化，它是指人类主体通过劳动生产在对象的改变中实现自己目的的积极过程。第二，物化也是一种社会关系，在这一层面上，实际上是在商品交换中历史形成的特定的社会关系物化现象。而且，这种物化关系只是在货币关系和资本关系中才突出地表现出来。在此，人与人的社会关系就表现为物与物的对象性关系。这种物化的实质是部分人自己创造出来的物关

---

[1] 王弼、韩康伯注，孔颖达疏，余培德点校：《周易正义》，九州出版社2004年版，第618页。
[2] 张伯伟：《全唐五代诗格汇考》，江苏古籍出版社2002年版，第351—352页。

系用来奴役另一部分人。

在市民社会中，商品关系已经成为普遍原则的社会关系，作为"私有财产"主体的"人格"之间的"交往"关系表现为作为"私有财产"客体的"物象"之间的关系，也就是说，即使是个人人格，也是一种私有财产，是"物"。物象化是现代社会的表象。在马克思所批判的商品堆积物中，"人"向"物"的颠倒，并不是简单的"主体"力量表现为"客体"力量，而是"人格"关系表现为"物象"关系，也就是鲍德里亚《物体系》所说的消费关系，物就是一种符号，虽然张一兵《拟像、拟真与内爆的布尔乔亚世界——鲍德里亚〈象征交换与死亡〉研究》[①] 不赞同鲍德里亚所说的物的关系是一种符号关系，但是他也赞同物与人建立的关系一说。总之，综合几位学者的思想，笔者认为商品关系所建立的物与物之间的关系，除了实体的物关系，也应该包括物的象征关系，即符号关系。

描写性工作者题材的文学作品，尤其是小说，有着鲜明的符号分层。因此，笔者就这些不同的意象符号分层，划分了两个分析范围：物象、病象，或者物的隐喻、疾病隐喻，其中物的隐喻又分为物象隐喻与人象隐喻。从自然观来看，文学作品中的物，一旦被标出，就作为一种符号，有其特殊的生命意义和情感意义，是一种文学现实，也是一种情感现实。

在佛经中，将世间分为三大类。第一类叫"器世间"，指物质环境，也就是我们的生活环境。第二类叫"众生世间"，也名有情世间，九界内为有情众生。第三类叫"智正觉世间"，智正觉就是佛，证得究竟圆满果报。笔者所说的物象隐喻，也与佛家所讲的"器世间"有相通之处。

性工作者题材的作品物象展示具体可以分两类。一类纯是物体隐喻；另一类空间意象。纯是物体的物象有红花草、雀雀草、乌鸦、火

---

① 张一兵：《拟像、拟真与内爆的布尔乔亚世界——鲍德里亚〈象征交换与死亡〉研究》，《江苏社会科学》2008年第6期。

光、瓶、槐香、马车、巷子、歇马山庄、青楼、小黄米、野草垛、窗、红裙子、幸福票、刀、美元、人民币等。空间意象有上海、欲望街、亭子间、酒店、宾馆、大堂、歌舞厅、按摩院、桑拿馆、发廊、小卖店等。性工作者题材的作品出现的人象有工厂主、经理、老板、泥鳅（拟人）等。性工作者题材所展现的病象，则有更丰富的内涵，引人注意和分析。作为疾病的隐喻，在其后的内容会有分析。

一　物象分析

物的意义，也就是人的意义。一切物，在作品里出现，一旦被赋予了情感，就不再是僵死的，它们都与人物进行相互说明。事实上，一定角度而言，物也具有阶级属性，被标出就是一种言说，只是它们自己没有人类所言说的能力和意识而已，但经过标出符号的表现，它们的意义就不可再回避。

人与物的关系，不是简单的认识与被认识的关系，人与物的关系出现在文学作品里，是不平等的，尤其是底层小说的文学作品里，物的阶级性一目了然。在以消费为核心的描写性工作者题材的小说里，人随时受着物的悯悯威胁，人在其中不断地失去自我，而物在其中获得了高于人的地位，物的意义和价值甚至无须人来确定，市场等其他因素决定着它脱离了人近乎独立的存在状态。这种现象，在20世纪前30年的新感觉派小说中已经非常明显，到了改革开放尤其是近三十年以来，物象在部分作品中，变成了纯粹的赤裸裸的"物象"，一种绝对意义上的实物，同时也变成了一种符号的象征，冰冷、完整，甚至有了自己的"物格"，与"人格"分庭抗礼。

底层城市异乡者的小说，包括农民工题材和下岗工人题材等，大多是以揭露社会矛盾为创作中心。不同的物象展示了不同的硬件和软件、不同的生活内容和质地，但是都共同指向了社会发展与个人内心的矛盾冲突。酒店、宾馆、大堂、歌舞厅、按摩院、桑拿馆、发廊等都是不同的隐喻。传统与现代结合，城市的休闲场所在不断地扩张，人对舒适度越是要求高，越能反映出一批人与另一批人生存上的矛盾，反映社会发展过程中出现的各种问题，以及人民幸福程度与经济发展之间的悖论。描写性工作者题材的小说，大多是展示城市的杂乱和堕落。物化的水泥钢筋的城市，是发生罪恶的渊薮，人们一方面迫不及待涌进来，另一方面又不断地拒绝着被吞噬。下面将从不同的物象方面分析性工作者题材小说的物象特质。

1. 炸药

梁晓声《沉默权》写了一个城乡变迁过程中的故事。郑晌午十七岁的女儿郑娟进城在歌厅做小姐，遭三个男人轮奸，钱权联合，法亦与之勾结，郑晌午告状无门，最后夫妻二人用炸药和声响打破了沉默，自杀身亡。歌厅小姐，在某种意义上，就是暧昧地带的暧昧许可证，被污名的歌厅小姐，即使不是卖身的人，也容易被一些人，尤其是被权力机构或者金钱拥有者们，当作是失足妇女或者可以被征用的性工作者欺凌和侮辱。这种伤害既是社会性的，也是内心性的。梁晓声展现了都市上层的腐败和堕落，以及权力、金钱和法律的勾结。炸药既是内心对世界绝望的自炸，也是社会的爆炸，是时代不定时的炸药。2008年，《南方周末》发了一组对性工作者安全状况的报道，提到在很多地方女性性工作者被奸杀的消息高频见诸报端，性工作者的地下江湖也浮出水面。在2016年，网名"弯弯"的女孩在北京城入住酒店被陌生男人当作性工作者拖拽，几天之内各大媒体争相报道，引发了对于女性安全问题的讨论，同时也引出了性工作者安全问题的新一轮讨论。女权主义及一些思想前卫人士，再一次提出性工作应该非罪化，性工作者的权益也该得到充分保证。就本质而言，在风俗道德的价值之上，还有更高的人权价值，只要是双方自愿的性行为，性工作者的生命是不应该被区别对待的。梁晓声为女性性工作者所制作的"家庭炸药"，有其特别的时代气息和背景，这一物象在小说中最外在的功能是其结构功能，炸药为媒介，是全文的线索，作为一种实象的隐喻，一种可引爆物，它让人思考：炸药是否会连环引爆？炸药有没有重建作用……

2. 红花草、雀雀草

刘继明《送你一束红花草》用红花草的意象比喻女性性工作者还

乡的艰难、命运的坎坷。红花草，是乡下最普通的草，红花草的象征作用，表示草草人世，人命如草芥。都市是不能任由野草生长的，所以红花草到了都市，只能夭亡，就如乡下姑娘在城里的命运一样。《送你一束红花草》里的樱桃，终究如草木一样早早过尽了一生，先是被因卖身而传染的性病纠缠，后绝望于家人乡人的薄情，投水自尽。客观上说，这也是乡下人进城的艰难生活的隐喻，不是沉沦，就是灭亡。

钟正林《雀雀草》和刘继明《送你一束红花草》用了类似的植物象征，也是隐喻一个农村女子的命运。《雀雀草》里，农村女子张小兰不幸落入卖身者行列，最后试图通过结婚从良来改变自己的命运，可是包养她的男人却在精神上嫌弃她，拒绝这样做，为了报复这个男人，张小兰掐死了他，因为报复成功，她居然对自己杀了人毫无后悔之意，甚至感觉到解脱。小说最后写道："视线中的雀雀草变化也够大的，一个多月还是青绿举着单纯盈目可爱的小花，如今小花已谢，结出了密如蛛蛋的种子，仿佛吸饱了血的一团团虱子，沉默地显示出自己的生存能力。"[①] 然而，无论怎么说，年轻的农村女子终究失去了生命。在此处，雀雀草如同红花草一样，是一种多功能的物象，有其自然命运和文学命运，它首先是作品的基本线索，具有外在的结构功能，但是作为一种符号象征，通过它可以创造一种人命如草芥的物象隐喻，可以达到文学作品"物尽其用"的目的。

3. 泥鳅

尤凤伟的长篇小说《泥鳅》写了一群进城务工的农民工，以国瑞为首，男男女女，出卖体力，亦出卖肉身，呈现了乡下人进入城市之后泥鳅一样的生存困境。此处的泥鳅，既是一种广义命运的隐喻，也是一种狭义的性隐喻。小说以国瑞的视角为中心展开，讲述了他进城到顶替别人被枪毙的整个过程。

小说主要由两个空间展开，乡村空间和城市空间。小说中乡村空间旧有的伦理政治已经大部分失效，现在的基层政府各种盘剥农民，底层

---

① 钟正林：《雀雀草》，《人民文学》2007年第9期，第103页。

政治关系错综复杂，农民讨生活，已经无法经由土地解决，于是，农民进城。城市空间，商业会馆、洗浴中心、医院、法院、工地等，都是农民工命运交汇的地方。他们的命运，是撞在河口的泥鳅，不由自己做主，有的发疯，如陶凤；有的堕落，如小寇；有的被顶罪，如国瑞。他们被榨取之后覆没在城市的海洋里，和泥鳅一样。

尤凤伟的《泥鳅》，是民工流动生活的隐喻，是一部深刻反映农民工工作和生活场景的小说。很多作家在描写城市异乡者在城市生活的小说时，由于经验和身份的限制，往往对于其工作场景一掠而过，缺乏对具体生活的表现和表述。而尤凤伟的《泥鳅》，则很热情地描写了多处工人劳动的场面，很仔细地描写了他们的饮食和居住条件，显示出作家对这类生活题材的熟悉。

"泥鳅"是寻常的，也是卑贱的，是一个沉默的群体。在这部长篇小说中，泥鳅是一个核心物象，这一物象虽然单一，但是却具有综合全篇的功能。泥鳅的生存，是改革开放后国家新的"流民图"式的生存，充满屈辱和危险。"泥鳅"是流动的，不断地离开一地去往一地，背井离乡，干着默默无闻的工作，甚至没有声音。乡下人进城也是泥鳅搬迁，泥鳅是乡下人进城的命运隐喻，他们从一处到另一处，漂泊成了宿命。以泥鳅作为书名，作为一篇小说的核心物象，作者的情绪和作品展现的情绪也可以直接窥探。

《泥鳅》以国瑞为中心，展现了小人物在都市创业的荒诞梦想，虽然阴差阳错暂时出人头地，但是难脱被人支配的命运。其中青年男女在都市的遭遇，和阎连科的小说《炸裂志》相仿，男女青年进城出卖体力的时候，也出卖身体，不过两个作家的侧重点不同，阎连科是用幽默的笔法进行苦难的叙事，而尤凤伟则一以贯之直接书写苦难。

小说反复出现"泥鳅"这一意象，不断解释泥鳅有丰富的生命力、繁殖多，但也同时表现了泥鳅的"奉献精神"。葛红兵《让农民发声，还是让农民沉默》中提到，对农民的书写，"五四"以来的现代白话文有两种模式，一种是鲁迅式的，代表是阿Q、祥林嫂、闰土；另一种是沈从文式的，精神上恋母土，农民多被浪漫化。① 很显然，《泥鳅》里的农民同胞属于阿Q一族。刘震云《我叫刘跃进》里面农民工刘跃进和妓女马曼丽也是当代的阿Q家族里的人员，不过比起国瑞，刘跃进相对来说比较聪明，不似国瑞被尤凤伟塑造得那么愚蠢和单纯。

下面截取小说的一段，分析小说中泥鳅的作用。

> 他（国瑞）问：这是你养的鱼？小姐说是。他又问啥鱼？小姐（小齐）说泥鳅。
>
> "泥鳅？"
>
> "泥鳅，"小姐说，"老板不让养，说这种鱼不讨人喜欢，客人见了会烦。他们不懂。泥鳅是吉祥鱼。"
>
> "吉祥鱼？"他问，心存疑惑。
>
> "嗯。我们那里的人都知道泥鳅能给人带来好运，还有个民间传说。说有一年黄河发大水，堤坝出现一个洞，水直接往外涌，要不立刻堵住，整个大坝要毁，村庄和人也要毁，可四处是大水，人近前不得，都吓死了。可后来发现坝上的洞不涌水了，像被什么东西堵住了。水落了跑过去一看，见洞里全是泥鳅，每只泥鳅嘴里都衔着一块砂石，这才晓得是泥鳅堵坝救人。为救一方人泥鳅都死了。后来大伙都把泥鳅当成神鱼，吉祥鱼，不吃它，养它。"②

泥鳅在乡村被当作吉祥鱼，在城市里老板却认为不讨人喜欢、让人看了烦，这也是乡下人进入城市的命运的隐喻。小说还有一段专门写到泥鳅。国瑞回家从家里带了泥鳅养着，却被都市高层当作下酒菜放入了锅里，文火加热，泥鳅钻入了豆腐里，很快泥鳅就不见了。国瑞期待泥鳅如小文所说是吉祥鱼，给他带来好运，结果却被人煮着吃掉了。这时，国瑞也隐隐感觉到了一种不祥的征兆，他没有预料到自己已经被官

---

① 葛红兵：《让农民发声，还是让农民沉默?》,《当代作家评论》2002年第5期，第36页。
② 尤凤伟：《泥鳅》，春风文艺出版社2002年版，第139—140页。

超和黄市长煮在了城市的锅里，等待他的是顶替别人罪刑的命运。他终于也在像模像样的审判里，和泥鳅一样，死在了一种提前写好的宿命里。

寇兰、小齐、陶凤等姑娘，也是被吞噬的乡村泥鳅。在乡村，泥鳅是吉祥的，她们也相对安宁；到了城市，她们和泥鳅也是可食的，也是可以下箸的。乡下人进城，就如一口锅里的泥鳅一样，除了躲进豆腐里，没有出路，可是躲进豆腐也是死路一条。此处的豆腐也是隐喻。泥鳅和豆腐配合做菜，就如乡下人的肉体一样，是性的包装和出售，是性易装而行。泥鳅与乡下人，这些城市异乡者，相互对应相互生发，泥鳅是人物悲凉命运的物化，营造出一种非常典型的"小说意境"。

4. 高跟鞋

朱文颖《高跟鞋》是直接以"高跟鞋"做书名的。"高跟鞋"一般让人想到女性玲珑的脚，和比较精致的物质世界，是从下到上的一种打量，是女性的，也是隐性的，能触及肉身的痛感，进而触及精神的痛感和时代的痛感，从而逼问人的内心。

小说写了两个寻常人家的女孩儿——安弟和王小蕊。在上海，她们渴望像鸟一样，梳理好自己的羽毛，漂亮地飞起来。上海，这个物欲横流人欲也横流的大都市，对于年轻女孩子来说，是天堂也是地狱。她们几乎没有多少犹疑和过度，很快就与商业社会达成了内心的契约，成功地实现了整理好羽毛飞起来的梦想。然而，这个过程付出的代价也是不言而喻的，在拥有物质的喜悦同时，她们也感受到了疲倦和落空。高跟鞋不断地在这个过程里出现，一双双的高跟鞋，是性的符码，给她们带领来男人，也将她们带领向男人。

朱文颖以"高跟鞋"做书名，有着特别的意义，鲜明却又让人不断深入地思考。高跟鞋使女性的臀部高高挺立更显浑圆，而因为高跟鞋，文胸与衬垫下掩盖的女性的胸部也被高高托起到逼人直视的地步，撩拨着人原始的情欲。《高跟鞋》展现了人物从物质贫穷到物质富有到疲劳的过程，再从疲劳到虚无、到怀疑，试图做出努力，但是人物命运最终不免落入虚空。高跟鞋的追求，展现了心灵的伤痛和精神的颓废阴暗，表明物质的东西丰富着人的生活，但也消耗着人的精神。

高跟鞋是女人的自我追求，亦是女人的自我束缚。女人对高跟鞋的热爱，大体缘于男人的目光。在中国文化的传统里，历来对于三寸金莲是非常迷恋的，女性的小鞋子，甚至被拿来做下酒器。晋朝陶渊明《闲情赋》有句子："愿在丝而为履，附素足以周旋。"谢灵运亦有诗句："可怜谁家妇，缘流洗素足。"李白写有："履上足如霜，不著鸦头袜。"《西厢记》《金瓶梅》等小说，也对小脚和女人的鞋子多有描述。现当代很多男性作家也热衷于对女人的鞋子和脚做多方位的具体细描，有些甚至是近乎变态的描写，让人无法直视。现代作家鲁迅多次以濯足比喻性爱，日记以记述这一事实；郁达夫的散文里写到每次吃藕就多吃两碗，因为想到自己喜欢的二小姐的玉足。当代贾平凹，对于女人的脚的热爱从鞋子到脚踝，从散文到小说，有多次描述，部分难免有猥琐嫌疑；《废都》更是贾平凹将自己的一部分喜好代入，庄之蝶是一个标准的恋足狂。台湾作家李敖，亦是女足拥趸者。人类学家叶舒宪写过："从心理实质上看，男人对女人的脚的特殊敏感是文化原因造成的一种性欲倒错，在中国文化中特别推崇的女人小脚可视为变态性心理的典型对象。"① 客观而言，过度恋足确实是病态。李佩甫《羊的门》塑造练习童子功的呼天成为一个恋足癖的人，与自己喜欢的女子秀丫的接触不是直接的性的接触，而是通过抚摸脚趾头。阎连科《坚硬如水》里面主角高爱军与夏红梅见面及后来的搂抱，也是从对脚的多次抚摸为着眼点的，甚至描写其与老婆桂枝亲热时，脑海里想的仍然是夏红梅的脚趾的细节。陈忠实的《白鹿原》里田小娥的脚，从生到死多次出现。老一辈的作家冯骥才，善于写民俗题材，但是对于小脚也是非常热情，写过《三寸金莲》，里面塑造了一群"品莲居士"……由此可以看出，女足含有丰富的性含义，而高跟鞋由女性作家标出，作为小说题目写进文学作品，表现了女足由被动转向了情感表达的主动，现代性的男女伦理形式的改变由此可以窥出。

---

① 叶舒宪：《高唐神女与维纳斯》，陕西人民出版社2004年版，第523页。

在对待脚和鞋的问题上，不同性别的作家有截然不同的态度，他们的叙述差异是显而易见的，很少有女作家表露对小脚的热情。女作家写到"高跟鞋"，也是态度暧昧莫衷一是的，有喜爱，但更多的是叹息以及某种感喟。朱文颖将"高跟鞋"作为书名标出，也绝对不是一种全然的肯定和赞美，而更多是表达一种态度、一种女性意识、一种反抗。

高跟鞋是可以被购买的，是市场的产品，有其价格和厂家，而穿高跟鞋的女人呢？也几乎可以说已经在高跟鞋的消费过程中被植入了消费的陷阱。就如"三寸金莲"是男人对女人的阴谋一样，高跟鞋也是一种监审和训导，是一种诱惑和招安，是男性对女性的驯服，是对暴露的召唤，是一种性别陷阱和阴谋。

英国性心理学家霭理士在《性心理学》里有过这样的论述："在少数而也并不太少的男子中间，女人的足部与鞋子仍然是最值得留恋的东西，而在若干有病态心理的人的眼光里，值得留恋的不是女人本身而是她的足部或鞋子，甚至于可以说，女人不过是足或鞋的无足轻重的附属品罢了。"[①] 由此可以看出，鞋是性的隐喻，"鞋"成了一种性器的象征，整个的人剥落"人格"，被当作一种性器独立存在，被当作一种性器列于"审美"的范畴。

尽管高跟鞋的出现最初不是为女人设计的，是路易十四由于个子低，喜欢高跟鞋，由此高跟鞋越来越风靡，但是随着女性穿着高跟鞋摇曳多姿开来，高跟鞋就成了女性的必用品。由此说来，高跟鞋变成女性用品用来装饰女性是历史的吊诡。高跟鞋虽然可以增加女性的身高，但是同时也降低了女性的行动能力，同时让女性的一部分身体的着力点不是平稳地踏在大地上，客观而言，是非常损害女性的健康的，而且就医学而言，这也是有违自然的身体发展的。而有违自然身体发展的障碍，同时也是有违精神发展的障碍，但是高跟鞋客观上可以激发性欲，是一种欲望的欲望对象，是性的一种视觉性补偿，它的性内涵是不言自明的。

---

① ［英］哈夫洛克·霭理士：《性心理学》，潘光旦译，生活·读书·新知三联书店1987年版，第206页。

5. 雪花膏

方格子的小说《上海一夜》中"雪花膏"是乡下姑娘对上海美好想象的开始,知青宁珊回上海,都会往乡下带几瓶雪花膏,杨青因为闻到了雪花膏的气味,激发了到城市里去的梦想。当杨青终于有了足够的钱到上海买雪花膏时,才知道雪花膏并不是什么贵重的化妆品,在城市里几乎已经被弃置,甚至买不到了,而原来也便宜得很。雪花膏曾经被当作宝物来炫耀,可是当长大进城的杨青发现它的真实之时,产生了强烈的被欺骗感。靠出卖身体在城里惨淡经营自己生活不敢返乡的杨青,也就如一支雪花膏一样,小而卑微,看起来青春,实际上一无所是,亦一无所有。年轻的身体,也如可以购买的雪花膏一样,价格低廉,为人看不起。

从以上物象运用的效果看,物象增加了作品的形象和含蓄感,增加了作品的艺术趣味,更能引发联想和深思,物象上寄托了人的命运。物的命运和人的命运直接勾连好的作家,注重物象自身所蕴含的多层意义和注重发掘物象的新意义,而这样的物象可以达到更为丰富的效果。因为物象意义的生成方式由自身呈现而非作家输出,而这个呈现的过程,读者的深度参与才可以抵达。物象的运用让小说性描写中的各类人物形象更逼真和鲜明,无论是泥鳅还是草木,还是一双高跟鞋或一支雪花膏,它们都鲜明地增加了作品的艺术趣味和审美趣味,参与了作品人物命运的塑造过程。

二 "人象"的塑造

性工作者、性工作者所对应的顾客和老板,以及发生关系的亲人和朋友,生活里所遭遇的陌生人,就是创作性工作者题材的这类小说的"人象"。当然,人象,也包括拟人化或者人格化的"人象",包括人体"人象",这里的"象"有自己的主体人格和呼求。人象隐喻也是一种常见的隐喻类型,是一种规约性存在,或者是某个作家所创造的独特性风格,作为一种文学的标出性符号,存在于作品中。人象隐喻把"人"的各种特征反映在"象"的目标之上。

第三章 性工作者题材的象喻与比较

在绝大多数的描写性工作者的小说里,性工作者面对的对立面的人物几乎都是暧昧不定的,既是合作方又是施害者,既互惠互利又相害相挤。不过,性工作者题材的小说,大多是模式化的,里面的老板也就是工厂主、经理等,疯狂地聚敛财富,相对缺乏人性,对于年轻的肉体疯狂地压榨。性工作者的家人,尤其是经济处于底层的性工作者的家人,一方面图他们的钱,另一方面虽然有悲悯,但也默许甚至纵容着他们在这种暧昧不清的生活里越走越远。

吴玄《发廊》、乔叶《紫蔷薇影楼》、刘继明《我爱麦娘》等一大批描写乡村人以身体为代价或出卖或在一种污名的身份里忍气吞声积累生活资本为主的故事,主要以情节取胜。这些小说的主人公以身体为代价,换来了发展的资本,也同时在这种过程中建立或者是改变了自己原来的乡村道德理念,乡村伦理变迁由此进入一个新阶段。魏微《大老郑的女人》也是写了一个暧昧的暗娼,有家有室,亦不再年轻,却还是以这种出卖肉体的方式来完成房屋的建造。更早一些,方方《奔跑的火光》,也是写乡村女子英芝跟着戏班子,卖身发家,实现自己独立盖房的愿望。陈应松的《归来》,则是二十多个妮子长了梅疮,但是文本里表现了桃花岭村民们对她们家人的羡慕,楼房盖了起来。阎连科的《日光流年》蓝四十、《柳乡长》槐花、《炸裂志》朱颖等,是以村为单位,甚至发展成乡和市,小说中的基层干部鼓励年轻男女通过做性工作者致富,尽管他们也觉得不光明,但是对于他们而言,物质财富可观去做这些也未为不可,甚至立碑以鼓励。批量生产性工作者,是阎连科好几部小说共同的特征,年轻男女甚至包括幼女源源不断地被培训之后送到都市去发展、去卖身,农村旧的伦理被彻底打破。阎连科模式化地书写肉体机器对城市的改变,既是一种书写的发泄,同时也客观上揭露了尖锐的社会矛盾。

以上这些列举的作品,不同程度地以对立的或者直接的人象为隐喻,把"人"的各种特征反映在"象"的目标之上,展现人与物之间的矛盾,展现人物心理的辗转与彷徨,展现现代社会对人的围困和压榨。下面将以具体的人象象喻符号展开分析。

1. 和尚

性工作者题材的小说，常常会涌现浓郁的宗教气息，人体盛宴和宗教信仰相互穿行在作品中，尤其是佛教和基督教，更是经常体现在这种题材的小说语言隐喻中。陈继明《和尚》、贾平凹《高兴》、金宇澄《繁花》等小说，鲜明地体现了这点。在对宗教物象的运用中，他们都不仅仅局限于对物象固有内涵的开掘，而且以物象为基础，生发出了新的含义，将实体的物象进行主观化开掘和变形，赋予它们新的内涵。这种策略很成功，既不过度也不牵强，同时宗教物象体现的含蓄让作品显得更有意味，引领读者进行人生思考。

陈继明的小说《和尚》写了一个和尚与妓女的故事。和尚不是世俗意义上的酒肉和尚，也有彷徨，也有无奈。和尚法名可乘，俗家名张磊，是个年轻人，出于内心对洁净的追求，他出家了。佛门圣地也并非真是圣地，寺庙里和尚各有活法，极世俗极红尘，不过，相对而言，可乘有自己的操守和坚持。但是在与妓女红芳的一系列交往中，为了照顾红芳以及她肚里的孩子，可乘最后还俗成婚，然而在家亦出家，又有各种烦恼，人事往来应酬，又是一番苦修。《和尚》里红芳奶奶供奉的菩萨是麻脸菩萨观音，与一般秀丽干净的观音是不一样的，当可乘看到这尊菩萨之时，有所悟道，参人生不干不净之活法，在麻脸观音身上，看到自己的样子。《和尚》里，和尚可乘不是佛家意义上守戒的和尚，妓女红芳也不是一般意义上灯红酒绿里面的妓女，和尚为了凡人可以生子顺畅选择还俗结婚，而红芳为了生下父亲不明的孩子与一个和尚结婚。他们各有苦衷和无奈，互相缠绕和加持，相互又彼此加持解脱。

佛法一般分大乘和小乘，通俗而言，大乘度人，小乘自度。在不同的佛法教义下，有不同的佛法规则。一般人认为，和尚大多是苦修的，但是在湿婆教派和密宗教派里，苦行与性事密不可分。"苦行和性事被认为是人自身热量的两种表现形式，苦行是从人自身产生的具有潜在摧毁力或创造力的火，而性事则是通过阴阳力量的结合而产生能量。"[①]

[①] 石海军：《爱欲正见：印度文化中的艳欲主义》，重庆出版社 2008 年版，第 185 页。

佛教里亦有人的修行通过男女结合而成的说法，和中国传统的道家思想有相近之处。可乘之法名，也来自佛法，俗名张磊的可乘，还俗结婚。可乘与红芳母子以婚姻家庭的形式选择相守，最后做了世俗世界的人，在他个人，未尝不是另一种方式的修行。这种修行一方面是满足身体欲望，另一方面却也是欲望的升华。而红芳，作为一个女性性工作者，在与佛家弟子成婚之后，虽然有诸多家事问题，囿于金钱的苦楚逼着丈夫四处转圜，但也在这个过程中不断修行、自悟，通过与可乘的相处，渐渐明白自己的生存境遇，活出了自己的"人生哲学"。

小说里有这样的句子："张磊仍旧跪着，迎视着麻脸观音大慈大悲的目光，心里水一样又流出一些话：'也许，真的像佛陀所说，实无有众生如来度者。'"接着又有一些话："也许，佛从来没有拯救过任何一个众生，佛的力量正在于无力……"① 妓女从良嫁人，和尚婚娶，本就是超越于世俗的事情。这里的妓女和和尚，既是世俗的景观，也是文本的隐喻，佛的力量在于无力，人的精神困境也在于在无力之中寻求一份转圜。

2. 锁骨菩萨

贾平凹小说《高兴》中选取锁骨菩萨为核心物象，赋予锁骨菩萨这个物象与人物形象之间内在精神的深刻关联，而菩萨这个具有人象性质的物象的选择，具有神化的"人格"，多少带有一点宗教的象征意味。从取向上看，菩萨的选择有着明显的文化渊源；从物象的功能看，虽然物象意境的创造是其根本目的，但多少带有写实的色彩，将之视为"人格"的一部分未为不可。

> 我站在塔前看了一会儿，塔实在没什么好看的，顶部已坍，长着荒草，竟还有一棵树，像是皂角树，蛇一样从砖缝长出来，树干上就站着一只鸟。我给鸟打哨，鸟不理我，拿石子往上掷，掷不到，鸟还是不理我。我也就不理鸟了，歪头看塔下一块石碑。这是

---

① 陈继明：《和尚》，重庆出版社2013年版，第150页。

唯一的石碑，而且断裂过，明显的有粘胶粘起来的痕迹。我弯腰去看，第一行话就看得我头大了。

第一行话是：昔，魏公寨有妇人，白皙，颇有姿貌，年可二十四五，孤行城市，年少之子，悉与之游，狎昵荐枕，一无所却。

一个声音说：那是古文，你看得懂？

塔的不远处，也就是一堵矮墙下坐着一个人，面前摆了一摊罐子烂瓦，一边用布擦着那些玩意儿，看着我，一边咳着喉咙里的痰。我似懂非懂，中学课堂上学过的古汉语差不多遗忘了，我得慢慢恢复记忆，原本我是看一行就转身走了，这人却刺激了我，我偏蹴下去仔细地看。

碑文是：昔，魏公寨有妇人，白皙，颇有姿貌，年可二十四五，孤行城市，年少之子，悉与之游，狎昵荐枕，一无所却。数年而殁，人莫不悲惜，共醵丧具，为之葬焉。以其无家，瘗于道左。唐大历中忽有胡僧自西域来，见墓，遂跌坐，具礼焚香，围绕赞叹数日。人见，谓之曰：此一淫纵女子，人尽夫也。以其无属，故瘗于此，和尚何敬耶？僧曰：非檀越所知，斯乃大圣，慈悲喜舍，世所之欲，无不徇焉。此即锁骨菩萨，顺缘已尽，圣者云耳。不信，即启以验之。众人即开墓，视遍身之骨，钩结皆如锁状，果如僧言。人异之，为设大斋起塔焉。

我是看了一遍，又看了一遍，我以前所知道的菩萨，也就是观音、文殊、普贤和地藏，但从未听说过锁骨菩萨，也是知道菩萨都圣洁，怎么菩萨还有做妓的？圣洁和污秽又怎么能结合在一起呢？

我怀疑我把碑文的意思弄错了，还要再看一遍，大胡子满头大汗地跑来喊我。

我说：价谈妥了？

他说：这些人以前把十元钱的货当一元钱卖，现在知道这些罐子值钱了，把一元钱的货十元钱的要哩！

我说：你知道这是什么塔吗？

他说：我搞古董收藏的，能不知道？！

我说：锁骨菩萨怎么是妓女？

他说：锁骨菩萨是观音的化身，为慈悲普度众生，专门从事佛妓的凡世之职。

我说：佛妓？

我觉得好奇，还要问些，大胡子却催促我赶快装车拉货，就把锁骨菩萨的事放到脑后了。①

这是贾平凹《高兴》小说里第一次较为正式地写到锁骨菩萨。

锁骨菩萨，是《高兴》小说的重要意象，在古籍《太平广记》里也有记载，是佛教流传甚广的故事，发生在今延安。佛化作妓女度化众生，行卑污职业，度有缘之人，是高尚的行为。《高兴》里一再不断写到锁骨菩萨，是一种隐喻。作品中，孟夷纯要与男朋友分手，其不同意，在与孟的哥哥打斗过程中将孟的哥哥杀死，其人出逃，孟家开始家破人亡。孟为讨正义，做了妓女赚钱，不断地送往司法部门，希望有人主持正义帮她讨回公道。孟夷纯与锁骨菩萨职业相同，都是妓女，但是她是单纯的，她和刘高兴之间的感情也是单纯的，她爱上了拾破烂的刘高兴，而不是专门贪图他的钱。从这些方面来说，孟夷纯为了主持正义而卖身，替哥哥报仇，与人相爱而不贪图钱，有锁骨菩萨的美德；而刘高兴是城市的拾荒者，清理着城市的废品和垃圾，与肮脏为伍，却能变废为宝，与孟夷纯认识，却能和乡下一起来的朋友一起帮助孟夷纯，而不是图她的身子，也有锁骨菩萨的精神。

可是，就如书里所暗示的一样，城市里的出租车司机都不知道锁骨菩萨塔，更不要说别人。说明锁骨菩萨的奉献是不被社会承认的，也隐喻孟夷纯和刘高兴们对城市的奉献是城市剥夺农民，其付出不被社会所肯定和赞扬。作为乡村的人，他们向城市奉献他们的身体，五富甚至献出了生命，但是他的生和他的死相对而言，都是悄悄的。可以说，刘高兴和孟夷纯是乡土中国的代言人，他们为城市奉献身体，

---

① 贾平凹：《高兴》，《当代》2007 年第 5 期，第 36—37 页。

却得不到应有的尊重和保障,就如农业哺育工业一样,这也是一种时代发展的隐喻。

锁骨菩萨以身侍奉流浪汉们,最后因此死掉,和五富一样。《高兴》里,刘高兴原名刘哈娃,进城自己给自己改了刘高兴的名,就如方方《涂自强的个人悲伤》一样,刘高兴和"涂自强"一样,给自己命名,也是自己一厢情愿。他进城是为了找到买他肾的人,他的一个肾在城里,所以他进城拾捡破烂。肾是一个人极其重要的一部分,但是,刘高兴的肾被剥夺了,就如农村的发展被耽搁了一样,农民在土地上无法安居乐业,大批的农民工产生了。他们进城,但是他们的心还不能不牵挂着乡村,因为乡村有家有室,在城市是无根的,户口更是一个问题。肾是乡村与城市的隐喻,也是锁骨菩萨的隐喻,农村哺育城市的一种精神物象。

《高兴》与《和尚》一样,都涉及宗教信仰,前者是佛教,后者锁骨菩萨,是佛教的一部分,更是民间信仰的一部分。金宇澄《繁花》里性工作者李李,先是被朋友出卖沦落卖身,后期心灵空虚,供奉菩萨以自赎。

说到底,不同作家的作品之中有不同的物象,即使是同一物象、同一宗教里的菩萨,作者对待"物"的态度不同,物象所展示的内涵和外延就不同,物象的艺术水准也就不同。但是毫无疑问,宗教意象进入小说的物象运用中,虽然部分是继承传统,但是它的革新意味也是非常明显的,具有强烈的现实参与感。

3. 乳房

乳房,是众多描写性工作者小说中的隐喻性意象,莫言、苏童等都有过相关的小说文本,毕淑敏的《拯救乳房》和盛可以的《北妹》里的乳房,则是属于女性独特的不同于男性的经典意象。莫言、苏童等男作家的乳房更多通向欲望关系,通向特定的时代,而女性作家的乳房,则相对是"永恒"的,她们更易于描绘一种自然状态下的乳房的伤变历程,为展示女性生活的精神状况服务。

乳房是女人区别于男人在生理上最外在的特征,当女孩子进入青春期，作为第二性征的乳房开始凸显，慢慢走向成熟，可以哺乳。东西方古典文化对乳房都有记录和描写。西方关于圣母玛利亚等一系列神学绘画的描绘，里面的乳房就有所展现；名著《红楼梦》里秦可卿房间关于乳房的隐喻描写，就有一定的性意味；《金瓶梅》里西门庆对乳房的迷恋，则显得有点粗鄙，但这也正显示了雅俗之分。总之，在中国传统文化里，乳房除了哺育外，已经具有性暗示。

在现代，郁达夫笔下，乳房具有丰富的象征色彩，甚至与民族发展也建立了一定的隐喻关系；在茅盾笔下，乳房是都市欲望的暗示。对于乳房的充分强调已经受了西化的影响，戴望舒诗歌里也有关于乳房的意象闪现。这一切都表明，乳房已经进入性书写之中，并且成为描写欲望的重要载体。岳恒寿的中篇小说《跪乳》赋予乳房地母般的品性，乳房成了唤醒日军良知感化兽性的器物。小说塑造了一位传统的母亲形象，养育生命无私奉献。日本人试图劫掠村庄的时候，没有来得及逃亡的母亲在枣树底下安然地给一个孩子和一只丧母的羊羔同时喂奶。日本兵因此而受到感化，黯然离去，没有伤害任何生命。在这里，母亲成了一种象征，成了一种圣物，母性唤醒了生命的神奇。可以说，这既是母性乳房神话，也是母性乳房笑话。男性作家在写作女性的过程中，又一次无例外地落入不是圣化女人的母性就是妓化女人的欲望的悖论里。

男性作家歌颂乳房的伟大、歌颂母性的伟大，在这种歌颂里，如同中国一以贯之留下来的古老的形象和古老的形容词一样——"勤劳的"。"勤劳的劳动人民"和"神圣的母亲"一样，都是值得歌颂和赞美的，都是魔化的、神化的，而不切实际。她们以她们的牺牲而获得赞美和牌坊，而在这个过程中，她们自身的声音，没有得到表达或者表达不够。她们被"他者化"了，成为了一种象征，而失去了作为独立的人的个体性。她们被赞美，无论是器官还是品德，都是因为她们的生命与其他的生命紧密相连。在这个过程中，她们作为输出者，获得颂扬，同时遮蔽了她们的牺牲。

乳房——小说《北妹》中的隐喻性核心意象，也是人体人象之隐喻一种，是人体物象。"上帝是父亲，但更多地是母亲。每一个神学系的学生都知道，在希伯来文化里，上帝的慈爱意味着子宫。"①《女性主义神学景观：那片流淌着奶和蜜的土地》如是说。这表明，女性特有的生殖器官，包括乳房，是一切人的生命创生之地，是世间事物最早的温床，是人类的集体故乡。因此，对女性身体和特定的器官或狂热的赞美，或丑恶的虚化，可以说是一种情感深处还乡情结的涌动和勃发，是一种还乡叙事，是一种对女性或故地的乡愁。在人体物象运用方面，性工作者的人体物象多集中在乳房方面，尤其是女性的乳房方面。在此类物象背后，往往深藏着男作家的肉体欲望，但是，女作家笔下的乳房，也非常有特色和力量。

关于乳房的描写，在女性的诗歌里也有体现。女作家刘虹因为乳房手术而作的诗《致乳房》，和其他女性作家一样，相对客观地写出了来自乳房的思考和感受。

  都说黄河自你而来 长江自你而来
  有关高度被低处的挥霍 歌里没说明白

  在语言竞相虚胖的时候 只有你把塌瘪当归宿

  对于许多人包括男人 你是图腾是宗教
  是世世代代的审美叙事 也是功用是家常
  是一生的外向型事业 和不绝如缕的下流之歌
  是被榨取被亵渎也奈何不了的 慷慨

  一个词因而借你还魂 今夜之后哪个词还能
  挺身而出 在你交出的位置号称——母亲？
  在小路趔趄扑往家园的方向 虚位以待？

---

① ［德］E. M. 温德尔：《女性主义神学景观：那片流淌着奶和蜜的土地》，刁承俊译，生活·读书·新知三联书店1995年版，第93页。

你在刀刃上谢幕　又将在我的诗中被重新打开……①

刘虹笔下的乳房和盛可以笔下的乳房类似，既是割裂的单独的器官，又将身体的各个器官和各种感受紧密相连。它既不神圣也不伟大，虽然可以激发性欲，但也是客观的，它自然而然地存在着，并且有着自己的色彩和好恶。男性看到的只是女性的哺育行为，以及因乳房而刺激的感觉兴奋，女性才真正感觉得到属于女性的被强调的乳房的客观意义，才感觉到乳房带来赞美，同时也会让处境变得尴尬。一个男人不可能因为失去乳房而觉得不完整，而女性，乳房的残缺就会在人的意义上遭到质疑，尤其是在完整性上。

刘虹用自己的诗哺育了欢乐与恐惧，写了手术前的独特感受，这是为男性文人忽略和漠视的，是男性作家永远也感受不到的。这种独特的女性经验，只有靠女性的书写才能开始和完成，这种女性的书写才保持了女性身体的完整性和丰富性。从这个意义上而言，盛可以的《北妹》是非常独特的，钱小红走在资本横行的街道上，一边在内心恐惧地警惕着乳房的疼痛，一边还得为如何活下去扑倒在人群里不断努力，女性性工作者乃至女性整体生存的艰难体验因此呼之欲出。

莫言小说《丰乳肥臀》，更是玉体横陈，乳房已经直接登上书名的舞台。上官金童是个巨婴，有着极浓烈的恋乳癖，他的恋乳癖停留在弗洛伊德所分析的口腔与肛门的初级阶段，没有进一步提升，他所不断发育的是身体而不是心智。一代饥饿的巨婴，经过夸张变形，病态地迷恋着女性的乳房，成了一个时代的象征，也成了一代人的精神饥渴的象征。在莫言乃至大多数男性作家的笔下，大多只看到男性眼光的乳房，而很难看到女性对乳房的态度。《丰乳肥臀》里上官金童是饥渴的，虹影小说《饥饿的女儿》里"我"也是饥渴的。虹影，生于20世纪60年代初期，而莫言，生于1955年，他们的饥渴有一定的相似性，既是生理的饥渴，也是精神的乃至灵魂的饥渴；既是性的饥渴，也是爱的饥

---

① 刘虹：《致乳房》，《诗刊》上半月刊2003年第11期，第76页。

渴。1976年出生的沈浩波，对于乳房的寻找更显得饥不择食，其诗句"这一辈子，我都在寻找一对乳房"更是遍及网络和纸媒，成为"下半身写作"的代言人。生于1952年的毕淑敏与生于20世纪70年代的盛可以，她们的《拯救乳房》《北妹》里面的乳房有更多的相同之处，不过，《拯救乳房》强调的是从生理到精神的救赎，是从物理医疗到精神医疗；《北妹》里钱小红的乳房，则更多强调的是生存的隐喻和女性空间的窄小。

《北妹》细致入微地描写钱小红的日常生活，借乳房表现钱小红的身体，也同时表现钱小红的精神追求。乳房本来只是人体的一个器官，但是这里的乳房掌管着一个人的命运，从乳房逐渐膨胀又病变的过程中，一个北方南迁的乡下妹的城市生活被呈现。在盛可以的笔下，乳房并不诗意，亦不超脱，乳房甚至拉着人的精神下坠。乳房是一种身份的象征，也是一种性别的象征。乳房不断膨胀，产生病变，也隐喻着进城务工的失败，城市生活梦想的破灭，"活下去"成了目标，而不再是如何更好地活着。

关于人体物象，阿城的《良妓》、莫言的《神嫖》也写了很多，标出性符号的物性人象居多。但是，单从书名上看，《良妓》便可看出这是写一位品性美好的性工作者形象，虽然职业为性工作者，却体贴、勤奋、善良、重情义，除了因贫苦走上的性工作者职业，完全是一个具有中国传统优良品质的好女性，小说承载了男性作家们对于女性的理想化想象。《神嫖》，也如同《良妓》一样，主要是表现一种精神文化的气韵和象征，里面的性工作者只是一种文化符号和隐喻。

总之，中国当代文学充斥的是性工作者的表象，而关于真正的性工作者，一直游离在叙述之下。当代作家试图在性的角逐方面，尤其是底层（经验和情感）空间方面力图在文学作品中描绘性工作者真实存在的图景，揭示性工作者作为正常社会的异己者、孤独者、边缘人的生存境遇，并在这种带有悲剧性的生存境遇下投射他们对性、性别与阶层问题的独特隐喻和思考。作家们选用的这些独特却又具有普遍性的隐喻，也体现了一种日常的生活政治。"生活政治"是英国社会学家吉登斯所倡导的理论，他认为"生活政治"更加关注每个个体"自我"的完整性、个体性，他呼吁重新关注道德和存在问题；在他而言，"生活政治"是一种更为宽容的政治，是表现生活方式的一种政治。[①] 关于小说中的性工作者题材的描写，无论是进行物象隐喻，还是人象隐喻，或者两者兼有的抽象化隐喻，也或者事件式隐喻，所选用的都是人们熟悉的事物或者常有的生活体验，都集体展现出这一题材独特的物象意境。不同的物象背后站立了不同的人，不同的人则属于不同的社会分层，物象既让他们彼此拉拢，又同时割裂着他们。

隐喻意象创造了一种新的语境、一种新的视角和维度，通过它们，我们可以以一种独特的眼光来看待社会现实。它大体有两方面的功效，一方面将一些不便于直接说出的事情进行陌生化处理，经过隐喻的张力表达，纳入了一种新的叙述视野和表现范畴，从而建立了一种新的言说语境，作家较有可能在有限的篇幅之内表达更多更深刻的社会内涵，并使得许多不能公开表达的领域在作品里得到彰显。另一方面作家们借助丰富的隐喻形象，确实是表达了一些新的看法，但是同时也以这种较为隐蔽的言说方式表达出了公开领域表达的艰难，这样的表达既是一种策略和反抗，同时也体现了一种遮蔽和压迫，表现了文学在自由表达方面的被抑制。实际上，每个时代都有每个时代的"特色"。物象的使用有诸多好处，除了上述分析，物象还有助于结构的完整，物象可以制造读者身临其境的感觉，增强故事真实性，物象的运用还经常可以逆转故事的预设。在特定的语境里，即使是文学作品，也只能借助物象隐喻的遮掩，于黑暗中突出藩篱，将禁止的一些话语，通过性工作者，这一既背叛社会传统道德，又屈从于社会压力的群体，以隐晦的方式、夸张或者变形、病态或者以讽刺的方式表达出来。当然，这同时也反映了作家建立自己话语遭遇的困厄，是一种普遍的社会现实。从这个角度看，隐喻本身就代表一种压抑。

---

① ［英］安东尼·吉登斯：《现代性与自我认同》，赵旭东等译，生活·读书·新知三联书店1998年版。

总之，一个作家对物象和人象的选择，宏观而言，受文化背景、空间环境、社会特征等因素影响；就作者个人而言，又与其视野的开阔度、艺术审美的趣味以及性别特征等元素分不开，不同作家有不同的物象选择，即使物象相同，又会因为自身的不同赋予物象不同的眼光，物象又会因不同的眼光为不同的人物形象的建立背书。优秀的作家，应该不断地创造新的、独特的、有深度的物象。

第二节 病象隐喻

隐喻是一种文学行为，隐喻在文学表达中有其重要的意义；疾病在文学中的出现，作为一种文学意义，有其丰富的内涵，疾病隐喻人物的深层心理活动和实践方式。作家们在小说中书写疾病，是一种文学策略，尤其政治隐喻型的疾病的书写，是作家们在政治上得以自保和用来宣传的文学修辞手法。

关于性工作者疾病题材的小说，一般涉及几个方面：社会矛盾、家庭结构不合理、反主流追求自由的个性，尤其是不健康的家庭造成的原初的精神伤害和身体伤害。"疾病时常迫使无法从事真正的工作或者失去工作者的女人去卖淫，疾病破坏了不可靠的预算平衡，迫使女人匆忙地为自己创造新的收入来源。生孩子也有同样的结果。"[1]

疾病出现在文学中，是一种外在现实，更是一种内在真实，有文学的意义、诗学的意义，也有哲学的意义。隐喻是"现代小说语言的一个基本特征"，其功能机制是"一种类比关系为基础的想象活动，这是其同比喻共有的一个特征"[2]。将个人的疾病比作一种人生和社会的生存状态，使得读者能够把握人生和社会的某些规律性，体验社会的氛围，这是一种隐喻。个人的疾病在某种程度上来说，就是时代的疾病、社会的疾病，这一语言现象所展示的过程就是一个隐喻思维的过程。性

---

[1] [法] 西蒙娜·德·波伏瓦：《第二性》，郑克鲁译，上海译文出版社2011年版，第399页。
[2] 徐岱：《小说叙事学》，中国社会科学出版社1992年版，第377页。

第三章 性工作者题材的象喻与比较 171

工作者题材的小说,阎连科、贾平凹、方方的作品,都明显体现了这一点。小说借助人物的疾病来表现对人物现代生活的绝望、现代社会的异化以及人类的荒诞。

一 语言视角下的疾病隐喻

美国社会学家波兹曼的《娱乐至死》第一章就提到关于语言的隐喻:"我们认识到的自然、智力、人类动机或思想,并不是它们的本来面目,而是它们在语言中的表现形式。我们的语言即媒介,我们的媒介即隐喻,我们的隐喻创造了我们的文化的内容。"① 小说是一种语言艺术,小说中对于疾病的隐喻,也是一种文化创造。

患过癌症的美国文学批评家苏珊·桑塔格在她的著作《疾病的隐喻》里写到人格可以诱发疾病,疾病是内在自我的发泄,她认为:"人格没有向外表达自己。激情由此转向内部,惊扰和妨碍了最幽深处的细胞。"②

《疾病的隐喻》一书开门见山就分门别类谈到肺病、癌症、艾滋病等疾病因为病情状况而如何表现为不同的道德批判和政治态度。苏珊·桑塔格的研究表达一个理念,不同时代的疾病展示了不同的伦理道德,不同的疾病构成了不同的社会病象。

一个时代有一个时代的文学,而一个时代的文学反映一个时代的社会,文学作品里疾病的叙事也反映特定时代社会的影子。在古典文学里,《红楼梦》中林黛玉、贾宝玉、王熙凤等人不同的疾病,反映了不同的性格;在现代文学作品里,鲁迅的《药》、张爱玲的《怨女》、巴金《第四病室》等也都将疾病当作文学写作的一个道具。古代社会和现代社会的疾病多是医疗条件不发达造成的疾病,但亦有丰富的社会意义和文学意义;在当代文学作品里,性工作者题材的小说所展现的疾病,更为纷繁复杂,其意义也明显复杂丰富,隐喻时代的病象与个人精

---

① [美]尼尔·波兹曼:《娱乐至死》,章艳译,广西师范大学出版社2011年版,第15页。
② [美]苏珊·桑塔格:《疾病的隐喻》,程巍译,上海译文出版社2014年版,第58页。

神的困厄。

疾病是每个人都可能遭遇的,或者可以这样说,每个人都有这样那样的疾病,但是文学作品里,不同的疾病有不同的隐喻;不同的疾病对于读者,有不同的指向。疾病在文学作品里是标出的符号,暗示着生命的肌理、社会的机理。疾病的种类有很多种,文学作品里描写性工作者的疾病,一般常见有几种:一般性病、艾滋病、梅毒、癌症(有乳腺癌、宫颈癌等)、精神分裂症(疯子)、抑郁症等以及其他未直接命名的病症。

疾病在社会生活里亦有其隐喻传统,关于娼妓的疾病,古已有之。在当代,张沪写的关于改造女性性工作者的题材的长篇小说《鸡窝》里,几乎将性工作者所得的性病一网打尽,悉数进行描述。阎连科一系列描写疾病的性工作者题材的小说,更是将文学中的身体疾病直接与社会病症建立关系。而底层性工作者因为贫穷和落后,囿于生活和精神的困顿,身体与各种疾病遭遇,在这类题材的作品描述里,更是屡见不鲜。

张沪在小说《鸡窝》题记里有这样一段论述:"有人把卖淫的出现归罪于改革开放,这种说法若非存心便是颠倒黑白。要知道这门行业是老字号,约有两千多岁。春秋时期的管仲是她们的祖师爷,决不是20世纪80年代的新发明。此类种群生命力极强,解放以后那么严格取缔都没有绝种……20世纪90年代,她们只不过换了包装改了称呼,根子还是两千多年前的。人类要保护自己和子孙万代,只有挖去这条毒根。把'孽海花'们害人害己的一面暴露在光天化日之下,与医生们拍摄可怕的烂疮病理相片陈列在展览会上一样。目的都是提醒那些沾花惹草的人们,千万不要去梦断鄷都。"[①] 本着警示旁人的宗旨,在《鸡窝》里,张沪展示了女性被金钱折磨,陷入淫欲糜烂和腐蚀的过程,将铁丝网内被监管的劳教队里的女性性工作者们的各种病症针孔摄像一般地进

---

① 张沪:《镜子的正面与反面——中篇小说〈鸡窝〉题记》,《北京文学》1995年第2期,第43页。

行了拍摄和展示，作者将这些改造的"旧社会妓女"分门别类进行了不同的疾病设置和安排，赋予了不同的道德标签。

不同的疾病带给人不同的联想，有些病让人病得理直气壮，有些病则让人病得不敢开口。不同的病，客观而言，受着不同的伦理道德的赞美或否定，受着不同的因果报应之类信仰的谴责。性工作者所得的病，一般都是被人另眼相看的。疾病无论是在生活中还是在文学中，都直接指向一个人的道德区域。

性工作者所患的疾病，很容易让人联系到性的不洁、传染。"性病"，顾名思义，是性行为导致的疾病。性工作者们主要从事性事活动，性工作者在文学里所患的疾病，就更容易被"污名化"处理。性爱始终是道德伦理里面的一部分，性病亦然，所以，疾病是自然的，同时也是文化的，疾病不光与日常生活发生关系，还与民间伦理和国家伦理经常相互遭遇。

性病患者，尤其艾滋病患者，被推向了非我族类，甚至连家人都不敢靠近，相当于社会弃儿，污名化使他们孤立。艾滋病几乎成为不洁、堕落、性放纵的代名词，是向下的。会传染的性病让人内心产生恐惧，疾病可能治愈，但是这种疾病的阴影却很难像普通感冒之类的其他不容易引起道德联想的疾病那样消解掉内心的痛苦。中西方的文化里，都有关于纵欲得了性病的因果报应的记载，尤其是中国古代文化里，由于受佛教道教的影响，性病与因果密切相连。人们一般会认为性工作者脏，也是与认为其性交过多可能引发性病有关。

性工作作为一种社会工作，不仅在现实里被部分人消费，还在以性工作者构成的文学作品和相关的社会学作品以及电影里，被读者和观众进行着二次消费。有需要就可能有相应的满足，性工作者文学题材的小说的反复演绎和呈现，是一种表演的艺术。性工作者的疾病，也是表演艺术里要呈现的症候，有问题有毛病的地方，就有剧情，就有揭示，这也是文学艺术的一种策略吧。

疾病是身体的负累，也是感情的牵绊，疾病如果得到适当的护理，人的心情会变得更好。而性工作者们所患的疾病，多半不能得到家人和亲戚朋友的理解，尤其是还得受各种闲言碎语，受各种不同的眼光。这样，性工作者的疾病在文学里几乎就是一种耻辱的隐喻，身体的耻辱、精神的耻辱，乃至道德的耻辱。"也许并不是死亡才能衬托出身体最深刻的存在悲剧，最深刻的悲剧往往在于死亡之外、生活之内，存在于死亡之前的种种苦难中，存在于通向身体消失的途中。身体的缺陷（生理的、文化的）作为一种特殊的存在方式，也许能折射出身体存在更深层的悲哀。"①

二 文学视域中的疾病现实

不同性别的作家所赋予文学作品中性工作者疾病的意义也不同，有鲜明的性别色彩。男性作家多注重从欲望方面表达，女性作家则从权力与情感方面渗透，下面从不同性别视域分析小说性描写中人物所患疾病所呈现的文学病象。

首先，从女性作家角度来分析性工作者的疾病。女性视域下性工作者的疾病有着明显的女性特色和女性情怀。丁玲写于20世纪40年代的小说《我在霞村的时候》，以第一人称的视点用白描手法描写了北方村落一个叫做贞贞的女孩的命运。贞贞被迫做了日军的慰安妇，回村时候已经得了性病，村人和父母都觉得羞惭，贞贞在这样的环境下万念俱灰。

铁凝《玫瑰门》里面的司猗纹长久所患的性病，来源于她的丈夫的传染，而她丈夫庄绍俭留恋于烟花之巷的原因，则是因为新婚之夜听闻她是非处女，剥光衣服审视之后去了妓院。而司猗纹却也将这种羞辱当作是失贞的惩罚，日复一日主动地接受这种羞辱，直到发现自己染了性病。吊诡的是，染上性病的司猗纹，却在一定程度上，被从性失贞的泥淖里释放出来，以丈夫传染给她的性病作为筹码抵消了一部分她因为失贞而接受的道德审判。

---

① 胡传吉：《关怀存在——个体身体在文学表达中的生态研究（1983—2003）》，硕士学位论文，暨南大学，2005年，第79—80页。

在男性为主所建构的社会道德标准里，女人身体的贞节不光受到外界的审讯，也受到自身的监督和审讯，司猗纹拖着性病进行了长达二十多年的自我赎悔，但也造成了她病态的个人性格。多年之后，她以报复性的手段，强奸了自己的公公，走上了自我毁灭之路。由此可见，即使到了当代社会，贞节仍然是女人的标杆，被当作一种监测手段幽灵一样徘徊在小说作品里，有形无形地审判着女性。

无论是现代还是当代，女作家描写疾病，较之于男性作家，大多而言首先是一种性别策略，其次才是一种文学手段，如张洁《她吸的是带薄荷味儿的烟》里渴望出卖自己的年轻男人、方方《在我的开始是我的结束》黄苏子、铁凝《大浴女》唐菲等，都重点着力于反叛男性社会，其次才是将疾病审美化。女性作家作品中人物的疾病主要体现作家的写作风貌、独特的美学品位，以及性别之间的对抗。

《她吸的是带薄荷味儿的烟》通过对男性的贬斥树立女性意识，讲述想靠着色相换取金钱和地位的年轻男子如何不知羞耻地追求年老色衰的舞蹈女演员的故事。遭到老年女演员的羞辱，年轻男性的虚伪势利纤毫毕现，但是这个过程，老年女性那种尖酸刻薄甚至可以说阴狠毒辣也同时跃然纸上，两个病态的立体人出现在读者面前。

《在我的开始是我的结束》里的黄苏子，是典型的分裂性身份障碍患者。她生于特殊年代——1966 年，在此之前，父母已有两对儿女，所以她的降临并不显得如何引人兴奋。父亲由于她到来时偷读禁书，医生的一句多嘴，让她的名字从"黄苏子"变为"黄实践"，也因此让他对她多了份憎恶。从小，黄苏子在家就不受哥哥姐姐待见，即使母亲偶尔帮她，也是有心无力，更多时候骂她惹是生非。黄苏子在这样的家庭长大，又受了学校"情书事件"干扰，后来获得"僵尸佳丽"的恶名，尽管找到了不错的工作，当了一名大众看起来羡慕的白领，可是并没有拯救她的心灵。随着情书事件的主人公许红兵多年之后雪耻，嫖娼一样地占有了她的身体对她侮辱了一番之后，她开始了身份的游离转换，白天是单位里的白领职员，晚上成了街上的卖身者，变成了一名分裂性身份障碍患者，最终被拾荒者奸杀，被当作性工作者处理。

铁凝《大浴女》里的唐菲，很小就从对母亲的情欲的窥视和猜测中体会到身体的欲望，长大后身体是她交易的砝码，而性病居然成为她最自豪的病，毫无顾忌告诉别人在性病防治所治病；性病也几乎成了她的唯一骄傲之处，但是，这样的骄傲更多是一种对社会的对抗，是一种对生活的反叛，而并不是她真正的内心平和的以此为荣。可以说，唐菲是20世纪80年代性解放的受益者，同时也是受害者，她有恃无恐地通过性交换利益的时候，也同时出卖了自己的尊严。

总之，张洁《她吸的是带薄荷味儿的烟》的老年舞女是变态的，隐喻中老年妇女"功成名就"之后的畸形爱好带给自身和他人精神伤害，黄苏子、唐菲们的身体疾病，也有着鲜明的文学隐喻意味，既指向身体内部，同时也指向生理性别。

此外，陈玉春《男色》里男性性工作者李森由于和一个男客发生性关系，不小心患上了艾滋病，最后投河自尽。性病的出现由来已久，性病的传染也由来已久打上人类的道德偏向，尤其是艾滋病的出现和蔓延，甚至会影响一个民族一个地区的整体声誉。艾滋病的调查研究在社会学方面已经出了很多著作，文学作品里，也有很多描述艾滋病患者遭遇的，作家借以表达自己的道德呼求，唤起人类对生命价值和健康的关注。性是传染艾滋病的一条主要途径。随着现代人性自由意识的增强和泛滥，艾滋病患者越来越多。李银河在《新中国性话语研究》里提到中国的艾滋病感染，同性恋人群是一个非常重要的群体，因为中国的同性恋一般不光有同性性关系，还有异性性关系，正因为中国特殊的文化传统和社会观念，"同性恋群内的艾滋病防治问题在中国不再仅仅是同性恋群体内部的问题，也成为一个涉及所有人的问题"①。

文学中的性工作者，经常被贴上艾滋病患者的标签。温燕霞的小说《夜来香》里的主人公孙为杰是某省电视台知名品牌节目"夜来香"的主持人，却因为与性工作者发生性关系而传染上了艾滋病，受到了周围人的很多歧视和排斥。《拯救乳房》里性工作者得的乳腺癌，

---

① 李银河：《新中国性话语研究》，上海社会科学院出版社2014年版，第332页。

也是一种文学疾病隐喻。这些女作家所描写的疾病，虽然可能和男作家所描写的疾病病名相似，但是有着鲜明的独特病象和病寓，值得我们深思。

这些女性作家的作品反映了隐喻语言的性别特色，疾病在女性作家塑造的性工作者形象创造中，获得了指涉社会现实和女性个人生存的功效。

其次，从男性作家角度来分析性工作者的疾病。男性作家视域里的性工作者疾病是明显不同于女性的，男性作家更注重从疾病的外在现象入手来描写性描写中的人物所患的疾病。刘继明《送你一束红花草》（樱桃）、雪漠《美丽》（月儿）两篇小说都写了得了性病返乡被人不断污名、流于闲言碎语无法活下去的性工作者的故事。作为回乡的性工作者们，无论是在家里还是在村里，得不到善待，病成了一种有损尊严而又不得不去承受的事情，如果加上疾病本身带给人的负累，容易使人走上自毁的道路。很多性工作者，由于患了性病，最后不愿在众人的歧视中生存，于是自行解脱死掉。

在男作家笔下，樱桃、月儿这样实在的疾病居多，但是也有一种特殊的疾病，是由心理的不适引起的，就如西美尔所讲的"畏触病"一样。陈然《报料》里就塑造了这样一个患有"畏触病"的性工作者。《报料》写的是一名代课教师，也是性工作者，赚钱贴补家用，一为父母的医药费，二为两个弟弟的读书费。

"洪闪闪说，她的第一次就这么糊里糊涂卖掉了，她竟然不知道处女的价值。不知道处女可以多卖好多钱。那个老头让她想起父亲，这让她觉得很羞辱。回到家来，她一直不敢看父亲的眼睛。

"几天后，她身上长了许多红疱。她吓了一跳，以为是得了性病。她到医院去问医生，医生说是皮肤过敏，不过不是一般的皮肤过敏，是比较特殊的皮肤过敏。到了后来，她一做这种事，身上就要起许多这样的红疱。几天后，红疱慢慢消失了，但紧接着是星期六，它们又卷土重来。即使热天，她在学校也不敢穿短袖衣服。那些红疱触目惊心地开在那里，她担心别人已经知道它们是怎么来的。"①

西美尔在《货币哲学》里面提出"畏触症"这样一种说法，这个词的意思是指种种社会形式在"人们之间竖立起一道内心的屏障，然而，对现代生活形式而言，这一道屏障是不可或缺的。因为，若无这层心理上的距离，大都市交往的彼此拥挤和杂乱无序简直不堪忍受"②。洪闪闪所得的这种病，有着深刻的时代隐喻，不过作者并没有能很好地展开，流入了猎奇小说的惯例里。

在《因为女人》里，对疾病、对疼痛、对死亡的认知，以及女性生理和心理的创伤，阎真写得非常细腻。阎真写到了性病、流产以及生孩子，还有胸膜性结核炎等各种疼痛，以及各种疼痛带来各种幻象、各种境遇，这些不同境遇的各种人物命运的隐喻。欲望、孤独、恐惧、病态、阴暗等等一切的本来面目在阎真的笔下铺展。

"柳依依怀疑自己得了抑郁症，越是怀疑就越是抑郁，越是抑郁就越是怀疑。她沉默了许多，在公司，在家里。沉默啊，沉默啊，也许，会永远沉默下去，直到时间的深处。"③ 而在此之前，秦一星一再暗示自己的妻子已经得了抑郁症。从这里看，不接受女人必须顺服男人、顺服家庭的命运，女人就可能患抑郁症。抑郁症不只是家庭内被弃置的妻子的命运，同时也是婚外女性抵抗社会所可能遭受的命运。"身体象征其实是全部象征性资源的组成部分，而且它因为个体的经验而具有深刻的情绪性。"④ 疾病在这里是男性对女性精神乃至身体暴力长久挤压的结果。

在书的最后封底，杨柳是这样描述的："阎真的笔，总是如一柄刀，不紧不慢地把生活细细地剖开，你也许看不见血，但感觉到痛。这

---

① 陈然：《报料》，《青春》2008 年第 6 期，第 15 页。
② [德] 西美尔：《货币哲学》，陈戎女译，华夏出版社 2002 年版，第 388 页。
③ 阎真：《因为女人》，人民文学出版社 2007 年版，第 553 页。
④ [英] 玛丽·道格拉斯：《洁净与危险》，黄剑波、卢忱、柳博赟译，民族出版社 2008 年版，第 150 页。

一次也不例外。"① 然而阎真的这部作品，却是处处是鲜血，处处又不见血。阎真回避了关于主角柳依依血肉模糊的两次堕胎以及性病的一系列具体治疗，但是安排了这样的过程。两个没有出生的孩子，加一个为了爱情跳楼而死的女生，这部作品处处是不见血的年轻生命的摧残和凋零。

陈志勇的纪实文学《租妻回家》（路学长改编为电影《租期》）正面写性工作者莉莉被在城市里做生意的叫作郭家驹的男人约租回老家应付父母的故事，侧面写和莉莉工作性质一样的乡村女孩何以疯掉的故事，一正一侧来映衬性工作者生活的不易和艰难。小说开场的时候，"疯女人"已经作为现在时态进入了文本的叙述里，在郭家驹堂妹香草的叙述里，"疯女人"的经历被通过侧面叙述展开。她也曾经是一个城市里的女性性工作者，如同大多数底层性工作者一样，赚的钱寄回家里，帮家人实现盖房子给哥哥娶媳妇的梦，但是当她返乡的时候，家人又觉得她是"破鞋"，钱来得不干净，人也不干净，不再允许她回家。于是她疯了，却还是依旧无法回家，日夜徘徊在村子的边缘。莉莉是个性工作者，正处在属于自己可以"卖"的好时光里，但是"疯女人"镜像一般地陈设在她前进的道路上。

这部纪实小说不光写了底层人生存的不幸，同时也写出了底层的江湖，乡村的伦理以及男女两性的战争。女性同样因为她的"牺牲"，成为被赞美或者被弃绝的对象，而并没有作为一个"人"一样被正常尊重对待。"疯女人"赚钱养家，结果返乡被家人抛弃；莉莉虽然在这次租妻事件结束，被作者间接安排走上正常家庭妇女道路；陈家驹在几年之后再见她，发现她成了身怀六甲的母亲，但她感动陈家驹的砝码，却如同严歌苓《金陵十三钗》一样，"以身救国"置换为"以身救人"，将自己卖身的近十万元存款全部拿给他去救急，就这样，她以她的"受损"获得了他对他的肯定和赞美，以及怀念。这部纪实文学，用男人的视角，通过女人的自我交易的苦情戏缝合了男女性别的矛盾、阶层

---

① 阎真：《因为女人》，人民文学出版社2007年版，封底。

之间的差异，缝合了社会制度和伦理道德的偏差和缺位。而这种书写话语，是男性给女性树立的面具和榜样，是一种男性视野的精神期待，女性依然是被交易的，不是交易她的身体，就是交易她的"精神"，以她的"受损"获得来自男性的"牌坊"。在男性视角里，女性性工作者最后的出路无非两种，一种是疯掉、堕落、沦亡，如《租妻回家》里的"疯女人"；一种是"从良"，做人妻人母，以孕育体验价值，获得救赎的可能，如这部小说里面的莉莉。然而，"疯女人"随时都可能是"从良"后莉莉的阴影，莉莉则是"疯女人"的前身，她们实际是一体两面，这是不言自明的。她们这两种结局看似对立的女性成长经历共同构筑着女性性工作者的命运，构筑着底层女性的命运。

电影《租妻》和《安阳婴儿》都是由小说改编，与这两部电影相通的是贾樟柯导演的电影《小山回家》，一样叙述了底层女性为了生存或生活得更好试过各种途径最后不得不沦落为卖身者的故事。一样体现了在媒介空间中，底层女性性工作者形象是模糊的，她们通过男性导演的视角发声，一定程度上是没有话语权的。在底层文学和底层电影里，边缘女性的命运尤其令人关注，这些社会学意义上的性工作者，民间话语里所说的性工作者群体，大多来自破落的乡村，或者是下岗女工，在城市的角落里靠着出卖自己的体力或身体为生。她们在"霓虹"灯下上演自己的人生，不仅承受生存的重负，所遭受的伦理道德的谴责也是非常巨大的。一方面是肉体的安全时刻受着威胁；另一方面是精神的审判随时都在进行。即使她们侥幸获得一时的荣幸和恩宠，她们的学养和教育经历也多半不可能给她们提供继续往上、往高质量生活方面走的途径。最终，她们多半在同处底层的其他男性之间辗转，被强暴或者被责难，动物一样生存，还有可能被当作"失足妇女"处罚和收容。无论是电影还是文学作品，她们的发声在传媒中变异，显得支离破碎，她们更能反映时代生活的碎片化，缺乏完整、缺乏统一、缺乏长久一点的"永恒"。在一种有限的悲欢里，她们"无限"地作为"边缘人"被观看、被窥视。

窥视也是一种权力，现代媒介的发达，让缺乏权力的人不得不受媒介摆布，而文学，客观上也行使了这一做法。英国学者斯特里纳蒂在他的《通俗文化理论导论》里写道："社群和道德崩溃了，个体变成了孤独的、疏远的和失范的，他们可能接受的唯一关系就是经济上和契约性的关系。他们被同化进了一群没有个性的大众之中，受一种他们能得到的、替代社群和道德的唯一资源——大众媒介摆布。"① 媒介也反映权力的作用，当下社会媒介的发达，使性工作者不能像传统社会那样"藏身"，这显示了一种新的剥夺，尤其是底层性工作者，他们迫于生存和生活压力，渴望相对多一点的物质和精神享受资源，在挣扎与幻灭中，成为媒介驱逐和放逐的对象。他们既被权力机构紧紧"看管"，也同时被传媒以各种方式进行展示，受着消费主义文化的诱惑，也受着权力的蹂躏和改造，同时，是电影电视新闻等被暴露的通常的对象。

女性性工作者，更处于底层的底层，成为性别旋涡里最底下的部分。她们是社会道德论者看守的对象，也是男性权力为主的社群看守的对象，同时，她们自身也接受着自己的监管和看守，接受着来自外界所投射的自己对自己的审判。底层女性性工作者在当下，不再是阶层和民族所要表现的英勇反抗的象征符号，在文本里，更多地成了欲望的核心，其身体既携带着自然的物理性的"疯病"，也携带着精神的"疯病"，成了文学作品等艺术的"他者景观"，构成了既是出席者，又是缺席者，既是中心，又是边缘人的矛盾景观。一切社会问题都可以间接或直接地通过她们发声，而她们，既可以体现权力和秩序的在场性，同时又消解着权力与秩序所制造的被规训的生存方式，她们是规划者，也是僭越者，她们在文学艺术里从来以暧昧的形式存在着。

从以上可以看出，不管是男性还是女性作家，都习惯于从文学"病"方面入手，描写性工作者的生存状态、情感状态和精神状态，尤其是习惯从底层女性的镜像书写出发，对立书写或者对照书写，将一个

---

① ［英］多米尼克·斯特里纳蒂：《通俗文化理论导论》，阎嘉译，商务印书馆2003年版，第15页。

或几个性工作者置身于不同的生存空间，目的是刻画性工作者，尤其是女性性工作者整体生存的不安全、不幸福感，阶层问题、性别问题等社会其他问题镶嵌在这样的叙述里，构成多重视野的观照和思考。

三 国家形象隐喻

将性工作者形象与国家形象相勾连的小说屡见不鲜，严歌苓《金陵十三钗》更是这方面的典范。但这些形象，和当下所创造的具有当下时代特征的性工作者形象还相差甚远。这方面，河南籍作家阎连科的作品却极其具有时代意义和时代精神，将 21 世纪前后性工作者群像集体推上文学的舞台。

阎连科关于性工作者题材的小说，始终贯穿着生命力、权力和城乡矛盾的线索，阎连科可以说是一个描写现实主义的作家，敢于直面生存的困顿、精神的萎缩、人物命运的多舛。

桑塔格在《疾病的隐喻》里认为："秩序是政治哲学最早关切的东西，如果把城邦政体比作有机体是行得通的话，那把国家的失序比作疾病，也行得通。……疾病源自失衡。治疗的目标是恢复正常的均衡——以政治学术语说，是恢复正常的等级制。大体来说，这种诊断总还是乐观的。按理，社会是永远不会患上一种不治之症的。"[①] 在阎连科的小说社会，个人身体的疾病几乎等同于社会永久的不治之症。如同桑塔格所分的可治愈与不可治愈两种疾病一样，阎连科作品里所隐喻的时代急症，是不可逆转的。阎连科所描写的疾病，也准确地隐喻着人们对外界事物的情感态度。病象在阎连科的好几部作品里占有绝对的中心，小说的主体内容由大量病象拼贴而成，情节和人物在不同程度上被边缘化，人物形象通过病象来表现，人则成了背景。

《日光流年》描写的是由性交易引发的性病。身体疾病几乎像悲剧一样宿命地笼罩在性工作者题材的小说里，由卖身引发疾病，或者由疾病而卖身。关于性工作者题材的小说，大多无脱这两方面的嫌疑，疾病

---

① [美] 苏珊·桑塔格:《疾病的隐喻》，程巍译，上海译文出版社 2014 年版，第 85 页。

作为生命的阴暗面，在不经意地影响着作家的思维和行动，推动着故事的发展。《日光流年》中，把耧山深处三姓人家本来生活在农村相对封闭的自给自足、自得其乐的乡村生活里，却备受"堵喉症"这种时代病的煎熬，没人能活过四十岁。历任村长的杜桑、司马笑笑、蓝百岁、司马蓝等人，都在接受这一职务时候想尽办法努力延长病人们的生命，如此做，既彰显自己的权力，又成了权力赋予的责任和义务。"卖皮"和"卖肉"，是维持生存又毁灭生存的一种生活方式，也是一种现代生活的隐喻。"卖肉"，是把耧山对于"卖身"的一种直接表达。在《日光流年》里，蓝四十是典型的"卖肉者"代表，被赋予了很多复杂的意义。蓝四十和司马蓝青梅竹马，但是随着时光变化，他们在权力之间左右摇摆，蓝四十沦为性工具。蓝四十最初牺牲色相，是为了平衡村里的权力，以黄花闺女的身份被村中的卢主任糟蹋。蓝四十是个符号，为了嫁给司马蓝，为了司马蓝当上村长，蓝四十怀着单纯的愿望被欺骗了，司马蓝为稳固关系，娶了杜竹翠。后来，司马蓝被疾病威胁，不甘心死亡的他，又一次请求蓝四十去九都"卖肉"，而结果，蓝四十又一次为了爱情走上了这条道路。作为条件，蓝四十可以与司马蓝结合。可是为了阻止蓝四十与司马蓝的结合，司马蓝的女儿藤决定自己"卖肉"阻止蓝四十与父亲合铺。然而，深明大义的蓝四十为了保全藤的身子，献出了自己，她已经无所谓能不能与司马蓝结合，只希望他活下去。而"卖肉"后果惨重，为了凑齐司马蓝看病的钱，蓝四十疯狂"卖肉"，最终看破红尘，默默地死在了自己的铺子上，拒绝了与司马蓝的结合，是赌气，也是自我虐待和惩罚。爱情，最终随着生命的流逝，走到了尽头。

阎连科的作品里，除了"卖皮卖肉"，也"卖血"。在《丁庄梦》里，村庄的人因为"卖血"致富，渴望脱贫，虽然有所成，但是也因为卖血走向疾病、走向死亡。疾病侵扰着噩梦中的每一个人，无论是"卖血"还是"卖皮卖肉"，都是文学的一种隐喻，隐喻一种伤残的生存、一种可能隐藏的毁灭。发展"血浆经济"很像是时代的一些病症一样，在巨大的利益面前，也隐藏着巨大的灾难，人们利用"卖皮卖肉卖血"的钱,模仿城市里建造房子,购买各种家电,但终究无福消受。在疾病面前,村庄的生命逐渐萎缩,村子也近乎消失。阎连科关于中国村庄疾病的预言、关于农民生存的预言、关于性病等各种疾病的隐喻,是乡村的也是城市的,是中国的也是世界的,是人类生存发展的隐喻,警示人类注意在权力、金钱、性方面异化之后带来的毁灭性的灾难。

性工作者在文学作品中与疾病的对抗,或者顺服于疾病,走上死亡的道路,都充满了丰富的文学意义,是一种极其复杂的文学隐喻。性工作者在文学作品里的疾病,隐藏着小说人物的病态关系网络(病态的家庭关系、病态的社会关系等)、隐藏着性工作者的欲望(或病态欲望),以及相关的疾病过程中家庭或者情感关系的个人权力政治。疾病会异化一个人的思维和行动,也会影响一个人对世界的看法,性工作者题材的文学作品里的疾病书写,可以反映社会和人类内心的病症,也可以搭建救赎的桥梁。

疾病最能体现道德和情感,也最能体现社会对人的规训和惩戒,以及对人进行的无形的制裁。法国哲学家福柯在《规训与惩戒》里谈论过这样的观点,在现代社会,规训成为无所不在的、非人格化的监禁和校正机制,并对个体心理的管理越来越甚。与古代和近代相比,此时惩罚和监视的机制被更加内在化了,甚至每一个人都变成了针对自己的自觉自愿的监视者。① 当一个人在疾病中,人最容易开始反省和反观这个世界。

阎连科《风雅颂》中,写了性工作者,也写了知识分子,自古女性性工作者与文人就有各种说不清的关系,女性性工作者和文人,就如城市和女性性工作者一样,相互为背景。《风雅颂》描绘了现代医院对现代社会的各种权力、对知识分子的压制和威胁,甚至是对医院,也形成了一种威胁。杨科是清燕大学的副教授,年轻有为,却有一个和校领

---

① [法]米歇尔·福柯:《规训与惩罚》,刘北成、杨远婴译,生活·读书·新知三联书店1999年版,第343—354页。

导李广智有性关系的妻子。随着李主任内裤丢失，以及杨科在为人处世方面的"不合常规"，在一次有规划、有组织的会议上，杨科被送进了精神病院，他就像性工作者总被认为污点一样，一个不与常态大众保持一致的人，也是和性工作者一样，个人得病与否不由自身说了算，甚至不由身体说了算。杨科被迫住进精神病院，接受各种打击，接受医生对病人的控制，就如被迫卖身的性工作者一样，他们同样都是不自由的。杨科最后由于"出色"地讲解《诗经》由病人变成了医生，《诗经》的讲解也就此成为院长所定义的专门治疗"尊严失落症"的良药。院长荒诞地把病人分为"贪污类""红杏出墙类""提升不成类""第三者插足类"等不同类型，让杨科依据不同情况讲解《诗经》里的经济学、恋爱学、宫廷斗争学等。由此，杨科既是病人，又成了医生。当杨科最后回到大学的时候，发现妻子和领导已经将一切占有，于是，他回到了家乡耙耧山脉。村子里曾经暗恋杨科的姑娘已经结婚生女，在镇上做着生意，杨科也来到了镇上，经常教镇上天堂街的女性性工作者们学习《诗经》。暗恋杨科的女子死了之后，杨科觉得其女儿应该嫁给他，结果在她的婚礼上掐死了她的丈夫，后来因此躲避出走，却无意发现了传说中的"诗经古城"，接着性工作者、教授、学者等进入了这个古城，这里又成为世俗世界的一片"乐土"。

  杨科给天堂街的女性性工作者们上课，同时宣扬他的善行，给她们钱而不与她们发生关系，借以"拯救"她们失范的道德。但是性工作者小杏却揭开了他这层虚伪的面纱，让他道德的优越感变得一无是处。性工作者的道德由于其这份特殊的服务职业，总是被诟病，但是在阎连科这部《风雅颂》里，性工作者比知识分子清丽明快，性工作者成为了男性寻找尊严和心理慰藉的庇护所。杨科在知名大学里所遭受的一切不平等待遇，在他回到耙耧山脉的天堂街之后，得到了性工作者的安慰和体贴。他受到的妻子赵茹萍的背叛、学校的排挤、领导的非难，以及暗恋女人的苍老带来的失望，都在天堂街找到了慰藉。天堂街是一处挂着买药、按摩、理头发、洗脚等牌子的街，实际却是一条从事卖身活动的安乐街，是男人们的天堂。最初，杨科带着知识分子那种文化和道德上的优越感,将天堂街的性工作者们当作情感和道德施舍的对象,不与之发生关系,但是帮助她们,给她们钱,希望她们正常做人妇。然而这些性工作者由于职业和性格上的追求与需要,虽然接受他的施舍,但并不做出什么大的改变,当然,不会停止卖身。但天堂街却和妻子赵茹萍,以及暗恋自己的女子付玲珍不同,天堂街虽然看起来藏污纳垢,却让杨科在灵魂上得到了洗涤和慰藉。在这里,他感觉到了尊重,因此,在天堂街被整肃之时,他带着她们出发寻找遥远的传说中的"诗经古城"了。在这里,作家阎连科对知识分子投射了一种希望,他将人类最终的渴望寄托在知识分子身上,指望他们发出精神上的光芒。

"疾病是生命的阴面,是一重更麻烦的公民身份。每个降临世间的人都拥有双重公民身份,其一属于健康王国,另一则属于疾病王国。"[1] 在某种程度上,阎连科作品无论是《日光流年》《风雅颂》,还是《丁庄梦》,既是一种物理隐喻,更是一种精神隐喻。此外,阎连科《坚硬如水》《为人民服务》也写出时代的畸形。性在阎连科笔下是历史和文化的象喻,有更多的社会性在里面,用粗鄙化的语言呈现一种丰富的社会内涵。

不同于其他作家,阎连科的作品风格鲜明地搭建着自己的舞台,他的乡村不再是传统牧歌式的乡村,他笔下的人物也没有回归自然的愿望。他不在作品里许愿一个光明的未来,而是借助于村庄的自然物象为一个个噩梦搭建舞台,美丽的乡村自然景观不再是单纯提供审美愉悦的对象,还是一个令人惊异乃至产生恐惧的墓地。在笔者看来,他不光异化了城市人眼中的城市,还异化了城市人眼中的乡村,表现的病态的都市和病态的乡村虽然异质,但殊途同归。在一种看似猎奇的笔法下,写出了现代人的集体恐惧心理,原本美丽的一些"文学事物"一经过他笔调的触摸,或生理或心理不同程度地打上了病态的特色。这种写法虽然看似偏离了传统的轨道,越出了"农耕文明"的常规,但却赋予了当代小说以新的生命力。阎连科利用病象表达了自己独特的时代体验,这种表达可能并不能令读者信服和舒服,但是却能激发读者的深刻思考。

---

[1] [美] 苏珊·桑塔格:《疾病的隐喻》,程巍译,上海译文出版社 2014 年版,第 17 页。

阎连科所塑造的性工作者形象，带有作家个人历史成长的鲜明印记，其主观的偏激和悲观情绪，几乎全部贯穿在他的作品里。他笔下的人物近乎是机器，不仅逐渐变得没有自己的灵魂、没有自己的境界——这一点尤其不像其他成名的大家，如张炜、贾平凹、毕飞宇等，也或者可以说，阎连科要表达的是不同于一般作家所表达的那种无常境界。他笔下的人物近乎没有内在精神，逐渐沦落为可消费、可使用、可交换、可随意宰制的物体，他不光将女性物化，将男性也同样物化，在时代怪异的"消费型"面前，给出了这份怪异的文学解答。人物的物性特征在他的笔下表现得残酷却似乎又别有道理。笔者在阅读过程中，对这个作家总是不间断地产生阅读回访和深思。

无独有偶，同样作为河南人的导演甘小二，在他的电影作品《山清水秀》里，也反映了河南地区较为严重的疾病——艾滋病。《山清水秀》里的主角阿水，为了救判了死刑的弟弟免于死刑，不光"卖孩子"，而且"卖妻子""卖血"。里面的教育部人员张校长，作为知识精英的存在，对阿水的指点是要求他行贿法官，既帮忙阿水找卖孩子的人家，同时也充当皮条客，将阿水的妻子卖掉，作为一个既是传统好人又在不断使坏的矛盾人物存在着。这部电影和阎连科的作品有很多相同的元素。不过，导演甘小二给电影安排了宗教安慰，而阎连科在小说中，更多地展示的是社会的矛盾，人物在环境中的无可拯救。

总之，无论是物理隐喻还是精神隐喻，在作品里随处可以看到，隐喻思维和隐喻语言总是不断出现在文学作品里。德国学者卡希尔在《语言与神话》里写道："即使是在我们自己的高度发达的语言中也仍旧渗透着神话思维。在日常言谈中，我们不是用概念而是用隐喻来说话的。我们难免要使用隐喻。这种寓于想象和隐喻的言谈方式似乎是与神话思维的基本功能密切关联的。"[①] 不同疾病带有不同的物理隐喻和精神隐喻维度，侧重表现不同的时代病症，在可治愈与不可治愈之间来回

[①] ［德］恩斯特·卡西尔：《语言与神话》，于晓译，生活·读书·新知三联书店1988年版，第157页。

切换。近三十年来小说性描写中人物所患的各种疾病,是被现代医学知识与现代性共同构建出来的,就如精神分析生产出了更多的精神病患者一样,现代医学和现代性结合,疾病就构成了一种社会隐喻,进而客观上表现出了一种社会症候。

韦勒克在《文学理论》中讲过一句话:"文学的确不是社会进程的一种简单的反映,而是全部历史的精华、节略和概要",所以当代文学部分作品描绘病态社会时,读者应该明白这只是作者在现实生活基础上对社会现象进行的提炼和体验,只是一种文学现实,而不是一种真切的社会现实。我们可以一方面在欣赏文学作品带给我们的审美快感时,一方面也能通过作品结合现实社会获得对国家、政权和社会更多的认识,这将有益于我们个人更好地生活,国家建设和发展得更好。当然,对于文学事业的推进,也该客观上是有好处的。

第三节 不同年代与不同性别之观照

当代小说中的性工作者形象塑造,在不同年代有不同的侧重点,20世纪80年代前后,焦点主要在于道德,所涉及的主题多是性工作者文学题材作品对社会道德的影响;20世纪90年代到21世纪,主要焦点在于性自由和性消费的讨论,表现言论自由与个人自由、消费自由等。到21世纪这十多年,争论的焦点与20世纪80年代相比,发生了显著变化,道德审判缩小,形成了新的较为宽泛的社会伦理;和90年代相比,自由度的讨论也更加扩大化,对于同性情谊越来越趋向中立,个人选择与大多数人的权利以及性工作者与自由主义的关系,也变得相对宽松起来,不像以前那么严格。

中国社会学家征用"性工作者"这个词对一种客观存在的社会工作进行界定,是一种社会进步,在21世纪初,这个词才较为广泛地为社会各界征用。值得关注的是,2014年宋少鹏《性的政治经济学与资本主义的性别奥秘》将"从事性服务"当作"劳动",明确指出"底层妇女"的"身体（性）"是她们"唯一拥有的劳动材料"。① 这一观点相对来说为"性工作者非罪化"提供了一个理论依据，但直到现在，即使是文学作品里，对待这种特殊的"劳动材料"，作家们还是态度比较暧昧。所以，这种言论还是少数派，不过由一个男性说出，已经算是极其进步，虽然这句话隐性地指出男女之间存在着一种性剥削和压迫。而关于这种"劳动材料"的书写，从1949年到现在，不同年代的书写者有不同的态度。

1949年至1970年，性工作者从公开的社会中消失，也几乎从文学里消失。少有的几篇，也是从性工作者的新生角度入手，赞颂社会主义国家的新风尚与新道德。这已经论述过，改革开放之后，卖身现象重新出现，而且愈演愈烈，这些现象在新闻媒体和相关法律条文以及报告文学的修改中可以明显看出，同时在作品里，这一痕迹也非常明显，不同年代有不同的表现。在20世纪80年代初期、90年代时期，以及21世纪这三个时间段以来，这一现象表现出了不同的时代特征，从不同的文本入手可以分析这一现象的变化。

一 时代变化

李银河《新中国性话语研究》里将1949年之后国内文学写性的作品分为三个阶段。第一阶段：爱与性都不提倡写；第二阶段：可以写爱不可以写性；第三阶段：既可写爱也可写性。第二阶段指20世纪80年代初，第三阶段则开始于80年代末。

"在文学涉性描写开禁之后，主流价值观的一个重要论调就是奉劝人们不要把人写成动物，要维护文学的神圣和美。……到80年代末期，文学中的性描写已经被认可了，但是主流价值观还是敦促这种描写要尽可能地高雅，而不可野蛮兽性。"② 这是李银河《新中国性话语研究》

---

① 宋少鹏：《性的政治经济学与资本主义的性别奥秘——从2014年"东莞扫黄"引发的论争说起》，《开放时代》2014年第5期。
② 李银河：《新中国性话语研究》，上海社会科学院出版社2014年版，第72页。

里的调查和判断。

范小青《裤裆巷风流记》出版于1987年，里面写到了两个女人，其中一个是暗娼，叫明珍，渴望发财、渴望钞票。但是在范小青笔下，正面形象是中规中矩的阿惠，客观地通过作家的用词，表达了明珍的选择的不正当性，应该受到鄙视。淳朴并且正统的道德优越感气息一直贯穿在明珍与阿惠两种形象塑造的对立中。一定程度可以说，这是整个20世纪80年代对待性工作者的态度。

到了20世纪90年代，社会发生了极大的变化，作家们的立场也开始变得比较游离，一批以身体为出发点的作家开始解构传统的以及1949年以来建立的普遍的性道德。性工作者作为革命的符号和欲望的符号开始出现在文学作品中，这一群体，坦然地近乎赤裸地表达自己的性欲望和性追求，传统的维护社会秩序的性规约开始瓦解。这方面的表现，有大量的作品，朱文的《我爱美元》里暗娼王晴、陪人"看电影"的高中女孩、夜总会的性工作者小铃铛李红等，她们的出场是模糊的，写作者用一种客观的笔调对她们进行没有批判也没有鄙夷的描写和呈现，她们作为一种和"电影院""夜总会"一样可以消费的"消费物"出现在作品里。张欣《爱又如何》（1994）、唐颖《丽人公寓》（1996）、缪永《驶出欲望街》（1995）、王安忆《我爱比尔》（1996）、毕飞宇《那个夏天 那个秋季》（1998）等皆是以消费为主，表达人性情欲和物欲狂热的追求。

20世纪90年代，性工作者在文学作品中更多只是时代发展变化的符号，有很多象征意味。到了21世纪，网络文学的全面普及，媒体广泛传播，"性工作者"这个词高频出现。发廊、按摩店、洗脚屋等暧昧场所星罗棋布，性工作者开始由各个暗角走出，理所当然地出现在大众的视野之下，一方面与警察盘旋，另一方面又权财色合谋，文学作品里，这一现象成了一道避不开的风景。

进入21世纪后，对于性，社会发生了极其大的变化，反映在文学作品里，表现形式更是繁复，与过去国家在1949年前期的三十多年相比有两大显著不同点。第一，21世纪，某些地方部门机构，甚至逼良为娼或间接鼓励这项产业的发展。北村的《愤怒》就是写农村女孩春儿是如何被逼卖淫的故事。春儿到城市谋生，指望青春有个好前途，但是因为没暂住证就被城管收容关押，可是在收容所居然被机构里的人轮奸，接着被卖到娱乐场所被逼卖身。春儿的哥哥马木生和家人一直在找她。当马木生找到妹妹春儿，她已失了人形。马木生报案，派出所却草草敷衍，当马迫于形势准备起诉收容所时，妹妹春儿却被有计谋地杀害了。在北村笔下，春儿的遭遇除过贫穷外，更是地方机构与个人发展的矛盾导致的，民众被某些地方机构的不法份子愚弄、鱼肉，却有苦无处诉。最后小说落脚在信仰的安慰上，然而却也只是一种安慰，并不能真正改变情节设置的残酷性。和《愤怒》里性工作者命运相通的是贾平凹的《高兴》，孟夷纯为了让警察追寻杀害哥哥的凶手，不惜卖身为警察送钱，个别警察的失职不作为甚至是胡作非为由此体现。第二，很多性工作者是自主选择从事这个行业。王松《丁香花为谁开放》里兰雪就是这样的典型，她并不是热衷于物质，而更热衷于性带来的快乐，渴望被男人强奸。所以，十九岁她就选择了这项职业，对于贞操和职业，她有自身的看法，虽然粗笨浅薄、露骨无趣，但是她表达出了她自己的真实想法。陈闯《妹妹别哭》里孙燕子、张人捷《何日君再来》里小蜜、刘继明《拯救》里罗米、王十月《烦躁不安》里阿涓等也是这样自暴自弃、肤浅虚荣的女孩子，她们很清楚自己在年轻的时候要将自己"卖"个好价钱。这些女孩子在21世纪的文学里，屡次登台，她们本来有正常的轨道等着她们，但是她们放弃了。她们不仅放弃了正常的生活轨道，并且还鄙视这种轨道下循规蹈矩的生活，在商业时代里，她们利用她们年轻的身体建造着属于她们自身的伦理观。

二 变化原因分析

从心理、消费欲望、性别建构方面可以分析性工作者题材小说焦点的变化。哲学家尼采、福柯、梅洛－庞蒂等，都很关注身体，身体成为西方学术界研究的焦点，也成为东方文学和文化题材进入现代社会之后的一个重要焦点。福柯和鲍曼分别从权力与消费方面对身体进行观照，对于性工作者题材小说的分析，具有重要的启发意义。

福柯关注的历史领域内身体惩罚的历史，权力在生产主义语境下对身体的规训和审查。而今天的历史是身体处在消费主义场域中的身体，身体被权力和金钱利用成为消费对象，大量存在的视觉形象主宰了消费文化中人们对身体的感受。不管是文学还是电影，不管是实体广告还是网络，不管是美容院还是健身房，身体成了消费的主要对象。"而今天的历史，是身体处在消费主义中的历史，是身体被纳入到消费计划和消费目的中的历史，是权力让身体成为消费对象的历史，是身体受到赞美、欣赏和把玩的历史。身体从它的生产主义牢笼中解放出来，但是，今天，它不可自制地陷入了消费主义的陷阱。一成不变地贯穿着这两个时刻的，就是权力（它隐藏在政治、经济、文化的实践中）对身体精心而巧妙的改造。"①"消费，不只是一种满足物质欲求或满足胃内需要的行为，而且还是一种出于各种目的需要对象征物进行操纵的行为。所以，强调象征性的重要性就显得十分有必要：在生活层面上，消费是为了满足建构身份、建构自身以及建构与社会、他人的关系等一些目的；在社会层面上，消费是为了支撑体制、团体、机构等的存在与继续运作；在制度层面上，消费则是为了保证种种条件的再生产，而正是这些条件使得所有上述活动得以成为可能。"② 英国社会学者鲍曼对消费如此认为。不同性别对于性的消费，就如鲍曼所认为的一样，属于生活层面，也就是说，性的消费既是一种生理需求，也是一种内心的自我建构。

对女性的身体消费几乎是大多关于性工作者小说题材的基本组成部分，但到了 21 世纪，随着女性经济地位的提高、社会的开放，无论是小说还是电影里面，男性身体的消费多了起来，男性身体的意象也越来越多。

---

① 汪民安、陈永国编：《后身体文化、权力和生命政治学》，吉林人民出版社 2003 年版，第 20—21 页。

② 何佩群编译：《消费主义的欺骗性——鲍曼访谈录》，《中华读书报》1998 年 6 月 17 日。

第三章 性工作者题材的象喻与比较

在20世纪90年代，性工作者在文学作品里，一般多以女性为主，但到了21世纪，男性性工作者的形象在文学作品里逐渐增多。《泥鳅》里的性工作者是从农村来的农民工，主要人物叫国瑞，既做性工作者，也做嫖客，其喜欢的女人，不是被误当作性工作者逮到公安局，就是真正的。《地瓜一样的大海》写到娈童，以童女的口吻，既塑造了一个男童性工作者，也塑造了一个吸毒卖身的女大学生形象。

当代文学作品里描写中国性工作者形象的作品比较复杂，在不同的性工作者作品里，会有不同的性工作者出现，有些作品里的性工作者是中国人，作者也是中国人；有些作品里的性工作者是外国人，作者是中国人；有些作品里的性工作者是中国人，但作者却是外国人，如日本作家桐野夏生作品《异常》里的中国兄妹（性工作者）、英国作家玛琳娜·柳微卡《乌克兰拖拉机简史》里的中国女性性工作者形象，以及九丹《乌鸦》等作品写的在国外从事性工作者职业的中国性工作者形象。

21世纪初这十多年，涉及性工作者题材的小说，对于性消费的道德审判越来越少，相对20世纪八九十年代而言，态度比较暧昧，甚至可以说宽容。这一点，和商品经济的发展、经济全球化带来的思想变化有关，但是，作为人类文化精神引导的文学，在叙述性消费时，大多作家缺乏理性的反省和批判立场，更多是以记录者的姿态出现的，重在故事的表象叙述，重在从城乡二元对立方面来表达社会发展的矛盾。

"从历史的角度看，卖淫业的膨胀往往是迅速工业化的结果（并非有意识的）。工业化将贫困中的性别结构永久化。工业化的一个典型特征就是导致乡村往城市的大批移民，于是劳动力的供大于求给刚刚发展起来的城市经济带来压力，并且产生市场的波动。"[1]

农村人观念的开放异化在这些底层文学的作品里也得到反映。吴玄《发廊》里老妇羡慕别人家女儿大把拿钱回家，痛哭失声，后悔当初把女儿给淹死，不然可以赚钱。陈应松《人瑞》里桃花峪二十几个姑娘

---

[1] ［美］凯瑟琳·巴里：《被奴役的性》，晓征译，江苏人民出版社2000年版，第154页。

长了梅疮或梅毒，但是村子里人很羡慕人家的楼房，反倒不管身体。孙惠芬、乔叶、阎连科、何顿等作家笔下的底层性工作者，也多是以"笑贫不笑娼"的形式出现在小说里的，反映了乡村经济发展过程中农民思想观念随着时代发展所发生的变化。

三　当代性工作者题材小说的文体特征

性工作者题材，是一个常见的文学题材。当代性工作者题材小说的文体特征主要表现在以下方面：特定的文化立场、特定的叙事对象和特定的叙述模式。

特定的文化立场指性工作者题材小说的创作者绝大多数立足于以文化的悲悯来观察这一特殊人群，甚至以审视的眼光来观察"弱势群体"。从陆文夫《小巷深处》，到霍达《红尘》、苏童《红粉》等，这类题材小说一直方兴未艾。这类题材的小说，多从"性工作者"自身生存处境出发，质疑城市道德和精神文明。很多关于城市的"性工作者题材的小说"有对道德的批判，但更多地着眼于"底层"，尤其是农民工题材小说中性工作者得小说表现得更为集中、突出和鲜明，但也模式化严重。

特定的叙事对象和特定的叙述模式指性工作者题材的小说多用第三人称叙述，主要表现的是城里的生活。虽然这些作品里大多数的主角来自农村，他们的乡村生活与城市生活有着非常密切的联系，但叙述的事件主要发生在城里，城乡差异互构因果。"性工作者题材的小说"的故事结构虽然不是千篇一律，但有着比较一致的元素和意象，有着比较具体集中的基本情节结构模式。如还乡模式，作品有《九月还乡》《小姐还乡》《歇马山庄的两个女人》；到城市或别处寻梦模式，作品有《梦中人》《奔跑的火光》《吉宽的马车》等堕落模式也几乎一样，主人公或主动或被动地用身体来换取城市生活，如《那儿》《地瓜一样的大海》《明惠的圣诞》等；追求自由的模式，如《泥鳅》里卖淫的女大学生卖淫并不是单纯为了钱，而是报复花心的男友；《因为女人》里主人公柳依依最后寻花问柳，也只是寻找灵魂的暂时满足；《在我的开始是我的结束》的黄苏子，则是为了报复社会，最后被收破烂老人杀死。应该说这些叙事模式是性工作者题材小说中无所不有的。

性工作者题材的小说偏重于从物质方面也就是从商品方面展开叙事。有"生产—流通—消费—分配"全过程。一个鲜明的特征是，性工作者题材的小说大多从创伤叙事入手，模式化的叙事风格，元素大体相同，几个常常共有的元素总是同时出现：贫穷、身体、享受、寻找自由和解放、被迫或主动，这些都构成叙事进行的动力，却也客观上千篇一律、消解了叙事的张力和新颖性。另外，特殊的叙事环境和意象设定类同。社会背景、个人因素、物质产品，这些构成了性工作者题材小说特有的时空背景。

四 性与消费的合谋

性工作，既曰"工作"，就有所谓的"市场"，也就形成一种"意识形态"。今天，文学作品在这个商业化的时代，也面临着市场化的巨大困扰，时刻受到市场价格的支配，因此，性工作者题材的小说，也不同于以往传统的青楼题材小说。有些作品甚至过于迷恋性的直接书写，呈现了作家内在个人名利和潜意识快感的宣泄需要，也客观上迎合了读者市场快感消费的需要，实际上没有很高的文学性。

性工作者往往有一个不健康的家庭，无家可归或者在文化意义上有家难归，身份和经历一定意义上是模糊暧昧的，作品里，往往表现了这一类人文化上的无乡状态。

与20世纪90年代到21世纪初的性工作者题材相比，最近几年这类型的作品，男性性工作者逐渐多起来，对于底层性工作者，尤其是农民，往往在其简单的生活经历中强行植入一些复杂的精神知识，追求自由、追求解放，运用作家的美学经验来赋予性工作者以精神意义，扭曲性工作者。作者的经验，如《送你一束红花草》《女人有约》《歇马山庄的两个女人》。

虚构性工作者经验的书写里，作者往往对这些人怀着朴素的感情，如同面对一个符号。当代文学中的性工作者主题，社会批判成分少，而更在于揭秘,描写嫖娼所产生的情感纠缠,由此迅速进入传播消费领域。《地瓜一样的大海》通过儿童视角,叙述成长的悲痛,但表现的更多则是城市衰靡生活的那种杂乱,以及暧昧不明的性事件。《那儿》则是《乔厂长上任记》的后续书写。

学者张柠在他的著作《文化的病症》里写道:在都市里,"整体的人"是没有价值的(除了传说中的"超人")。价值来自社会分工,也就是身体某一个零部件出奇发达。只有这些零部件才能转换成"商品的一般等价物"——货币。能将整个身体变成商品、货币的,只有一种例外,那就是性工作者。一般情况下,金钱青睐的不是完整的人,而是由人分解出来的肢体各个部分:四肢(体育明星)、嗓子(歌星)、脑袋(知识分子)。这就是社会分工,有人专门长眼睛,有人专门长脑袋,还有人专门长嗓子或者腿。[①] 此说虽然个人感情色彩太重,但不无道理,城市的发展会提出合理的性要求,而性市场的存在,是文明的悖论,也是文明的要求,人在这个过程中被异化。他还指出:"性工作者就是典型的将市场(街道)的交换价值用于居室人,她们同时也将居室经验搬到了大街上(引诱)。将居室变成大街,就是将个人的肉体甚至精神秘密变成商品交易,这同样也是流行文学的手法。"[②]

让·波德里亚在他的著作《消费社会》里也指出:"美丽的逻辑,同样也是时尚的逻辑。身体的一切具体价值(能量的、动作的、性的)和实用价值,向着唯一的功用性'交换价值'蜕变。它通过符号的抽象,将完整的身体观念、享乐观念和欲望,转换成功用主义的工业美学。在身体冲动中占主导地位的是欲望的个体结构。在'色情化'身体中,占主导地位的则是交换的社会功能。时装模特的身体不是欲望的客体,而是功用性客体,是混杂着时尚符号和色情符号的论坛。就像色情实在符号之中而不在欲望之中一样,时装模特的功用性美丽是在于'线条',而从不在于表达之中。那些着迷的人,着迷的眼睛,深不可

[①] 张柠:《文化的病症》,上海文艺出版社2004年版,第38—39页。
[②] 张柠:《文化的病症》,上海文艺出版社2004年版,第46页。

测；那目中无物的目光——既是欲望的过分含义，也是欲望的完全缺席——在空洞的勃起中……"①

张柠关于性工作者的理论与波德里亚的消费理论有暗合之处，张柠在《文化的病症》里展开的阐释比较广泛，他解释说："'妓女'的悖谬性与当代文化的悖谬性密切相关。妓女既是产品本身，又是产品推销员（就像今天的文化产业业主一样）；她们经常与最'高贵'的人相伴，自己却永远处于卑微的地位。任何一种前卫的服饰和时尚，都由她们最先尝试。妓女穿着前卫服饰的目的，不仅仅是为了将自己卖出去，也是她们心灵尚未死寂的标志。低贱的和秘密的身份，培育了她们对社会的仇恨。夜晚，这种仇恨是以温顺的、合作的形式出现的。白天，仇恨变成了一种激进的前卫时尚，即带有破坏性的美学形式。在这种激进的时尚中，包含了底层人的不幸和社会的不义。当这种时尚在大街上成为流行趋势的时候（走上了国际时尚天桥的时候），高等卖淫（社会性的）和下等卖淫（个人的）界限就消失了。对妓女主题的时尚化描写，比任何社会道德批判和宗教裁判都有效。换句话说，如果不触及妓女主题与时尚（时代风尚）的关系，特别是不涉及对其表现形式的细枝末节的敏感，那么，任何对妓女的主题的想当然描写，假装义愤填膺的议论，都是偏颇的，甚至是无效的，要不就是别有用心的。"②

五 不同性别之观照

美国社会学家贺萧在其著作《危险的愉悦》中写道："每一种社会阶级与社会性别的组合看待娼妓问题都有不同的参考点：由于各自处于不同的位置，娼妓问题对于不同的阶级和性别组合也呈现出不同的意义。"③ 比较而言，不同性别的作家对性工作者题材的小说呈现出不同的性工作者形象的构建，男性作家较能更自觉地继承传统，关注性工作

---

① ［法］让·波德里亚：《消费社会》，刘成富、全志钢译，南京大学出版社2000年版，第144—147页。
② 张柠：《文化的病症》，上海文艺出版社2004年版，第117页。
③ ［美］贺萧：《危险的愉悦》，韩敏中、盛宁译，江苏人民出版社2003年版，第4页。

者的社会伦理问题、社会矛盾问题。大多作家所创造的性工作者题材的小说,来自虚构的时代经验,尤其男性作家的书写,对于经验的直接感受、捕捉和表达,以模仿和复制居多,特别是那些没有农村生活经验的作家,对于乡村来的底层性工作者的描写、对于下岗的性工作者的描写,更多是一种俯瞰之下的同情,是一种预设。在作品里虚构性工作者的经验,尤其是底层的物质贫困的性工作者经验,这些人包括农民女工、下岗或职业不稳的女人、不被关爱的被抛弃或者半抛弃的男孩女孩,虚构他们的经验,并且以此作为批判的武器,这在当代文学里几近成为一件十分时髦的事情。消费苦难,更易于在文学作品中建立充满道德力量的精神世界。农民工是这类题材热衷于书写的对象,作品很多,代表性的有《泥鳅》《九月还乡》《送你一束红花草》,下岗和在岗却职业不稳的性工作题材作品有《那儿》《女人有约》,儿童视角书写的性工作者题材小说有《地瓜一样的大海》《良娟》。

  与女作家相比,男作家对性工作者尤其是女性性工作者在作品里的书写大多一以贯之施以居高临下的姿态和人道主义的同情,她们是怜悯的对象,在怜悯里获得她们的文学品性。这一点,从老舍《月牙儿》、鲁迅《颓败的颤动》到贾平凹《高兴》、刘继明《小米》《我们夫妇之间》、北村《愤怒》、周梅森《国家公诉》等,现代到当代,是一脉相承的。而女性作家,则将性工作者放在两性平等这一地平线上考察,注重"自由"与"愉悦"的表述,这与男性作家大多作品里对女性性工作者一以贯之的"污蔑与怜悯"的态度是形成鲜明对比的,从丁玲《庆云里中的一间小房里》到孙惠芬《歇马山庄的两个女人》,女性精神的传承相当明显。

  相比于女性作家,男性作家一般较为广阔的"宏大叙事"在体现消费文化的小说方面没有女性丰富。20世纪90年代文学进入商品化时代以后,女性的个人化的叙事开始较为全面地登上舞台。王安忆的《长恨歌》是一个女人的一座城市,是从社会文化的消费方面写女性;林白《一个人的战争》、卫慧《上海宝贝》、棉棉《糖》、叶弥《城市里的露珠》等是将女性私密的性意识透明地呈现在酒吧、大堂、咖啡馆等小资情调浓烈的具有绚丽色彩的现代都市空间里，女人的生活经验和性经验在中国被前所未有的以女性自主的口吻极其开放地表达出来。这种写作题材毫无疑问在一个消费为主的社会里极具市场价值，消费社会较之以往的农业社会，对女作家的接纳很明显比较宽容，女性创作也正因此借着这种文化语境活跃起来。

不同性别的作家对于性工作者关注的焦点不同，但是他们所选择的对象却有重合，题材也有雷同，都倾向于对农民工、下岗女工、大学生、都市白领、性解放下的性工作者进行形象塑造，表现农民工型性工作者的作品有《高兴》《泥鳅》《吉宽的马车》《明惠的圣诞》；表现下岗女工型性工作者作品有《那儿》《霓虹》《女人之约》；表现大学生型性工作者的作品有《地瓜一样的大海》《因为女人》《迷失》《城市尖叫》。不同性别的作家对同一题材的书写共同展示了性工作者的相同命运的一部分，同时也展示了他们的不同。他们的共同点表现在：对次生命运的普遍关注，尤其对底层女性的生存关怀，对撕裂的心灵的群像描摹。

改革开放以来，社会发展变化大，大批的农民工进入城市，而这些涌进城市的年轻劳动力，携带着他们身体的"性"。在商业化的城市里，部分人以此主动或被动地为资源，卖做商品，成了性工作者，但作为一种被选择的商品，无法摆脱其从属的次生命运。正如丁帆所说："在金钱与伦理道德的天平上，人们总是毫不犹豫地选择了前者；而在淳朴的乡情亲情与伦理道德的天平上，人们又总是毫不犹豫地选择了后者。人们就是在这样的悖论与怪圈中完成利益和意识形态选择的。"[①]

在当代男性作家笔下的性工作者，写到农民工的时候，仍延续着以往的传统，直接表现在性工作者所受到的社会和家庭的排斥上。在男性作家笔下，农村出身的女性，出卖性受着社会和家庭的各种道德批判；

---

① 丁帆：《"城市异乡者"的梦想与现实——关于文明冲突中乡土描写的转型》，《文学评论》2005年第4期，第37页。

城里的女性则容易成为物的代言。女性作家更注重表现性工作者的内在世界和精神世界，拓宽了关于性工作者的话语空间，对传统的伦理道德进行反叛，表现出女性作家对自身命运的思考和对深层的社会权力、道德伦理的思考。

第四章　作家作品个案分析

本章选取五篇小说做作家作品分析。方方《在我的开始是我的结束》极具代表性，这篇小说塑造的是一位白天是都市女白领夜晚暗自做性工作者的精神分裂型都市女性形象。陆离的《女人马音》是以旁观者的口吻讲述一个家庭不幸的女孩如何游走在不同的男人之间的故事。阎连科的《炸裂志》是讲一个村庄的居民如何在异化时代"冲出重围"走向京城的故事。卢新华《梦中人》写一位乡村女性在生存和理想感召之下，走向城市，却一步步沦落的故事。刘心武的《飘窗》写的是大都市小人物的江湖，性作为权力的体现，被支配和被分配，小人物的命运则在分配和支配中，走向毁灭。

第一节　《在我的开始是我的结束》的欲望书写

一般来说，大部分传统意义上的女性，结婚、生子、献身家庭，扮演妻子和母亲的性别角色，她们较少有争议，也较少发出自己的声音，如中国古代的大多家庭主妇一样，沉默无声，留下声音的多是歌妓；还有一些女性生活在现有的家庭制度之外，成为以出卖肉体为生的娼妓。相对而言，男人是没有约束的，也就是说男人则更自由。家庭外的性是受谴责的，相对于社会道德而言，家庭外的性欲和恋爱是反社会性的，是个人与社会、制度内与制度外的对立。生活在婚姻制度外的女性，她们的性，以及性可能产生的孩子，是没有安定的经济保障、社会保障和精神保障的。这一点，福柯在他的《性经验史》里有过详细的表述，这里且抽取一两句来说明:"性完全被视为繁衍后代的严肃的事情。对于性,人们一般都保持缄默,惟独有生育力的合法夫妇才是立法者。他们是大家的榜样,强调规范和了解真相,并且在遵循保守保密原则的同时,享有发言权。上自社会,下至每家每户,性只存在于父母的卧室里,它既使用,又丰富。"① 性的叙述在当下的社会仍然是被遮蔽的,人们很难像它所在社会生活里所表演的那样,理所当然正正常常如吃饭穿衣一样叙述出来,性工作者的形象塑造在文学作品里的表述也是一样。

女性性工作者形象,一般有三类。第一类是基于社会上或者制度之内的所公认的性别作用,遵守规章制度的屈从隐忍的女性,是制度内和谐存在的女性性工作者形象。她们一般为男性作家所创造,被视为女性的模范,是男性对女性的想象,是可怜的被损害的一批。第二类是心存不满,无视性别,具有超常的自我意识。她们与制度格格不入,无法在制度内和谐生存,甚至成为和谐生活的障碍,脱离了常规女性的生活,一些甚至是罪犯,大多属于社会的异常者,以性反抗社会。她们可能没有艰涩的理论做支撑,可是她们有她们自身朴素的生存理论。她们有极其强的神秘性和丰富的感官体验。一般,她们以怨恨、罪恶、疯狂和幻想,以及复仇的形象出现在作品里。第三类是制度外或者实际生活之外的理想化的女性,通过性的出卖可以获得很多其他的能力,这种女性应该是引领人类上升的女性,拥有一切美好的可赞颂的品质,不为时代环境所左右,有很多神奇的能力。方方的《在我的开始是我的结束》,塑造的就是第二类女性形象,黄苏子这个典型,是现代社会改革开放下的新女性,有一定的技能,与家庭联系不紧密,社会活动范围宽广,但是社缘不足,属于那种有独立的自我意识却由于社会关系疏离陷入孤独、不断出卖肉体以抵抗世界虚无的一类人。

人人都有自己的内心世界,都有心灵的方位布局,所以,不同的性工作者,她们的特征也可能是交叉的,黄苏子就是这样的女性。中国作

---

① [法] 福柯:《性经验史》,佘碧平译,上海人民出版社2005年版,第3—4页。

家历来重视对性的叙述，尤其对女性的性的叙述。这种重视主要通过对文学现象和文本的分析反映出来，不同作家对性叙述的重视存在不同的动机，也有不同的表现。不同的性工作者生活想象作品反映了不同的叙事立场，并依此构筑不同的话语类型。方方笔下的黄苏子，是只有女性作家才可能写出的女性形象，她不是被观看的，她是自内而外被建立的。

性构成了一个个人的经验世界，是最原始也是最久远的，如果说身体是个人欲望和感性经验的展开场所，那么身体也是施展场所的所在，是一个空间。正是在这个意义上，性与政治、时代和文化紧密纠缠。性是一种个人欲望，对性欲望的表达，对性工作者的叙述，对性工作者感性经验空间的敞露，历史的真实存在才可能浮出水面。性观念对一个作家的创作有很大的影响，一个作家如何看待性、看待身体的场域，如何理解性与精神的关系决定着一个作家如何书写人、反映人，怎样看待人与社会或者人与历史的关系。因此，性观念的变化折射出时代和文化精神的变化。

性是需要言说的对象，也是身体的一个表意符号，作家可以通过对性符号的象征性或者隐喻性的间接性表述来表达作品的意义。作家借助性间接的表达意义，在隐喻的层面，也同时是表达了对社会的看法。任何一种自由都不是绝对的，包括性自由，但是"解放"和"自由"往往和性有着密切的关联。性工作者在文学作品里，是个变幻莫测的想象的角色，是寻求性的人异化的欲望对象，却充满着腐烂和衰败的气味。

很多文学作品里面的性工作者故事多为性与暴力包装，耸动的情节不外乎是吸引读者的注意。方方的长篇小说《在我的开始是我的结束》是当代文学中少见的关于城市高级女白领的现代"性"作品，其特别之处是塑造了一个白天与黑夜相分裂的女性性工作者形象。这一判断源于《在我的开始是我的结束》展现的对城市这一现代性之空间表征的独特表达，以一种文学蒙太奇的手法，图绘了碎片化的城市生活以及城市空间中现代人，尤其是女白领的日常生活，通过对日常生活中最重要成分——爱欲体验的描述，展现碎片化的女性情欲体验和城市青年精神孤寂的生存困境。方方在这篇作品中，靠人物白天黑夜极度分裂体验的深度描写来表现城市作为特定空间与生活方式对人们日常生活的复杂影响以及对现代性的文学体验。

一 女白领的日常生活与城市想象

《在我的开始是我的结束》里面的主角黄苏子，是个1966年出生于中国大陆的人，在特殊的年代生出来的女性，不被家人待见、不被社会重视，她一路艰难地走进属于她的成年时代，万物土崩瓦解，一切的价值观在商业的浪潮下不断地被重新冲击，社会和人心都混乱不堪。社会生活的整体性不复存在，人心也开始变得分裂。李洁非在《性与当代小说》里指出："中国目前恰恰处在一个各种矛盾交织起来的难以一概而论的转型期，性意识挟商品经济大潮之威空前活跃，此为人所共见。这种活跃，无疑和整个社会的变革一样，极有力地冲刷着人们的灵魂，考验着由旧的经济制度、社会结构培育起来的两性关系模式、家庭婚姻观和性道德，而在新旧的冲突中间，又掺杂了大量由历史和现实共同造成的特殊矛盾。作为最深地卷入商品经济大潮之中的城市人，无疑处在当代动荡剧变着的性文化旋涡的中心。"① 黄苏子可以说是商业浪潮下卷入性文化旋涡中心的第一代年轻人。"作为白天的黄苏子，她外表是白领丽人，雅致而安宁，而内心却满是龌龊，不停地对他人发出恶毒的咒骂；而当她成为晚上的虞兮时，她外表是性工作者，而内心却怀着一种莫名的悲凉，觉得自己并不是为卖淫而卖淫，而是尝试另一种生活方式，是在完成人生命中的某种需要。"② "她想，我就是想要测试一下，人是不是还有另外一种活法。把一个人活成两个人或者是几个人。"③ "她独来独往，每天去琵琶坊。去琵琶坊，仿佛是她的生活必需，就像日常生活所必需的盐一样。"④ 黄苏子人格的分裂，恰是社会

---

① 李洁非：《漂泊者手记》，人民文学出版社2000年版，第145页。
② 方方：《水随天去》，春风文艺出版社2007年版，第41页。
③ 方方：《水随天去》，春风文艺出版社2007年版，第42—43页。
④ 方方：《水随天去》，春风文艺出版社2007年版，第44页。

分裂的写照，人成了多面动物，不管是面对自己还是面对别人，同一个人，被标出很多种不同的身份，甚至是相互对立的身份，人物主体的内在性变得碎裂。

我们今天生活在一个客体支离破碎的时代，面对支离破碎的现代日常生活，方方选择以"城市"来观察与梳理，力图呈现"城市"这个现代性的空间与物质表征下的独特内涵。在这篇小说中，"琵琶坊"与"办公室"相对应，底层与上层相对应，劳力者与劳心者相对应，对应到具体人身上，就是黄苏子与许红兵相对应，与此相连，黄苏子的死与拾荒老人的生相关。

可以说，黄苏子是性工作者里面的知识分子，她有文化，上过大学，同时也出身于书香门第，有个有文化的、一路战战兢兢走过来的父亲，自小也学了不少知识。她的卖淫不是缺钱，她把自己和一般出卖肉体的女子分得很清。"黄苏子的同行们都纯粹为了赚钱，而黄苏子却不。钱对她来说，并不算什么。"[①]

对城市知识分子的关注在方方的作品中一以贯之。在她早期的"三白"（《白梦》《白雾》《白驹》）中，就已经显示出方方对知识分子命运和情感关心的迹象。但在《在我的开始是我的结束》中，黄苏子的父亲作为知识分子，是一种反面的存在，缺乏忏悔和自省，是一种表象的存在，与世界和子女疏离，生活在个人的来自时代的恐惧和面子之中，是被放逐的知识分子。在其他作品里，方方也有意无意地营造一种深刻的疏离，塑造一批社缘、地缘、血缘都不足的读书人，借以表达城市时代现代知识分子的被放逐与自我放逐以及对城市的焦虑、恐惧与厌倦等复杂的现代性体验。

方方早期的长篇小说《祖父在父亲心中》，延续对城市与知识分子的复杂关系这一主题。中篇小说《在我的开始是我的结束》以一种更具现代性的视野来理解作为一种生活方式的城市，并通过对城市的现代日常生活表现人情的淡漠书写，表现商业浪潮下人与人之间的隔阂和疏

---

① 方方：《水随天去》，春风文艺出版社2007年版，第42页。

离。这部作品显示了方方对现代城市经验的深刻感受与理解，及其试图阐释现代女性性工作者心理的企图。在《在我的开始是我的结束》中，这种试图阐释现代性的追求通过继续挖掘知识分子，准确说由文化的高层女白领与城市的关系来实现。这部作品以大学毕业的黄苏子的第三人称叙述展开，平铺直叙地交代了黄苏子本人的日常生活以及她周围的各色人等局部素描。黄苏子不善交际，没有男友，唯一的一次恋情也趋于一场报复的阴谋。黄苏子的父亲的社会遭遇致使他过早地在黄苏子身上压下了恐怖的黑手印，在某种意义上，他们的父女关系并不是一般亲情意义上的父女关系，但看起来又像是普通的中国家庭父女关系的缩影。黄苏子时时刻刻对自己身世有一种痛楚而清醒的认识，从她父亲对别人写给她的情书以极不体面的方式表现给世界来看，黄苏子一生的厄运就注定了。

如果身世是种外在性因素，它就不该是禁忌，禁忌是人在意识形态里形成的，黄苏子对父亲的恐惧和厌恶的情绪，一定会寻找一种出口，因此她后来当性工作者一点都不显得突兀。她以一种消极的方式，来削弱家庭和社会对她的正常成长的压抑。自由，追求自由，必须以反抗的方式，但是显而易见，性自由本身也就隐含着对自由的否定。一个让人无法释然的结局是，当做性工作者的黄苏子被拾荒老人杀害，黄苏子又回到了父母的视野，又回到了当初意图逃离的"身世"之中，又回到身世决定的命运之中。

《从我的开始是我的结束》，方方以黄苏子的出生开始讲述，以黄苏子的死作为结尾，都涉及了黄苏子的父母，从出生开始，以死结束。也许，退回到人物内心，从外在性因素的内化考虑，故事的悲剧情愫才得到了圆满的阐述。对这种看似平铺直叙的叙事，笔者是肯定的，因为作者完整地展示了一个人从出生到死的轮回，悲剧情愫得以一步步呈现。

少年时暗恋主角的许红兵是这篇中篇小说讲述中浓墨重彩渲染的一个重要人物。许红兵是黄苏子的同学。成年后的许红兵在生活中放浪形骸，风流不羁，不断出入"琵琶坊"，与数不清的女人关系暧昧，并且乐此不疲。在黄苏子看来，许红兵最后出现是来报复她的，而实际上，许红兵只是生活中一种腐化生活的符号，只是一个牵线人物，黄苏子作为"僵尸佳丽"，是不可能一直都是这个面貌的，她一定会有一个变化的过程。在现实生活中，许红兵在改革开放的势头下，为自己赢取了足够的美色和金钱。对于许红兵放浪形骸生活，黄苏子深感无法接受，这些事情会让她感觉陌生和无所适从。

在黄苏子看来，卖淫并没有什么丑："为什么会丑呢？有什么丑呢？这是我的生活方式，我需要这样的生活，这和有人去舞厅跳舞，有人下酒馆喝酒有什么差别？"① 在这里，方方向所有的读者提出一个命题，卖淫能否作为一种生活方式？不管怎么回答，实际生活里，性交作为一种生活方式，是不该质疑的。性工作者污名化，只是社会道德的需求，而并不是人性的需求。在这里，作者同时也提出了一个问题，文明是不是一种伪饰？

黄苏子与许红兵这两个人物显示了方方对城市的白领男女与城市这一主题的拓展与深入。这两个人物表面看来差别极大：黄苏子淡泊金钱和名利，在生活里把自己分裂，试着过两种截然不同的生活；而许红兵则念念不忘少年时代的耻辱和不甘，积极投身现代生活，对名利与爱欲不断追逐，以至于自身都成了现代都市破碎的一部分。但在更深层面上，这一对男女青年是作者对城市日常生活现代性想象的两副面孔。对许红兵而言，嫖娼是一种拥抱现代生活的方式。他那些源于爱欲的、对城市生活的现代性体验不仅为其提供了观察与阐释现代生活的方式，而且通过他对城市生活的评判参与了这座城市的腐化生活，构筑着普通读者对城市生活的现代性想象。许红兵对现代生活的热衷与拥抱，使得他被都市携裹着快速前行，并成为城市现代性的一面象征。面对现代生活的流动性与混乱，黄苏子以一种笨拙的转身拒绝时代，逆向生长，陷入肉欲的洪荒中，发现自己，拯救自己，以自己的方式活出了个人的风格。但是，她这种活法触犯了生活的禁忌，最后以被杀而终结。而许红

---

① 方方：《水随天去》，春风文艺出版社2007年版，第44页。

兵，对灵肉结合毫无追求，对都市那种光色生活却不断追逐。

方方的这篇小说通过黄苏子表达了对女性生存的一种奇怪的荒诞与绝望，以女性视角，触摸时代之于个人的伤痛，男人之于女人的伤痛，以及人与人之间的虚妄，不管是父女，还是母女，还是同事关系，可能形成的恋人关系，都是疏离而遥远的，但肉体却神圣。通过肉体的交换来达到对世界的参与，方方从身体的角度，强调了变化中永久性的因素，理解和想象城市现代日常生活的方式，性是不可或缺的，身体永恒存在。方方在对身体的欲望描述，在身体充满蛊惑的欲望化表述背后，触碰个人深层的隐痛。从表象的城市生活里，抽取永恒的东西，加以诗意的表现，引发人的思索，是这篇小说的价值所在。

二 社会缘分的疏离与死亡的震惊体验

在《在我的开始是我的结束》中，阐释现代性的企图一方面通过对现代办公室里白领女性在城市空间中的日常生活及其城市想象的书写来实现；另一方面也通过对城市中的女性的爱欲体验与想象呈现来完成。性工作者是城市模糊的暧昧对象，"她"的生活是城市的灰色地带，她既连接着城市辉煌的一面，又连接着城市的灰暗。通过性工作者，也就带出了城市下层的边缘流浪人、打工者、城市罪犯等各色各样的人。这部作品中，对城市女性的爱欲体验与想象呈现出两个不同的向度：一个是女性白领的爱欲体验与想象；另一个是城市边缘人如乡村来的打工者等的性欲体验与想象。

城市边缘的拾荒老人对城市女性的爱欲体验与想象主要体现在主人公黄苏子追寻性欲被揭露的过程中。这个拾荒老人，六十二岁，甚至没有名姓，生活在下层农民工生活的工棚，曾经有过婚姻，因为盗窃之类犯过罪；另一个城市的上层人，许红兵，其实因为大学恋情没有上大学，也是一个底层出身幸运赚到一些钱的打工人。在学生时代因对黄苏子美貌的欣赏引起了黄苏子的反感，后来再度出现引起了黄苏子的眷恋与爱慕，其实黄苏子眷恋与爱慕的，只是自己想象出来的许红兵，旋即又快速地消失在巨大的城市谎言里，使黄苏子再次陷入漫长的痛苦之中。拾荒老人，因为犯罪坐牢，家庭分裂，蜗藏于城市的阴影里，靠拾荒为生，最后因为嫖娼诈骗不成，自尊心受到戕害而杀人，也是长久心理不正常造成的结果。黄苏子的父母对小说的主人公黄苏子而言，俨然是与精神和灵魂相关的，但他们也不正常，在女儿死后，痛苦的并不是女儿的死，而是女儿的死法让他们丢人。表面看，是拾荒老头杀死了黄苏子，而实际上，他只是杀死了黄苏子的肉体，黄苏子的父母和哥姐，早在精神与世俗方面给予了她不同程度的戕害。许红兵与拾荒老人是截然不同的两个男性，但他们在暴露男性弱点方面却表现出惊人的一致，都快速准确地以伤害女性的肉体来达到报复社会的目的。因此，可以说在更深层面上，这两个形象传达了现代打工人对城市生活的某种现代性体验。黄苏子这样的姑娘，只有在城市里才会出现，才会得到更好的表现，对她的塑造，表达了知识分子方方对城市的空间想象和现代性震惊体验。

方方在《在我的开始是我的结束》中一方面通过都市白领的爱欲想象与体验来描绘城市，另一方面也试图白领阶层之外的群体在城市中的遭遇来阐释城市的病灶。黄苏子可以是任意一个心灵空虚社缘缘薄的都市女性的灵魂缩影，而拾荒老人和因时得志的许红兵，则是城市的无名人士，暂时在作品里被标出，被唤作许红兵（对拾荒老人作家方方几乎没有给安排一个合适的姓名，他可以是模糊的城市荒野里流浪的任何一个男性）。

尤其应该强调的是，黄苏子之所以走上性工作者的道路，是因为感情受戕。她和许红兵的感情，只是一种倒错。许在少年时代给她写过情书，然后成年时代他们相遇，他却展开了一场情感恶俗的情感报复。这段感情几乎没有什么枝节旁逸与气氛渲染，像电视剧情的一部分，故事本身没有什么出奇的戏剧化效果，但是作者认真地交代了许红兵粗俗的别有用心的报复。方方似乎并不太关心人物情感如何，而着力于表现人物在时代下的巨变。人物在商业浪潮下在成年之后的不断变化，让我们感受到一种强烈的城市时代变迁的气氛。20世纪90年代是一个轰轰烈烈的时代，在时代与一般人之间，形成一个什么样的社会和情形，是一个非常有意思的问题。90年代的社会，个人的恋爱和婚姻几乎不再受组织约束，不再受家长干涉，但是实际的情形却远比理论上的表达得复杂和微妙，人物面对社会变迁、个人境遇的改变，往往瞻前顾后和拖泥带水。男人玩弄感情，女人渴望真实，痴男怨女只是传奇小说里的章节，在方方的小说里，这些人开始脱胎换骨，但是并没有逃脱个人命运的藩篱，过上更好的生活。

这种人物悬空的尴尬处境其实表达了城市边缘人如民工群体这个特殊城市人群对城市复杂矛盾的现代性体验：蛊惑于城市的时尚生活但却无法彻底融入，痛感乡村的落后但又无法真正远离，只能在双重立场中被悬空。

这篇小说吊诡的地方在于，物质意义上算起来比较富有的城市白领女性黄苏子在逃离正常的社会生活，物质意义上贫乏的拾荒老人也在逃避正常的社会生活，他们共同的避难所却是琵琶坊——性工作者卖淫的地方、嫖客寻欢的场所。而许红兵，平日的消遣娱乐，平日的放逐，也在琵琶坊。这就表明出城市里的三个不同种类的人，共同的精神焦虑是精神上没有着落，于是他们都想逃走，从眼前逃走，从白天逃走，从正大光明的社交场合里逃走。逃得极端便是死，黄苏子被杀害了，拾荒老人由此被判刑，而许红兵，继续在不断地出逃。死是最彻底、最干净的解脱，也许黄苏子从开始进入"琵琶坊"起，就隐隐地感觉到了这种被追逐的命运、城市边缘人的命运。这些人已经看起来超出了中国大多数人日常的道德心，溢出了道德的范畴，在中国文学里如此表现并不多见，但是，从另一方面想，人人似乎如此生活，分裂的碎片化的城市生活下，每个人都戴着隐形面具。

作家方方对城市边缘人在城市中爱欲体验与想象的想象，是作家对城市的想象的一种补充。这恰恰说明作家和民工都是被城市边缘了的。对城市女性的爱欲体验与想象，无论黄苏子的性工作者想象，还是拾荒老人的边缘想象，都在城市生活中遭遇了失败。这失败恰好表征了一种对现代性的感受与理解，一切坚固的东西都烟消云散了，是现代性所带来的独特感受。

值得关注的是,除了"琵琶坊"、黄苏子工作的"办公室",黄苏子的住处公寓也是一个非常有象征性和隐喻性的城市产物,都市生活的丰富斑驳和都市人物光怪陆离的心态也在一栋栋公寓里展现。黄苏子与周边住处的人关系疏离,公寓作为一个疏离的象征,彼此"鸡犬相闻",却并不互相熟识,即使识得面孔,其余也是一无所知。黄苏子的放荡可以上溯到其父亲对她个人成长的过分压抑,但是不能不说和她自身与周边环境格格不入也有关系,而这种生活生态,并不只是她一个人造成的,也不只是她一个人在"遭受"着。在象征性的公寓里,生活由此而展开,人与人之间却那么疏远。城市生活,是一个又一个建筑的铺开,从这方面看,方方未尝不是揭示在日益复杂化的现代社会个体生存的虚弱性,所谓个人经济独立下个人主体性要确立都在被这种书写消解殆尽,除了自我欺骗别无其他功用。

总之,方方的《在我的开始是我的结束》可以说是一部从现代城市生活中生长出来的,而且只有在城市中才可能孕育的、献给城市的"恶之花"。这部中篇小说着力从性方面剖析城市生活表层下人的心理症结,通过女性白领在城市中的日常生活,尤其是其对城市女性的爱欲体验与想象的深度描绘,揭示其对现代城市生活的复杂的现代性体验。黄苏子这样的都市人,看起来经济独立、内心坚强,实则缺乏情感的补给,不堪一击,是城市生活的"木头人",他们只是在活着,而不是在生活。

有趣的是,日本作家桐野夏生中文译名为《异常》的长篇小说,也塑造了一个白天是白领晚上是性工作者的女性形象,这本小说的取材于真实的事件,在日本曾经有过一段热播。这本书也主要探索如何在浮躁市侩的社会中获得理解、认识人性中正常需求与自我价值。和方方这部中篇小说异曲同工,两部作品都展现为什么城市里的人活得如此努力、却又显得如此滑稽的问题。当一切正常的渴求,例如亲情、爱情、友情、自我价值等必须以极端的方式去体验和获得时,当我们的性欲需求或者情欲需求必须以"灰暗地带"的出卖肉体为代价获得时,那些原本正常的生活,也许便就显得异常了,而异常者背后,却是为了追求正常。

方方的《在我的开始是我的结束》是篇不错的小说,但是,对于女性主题意识的呼唤,相对来说还是缺乏的。"要进一步开拓表现女性的题材,更深入地展现女性与人、女性与中国的双重解放历程,有赖于女性主题意识的再觉醒。"① 艾晓明在《当代中国女作家的创作关怀和自我想象》里如是说,笔者深以为然。

第二节 《女人马音》的时空隐喻

《女人马音》是陆离的一部短篇小说,虽然是短篇,但是内涵丰富。写了少女马音与第一人称的"我"之间从少女到成人的一些经历,以少女马音为被观察对象。马音的父母很少管教马音,任其野生动物般生长。马音的父亲是同性恋者,马音的母亲因此忧郁成疾最终卧床不起,马音就是在这种家庭里成长起来。她从父亲的混乱、母亲的无奈、周边人的污言秽语中过早地得到了性的启蒙。家庭的冷暴力和阴冷使她几乎彻底地丧失了羞耻感,走向了上海的大街,闲逛中体验危险的愉悦。她从她出生的家庭和邻里感受到的只是丑恶和不堪,而她似乎天生的邪恶性格使她自然地选择了混乱的生活。混乱似乎是血缘流传的,又似乎是家庭因素导致的父亲的混乱,母亲没有男人被指责,自己有男人也被指责,让她困惑茫然又肆无忌惮。文章结尾,马音生了个小孩,但不久摔死了,由此走向结束。小说以空间的流动为线索,顺序笔法,展开人物命运的轨迹线,在家庭和社会创伤里,人物越走越远,直到彻底沦落到生活的泥淖里,精神变得极其荒芜又麻木。笔者将从家庭创伤经历和身体空间隐喻来分析这篇作品的情欲书写。

一 家庭创伤隐喻

小说的场景随着主人公马音的行踪不断变换,而叙述者"我"的

---

① 艾晓明:《当代中国女作家的创作关怀和自我想象》,载艾晓明主编《世纪文学与中国妇女》,天津人民出版社2008年版,第106页。

生活足迹也在不断变化,"我"无误地健康地走向了我的成年,马音却因混乱的家庭带来的创伤而一路坎坷,最后成为了为"我们"所鄙视的卖肉女人,成了菜市场肉食组的操刀卖肉的女人。菜市场肉铺的"肉"摆放在那里,形成了一种直接的隐喻,马音明亮的青春也如一具横陈的可以移动的"肉体"一样,注定了被宰割。小说从上海的初中学校,到街头铺子,到马音的家,到北京,最后又回到马音家的阁楼。

少女马音按理并不该是性的符号、情欲的符号,但是过早地讨厌杜牧,过早地耳濡目染过性,马音就成了一种性的符号和欲望的化身。似乎性可以通过血液遗传一样,马音的基因被街道上的观看者质疑,这种质疑集中了上海的腐烂,并散发着一种腐败的气息,使整个上海弥漫着一种崩溃气息。被情欲控制的马音的父亲,不断拿性说事的街坊邻居,动手动脚的马音身边的男人们,都在主动或者被动地逼迫着马音交付自己。父亲的性爱对象,也成了马音的捕获品,彼此狩猎彼此抓捕,乱伦由此展开,人的欲望显得那么可怜又卑微。

作家陆离通过马音一家,一方面表现欲望对人的控制和欲望本身的毁灭力,另一方面将这种毁灭力和贫困的底层社会联系起来。随着小说的发展,马音变为一个自觉的有意识的自毁者,她对自己的生活逐渐表现为一种自弃和厌恶,尽管马音身上有初中时代就过早明白杜牧诗歌"下流"的有点邪恶的意识,但她的人性尚未毁灭,她对母亲还算孝顺。然而,文章最后,阁楼上掉下了她的婴孩,她又像是释然的样子,让人想到美国作品《宠儿》里为逃避奴隶命运黑人母亲主动掐死婴儿的情节。母亲形象通常在作品里是神圣的,但一些作品里的母亲,也是双手沾满鲜血的,然而这种对命运轮回的恐惧,这种主动或者间接地结束婴儿性命的方式,虽然让人不寒而栗,却也让人无限同情和深思。

小说题为《女人马音》其实已经暗示了对一个女人生活的总结,而小说初出场的马音,却还只是一个读中学的小女孩。以一个小女孩成为一个生了小女孩的妇人,女人浩劫的一生几乎全部铺陈了。马音生活在上海一个小弄堂里,周边的生活是学校—商场—市场—邮局—河边—家。她从出生到最后,都没有跳出这种发霉的生活格局。遗传的欲望感染了她的血统,传染了她本身,神经上就像形成了一种性欲本能特别浓烈的反抗和屈服。她在上海的底层弄堂长大,无误地走进了弄堂的黑暗霉影里。对于这样的弄堂,上海作家蔡翔有过暧昧的表述,曾经写过一篇题为《底层》的散文,里面暧昧地写到上海郊区底层人民互相攀比、互相嘲讽的生活。马音所成长的弄堂、成长的家庭,也是如此的底层,是相对的底层,是给神经病妈妈买纸尿布也需要列为理想的底层,是大多数人的底层。

马音在上海贫民窟般的弄堂和大街上飞快地从一名少女发育为一名妇人,成长像马音后来接替"我"童年楼上未婚的"毛毛阿姨"肉联铺卖肉的工作一样,马音成了肉场的肉,世界上行动的鲜花肉体。"马音的背影很美,过了青春期瘦下来一点,肩宽窄适中,腰细细的,胯部一下子大出来,屁股十分肉感还微微翘着,走起路来颤三颤,她的身材的确是男人的克星。"[①] 她在不同的男人们之间流浪和过渡,总算给她的母亲报了仇,出了一口被她父亲抛弃的气。马音所死掉的没有父亲的小孩,作者并没有强调是女的,但用的是"她"的称呼。马音情感颠沛的生活,是她母亲凋敝一生的回应,新出生的孩子,何尝不会是命运的一种轮回?如老舍的《月牙儿》,性工作者职业仿佛是世袭的,母亲是,女儿也是。这种颠沛的畸形的被压抑或者被放纵的性欲,也是世袭的,所以,"一天晚上,孩子从阁楼上掉下来,谁都没听见,无声无息地死了。马音说,孩子太聪明了,根本不想长大,死了清净"[②]。马音母亲被男人抛弃的悲惨命运由马音的荒唐放纵接替,却同样展现的是欲望的悲剧,性欲过于富裕或者性欲过于贫瘠,都是不正常的,都会造成精神的空乏和荒芜。

马音姓马名音,何尝不是作家陆离所赋予主人公的一种隐喻。"马音"通"马蝇",一种不断在各种动物间飞来飞去的虫子,象征一种

[①] 陆离:《女人马音》,载李敬泽主编《一个人的排行榜》,春风文艺出版社2003年版,第322页。

[②] 陆离:《女人马音》,载李敬泽主编《一个人的排行榜》,春风文艺出版社2003年版,第321页。

发酵的霉烂、一种盲目的力量、一种毁灭的酵母，象征光鲜上海的另一面。不知不觉这种势力把世界的一切都搅乱，而她实际却也是无辜的，追寻来路，亦值得同情谅解。赋予一个女人一个像马蝇一样闪着金色翅膀的名字，亦是一种象征，而"马"与"蝇"的结合，飞翔与飞翔的结合，健美与霉烂的结合，是作者世界观的呈现。马音因为自己的罪恶而恐惧生命的审判，所以，她的女儿作为罪恶的产物，无声无息地从阁楼上摔下来死掉了。她因性混乱，使得所有人表面上疏远，而作为同学出场的同性朋友、文本的叙述者"我"，也只是同情而对她进行回应，也以她为耻，不再一起进被马音搅局混乱的邮局。

小说写到，马音所过之处，男人探头、妇女打骂，就连弄堂里管门的老年妇女，也对马音勾引男人口出不逊，却又担心她放耗子药毒她，显示了马音的破坏力和周围环境对她的不友好和敌视。其实，马音只需要付出一点的淫亵，就具有了翻覆弄堂的力量。作者通过这些一系列对马音效应的毁灭描写，表现了上海底层，也可以扩大到上海以及整个世界那些意志软弱、缺乏自制力、为情欲所控制所毁灭的人们悲凉和溃败，也表现了人们对放纵的情欲的恐惧和内心压抑的厌恶以及对抗。

尽管马音有部分邪恶的性格，但她的本性并未泯灭。"卖衣服蛮累的，总是要骗人家，衣服大一点说人家穿着潇洒，小一点说人家身材好小衣服显身体，整天没实话，脸上又要笑着，吃力死了。这里（指菜市场肉食组，笔者加）同事也好相处，不像在邮局里，工作环境稍微好一点，大家就装得文绉绉的，你也看见了，闹一闹有时候很开心的，你体会不到，假浪漫假纯洁最无聊了。"[①] "我妈妈也真是的，吃男人什么醋啊。我爸爸他不喜欢女人他自己也没办法，再找一个人嫁好了，有什么了不起。"[②] 可是人们都要说她，有男人也要说，没有男人还是要

---

① 陆离：《女人马音》，载李敬泽主编《一个人的排行榜》，春风文艺出版社2003年版，第322页。

② 陆离：《女人马音》，载李敬泽主编《一个人的排行榜》，春风文艺出版社2003年版，第325页。

说，父母的耻辱就如她自己的一样，标签一样跟着。所以，她在一个男人又一个男人之间辗转，她爱上了虚幻的明星"张国荣"，也体谅父亲喜欢一个男人的苦衷，她又觉得母亲可怜。对于知识分子，她虽然羡慕，虽然热爱阅读文学作品，但又是鄙夷的，她勾引他们又鄙视他们，与其说她鄙夷男人，不如说她鄙夷世界。男人们在利用过她的肉体之后又否认她，女人们闲话她。她对这个世界充满了嘲弄，性是她利用男人向世界怒吼的武器，她抛弃他们，贬损他们，又渴望他们，怕孤单，离不开他们。她糟蹋一切、玷污一切又给一切以宽解。她有放荡的脸孔，却又有纯真的一面。

　　女人马音的家庭，主要是三个人，父母和女儿。父亲是同性恋，多年离家不归；母亲愤怒嫉妒仇恨成疾病，导致机能受到损伤，成了卧床不起的精神病。女儿由此种环境成长，生活放纵无节制，性生活混乱，天生像一头无法约束放荡不羁的生物，淫荡且又理所当然。他们三人看起来非常不同，实际却彼此之间隐藏着深刻的关联，他们都有一个共同的特征——放纵自己的欲望。得不到的表现出生理的疾病和崩溃，得到的则更加放荡和疯狂，父亲不像父亲，母亲不像母亲，女儿也不像女儿；父亲与别的男人同居生活，女儿甚至引诱父亲结交的知识分子的性伙伴朋友。女儿喜欢文学又厌弃知识分子，何尝不是遗传的关联，这种向享乐奔腾而去的狂潮表现，虽然来自遗传和家族创伤，但是也表现出了辛酸。在生理上，马音是他父亲性取向不同于常人和她母亲"精神变态"的继承者，这种变态来自幼年时代的创伤，来自街坊邻居的评论。欲望的追求，在这个家庭的每个家族成员身上都造成了不同的感情和愿望、不同的情欲追求和人态，或自然的或本能的，但是呈现的后果却都是畸形的，都被人们的眼睛和嘴巴给予了道德罪恶的评价。

　　马音母亲最后成了精神病，开始的时候是等待着马音父亲回来陪她睡觉，最后在幻觉里实现了这一想法。"她的妈妈幻觉越来越厉害了，天天看见她爸爸半夜里回来，缠绵一夜，早上又走掉，所以她和孩子只好睡在阁楼里。"① 疯狂的幻觉，在生理上是一种疾病；从伦理意义上看，是一种道德上不懂得节制的罪恶。可是生理需求又是那样的理所当然。我们不能因为文明的规约，对一个有定向性需求的女人进行道德上的伦理诘问，但是，在文化的批判里，这种性贫困、性匮乏又是一种隐秘的罪。被理性压抑的人的原始生命力，在道德的规约下，显得那么可怜。苏珊·桑塔格在《疾病的隐喻》引子里写过："我的观点是，疾病并非隐喻，而看待疾病的最真诚的方式——同时也是患者对待疾病最健康的方式——是尽可能消除和抵制隐喻性思考。然而，要居住在由阴森恐怖的隐喻构成道道风景的疾病王国而不受隐喻之偏见，几乎是不可能的。"② 从这个方面看，文学作品里的疾病都有其文学隐喻作用，马音母亲因为性欲望无法满足，最后导致精神创伤，是女性对性在文学里发出的呼声。

与母亲被迫的禁欲相对，是女儿由动物性的欲望引领着走向反面，性欲得到了最大限度的释放，生活却脱离了正常女性的常规，一切秩序和礼节都被取消了，处于个人理智不去约束的放任状态。但作者陆离对这种欲望的放纵是否定却又带有同情的，在她的书写中，伴随着动物般的纵欲的过程不是快乐而是痛苦，不是释放而是压抑，灵魂的孤独，灵魂却又在自我坠毁。因此，出生的孩子为母亲洗罪，她死掉了。可是，孩子的死，并不能停止和改变母亲的生活，女人的生活，还会那样过下去。

当作者用厌弃又同情同时带有自身侥幸的眼光充满激越的方式来表现上海弄堂一个和叙述者年龄相仿的女孩的成长现象生活方式时，她的道德价值判断的倾向也十分明确。她在小说中所表现的种种罪恶，如马音及其父亲屈从于身体的情欲、混乱放纵、招摇无节制等等，都展示了她的批判。作者以自身作为参考系，潜在的对比立即呈现，显示出健康

---

① 陆离：《女人马音》，载李敬泽主编《一个人的排行榜》，春风文艺出版社2003年版，第326页。
② [美]苏珊·桑塔格：《疾病的隐喻》，程巍译，上海译文出版社2014年版，第17页。

的生活观,但是,又让人深思这种社会乱象和这种畸形成长的原罪。试问,如果可以选择,哪个人不想健康有序地成长?所以,笔者虽然否定马音的生活方式,却又体谅其一路而来的艰辛,同情其无奈和麻木。

二 空间隐喻

《女人马音》的叙述不断地在进行空间转换,连接两个相仿年龄的女孩交叉又分离的成长经历。小说的主要发生地是在上海的某个弄堂,当然,也有作为外景的河滩和咖啡馆,但主要是日常生活的学校、邮局,还有菜市场、房间。小说里的不同空间有不同的意义,为行为的发生提供地点和场景,串联记忆与未来。小说主要对三个地方进行描写,一个是菜市场,一个是马音家,一个是邮局。流动的邮局和菜市场,一个属于精神一个属于生活,都不能很好地接纳马音整个的人,但是都给过她不同的快乐和侮辱;作为定居的不可移动的家,却也是情感流离的,有时马音甚至愿意住在菜市场。从建筑的街道到弄堂的楼梯到家具摆设,都像未打灯光或者灯光不足的电影背景,灰暗而没有前途。并置成长的叙述者"我",有学生时代的烦恼,有成长的困惑与思恋,相对来说却是健康安全的。"我"的优雅成长,恋爱失恋,工作旅行,都是上得了台面的,而马音的部分生活,是"我"作为观察者、作为都市白领向别人叙述的俯瞰的一部分,更多的东西被"我"隐藏了。大家津津乐道的如同马音弄堂里的阿婆、邮局的小姑娘一样,七嘴八舌地消遣别人的苦难,抱以观看式的同情,其实是一样悲哀的。

小说从声色味方面全面构筑了一个叙述空间,这些空间自身也在不断地说话。在小说中,有了咖啡馆,有了河滩,有了现代的繁华,但是小说的主人公的生活一直在一团像是一动不动无可变化的泥淖里。上海是个大都市,但是上海的这条弄堂,仿佛是上海的盲肠一样,是一个城市光鲜表面的内脏,部分人物的命运形态与这种城市所展现出来的光鲜很不协调,甚至相互对立。

纵横的街道、各种建筑物,畸形家庭成长起来的马音,无误地走向了畸形的生活。学校、菜市场、邮局、家,几乎构成了她固定的生活。

小说在开篇提到"我"的邻居"毛毛阿姨"这个未婚老女人在菜市场的肉食组工作,整天与猪肉为伍。两个小女孩提到这个场景,并且都表示厌恶这个场景。很多年后,"我"少年时代的朋友马音在邮局工作过几年之后,因为菜场工资高一点,又是国家公务人员,挤进了菜场,取代了"毛毛阿姨"的位置,也成了一个性经历说不清楚但是坚持不结婚的老姑娘。命运像是一种轮回,命运也像是空间在做同心放射,辐射同一种命运在不同的女人身上。

菜市场本身是世界的一个节点,日常生活的一个节点,很多小说家热衷于表现菜市场,这篇小说尤其如此。菜市场是纵横沟壑的,连接着整个上海的肉食蔬菜,它把乡村与城市、城市里的各种面色的脸孔都联系起来。在小说里,菜市场其实是人生的十字路口,两个少女开始相互转向,人们消失在不同的方向。

小说的"我"虽然少年时代由外婆抚养,但家庭更健康一些,成长轨迹也更像一般少年上学放学失恋工作的模式。因此,菜市场只是"我"途经的窗口,虽然"我"也作为都市欲望之人,却没有在这里停下来,没有站在十字路口。而马音,工作选择在了菜市场的肉食组,相当于选择停在了人生的十字路口,这是象征,也是隐喻。马音在此迷失方向。

作者陆离给菜市场赋予了极其浓烈的象征意味,使之成为整个人类茫茫生存的一个象征。菜市场是上海的肚子,养育了上海的身躯。菜市场的人来人往、嬉闹、钩心斗角与仅仅算计,是世界的缩影,菜市场满足着人的食欲,"饭饱思淫欲",菜市场又激发着人们的性欲。食欲与性欲,这是世界的两大主题,甚至是一些人一生的主题。小说通过对菜市场各种食物的描写,尤其是对肉食组的描写,描画了一幅脑满肠肥的上海画面。堆积的食物就如堆积的躯体一样,仿佛长了腿就可以立即走掉。在菜市场工作的马音,有时直接晚上睡在菜市场,像动物般与那些被解剖的肉睡在一起,互相为邻居,野蛮放肆又不顾羞耻,因为有男人别人也会说,没有男人别人也会说,索性如此活着。"那时正是下午,买菜的人不多,没有顾客的时候马音就站在那里发呆,红彤彤的胖手搭在猪肉上。可能由于长期阴暗的室内工作所致,她的脸略显苍白,和一块肥膘肉的颜色十分相仿。……马音留我一个人站在卖肉的柜台前面,七拐八拐地消失在装着活鸡活鸭的笼子后面,一会儿又从鸡鸭笼后面出现,婷婷袅袅地穿着一件黄色连衣裙,洒了些许淡雅的香水。"① 这样描写的马音,是暗示,肉体的暗示连接着性化的标签,马音是一只"黄色"的雏鸡,是一个妓化的女子,或者是一个性工作者,一个乱性者,一个肉欲放纵者。鸡鸭关在菜市场的笼子里,混乱地进行着交配,这是世界的一部分,人也像是在混乱地交配一样,也是世界的一部分。菜市场本身还是死亡的场所,这些被贩卖的鸡鸭,如同案板上的牛肉猪肉一样,都几乎无法摆脱被吃的命运,都会彻底地死亡,在人的肚子里腐化。一切都奄奄一息,濒于死亡或者已经死亡。那些精神空虚毫无思想追求的人们,在菜市场里来去,就如被拖来拖去的已经死掉的或者即将被宰杀的动物一样,却都还受着自身欲望的折磨无可逃脱。

陆离在这篇小说里的空间意识不仅仅在菜市场的象征上,也在小说的叙述结构上。小说里的"我"小名叫小离,开始与马音是中学同学,后来到北京上学去了,一路读了大学,谈了恋爱,参加了工作,成了小白领。"我"经常往返于北京、上海两地,或乘飞机或坐火车。"我"的成长与马音的成长形成并置,"我"为中心的空间移动与马音的空间移动形成并置。而与马音形成并置的,还有马音所生的小孩,以及"我们"互相的一些同学。一定意义上可以这样说,虽然这是个短篇小说,但是它在空间意义上的策划是非常值得关注的。小说本身的发展就相当于"我"的一场旅行,"我"从北京到上海、上海到北京所看到的一出出人间万象,每一站的减速和加速又构成了不一样的感悟和体验。返回,离开,再次返回,再次离开,精神意义上的停驻,都是一种象征。

小说里的情欲是一致的,但情欲的发散方向却不同。马音母亲性欲

---

① 陆离:《女人马音》,载李敬泽主编《一个人的排行榜》,春风文艺出版社2003年版,第318—319页。

的方向同她的情感方向始终一致，指向马音的父亲；而马音的父亲不管开始是同性恋还是婚后生孩子之后变为同性恋，与马音的母亲是有过一段琴瑟友好的生活的，甚至，马音父亲后来同居的那个男性知识分子，也同马音母亲他们一起生活过一段时间，而且彼此还很融洽，两个男人之间的性指向是多向的。"原先还以为知识分子有什么古怪，那个勾搭我爸爸的肉馒头就是知识分子，试了试也没什么两样。"① 与少年时代对马音好过的李姓老师一样，马音父亲的性伙伴与马音，也是说不清道不明的。马音的性方向直指男性，但是马音与叙述者"我"之间，却有着一种精神上的爱恋关系，马音把身体给了不同的男人们，却给予了叙述者"我"不一样的深情，这种女性之间的情谊，值得探索。说明马音并没有完全为身体的情欲所控制，身体只是一部分，一个又一个的男人并不能喂饱她的身体。

"我"像一根救命绳索一样，也许可以挽救马音，让她脱离自己泥淖般的生活，但"我"自己工作之后，也只如看一幅风景画一样，观看和闲谈马音的生活，并没有做出行动，至少在文本里没有给出。文章最后一句："我是没有这个勇气，反正比上不足，比下有余，有口气喘就可以了。"②

在这篇小说里，父亲是缺席的，男性的面孔也都模棱两可，千篇一律一张欲望不满的脸孔，没有具体的名姓。小说将故事发生地主要安排在上海，但是整个小说仿佛像是一般的城市成长小说，上海的特征不是那么明显，城市的特征却非常突出。男性在这个城市是边缘化的、孤独的，男性抱团取暖，离家出走，相互同居；知识分子在作品里被赋予男人性别，没有知识分子的样子，他们也如同边缘人一样。作品里女性的情感和身体都是颠沛流离的，叙述者"我"亦处在旁观者的边缘地位，使作品里的人物都表现出一种迷茫的堕落的霉烂性，或许这就是边缘身

---

① 陆离：《女人马音》，载李敬泽主编《一个人的排行榜》，春风文艺出版社2003年版，第325页。
② 陆离：《女人马音》，载李敬泽主编《一个人的排行榜》，春风文艺出版社2003年版，第326页。

份对城市内部窥探的物态描述，使得城市在观念化的过程中物质化、文学化、欲望化、日常化。

总之，这是一部不可多得的揭示社会万象的小说，既写到了男性的同性情谊，也写到了乱伦，同时还赋予了疾病文学的隐喻。小说以空间的移动为线索流，展开人物命运的轨迹线，在家庭和社会创伤里，人物越走越远，直到彻底沦落到生活的泥淖里，精神变得极其荒芜又麻木，却又不得不在泥淖般的生活里进行挪移。作者用理解之同情的笔法，写出了社会乱象下个人的情感病症和创伤，情欲洪流的尴尬和惶恐。《女人马音》是一部探讨情欲和命运的好作品。

第三节 《炸裂志》中的情欲磨难

小说的兴起与隐私有很大关系，可以说，隐私状态决定了小说的阅读，而性，是小说无法回避的话题。性是一种生物现象，而性工作则是一种文化建构，然而性又是私人的，对性的书写，无论对读者还是作者都是呈现一种窥视的欲望和景象。

阎连科的《炸裂志》是部29万字的长篇小说，共十九章，是一部以为一个村为单位、发展起来成为市的地方做志为样式写就的小说，形式新颖。《炸裂志》主要写女性如何通过身体，或主动或被动地操控资本和权利，颠覆传统，颠覆日常生活。这部小说所呈现的视觉领域里的身体通常只看到身体的局部，或者身体而来的恋物癖的大量细节，因为身体暴露的情欲动力不断推进故事向前发展，然而所要表现的，却不是性本身。可是，肉体性的身体却成了意义的决定因素，作为物质的"基础"，一定程度上决定了脆弱不堪的上层建筑。阎连科小说描写的性工作者，一以贯之表现的是一种自然主义，他试图在人的生理学中找到理解人类的行为的模型，小说《炸裂志》就是这种，这部小说尤甚于阎连科其他以性工作者为题材的小说。这种小说设想以公开的、令人震惊的方式，从肉体，尤其是女性的性交易肉体，来陈述女人的肉体所带来的社会的改变、权力的更置，呈现了身体的社会意义和叙述动力。

阎连科选择以写性工作者来呈现身体和性，这既打开了这个时代对于男性欲望及其可能得到的对象进行坦率的探讨的道路。从古至今，性工作者在文学作品里都是一道靓丽的文学形象，尤其是20世纪90年代到21世纪这二三十年前后的中国，作家文人对性工作者的描述，更是层出不穷，已经引起了好几次轰动。丁帆先生在他1996年的一篇名为《新时期小说三次"性高潮"后的反思》的文章里就有概述，他认为，20世纪80年代张贤亮的一系列性描写的作品，作为对禁欲主义的冲击，无疑为文学进入这一领地起着先锋引导作用，可以说是第一次"性高潮"。第二次则是以贾平凹《废都》的出版为标志的所谓"陕军东征"。第三次则是"晚生代"的部分作家和"女权主义"作家笔下的性描写。① 笔者个人认为，阎连科的《炸裂志》，也是一次引领性书写的高峰。阎连科想剥除性工作者身上那种浪漫情调，而且他很大程度上也成功地做到了这一点。就《炸裂志》这本书来说，性工作者几乎是作为一种器具在存在，性成为消费品并被符号化。个人认为，带着一种批评的眼光进入这个文本，喋喋不休地谴责男性对女性身体的戕害，似乎不会有过多的收获，而如果承认现在经济高速发展的时代，同时存在这种性压抑和伪善，以此来分析文本叙述的动力，似乎更可能有更多的意义。下面就以此展开论述。

整个《炸裂志》的故事是从有宋以来叙述的，但是进入"变革元年"，一切都开始发生改变。炸裂村陷入资本的泥淖，整个信仰，全部村庄生活的诗意，开始被玷污，古老的形象破碎，一切不再。而在结尾，在一场毁灭之后，炸裂村活下来的人，才开始又一次有了哭坟的古老习惯，像是隐隐的传统在复召，阎连科让已经窒断的旧传统在毁灭之后得以恢复，以此象征或者隐喻，回到传统，人的灵魂才可能得到救赎。

这部小说展示了乡村肉体在面临资本袭击时展现的无奈和堕落，作为乡村姑娘代表的朱颖，在城市里是属于下层的，但是她成功地成了乡

---

① 丁帆：《文学的玄览》，北京出版社1998年版，第573—575页。

村变革者的代言人，成了一个庸俗的维纳斯、一个肉体的沦落者、一个精神上有所坚持却不得不走向覆亡的牺牲者。

一 传统生活的裂变

这部备受争议的小说在形式上非常有意味，以为一个成为市的村庄立志的笔法，来串联整部小说。性工作者的身体不再是像以往作品那样进行一种有罪的叙述，而进了非罪化叙述的渠道，性工作者在这部小说里，既是结构的一部分，又受制于某种结构。性工作者的身体不再是部分，性工作者的行动与整本书的总体性念息息相关，对性工作者的身体的安排，是对性的规划和排练，成了一种演习，性不再是自由支配的东西，而是总体性结构的一部分，性去除了生物性的表层，而成了一种被支配的工具。

"罪感"总是性工作者题材作品的一种基本姿态，但是阎连科的这本小说对性工作者的罪几乎进行了赦免。很显然，这部小说明显地显示了概念化、主题先行的缺点，大量动用社会资源，但是很多方面因此显得单调薄弱，然而，对当下的资本、对人类内心的侵蚀进行书写，是值得肯定的。

马尔库塞说："在今天，为生命而战，为爱欲而战，也就是为政治而战。"[1]《炸裂志》里面两位主角，男孔明亮、女朱颖，对这句话做了准确的注释。整部小说，看似为炸裂市写志，实际是为孔明亮作传，为孔明亮家四弟兄作传，但仔细看，分明是后宫传奇。这部小说的主要动力是暴露朱颖，以出卖身体为主要职业赚钱发家的朱颖，在小说里不断地脱下又穿上自己的衣服，即使是她穿着全身光鲜的衣服出现在人前，也一如她手下所掌控的那些女性资源一样，是暴露的。她以这种暴露，揭开了整个炸裂市光辉灿烂的身体里的秘密。

性工作者还乡，带回了金钱，也带回了一种城市消费方式。"而更为糟糕的，是秋前朱庆方的女儿朱颖回了村。两年多前她离开村子时，

---

[1] [美] 马尔库塞：《爱欲与文明》，黄勇、薛民译，上海译文出版社1987年版，第11页。

穿着耙楼人都爱穿的自己缝制的笨衣裤。两年后,她回到村里时,竟穿了一身说是每件都要上千元的洋衣服——她的布衫、裤子、围巾和鞋袜上,都印着炸裂人无人能识的英文字,尤其她到哪都要穿在身上、不系扣子的灰色呢大衣,有块鲜红的外国商标,还缀在左袖的外袖口。她在村里招摇过市,把带回来的香烟和巧克力,无论见到谁,大人和孩子,都要整包、整盒地递过去。"① 这是朱颖返乡的样子,面目模糊,却一身闪亮,完全是消费社会打造出来的形象。以偷盗火车上的物品为营生的男主角孔明亮,是朱颖想要嫁的男人,只缘在某个夜晚的沿梦河两人的相遇。这样的爱情不是爱情,是阎连科那一代人所想展示的命运,但是,故事因此展开了。"你以为我不知道你在外面做啥儿生意吗?"② 孔明亮这样回答了朱颖,展开了他们之间的纠缠。

《炸裂志》可以说是一场"博览会",是一场关于博览会如何开幕的叙述,在这场博览会上,每个人都想大捞一把。这场博览会展示了各种产品、各种盛宴,它们保证了炸裂村的奢华和快乐的美誉,但同时也是衰颓的。博览会的主要看点并不是炸裂村的男人们如何偷盗发家,主要是女人们身体的暴露。当代的男性作家很少能描绘出女性的美,阎连科亦然,但是对朱颖的描写,阎连科虽然没有传递出她作为性工作者真正的妖和媚,但是却传递出了她存在给人的不安,使读者对这个人物不得不有所思。但是这个人物,只是一个符号,一个有争议的符号,她的美德,或者她堕落的肉欲,都发出不同的呐喊。朱颖的身体,是一种理想化的身体,包括她对女性的号召,也是理想化的,是一种学院派文人所展示的隐喻,是一种学院化的叙事语境里才出现的恶女,她所展示的生机勃勃,也是学院派作家所赋予的。

二 女民工的进城与还乡

农村少女脱了衣服进入城市,是近三十多年来很多当代小说所表现

---

① 阎连科:《炸裂志》,上海文艺出版社2013年版,第38页。
② 阎连科:《炸裂志》,上海文艺出版社2013年版,第40页。

的主题。脱,是一种进入城市的顺理成章的方式和手段,也是目的。不管是作为城市作家的王安忆,还是从农村走进城市的阎连科,以及其他一些作家,都希望表现村里姑娘"小芳"进城的故事。歌词里"美丽又善良,长着一双大眼睛,辫子粗又长"的农村女孩,进入城市,一般通常都会成为一部形象败坏的作品的人物,那种"裸",从肉体到精神,简直一目了然。作家们可能思路不太清晰,但是却可以很清晰地呈现农村女孩如何被剥光的画面,一种秘密的象征主义的痛苦,一种陈旧的诉苦方式,这里面却带着一种粗暴的甜蜜,一种人性的恶。阎连科在这部小说里,把一具又一具的女性身体输入城市。激情洋溢的城市的一部分,是由乡村女性的胴体打造的,她们有着优美的体型、丰硕的大腿和乳房。文学作品里,塑造良家妇女的性是困难的,但如果赋予这些女子以妓女的身份,所写的裸,就成了一种职业性的表述,无论是读者还是社会,都会给予理解。

　　女民工的品质向来容易被怀疑,女民工的性亦然,这可以从当代文学中对女民工的叙述看出。性工作者作为一种社会类型在这个时代几乎是随时都可以引起注意,但是也屡见屡奇的,把女民工塑造为性工作者形象,把农村朴实的姑娘用大卡车运入城市,穿上标志着城市资本的各种衣服。这种温文尔雅的叙述就开始表现它背后的现实,这种叙述就开始变得暧昧不明,意义变得多重。特殊的、性欲的身体,好像经由农村所象征的土地生产和提供,会达成另一种审美。性工作者与下层阶级等同,这在阎连科的小说里屡见不鲜,农村女性的性,作为一种阶级混乱的根源,是恐惧的对象,也是可以大肆书写的对象。农村不光生产粮食,农民不光提供劳动力,也提供子女。农村不只是农产品受到挤压与侵吞,还有女性、劳力,似乎一切都可以购买。

　　在《炸裂志》里,女人的性是不可认知的,但可以表现,男性作家的想象转向讽喻,不断地召唤来自炸裂村的女性,召唤她们的身体,召唤她们的性,召唤她们身体内部的炸裂,何尝不是召唤作家内心的野兽。

　　欲望对象在书里被不断地拉进、推远、再拉进,已经变得毫不新奇，无所隐藏也就无所表现，一具具的身体成了一架随时可以打开又折叠的机器。可是如此的暴露却安装了一个过于明确的结尾，不能不说是失败的，然而阎连科对于朱颖所表现的执着和坚持却又表现了他描写性并非是单一的。然而真正的朱颖，在作品里，无从进入，没有人能进入她的精神，真正触及她或者拥有她。朱颖作为作品里一个确实存在的人，作者是想要展示和塑造的，到最后，却成了一种虚无的实有，作者如此描写，几近乎赞颂了性工作者的美德。朱颖是羞耻的，不该被接近的，但是她又是那么的强大，以她的身体、她掌握的性资源推动着整个炸裂村的发展，推动着整部小说的叙事。这其实展示了男性作家对女性生殖器的一种观念，在轻蔑的表现中，展示了膜拜和推崇，展示了男性作家对女性的性的不安和焦虑。朱颖的性是虚无的，表现于衣服和饰物之中，表现于各种纸醉金迷的建筑物之中，表现于各种展览之中，但是朱颖的性却撬动了整个炸裂村的变迁，是最为肉体性的叙述动力，她的性的巨大力量在于整部小说里是一架机器，《炸裂志》里的整个叙述动力都是从她的性抽取发射出来的。也许，这也就是为什么到处呈现了她而她又是一片虚无的原因。

新的乡镇、新的县、新的市，一切崭新，高楼大厦，穿越于城市的行程，都是新的。传统的、忠厚老实的农民到了这种商业区，投身于颇大的都市资本陷阱里，充满了兴致勃勃的兴趣，就像一场盛大演出。农民被从自己所生长的村庄连根拔起，跃入城市，一种旧空间上竖立起新空间，玻璃橱窗到处闪现，一片金碧辉煌，街道和商店，都标示着邀请和诱惑。这些东西，都直通农村女性的身体，一切的关系令人眼花缭乱。实际上，不只城市，乡村也藏污纳垢，把一片土地上的居民移往另一片土地，一切会发生改变。

农村女人的性，暗示着社会发展的诱惑，女性的身体暗示着商业和资本权力的勾结。小说持续不断地把我们从一个建筑物又一个建筑物带回到女人的身体，作为展示的对象，作为欲望的对象的能量来源，农村女人的性，被标签化、被符号化，小说竭力避免写到任何真实的男女之间的健康的爱情。也许，对于男性作家而言，书写就是制造欲望。女人本来就是一种欲望。所以，小说博物馆式地陈列一系列身体和建筑就是有意把购物者并不需要的东西扔到他面前，把读者并不太需要的东西扔过来，巧妙地通过农村女孩的性，呈现一种都市风暴。不得不说，阎连科在书写这些乡村女性，同时也在利用这些乡村女性，他让她们在作品里欲望化，这是他书写的策略。女性的身体作为一种商品、作为一种欲望，阎连科注入了强烈的激情，但是这种激情也在不断地消耗，男作家创造了这种欲望，然而塑造的女性，仍然是个他者。朱颖，仍然被排斥在她自己的欲望之外，包括她所率领的那一批"女将"，也是被排斥在自身欲望之外的，她们面目模糊无法发声，但是沉默处却又形成一种呼叫，女性自身的呼叫。女人的性是不可知的，是不该被这样表述的，然而，这毕竟成了一个男性叙述者所讲述的故事。阎连科一直关注性工作者在社会中的能量，他的很多部作品里对此有涉及，从男性眼光出发的故事是由性工作者的性写成的，或者准确说，是由女人的身体写成的，只是女人被赋予了一种不体面的职业，性工作者。由此我们知道，女人的性成了男性作家的一种焦虑，是男性作家的一种不确定的威胁，他们靠编写它来确认它，所以，女人的性成了男作家编写的动力。《炸裂志》表明，性工作者的性，是一种有力的、神秘的叙述动力，是一部发动机。

三　一切坚固的东西都烟消云散了

男性作家描绘女人的性，既想表现差异的符号，又想表现他理解的本质，但是女人的性是自身说话的，不是可以随意支配的。性工作者也有年龄，也有美丑，但是在《炸裂志》里，性工作者都具有风情撩人的身体，公然袒露而自然而然。性工作者的大量存在，显示了男人们性的匮乏，在这里，性交易意味着用身体来换取更为强大的资本和权力。

《炸裂志》里，女人的身体置身于男作家的观察之下，男性想要穿透一具又一具冷漠外表的企图其实到最后陷入了僵局。阎连科呈现了身体，性工作者的身体因为其职业性，几乎引不起什么过度的羞耻和罪恶，但是作为一种书写，却积极召唤出了铭记于女性身体之内的身体的本身的精神属性和精神维度。而在这方面，阎连科是乏力的，他用文字召唤出了女性身体的动物性，即她的物理性，却没有或者较少地赋予她们精神内涵。

《炸裂志》里女性的身体，是装饰性的明亮的风景，华美、装腔作势。而这样的性工作者，似乎是男性作家热爱书写的，至少是阎连科热爱书写和想象的。阎连科让性工作者还乡，参与家乡的改造和建设、家乡的政治构建，另外，一次次将她们推远，送回到属于性工作者的空间中去，让她们的身体处于一个原始的世界，而这个世界多半是他创造的。这个世界把身体推向前台，把它作为一个自然的但是应该鞭挞的环境加以展示，并且赋予其文本整体的意义。

用简单的女性的身体的堆积，以及面目模糊但是资本丰富的男人，来表现一种粗犷的奢华，表现一种阴暗和忧郁，表达对当下的社会发展的批判，不能不说这种表现是热情的，但是同时也展现了社会的精神面貌的坍塌。一切坚固的东西都烟消云散了①，这是马歇尔·伯曼一本书的书名，展现的是现代性体验的论述。在《炸裂志》里，也可以做如是解。

阎连科以自己的想象对这个社会加以夸张和变形，努力把他理解的乡村与城市的转变对人的内在性生活的破坏裂变展现出来，而身体，尤其是女性的身体，准确说乡村入城的女民工们的身体似乎就打开了通向这个虚构世界的道路，在这点上，身体与身体所具有的象征性发出共鸣。这部作品的女性是非人格化的女性被当作性欲对象在男性作家笔下又一次得到凝视的例证，作品里的女性呈现出来的都是一种积极的没有任何罪恶感的性的邀请，女性的身体既是参与者，又成了给予者，从而换取相关的利益。

裸露的与性有关的女性的身体，男性的书写者在女人的身体上创造了属于他的意义。而女性本身，是存在着一种根本的缺乏和裂隙的，女

---

① ［美］马歇尔·伯曼：《一切坚固的东西都烟消云散了》，周宪、许钧译，商务印书馆 1999 年版。

性的身体只是一个欲望的对象，亦可以被资本和权力代替，也可以这样说，女性的身体本来就是一种资本。女性自身是受阉割的，不能发声，是彻底的沉默，是不存在，甚至作为母亲，也只是一种象征。在文学作品里，性演示语言，语言书写性，性工作者往返于家乡与都市之间，往返于象征生育子宫的母土和工作的场所地带，是一种性的象征地理学。《炸裂志》的女性身体，作为模糊的一道商业风景，是男性作家对于女性身体的理解和解释的一种方式。阎连科似乎是想把性工作者的身体当作一种特殊的力量来关注，通过性工作者的身体，表达意义的焦点，但是意义又不能明确表达；而她们的身体被如此叙述，虽然得到了展示，却也带来了疑虑，就是其生活有另一种叙述，这不是男性的注视所能记录的。性工作者所代表的欲望，在男性作家笔下，至少在《炸裂志》里，是一种欲望的欲望。简言之，就是一种欲望的替代物，和性工作者这个实质，是有很大的距离的。

　　《炸裂志》展现了女性的身体，主动配合男人的侵害而僵化的女性的身体，并没有直接陈述，通过朱颖这个看似是女性主角的穿线人物，女人们支离破碎的日常生活和精神困境，通过十足的性的出售呈现了出来。而女人受到伤害，也往往是男人们利用一个女人的性打击另一个女人，朱颖的被抛弃、丈夫另觅新欢、女人之间相互挤压，都是男人们利用性对女人进行的打压和报复。在此可以看出，女人的性，以及她的性特征，牵涉到的不只是相关的社会道德，而且还关系到权力和资本的传递。这里作家阎连科是狡猾的，既不得罪良家妇女，又对女性的肉体做了盘剥，以书写女性的性来解剖社会，是有效的方法。

　　朱颖的子宫值得尊重，她繁衍了孔氏的后裔，她让一个家族谱系得以传承。也许正因为这一点，也正因为孔明亮姓"孔"，所以在最后关于结局书写的部分，有朱颖和孔明亮之子哭坟的尾幕，传承了儒家文化，是一种讽刺也是一种希冀。朱颖所传承的文化，不再是性自由的文化，而是传宗接代的文化，她最后的重量，也只是一个容器的重量。

　　资本无论让人如何叛离，权力无论让人如何失序，自然的成长过程无论如何偏离方向，但是，经由毁灭所矫正的道路，仍然是回到日常生活、回到传统里面，传宗接代，按照旧有的生活方式生活，继续繁衍，抵达某个永远是明天的终点。这简直是对人类生存的讽刺。

阎连科用支离破碎的间接的象征的语言，想要传递对社会的观感、对人生的感悟，所以，并没有把女性单纯地放在一个道德意识领域里进行审判和考察，虽然也给过相关的判断，但是女人的性的出售，到最后成了一种理所当然。然而，这也显示出一种悖论，不可能同时存在很多对立的东西。但是阎连科这样做了，在《炸裂志》里，他既整齐划一地对女性进行军队式的指挥，又希望赋予她们以独立的主体人格，因此，女人的性在这里得到了张扬，女性的脸却是模糊的。不安宁的、主动的、有吸引力的女性的性，在这里是被赞美和肯定，同时也是受着讽刺的，而男性的权利，建立在女性的身体之上，女人自身的私人生活、内在的性生活，被较大限度地直接忽略。

性工作者身体的颓废景象，在出售和侵犯里，得到了清洗。作为性欲经济的一部分，在资本社会下找到了自己的位置，所以，性工作者的性，是关系中的关系，这种性工作者与社会建立的性关系，决定着别的其他关系。它既是力量也是意义的所在，至少是意义的发出者和接收者，意义是通过对它的建构表现出来的。

其实，女人的身体对于男性而言是他者，对于女性自身而言，也是他者性。我们亲近我们的身体，但是并不了解我们的身体，它随时可能窜出一种声音，不是我们所熟悉的但是却是由我们的身体发出的要求。从这个角度来说，我们虽然已经在书写和电影等各种媒介里，使身体庸俗化，但是通过展现身体，我们并不能更多地得知什么。我们虽然知道身体毫无意义的必死的命运，可是我们还是会一步步地去倾听身体发出的呼喊。似乎只有通过书写身体才能永生，可这也是靠不住的，但是书写身体，尤其是性工作者的身体，是很多写作计划非常热情的对象。

男性作家不断地通过对女性身体的书写，给女性的性，尤其是性工作者的性打上各种道德和社会以及个人的标签，结果却释放了男性作家在情欲上所受到的伤害，不能不说身体的危险性，也在于此。阎连科在《炸裂志》里，绵延不断地表现性经济繁荣下产生的可怕的不断损耗的毁灭，同时也把性工作者的身体变成了无意识的欲望的象征地。在小说的最后，女人的性被毁灭了，与之同时毁灭的，是附着在性上的身体。曾经得到赞美、得到判断的性工作者的性，在最后给出了裁决，这古老的行业，被销毁在传统的复归里，但谁又能说，传统不是一种再造。

总之，《炸裂志》把社会对女人的欲望和男人对权力的追求有机地结合起来，造成了社会秩序的崩盘。最后，只能寄希望于传统的哀歌，在哭坟的仪式下，彻底地拒绝，至少是表面地拒绝性经济的渗透和进入，小说由此戛然而止。小说中社会的崩盘，是以一种不成熟的逻辑来促进的，强烈的诱人的贪婪的女性的身体，造成了各种社会矛盾，引发了社会和家族的各种裂变，然后，男人们为他们身体的欲望、为他们屈服于性的力量最终付出了代价。这种代价有的是以肉体的消亡支付的，有的是以孤独的思考，有的是以终生的遗憾。在某种意义上，不得不说，性工作者的激情或者简言之也可以扩展到女性的激情，在男人的身体上留下标记之后，也如同匕首和投枪，一种耗损，必以另一种耗损来交换。

在这部作品里，实际上，性与自由和权利是直接相勾连的，是一种隐喻，也是一种象征，同时还是一种美学焦点。性附着在身体之上，获得了它丰富的意义。性工作者的身体穿越经济的栅栏，成为具有多重性的身体，扮演着激情和欲念的角色，也创造了叙述动力。从这方面来说，对性的任何道德审判，都是一种活生生的反讽，一种双重的生存准则由此展开。身体与意识，注定是一场分裂，注定造就语言的狂欢盛宴。

第四节 《梦中人》之悖谬与激情

"伤痕"文学得名于卢新华的短篇小说《伤痕》，是 20 世纪 70 年代末占据文坛主导地位的一种文学现象。经过三十多年，卢新华 2014 年发表于《长城》文学杂志的中篇小说《梦中人》，一如既往书写社会的创伤，但主要是写三十多年以来社会大变动之后经济发展之下小人物命运的生计和文化创伤。《梦中人》所塑造的人物，依然是"伤痕"家族走出的家族系列形象，是创伤者的后代。文化创伤是可以遗传的，所以，在他的这部中篇小说里，我们看到了丰富的文化创伤意蕴，以及老作家欲诉还休的批判欲。

卢新华的中篇小说《梦中人》突入性层面的文学隐喻，以一个叫作孟岱的村庄成长起来的青年孟崇仁的爱情为线索，写了农村男子孟崇仁一路追寻小时青梅竹马现已长大进城做了性工作者的未婚妻孔三小姐的故事。这篇小说虽然情节并不复杂，但通过一系列的文化隐喻表达了很多值得深思的问题，如商品经济对女性身体的异化、男性精神的萎顿、传统伦理的失范。当然，作者更主要的是要拷问这些隐喻中的文化内蕴，借以表现现代社会中的社会伦理问题。卢新华以一个乡村女性性的城乡迁移置换的变迁隐喻，来洞察当代社会多方面的讯息。《梦中人》这个文本，展现了现代都市工业文明和现代商业文化背景下的农村社会性伦理的变化。

一 性别伦理的隐喻

孟崇仁出生在孟岱村，从小梦游，看见过村庄很多藏污纳垢的奸情；三十而立之年，父母双亡，有两个已出嫁的姐姐，有一个小时候定亲的同龄未婚妻表妹。村庄有一条平坦之路叫"孔孟之道"，村里大都姓王，只他一家姓孟。文中主要讲孔三小姐由于情欲支配，引诱孟崇仁不成，入城做了名副其实的现代性工作者。孟崇仁一路追寻，最后成为劝告失足妇女远离乱性泥淖的"梦中人"，终于于无意中碰上自己的"孔三小姐"，后者已经成了风月场的"老板娘"。之后不久，他拿一直随身携带的"锤子"，不小心杀了她。

联系全文，三十而立，父母双亡，也是寓意一种精神上血缘关系的断裂。孟崇仁死后，孟岱村改名王岱村，但"孔孟之道"依然留着，成为一种表面的象征。孔三小姐在乡下对未婚夫的索性不被满足，未婚夫囿于"孔孟之道"不提前发生性关系，而到了城里，孔三小姐借着市场消费身体，身体本身并没有发生变化，却实现了城乡置换，哪怕性活动过程中的关系也是如此。孔三小姐对城市文明的喜欢，远远多于传统的乡村，多于象征乡村伦理的"孔孟之道"。"遗憾的是，'孔三小姐'却不喜欢走'孔孟之道'，不喜欢过循规蹈矩的生活。他们在一起的时候，她最喜欢和他谈论的都是外面的世界，城里人的生活，城里女孩子的着装打扮。一起进城去的时候，最让她流连忘返的也是那些粉饼、指甲油、廉价的首饰和低领衫……"[1] 追求城市文明的孔三小姐，隐喻面对商品经济诱惑不加抵制一跃而上的一批人，这批人被商品吞噬，变为消费大漠里的消费品。

城里的性在经济领域是被鼓励消费的。"你怎么回事？真的不懂吗？那些外地来的女孩子，都是在帮助外貌营造良好的投资环境呢。你把她们都动员走了，还会有哪个老板来投资？告诉你，要不是看你也姓孟，我早就让人把你当嫖客抓起来了！"[2] 这是小说中当地工作人员的话，虽然有对失足妇女的规劝，但在经济方面，性经济却是一个衡量指标，对性工作者的暧昧态度，也显示了这点。在小说中，改革开放之后的这三十多年，主角孟崇仁依然指望"扫黄清污"，但随着经济的发展，性产业已经无可厚非地成为衡量经济发展的一项隐形指标。

作为村庄的一条主要道路——"孔孟之道"，在小说中有多重文化隐喻。"孔孟之道"，作为一条道路，首先是男性话语的象征，也是男性文化辉煌的象征。孔孟之道作为一种传统文化，是男性话语的标签，而孟崇仁这个名字，孟子后代，崇尚仁义礼智信，代表一种遥远的文化辉煌。"孔孟之道"代表了男性文化的优越感，这种优越感在孟崇仁身上得到了明显的体现。孟崇仁这个名字，如同孔三小姐这个名字一样，都是文化的隐喻。从孔孟之家生出裂变，一为正统，一为变异。"孔孟之道"是男人的"道"，所以到孔三小姐就不再受束缚。"孔孟之道"也表现了男性的占有欲望，是男权文化的象征，是传统文化最初获得群体认可（至少是表面认可）的敲门砖。作家卢新华不止一次在书里挪

---

[1] 卢新华：《梦中人》，《长城》2014年第1期，第6页。
[2] 卢新华：《梦中人》，《长城》2014年第1期，第11页。

揶孟崇仁死守教条不顾孔三小姐人性的渴望压抑或者阉割自己的欲望。然而，作为"梦中人"的孟崇仁，以清污为大业，到处劝告失足妇女从良，按理是传统文化的护卫者，但是却被男性同胞放逐和排斥，即使是农民工朋友，也不太认同他的"孔孟之道"。

"'呀呀，我们是脏人，可你怎么能证明你就没有那些脏念头呢？你没有那些脏念头，还想她干吗？'他就无言以对了。"[1] 从这里我们其实可以看出，孟崇仁性格软弱，唯一的包装就是"孔孟之道"，但明明有着渴望，不断地追寻拜访失足女，却给自己冠上"清污斗士"的标签，以"清污"为口号，终日趋污近污，为拯救"失足妇女"献身。所谓的清污，倒像是一种借口，像个弄虚作假、文过饰非、欺世盗名的骗子，一直不被政府和相关的需要"帮助"的小姐们待见。作者一再强调孟崇仁衣服头发不干净、全身邋遢的肮脏相，实际展示的是他阳刚的缺乏，一旦一个个体的身体与他所倡导的文化符号不符合，他便无法获得群体的认同，也就无法获得自己所倡导的文化的替代性满足。"孔孟之道"虽然是孟崇仁最好的文化道具，但是他的一身行头支撑不起他的观念，这个社会的价值观已经发生了明显的变化，他却在"孔孟之乡"里游走，陷入道德焦虑不能自拔。

"孔孟之道"在孟崇仁的表现中，逐渐变成一种暴力观，最后引领他走上了杀人的道路。孟崇仁生活在自身文明禁锢的社会，体格残弱，力量日益萎缩，离开乡村之后除了出卖劳力做工地上的民工，找不到自己精神文化上的优越感，无法介入繁华的都市生活。对他而言，对孔孟之道的留恋，应该是对传统的农业生活的回顾与留恋，是男权暴力欲望的留恋，而当他重返家乡，他所在的小城也已为消费社会所收买。

对女性而言，孔孟之道意味着什么呢？小说的女主人孔三小姐没有正式的姓名，"孔三小姐"是被赋予的称呼。她敏感于农村未婚夫的怯懦和萎缩，敏感于他精神上的自我审判，最初对这个未婚夫还有所渴

---

[1] 卢新华：《梦中人》，《长城》2014年第1期，第8页。

望,希望与他在野外玉成好事,满足自己的生理欲望,但是遭拒之后她奋力反抗,再不回头。虽然在作者的安排下她进城突兀地做了性工作者,但是从她对男性、对乡村男权的反抗来说,她是一个值得关注的农村突围的女性角色。然而就如鲁迅所担忧的,娜拉出走之后怎么办?不堕落就得归来。这么多年过去,男性作家笔下,女人依然没有脱离性消费的功用。虽然孔三小姐是以性的方式成为被消费者,但是她也表现出了自己活泼的生命力。与守旧的有文化暴力情结欲望的未婚夫相比,她是一个更为进步的人物。孔三小姐到城里做了性工作者,完成了自己的资本原始积累,当了老板娘,这里面也包含了女性对自己身体处境的审视和反省。她质疑这个世界的规则,"她忍不住噗嗤笑出声来,说道:'做这种事的人现在多着呢,已经是一种产业,你明白吗?'"① 这里面表现了她对自身所处环境的审视,以及对所从事的不被社会大众所认同的职业的认同,她靠"很多人做这种事"来为自己的职业提供内心支撑力量,也正显示了多层含义,展示出了女性的生存境遇以及女性身体的微妙处境。一种产业明明作为一种实体存在,但被道德赋予了负面判断,这就形成了一种存在的悖论。

实际上,消费社会将人的身体作为一种物品构成消费平台,男女都一样,女性出卖性资源,男性出卖劳动力。如果孟崇仁在城市里不出卖以身体为资本的劳力,也是一样无法生存的,但是即使出卖劳动力,也还是得不到应有的尊重,这就更加引人反思。

二 道德伦理的精神创伤隐喻

在孟崇仁到城里寻找女性(未婚妻孔三小姐为代表)的过程中,也在寻找男性,寻找他自己。理想的男性形象只能在他的头脑里,在他坚持的孔孟之道的观念里存活着,现实里,在市场消费面前,男性和女性都不再有精神上的立道者,也都共同面对了理想与自我分裂的失落。在这个意义上,表妹孔三小姐与孟崇仁实际上都是同一船的"天涯沦

---

① 卢新华:《梦中人》,《长城》2014年第1期,第13页。

落人",但是作为"孔孟之道"的传承男性孟崇仁无法做到和女性一同承担这种乡村命运的共同沦落,他将女性挑出来,对她进行道德审判,发泄对自身无能的愤怒。最后,他杀死了她,其实也是杀死了自己,进行了自戕,借以结束自己的精神创伤。孔三小姐进入城市,也不能不说跟乡村道德对女性的挤压有关系,女性的欲望和尊严在乡村是不能被保证的,所有的语言如同"孔孟之道"一样,坦坦荡荡地属于男性,属于大道,而抄近路去做自己欲望所要求做的事情,则被审判和鞭笞。这种审判和鞭笞即便无声,却还是在沉默里存在,因此孔三小姐受到了切实的伤害,所以她出逃了,进城做了性工作者。在一种对比的生活方式里,她以出卖身体获得了精神上的补偿,也获得了一种对欲望的自我认同。这方面,她用一种替代性满足修补了她在农村所受到的性别创伤。

卢新华把对乡村男女及他们的身体处境的剖析符号化,尤其是对女性的身体进行符号化。社会对女性进行价值判断时,往往将其与身体直接联系起来,准确地说,将其与生殖器的指向直接联系起来,如果一个女人的生殖器的性指向较为多,这个女人一般多半被定义为不洁且卑贱的。传统的"孔孟之道"对女性的禁锢,赋予女性以卑贱符号,浸透了整个农业文化。当现代消费刺激农村文化所产生的力量让农村男权日益萎缩不得不退后时,农村男女的权力问题也直截了当地暴露在世界面前,所谓农业文明,多半是农村男性对女性的霸权史。澳洲女学者杰梅茵·格里尔在她的《完整的女人》里写道:"我这个女太监要的是摆脱对肉体的永久评价,永久惩罚……这个肉体比我们的任何科技产品都更加美妙……女性肉体不是我们的敌人,而是我们的优点。限制我们的不是我们的肉体,而是他人对我们这个性别的憎恨和厌恶。如果我们开始跟他们有同感,也鄙视我们自己,那我们就完蛋了。"[1] 在《梦中人》里,当代社会经济的发展打开了自耕自足的农业大门,乡村女性开始走出城堡,孔三小姐奋不顾身地逃离男权意识的幽灵,客观上其实实践了

---

[1] [澳]杰梅茵·格里尔:《完整的女人》,[澳]欧阳昱译,百花文艺出版社2001年版,第423页。

这个观点。虽然,实际上她只是从一个男人走向了一群男人,从一种漂泊流落到另一种漂泊与流离,她自身的经济、政治和社会结构并没有完成改变,但所幸的是,她走出了男权牢笼的家庭格局,走向了社会这个旋涡与洪流。然而,她最后被道德审判死于锤子之下显得那样不可思议,但这也表明她的反抗最终还没有完成,还得继续。其实,从性别角度看,这也是男性作者没有给出农村女性解放命运的出路,或者表明作家对妇女的解放不抱信心或者本就没有信心。实际上,在当下的社会发展文化语境中,不仅农村女性是被贬损和被性潜意识标签化的对象,农村男性也同样被赋予无能的苦力劳动者形象,农村女性的身体被物化,男性被虚化和异化。因此,与其说小说最后让孔三小姐死于暴力之手,是小说中特定境遇下女性性工作者命运不算什么意外的归宿,也不可以不说是男性叙述者卢新华笔下女性命运的故意安排。

孔三小姐反对的是传统的性控制与性占有,现代社会的乡村与城市的变迁,已经把几乎固化的农村时间经验打破。孔三小姐进入无根的方向,不断地流动来重塑自己的家园,她并没有把男性作为身体的依归,但是她走的依然是漂泊之路,从一个定向男人飘向一群面目模糊的男人。卢新华这篇小说以乡村女性性漂泊的时间证明,女性指望与之发生性关系的对象最终成为她们的归宿的理想是不可能的,女性的身体最终变成了一个流动性的交易的载体,是因为愿望受阻的转变。反之,一个受了伦理道德规训的男人,试图按照农村的传统方式与她建立家庭白头偕老,最终也发现她成了一位得不到的女人;在现代经济高速发展、人性异化的消费社会,最终他所指望的那个女人也是不存在的。

卢新华作为"伤痕文学"的呐喊人,多年以来,一直在这种符号的牵绊下生活着。小说对孔三小姐命运的叙述,似乎完全剥夺了孔三小姐真实的生命欲求,其艰难的尊严抗争以及悲剧命运的成因也没有很好地写出,作为男性欲望追逐的对象,她一直是一具欲望的肉体符号。小说非常突兀地将一个有过抗争敢于追求的女性变为一个性工作者,最后被杀掉,不能不把她在前期被塑造为在性爱中主动追求大胆行动的形象大打折扣。

"在中西文化语境中,男性都更多地跟精神联系在一起,女性则与身体联系在一起甚至与身体等同。女性仅以身体外貌被批评判,对身体的维护与保养成为衡量女性生活品质的一个标准。女性身体在这里遭逢两难的境遇。一方面,女性被视为与身体同义;另一方面,当女性真正高扬肉体性力量的时候,往往又受到道德的责难,女性身体因此被视为道德堕落的象征,以及社会秩序的破坏者。女性身体往往面临身体性和伦理性被人为撕裂的困境。"① 因此,"不贞"的身体被戕害,是作者对女性赋予的终极审判?这点值得探讨。如果真是如此,也显示了男性作家的偏狭,缺乏对女性命运的关怀。

这篇小说大致上将商品经济下人物的物质欲望肉体欲望和生活的庸俗性、历史的创伤性等因素混合在一起,建立了一个巴赫金"狂欢式"的假想世界,但并不是人人有份,而是一部分人对另一部分人的统治,是城市对农村的统治,是城市文化对农村文化的入侵。工业文明的横向侵入和发展,造就了市场的虚假繁荣,在这种虚假繁荣的背后,隐藏着中国传统文化的失落和异化,隐藏着乡土风情的失落。在城市对乡村的挤压下,孔三小姐主动交出自己,成了被侵害的一部分;而代表传统文化的孟崇仁,虽然也开始在城市里打工,然而他的情感方式和伦理态度根本没有任何改变,传统的文化使他无法接受女性性的"堕落",他杀死了她,是作者以一种极端化的方式为传统封建文化唱挽歌,而这种吟唱本来就是充满市场主义的虚假感伤的。在这里,作者显现了他们这一代部分伤痕作家优秀的市场人格,缺乏自省,容易陷入情绪性的控诉(笔者在此并没有贬义)。

小说赋予男主角孟崇仁以梦游症的疾病,小说名《梦中人》,疾病也是一种隐喻,梦游症也表明了作家的态度,梦游症是对不健康的社会的隐喻,作品中的男梦游患者陷在生活困境与情感折磨之中。孟崇仁虽然在农村是一个遵守"孔孟之道"占着"孟"姓优势的年轻人,但是却在追求孔三小姐的感情里受挫,无法带回已经在城里做了性工作者的

---

① 尹小玲:《消费时代女性身体形象的建构》,黑龙江人民出版社2010年版,第186页。

未婚妻。这成了孟崇仁的情感困境，也是历史紧急时刻主体性漂泊不定的反映，孟崇仁在城乡之间的漂泊，是梦游症的一种表现；而孔三小姐在城乡之间的置换，也是一种"梦游"。小说的主题由此可以获得更深入的理解，这就是"梦游"所承载的文本意义，构成了现代性的隐喻，是中国社会发展自我的新态度。

在卢新华的文本里，男主人公无意杀死孔三小姐，却还是当了刽子手，而他，却感觉失去了生命的孔三小姐真的成了"月中仙子"。凯特·米利的著作《性政治》里讲到"政治"不是一般意义上"会议、主席和政党"所代表的那个狭隘排他的世界，而是指一群人用于支配另一群人的权力结构关系以及组合。[①] 孟崇仁杀死孔三小姐，是男性对女性身体政治的胜利。可是没有走向衰老的年轻女子被杀死在她还算青春的年龄里，作家这种安排，也是对她人老珠黄、年老色衰命运的规避。在商业文明笼罩下的都市，性产业是一种实际存在但不被社会道德承认的产业，性工作者不再像传统文化里的青楼女子扮演着文化传承的角色，而逐渐成为一种单一的性商品。这篇作品的优点在于性工作者不是缘于通常底层文学的贫困，而是女性相对自主选择的结果，这为女子成为性工作者命运的多样性提出了思考，丰富了性工作者文学的多样性。但是，作者流露出女人进城，成为性工作者是几乎抛不开的命运的观点，则有点太过。然而，乡村女性从农村走到街上，从街上走到房间，改变不了的依然是扭曲的被需求，性的需求依然是消费品，作为性消费品的功能，一直在以显性或者隐形的方式存在着。这篇小说里，经济上相对独立了的孔三小姐，还是没有从根本意义上获得解放和平等，也就是说物质并没有决定上层建筑，没有平等的社会环境，解放还只是一种表面现象，女人的命运仍然是被审判的。女性的生存以性的出售为前提，不是一个人就是一个社会，作者在文本里，对这种择偶观持暧昧态度，但是却以对女性肉体生命的被戕害而告终，也间接地表明了作者的态度。

[①] [美] 凯特·米利：《性政治》，宋文伟译，江苏人民出版社2000年版，第32页。

三　社会政治隐喻

作品里作者的观点是暧昧的，一方面，站在进化论的立场上，对乡村中的愚昧进行了尖锐的批判；另一方面，却又在情感的需求里，让主角孟崇仁在作者的安排下春节返乡，感受了一下商业文化对家乡的侵蚀，这就造成了一种情感的分裂，既对过去恋恋不舍，又不得不面对不断拖拉着往前走的现实。这种矛盾在很多作家的作品里都有所体现，一边是农业文明的牧歌，一边是隆隆的工业文明的车声。"还乡"的母题一直存在，但还乡的目的从来没有在文学作品里得到完成，还乡的路径谁都无法重新选择，所以造成了内心的悲剧。社会发展与孔孟之道所代表的文化根基早就发生了巨大的裂变，但是现代知识分子的笔下，仍在进行着痛苦的呻吟。

"行为的血腥永远也无法证明动机的清白。"① 作者夫子自道，在最后一节，作为罪犯的"清污斗士"孟崇仁被关押之后，记者采访，报纸报道，作者写出这句，很突兀的，忽然插入这一句话夫子之道之语，接着以对孟岱村改名王岱村做结。孟岱村因一老者喜欢"四书""五经"，假以言辞，保住了"孟岱"村村名以及"孔孟之道"这条路名；随着孟崇仁被关押，村名改了，"孔孟之道"名存实亡，虽然路名仍存，但已经不是"孟岱"村的"孔孟之道"。卢新华在作品里，一面暧昧地回首传统文化的辉煌，一面又在批判文化根基里所自存的愚昧和缺陷，既对现在的经济浪潮进行拥抱式的肯定，又频频回首。"行为的血腥永远也无法证明动机的清白。"是一种强有力的审判，如果不论书中对女性命运的挤压，这句曲笔几乎都奠定了这篇文章立意的高度。

"如果我能成功地劝说一个女孩子从良，就会帮助成百上千的男人不会受到她的'精神污染'和'身体污染'……暗娼虽多，再多也多不过那些苍蝇。只要外面牢记圣人的教诲，用社会主义的道德观去感化她们，用愚公移山的精神去和她们作斗争，这社会总会有干净和清洁的

---

① 卢新华：《梦中人》，《长城》2014年第1期，第16页。

一天……自然界的环保是要多种树,社会的环保就是要花大力气挽救'失足女青年'。挽救了她们,也就挽救了许多个和谐的家庭不至于走向破裂,也就维护了社会的稳定,也就保证了干部队伍的纯洁性,也就,啊啊,国家就能长治久安……"① 小说中时间及空间的置错,一部分人选择抱残守缺,如孟崇仁;一部分人选择顺应,如孔三小姐;一部分人选择反抗和坚持,如文中坚持用迂回的方式保留了"孔孟之道"路名的老者。社会的变动,造成固有的生活方式无法继续,大批人被生活追赶,传统的生活方式沦陷,孔三小姐靠攫取财富来换取安全感,而孟崇仁靠暴力的方式一意孤行地维护已经消失的传统,这为我们提出一个当代文化的症候问题:我们在哪里?这不是哪个作家或者评论家可以回答的。卢新华在这篇文章里提出这样的问题,值得我们深思。

第五节 《飘窗》身份解读

悠悠万事,羊大为美,刘心武的小说选材几乎每一部都有入文学史的意识。作为时代的记录员,他的《飘窗》又一次写出了当代社会大拆迁下各种人物所处的不同境遇。

《飘窗》是刘心武在2013年1月开始写的一本小说,于2014年1月写完,对此,书的最后一页专门有标出。小说以阿拉伯数字做标记,从1写到100完结。全书以一条叫作功德南街的街道为事件主要发生地,以退休工程师薛去疾为线索人物,以民工庞奇当都市富人的保镖所经历的一系列事情展开。草蛇灰线伏脉千里,开篇第一部分以远走一年多的庞奇回来开笔,他离开之前留话,回来要杀人,全书以此展开倒叙,最后进入正叙,庞奇确实去杀人,但不是他的雇主,也不是他生活里有过矛盾的其他仇敌,而是给他以知识和心灵启蒙的知识分子薛去疾,到此收尾,是第99部分。第100部分,也就结局,舞台变换,都

---

① [澳]杰梅茵·格里尔:《完整的女人》,[澳]欧阳昱译,百花文艺出版社2001年版,第423页。

市街道大拆迁，一切结束，又换篇开始，所发生故事的街道，变为了一个空气清新的森林公园。

在20世纪80年代的城市，很多电影和文学都是围绕几条街道和几个弄堂展开，一条胡同、一个弄堂、一些居民院、几家或者几十家邻居，加上三姑四姨等一些人进行碰撞的日常生活的波澜，就成了一部戏或者一部小说。现在，城市的质地、结构，城市的生态，都已经今非昔比，然而当下很多作家表现城市，还是20世纪的那种构造结构，一条街或者几道街上的邻里，彼此还是非常熟识，这就显得不太正常，但好在刘心武的这部《飘窗》没有完全按照这个套路展开。

刘心武的这部《飘窗》小说，就是围绕一条街展开的，这条街名叫打卤面街，也叫作功德南街，还叫作红泥寺街，在小说开始描写的时候，这条街存在着，而到小说结束，这条街消失了。打卤面街这种名字是市井化的，与生活贴得很近，以功能为街区命名；功德南街这种名字，则引起人们对德高望重的人捐助修建庙宇大桥之类事件的联想；而红泥寺街这个名字，则让人联想到信仰，联想到这里可能曾经有过寺庙。"红泥"又通"虹霓"，连接当下和未来，也许这是一条灯红酒绿的街，街上形形色色的各式人都有，其中就有性工作者。街的名字有三种，街的功能至少就有三种。

功德南街作为一个空间，在小说里展开情节。作者清浅地讲述了这条街的日常生活、沧桑变化，穿行于其间的日常政治、被压抑的欲望、各种商业迷宫等，被一一建立，这些迷宫犹如机关关口。作品通过故事线索人薛去疾的飘窗拉长或者拉近镜头，通过薛去疾这个人，拉长空间的宽度和厚度。人物穿行于各条迷宫，各自留下一些性格和自身生活的蛛丝马迹，然后通过小说事件的发展，把它们七拼八凑地经过读者的想象串联起来。这一整条街就这样串联起来，形成了一条街的气质，或者一个国家的气质，这大概是作者的意图。小说成功地通过飘窗作为据点，通过退休工程师薛去疾这个人，营造了陌生、奇异而又合理的气氛。文本没有具体年代，但是依据文中细节推测时间，是改革开放之后的大陆的某条街。在这里，政治是隐秘和暧昧的，官员们的出场是模糊的，大商人们也显得非常诡异。但是功德南街这一整条街，却处处渗透出一种寻常的日常生活的暖意，就是卖水果的小商贩，电工和清洁工，虽然不断地向上层靠拢，寻求各种势力的保护，但是却营造了一个正常的生活世界……一切都是在淡然内敛的笔触里展开，包括主人公庞奇与家庭关系不甚清晰的青年女性努努的恋爱，也是在一种看似温暖的笔调里展开。政治和情欲、历史，就这样全然悄悄地融入这条清浅的功德南街。时移事往，到文章最后，一切消失，地产商的收购或者政府官员的整改，让这条街道变为了一座公园，功德南街完成了它的转变，开始新的历史记忆。

在《飘窗》里，刘心武不光关注一条街的变迁，更是通过这一条街，关注凝聚在空间里的碎片人生，在此之外，赋予空间以变迁意识。小说里写薛去疾因为受人之托，甚至去考察这条街的前身，叙述者穿行于街道，寻访它珍藏的历史，通过蛛丝马迹想找到它的过去，却只是用拓片拓了一下不甚清晰的"红泥"碑文。但是真实的小巷却几乎不存在任何人的记忆中，它在现实里已经失落了它的历史，或者说，它就是中国任何一个变迁过的街道的缩影，不被铭记过去，也不能彰显未来，就如生活在其上的人，就如那些主动或者被动逃离土地的民工。它的生命历程，遵循着改革开放的轨迹，是经济发展的结果，是政治的一个言说空间。功德南街，既是自由的，又是政治的，同时也是市井的，过去缺席，未来亦不可标出，只有当下，也仅仅是当下，它的前景是无轨的、散漫的。

街，更倾向于行走空间，而不是生活空间。行走空间是抽象的，不贴身的，行走者很少能较为具体真切地感受它的现实情状与历史沧桑，只是景观，也仅作为一种街道景观而存在。刘心武描写这条街的时候，也是用作为活动的"清明上河图"景观来描写的。刘心武在叙述这条街的时候，给了它相当的完整性和绵延性的质地，居住其间的各色人等，彼此熟悉，彼此牵扯。有些人会离开这条街一段时间，会偏离这条轨道，但是回到这条街的时候，新鲜感也只是一时，又会被融入这条街，成为这条街的历史，他的生活只不过是从一个静止的圈子变成两三个静止的圈子而已。总之，刘心武《飘窗》所塑造的这条"清明上河图"式的街道，还有着一点 20 世纪街坊意义的街道的些许意味，而不是现下很多大城市的街。现在的街已经失去了街坊的性质，人物表面化的维系也变得非常淡薄，邻里之间也不再那么劲头十足地评头论足，不再多么热情地参与别人的生活。

就像余华的《第七日》一样，《飘窗》也显示了过多的当下生活元素的痕迹，过多的新闻线索渗入，与现实生活靠得太近。也许，这恰恰就是当下写实文学所不得不陷入的境地。对于文学作品来说，当下的农村和城市，已经不是传统意义上的农村和城市，随时都在拆迁，随时都在上演一道道陌生的风景。不过，就是刘心武如此地描绘一座都市的一条街道，我们也不能说，刘心武是个熟悉城市的作家，只能说，刘心武在这部作品里，确实描绘出了都市各种关系的玄妙，但是他所显示的，只是一小部分，都市远比这玄妙。下面笔者从三方面，分析刘心武在这部小说里所展示的精神意蕴。

一　城乡矛盾之张力

在消费社会语境中，物品极度丰富，但是物品本身又面无表情，在如今的机械复制时代，一切有形无形的物品都可以被批量复制，一切真实和原初的体验几乎都已经不再存在。都市就像一个巨大的容器，既在极力陈列一些商品，也在极力复制一些几乎等样的情绪。《飘窗》即是以"物"的角度，推进情节的跌宕起伏，人物命运的悲欢离合。这里的物，主要是乡村的土地与城市的房子，以及车子等。"物"作为日常生活的基本元素，在这部作品里搭建起来，"都市"和"乡村"也随之浮出水面，表象的是城市，隐在的是乡村。

在刘心武的笔下，"物"几乎成了主体，人的身体被物收买，时间被物控制，在"物"的背后又蕴含着丰富的各种社会关系。《飘窗》里，刘心武不厌其烦地对"物"进行铺陈。小说借助于一个退休的理工科工程师薛去疾的交际圈展开情节，有头有脸的风光人物和无知无识的贩夫走卒、身份不明黑白通吃的巨商官员、争取待遇的教授、拿诗词粉饰生活的性工作者、失地上访的农民、物业电工和各种商人等，不同的人，在叫作"功德南街"的地方登台，由不同的物牵引走出。都市的物质化取消了人的中心地位，对物质的欲望和对地位的追逐让一个个人穷尽凶相地显示出自己的面目。在物的引诱和关照下，人物的命运和心理的变迁毫不突兀，一切显得合情合理，但是，物的震慑，总让人觉得哪里有点不对劲。

这篇小说，退休工程师薛去疾是牵线人物，而庞奇，一个麻爷身边的保镖，实际是主角。他的出走和归来，是文章的主要情节。而麻爷作为他的雇主，向他实在或者暗示允诺的物——房子和其他，是贯穿全部的器具。"物"摆脱了日常生活的光晕，超出了日常的价值，上升到关于小说结构和情节，关乎人物命运的显要位置。

这篇小说的故事主要发生地是功德南街，也叫作红泥寺街，书里有所谓的关于这条街的考据，而实际上，这条都市的街道，是作家的"自我都市状态"，是纵向上消解了历史，几乎没有之前的历史，是无从考究的一段历史，是只有一块碑的似是而非的一段历史。在时间上，它是没有过去也承接不了未来的，在结尾，它变成了一座公园，彻底翻新，就如以前的历史无迹可靠一样。那些住在其上的人，也被彻底迁居，时间是碎片化的，拼接不起。而空间也是多向度化的，从都市到乡村，从上访到拆迁，人物在更广阔的天地里失去了自己的方向，广阔的宏大叙事变得再也无法接续。都市的快速变化把时间压缩为扁平，完全割裂了历史和记忆，只指向现在，过去只能靠想象。

在作品的前半部分，作家在精心书写知识分子薛去疾是如何一本书又一本书地启蒙乡间出身、身体壮实、学过武术的民工庞奇。在很多城市人的眼里，民工是需要启蒙和教育的。正如丁帆先生所说："'农民工'或'打工者'这一特殊的命名就决定了他们是寄身在都市里觅食的'另类'，他们是一群被列入'另册'的城市'游牧群体'。"[①] 庞奇也是都市游牧族群里的一个，是茫茫民工流中的一个小

---

① 丁帆等：《中国大陆与台湾乡土小说比较史论》，南京大学出版社2013年版，第394页。

点。庞奇作为一位都市民工，具体干着保镖的工作，以身体做抵押，基于生存条件而不断地挣扎，受城市退休工程师薛去疾的启蒙，开始有了城市人式的尊严和人格意识，但是功德南街的气息已经透过他的保镖身份渗入他的皮肤和毛孔，让他只能沉默封闭地受着来自资本的侵蚀和异化。而在后半部分里，庞奇的命运却突然掉进了荒唐的都市传奇里面，跌落在都市上层空间所显现的潜规则生存方式里；而知识分子薛去疾，为了儿子的房子和钱财，也忽然之间开始变得不再那么真实，失去了原来所坚守的普世价值观。庞奇因为乡间拆迁乡亲上访事故，在金豹歌厅门前为保护乡亲劫车由此保镖生涯受到牵扯，离开功德南街一年之久，然后返回，他的身份空间这时已经转换，他所受到的有限的启蒙已经限定了他的生命，或者说，是功德南街限定了他的生命，他走不出它的笼罩。他的敏感让他触摸到了这条街的霉烂的命运，他在自己所成长的乡间又找不到生的希望，命运无法抗拒的绝望追随着他，于是，他做出了裁判。在他醒悟到他的身份空间无法摆脱功德南街的阴影之后，他开始准备杀死自己的精神启蒙者薛去疾，这个人给他以钙以骨的精神喂养，自己却在现实面前屈膝而跪，失去了做人的榜样力量。

由此，作为都市保镖的民工面前的都市不再是抽象的局限于底层的都市，而是和立体感很强的现代都市的资本、权力和日常生活层面上的形态关联的都市，是和自己有深切关联的具象的都市。都市与自己命运发生了直接的联系，一所房子，下半辈子，如此的交换，不管等价不等价，价码诱人。作家精心策划的对庞奇精神上的建构也开始显现其效应，权力、资本、人性，既在知识分子薛去疾身上展开，也在民工庞奇身上展开，因为乡村拆迁，庞奇站在家乡人一边，与雇主产生矛盾。作者在前半部分迫不及待地想把知识分子的所谓骨气传给民工庞奇，借助这一形式填补都市内部精神溃散和人的空虚，但是后半部分则显示了这种传输的幼稚和无望，知识分子自身需要救助和启蒙，知识分子自身缺钙缺铁，跪倒在了权力和金钱面前。无知无识的乡野小子，按照传统的道德伦理，坚持不屈膝。由"他（庞奇）走到父亲跟前，低下头说：

'孩儿大不孝,久失照应。我本该跪下,回家再单给您跪。爹,咱们跪天跪地跪祖宗,就是不要跪官跪商跪衙门!'"① 可以看出,作者通过知识分子薛去疾的一跪和庞奇的不跪,直接否定了知识分子普度民工的理想化设计。面对严酷复杂的都市现实,作家深刻地意识到,庞奇依照乡村的标准在现代都市里活出自己的生存精神,依靠自己的立身原则,按照自己的生活活法活下去,虽然在事实上无法对抗拆迁,无法解决根本的问题,于事无补不堪一击,但是却活出了自己的风格,不同于知识分子薛去疾,在现实的摧残面前,那么呆滞和不堪一击,这种描写真是力透纸背。然而,就如《乌合之众》里所讲一样:"群体虽然经常放纵自己低劣的本能,他们也不时树立起崇高道德行为的典范。"② 乡村乡亲作为群体的一部分,他们的道德,大约也不外乎这种。

　　面对残酷的丛林法则,知识分子的被收买,似乎显得理所当然,而隐藏在都市民间深处的那些暧昧不明的秘密,却几乎永远都不会得到揭晓。面对都市生存的严峻现实,刘心武并没有给出任何多重的涉及正义的精神指向,而把这一切,推诿给社会。从某种意义上,依靠精英来改变现代社会是根本行不通的,但是作家努力设身处地去理解底层的生活和情感欲望,值得肯定。知识分子的天职也许就是拥有形式上没有权力的权力,进行内心道义的完善和反省。这点上,刘心武将审判知识分子的权力,交给民工庞奇,交给乡间的传统伦理,似乎有待商榷。

二　身体的隐喻与飘窗上的观看美学

　　乡村是残疾的,都市也一样,健康的乡村身体,一旦落入城市,就成了被窥视和金钱化了的身体。

　　不同的身份,展示不同的命运。保镖庞奇,上层性工作者薇阿、糖姐昂面,下层性工作者资霞,都是由各自的身份决定各自命运的,但是,都脱离不了资本的盘剥。不同的建筑,不同的居所,显示了不同的

---

① 刘心武:《飘窗》,漓江出版社 2014 年版,第 272 页。
② [法] 古斯塔夫·勒庞:《乌合之众》,冯克利译,中央编译出版社 2005 年版,第 40 页。

阶层标志。刘心武在这部小说里，一方面批判了身份不同在社会里所扮演的阶层分化功能就不同，一方面又对此持着态度摇摆的暧昧认同，他不厌其烦地描述代表着有产者的光怪陆离的物质，近乎一种迷恋和欣赏的态度，又让他所想展现的对现代社会的批判的功能显得弱化了很多。

面对庸俗的现实生活，作家作为日常生活的亲历者和冷峻的旁观者，往往会还原对事物的客观描写，但是刘心武对于精致之物的过度描写和专注，就显出了其都市化了的粗鄙和俗不可耐，展现了部分都市知识分子精神的匮乏。日常生活已经成为区分不同阶层的表征，《飘窗》里无处不在展现一种生活政治，而不是生活美学。可以说，《飘窗》虽然是文学化的日常生活书写，但体现了极高的非凡的政治化意义，揭示了物对社会的异化，更揭示了悬殊的社会差异和残酷的社会现实的存在。

飘窗边观察生活，一定程度上是一种暗疾，是窥视欲。飘窗是个取景器，引发事件。《飘窗》里塑造了几类性工作者形象，一类是糖姐这样靠着背景的有自己地盘的女人；一类是薇阿这种往上爬却还有自我意识想自主选择自己性爱对象的女人；一类是"妈咪制"下从事性工作的女人；另一类是清洁工（如姿霞）等底层性工作者。《飘窗》里也写到了男的同性恋、双性恋者，但是都给予了男人式的同情而谅解，而对女性，除了给予弱者怜悯的同情外，更多的是一种憎恶，一种自上而下的对被损害和被污辱者的居高临下的同情。

糖姐和薇阿是功德南街的一道风景，但于她们自身来说，却也是在不断地刷新自身出身历史，用资本刷新来自底层的恶劣记忆。她们一生的努力都是在依靠金钱和势力来摆脱来自乡村环境的无奈记忆，她们的刻意遗忘造成了历史的断层。记忆的断裂让糖姐和薇阿没有历史概念，也没有胸怀去理解功德南街的人物命运流转的悲伤沉郁，更没有心智理解不同身份的人所展现出的对世界的执迷与追求，所以她们理解不了庞奇，她们有的只是她们近乎一致的嘲笑世界的能力。薇阿的身份是游移的，就如她这个名字一样，她被叫作薇阿，只是一种昵称，她有时是糖姐的替身，有时是店员，有时是性工作者，有时又作为主体的可以展现生命力的女人出现在保镖庞奇的床上，她有她对肉身的审美和追求，但这些都是素朴的。她也卖弄，就如糖姐一样，她们只是一种身份，连接着古今歌妓的命运，但又似乎有大不同。她们也幽幽唱曲子，如糖姐唱《挥着翅膀的女孩》《女人花》，她们也酸文假醋背诗词，如她们说"商女不知亡国恨"，但是她们身处现代都市空间，有现代设备为她们做标签，有西方现代文化的歌厅来确认她们的身份，尽管她们通过古代歌妓的一些诗词来确认身份，打造自己的古典意蕴，可是实质她们是凄美的，自身并不知。她们是现代的，也是传统的；是现实的，也是要逝去的；是个体，又是所有性工作者共同的集合；是底层的清洁工，女农民工的另一种演化，又是古往今来女性的集合。她们企图在现代都市文明里寻找激情和光阴，但是她们自身就是都市文明的一部分，是张扬性但是又压抑性的一部分人。如果说文明是压抑的，那她们就是文明的牺牲，是文明的另一种表征，是文明的悖论。她们穿行于功德南街，穿行于有钱有势的男人和一些暧昧不明的下层人之间，她们是功德南街的路标，她们的歌声穿越历史雾霾，上接古代，纵接海外，但是她们的"身份"是静止的，一种被标出的出卖肉体为生的身份，连接过去与未来，她们短暂又恒久。歌德说："伟大的女性引领我们上升。"城市不灭，她们就永久，她们简直就是城市文明的产物，是城市文明旗帜上的萤火虫，在不同时代里，都可以闪现出幽暗的光。

三 知识分子的自审

《飘窗》精心地呈现了都市民间生活世界的景观，呈现了男女民工到达都市之后的生存境遇，但是如何设计和讲述男女民工身上的故事，取决于作家对这些弱势群体现实生存状态和精神处境的理解深度，或者说这是在考验作家对都市世界的理解，从中可以表达作家本人的精神在场的力度和个人深度。然而很遗憾，刘心武在这部作品里比较深入地探讨了知识分子面对时代那种欲拒还迎的态度，对下层书写也不遗余力，然而因为隔膜，并没有写出民工真实的境遇。

面对都市民间现实存在的诸多问题，刘心武在书写里不可避免地要遭遇现实与写作的两难处境。但是刘心武似乎清醒地认识到这种困境对创作的制约，他把自己植入作品之中，在退休工程师这个显性的知识分子身上，审判了知识分子群体面对现实困境的那种规避和怯懦，也是一种自我反省。从这点上看，刘心武是有忏悔意识的，知识分子死于自戕，借他人之手来杀死自己。

小说结尾，薛去疾这个知识分子的形象，没有从一而终，以一跪展示了其精神面貌。这是对知识分子的讽刺，也是对知识分子的审判。这样的结尾，带给人的震惊之感非常强烈，这位下跪的知识分子，最后由自己被启蒙的底层莽夫审判，引领人们的反思。刘心武自己是一个知识分子，在小说里，他对笔下的主人公进行了制裁，是不是知识分子的一种自我反思，一种自我审判和忏悔，值得商榷。

对于知识分子来说，当自己的生活也只剩下一方"飘窗"，他们也成了别人眼中的风景。这是刘心武自己明白的一个问题。刘心武并没有一味指责知识分子的堕落，虽然他也塑造了不同的知识分子的面孔，有钻营者、有道貌岸然者，但是当生活开始展开重击，当资本开始倾轧灵魂，知识分子屈膝跪拜在权利和物质面前，不能不说是一种社会病，是社会如此，知识分子也难留清白，如同性工作者一样。《飘窗》里，知识分子是光鲜的，糖姐和薇阿表面也是光鲜的，可是，撕开生活的假面，知识分子缺席一跪，性工作者脱下衣服，一者是精神上的脱下，一者是物质上的脱下，都是殊途同归。但是，作者巧妙地把这一切推给社会，推给无处不在的规则和潜制，似乎太缺乏作为人的内在的审判。在一种无奈的反讽里，每个人艰难而理所当然地活着，包括麻爷，这个看似一手通天的人物，也只是生活的"白手套"，只是别人的假面，似乎作者想表现对生活的宽宥。这种缺乏基本的原则、一味宽宥的做法，是现在很多作家和文学活动家一贯的文学创作手法。但是生活有是非，文学亦有是非，一些东西，是需要坚守和苛责的，所以，从这一点上，显示出了作者是非观的暧昧和不彻底。

刘心武选择以一座不定名字的大都市为背景来书写，也意味着选择了这里生活的特定人群和属于他们的生存法则，而摒弃了对其他群体生活现实的书写。如此一来，写出同一法则的生存规则也是可以原宥的，但不该被全面肯定。

刘心武是1942年出生的，而在1949年前后二十年所成长起来的大陆作家，几乎无出其右，他们的小说都与大的时代背景相连。他们习惯于以历史叙事处理日常生活，刘心武在2013年开始写的这本《飘窗》，还是没有脱离大的时代背景的书写。他们自觉地将社会的变迁和个人的际遇纳入写作之中，《飘窗》里这么多杂七杂八的角色，给人一种沙尘浩荡、浊浪排空、泥沙俱下、鱼虾俱游的感觉。这篇小说所表现的题材是民工题材、性工作者题材、商场官场题材，与当下的很多热点关联，这使得作者的在场感增加了作品的感染力，但另一方面因为与当下隔得太近又阻碍作家思想立场的明晰表达，局限了艺术想象与文学虚构自由腾挪的空间。尽管主人公庞奇短暂的保镖生涯随着准备杀死启蒙老师薛去疾而走向结束，但是都市里存在的不可忽视的民工情绪依然在各个缝隙里生长着。而作为都市的一个侧面，我们无法预知它今后发展的方向，虽然作者给出了这条街最终变为了一座公园的结果，但是这条街上的人却无端在作品里失踪了，不再有后续。这样一来，这部关注男女民工命运题材的作品，也被当下活活地全部套牢而给不出任何可以救赎的建议。似乎，男民工当保安、女民工当性工作者，都以出卖身体为抵押换取生存资本，成了理所当然，不需要给出任何出路。

附录 主要文学文本

一 中国作家文学作品

阿城：《年关六赋》，《北京文学》1988 年第 12 期。
阿城：《良娼》，《读天下》2016 年第 2 期。
阿宁：《米粒儿的城市》，《北京文学》2005 年第 8 期。
艾伟：《小姐们》，《收获》2003 年第 2 期。
艾伟：《小卖店》，《名作欣赏》2004 年第 11 期。
巴桥：《阿瑶》，《钟山》2003 年第 4 期。
北村：《被占领的卢西娜》，《山花》2002 年第 2 期。
毕飞宇：《款款而行》，百花文艺出版社 2000 年版。
毕飞宇：《玉秀》，《当代作家评论》2002 年第 1 期。
毕飞宇：《玉秧》，《十月》2002 年第 4 期。
毕飞宇：《玉米》，上海锦绣文章出版社 2008 年版。
毕飞宇：《睡觉》，《人民文学》2009 年第 10 期。
毕淑敏：《拯救乳房》，译林出版社 2011 年版。
曹军庆：《李玉兰还乡》，《清明》2001 年第 3 期。
曹征路：《那儿》，《当代》2004 年第 5 期。
陈斌先：《知命何忧》，安徽文艺出版社 2009 年版。
陈染：《与往事干杯》，江苏文艺出版社 1996 年版。
陈染：《私人生活》，经济日报出版社、陕西旅游出版社 2000 年版。
陈染：《另一只耳朵的敲击声》，作家出版社 2001 年版。

陈然：《报料》，《青春》2008 年第 5 期。

陈武：《换一个地方》，《青年文学》2004 年第 4 期。

陈希我：《带刀的男人》，《红豆》2005 年第 4 期。

陈应松：《归来·人瑞》，《上海文学》2005 年第 1 期。

程小莹：《女红》，上海文艺出版社 2014 年版。

池莉：《小姐你早》，《收获》1998 年第 4 期。

迟子建：《逆行精灵》，上海人民出版社 2008 年版。

邓刚：《桑拿》，《北京文学》2002 年第 2 期。

邓一光：《做天堂里的人》，《作家》2004 年第 8 期。

董立勃：《烈日》，漓江出版社 2003 年版。

董立勃：《箫与刀》，百花文艺出版社 2011 年版。

方方：《奔跑的火光》，长江文艺出版社 2001 年版。

方方：《水随天去》，春风文艺出版社 2007 年版。

方方：《在我的开始是我的结束》，人民文学出版社 2015 年版。

方格子：《上海一夜》，《西湖》2005 年第 4 期。

格非：《蒙娜丽莎的微笑》，海豚出版社 2010 年版。

关仁山：《九月还乡》，《十月》1996 年第 3 期。

韩寒：《1988：我想和这个世界谈谈》，国际文化出版公司 2010 年版。

何顿：《丢掉自己的女人》，今日中国出版社 1998 年版。

何顿：《蒙娜丽莎的微笑》，《收获》2002 年第 2 期。

何顿：《青山绿水》，湖南文艺出版社 2013 年版。

胡传永：《血泪打工妹》，《北京文学》（原创版）2003 年第 4 期。

胡学文：《一个谜面有几个谜底》，《飞天》2004 年第 3 期。

霍达：《红尘》，人民文学出版社 2009 年版。

季栋梁：《野麦垛的春好》，《北京文学·中篇小说月报》2013 年第 2 期。

季栋梁：《燃烧的红裙子》，《时代文学》2005 年第 2 期。

贾平凹：《高兴》，《当代》2007 年第 9 期。

贾平凹：《废都》，作家出版社 2009 年版。

金宇澄：《繁花》，《收获》2012年长篇专号（秋冬卷）。
九丹：《乌鸦》，长江文艺出版社2001年版。
九丹：《新加坡情人》，长江文艺出版社2002年版。
李见心：《小姐杨裴裴》，《章回小说》（上旬刊）2004年第5期。
李进祥：《换水》，漓江出版社2009年版。
李肇正：《亭子间里的小姐》，《青年文学》1999年第8期。
李肇正：《姐妹》，《钟山》2003年第3期。
李肇正：《傻女香香》，《清明》2003年第4期。
梁晓声：《贵人》，《上海文学》2002年第1期。
林白：《万物花开》，人民文学出版社2003年版。
林白：《去往银角》，《上海文学》2004年第6期。
林白：《红艳见闻录》，武汉出版社2006年版。
刘继明：《我们夫妇之间》，《青年文学》2001年第1期。
刘继明：《送你一束红花草》，《上海文学》2004年第12期。
刘继明：《小米》，《清明》2007年第2期。
刘庆邦：《家园何处》，《小说界》1996年第8期。
刘庆邦：《幸福票》，《山花》2001年第3期。
刘庆邦：《东风嫁》，海豚出版社2012年版。
刘心武：《飘窗》，漓江出版社2014年版。
刘震云：《我叫刘跃进》，长江文艺出版社2007年版。
陆离：《女人马音》，《作家》2001年第10期。
卢新华：《梦中人》，《长城》2014年第1期。
罗望子：《桑拿》，《小说月报》2010年第1期。
马秋芬：《蚂蚁上树》，《芒种》2006年第6期。
棉棉：《糖》，珠海出版社2009年版。
缪永：《驶出欲望街》，《特区文学》1995年第2期。
慕容雪村：《成都，今夜请将我遗忘》，万卷出版公司2009年版。
木子美：《遗情书》，二十一世纪出版社2003年版。
皮皮：《所谓先生》，上海文艺出版社2011年版。

七堇年：《澜本嫁衣》，长江文艺出版社 2008 年版。

乔叶：《守口如瓶》，《中国作家》2003 年第 10 期。

乔叶：《我是真的热爱你》，长江文艺出版社 2004 年版。

乔叶：《紫蔷薇影楼》，《人民文学》2004 年第 11 期。

乔叶：《解决》，花城出版社 2008 年版。

乔叶：《底片》，群众出版社 2008 年版。

邱华栋：《黑暗河流上的闪光》，湖北教育出版社 2000 年版。

邵丽：《明惠的圣诞》，《小说选刊》2005 年第 2 期。

盛可以：《北妹》，长江文艺出版社 2004 年版。

石钟山：《一唱三叹》，《北京文学》2005 年第 8 期。

宋唯唯：《朱尘引》，《十月·长篇小说》2014 年第 1 期。

苏童：《红粉》，上海文艺出版社 2010 年版。

孙惠芬：《歇马山庄的两个女人》，《人民文学》2002 年第 1 期（群众出版社 2003 年版）。

孙惠芬：《一树槐香》，《十月》2004 年第 5 期。

孙惠芬：《天河洗浴》，《山花》2005 年第 6 期。

孙惠芬：《吉宽的马车》，《当代》2007 年第 2 期。

孙频：《不速之客》，《收获》2014 年第 5 期。

唐颖：《丽人公寓》，《上海文学》1996 年第 6 期。

铁凝：《小黄米的故事》，《青年文学》1996 年第 3 期。

听风堂主：《小姐回家》，网络文学作品。

王安忆：《妙妙》，《上海文学》1991 年第 2 期。

王安忆：《我爱比尔》，《收获》1996 年第 1 期。

王安忆：《长恨歌》，南海出版公司 2003 年版。

王安忆：《米尼》，云南人民出版社 2009 年版。

王安忆：《香港的情与爱》，上海文艺出版社 2013 年版。

王超：《安阳婴儿》，《小说界》2001 年第 1 期。

王十月：《出租屋里的磨刀声》，《黄金时代》2011 年第 11 期。

王手：《乡下姑娘李美凤》，《山花》2005 年第 8 期。

王祥夫：《米谷》，《作家》2006 年第 6 期。

王小波：《黄金时代》，花城出版社 1999 年版。

王小波：《革命时期的爱情》，上海文艺出版总社、上海锦绣文章出版社 2008 年版。

王新军：《摸吧》，《中国作家》2008 年第 18 期。

卫慧：《上海宝贝》，天地图书出版社 2000 年版。

魏微：《大老郑的女人》，《人民文学》2003 年第 4 期。

魏微：《化妆》，《花城》2003 年第 5 期。

魏微：《回家》，春风文艺出版社 2005 年版。

吴玄：《发廊》，《花城》2002 年第 5 期。

席建蜀：《虫子回家》，《当代》2003 年第 6 期。

夏榆：《我的神明长眠不醒》，江苏人民出版社 2010 年版。

熊正良：《谁在为我们祝福》，时代文艺出版社 2001 年版。

雪漠：《美丽》，《上海文学》2005 年第 9 期。

阎连科：《柳乡长》，《上海文学》2004 年第 8 期。

阎连科：《日光流年》，春风文艺出版社 2004 年版。

阎连科：《炸裂志》，上海文艺出版社 2013 年版。

阎真：《因为女人》，《当代》2007 年第 6 期（人民文学出版社 2008 年版）。

姚鄂梅：《穿铠甲的人》，《钟山》2005 年第 5 期。

叶弥：《郎情妾意》，《花城》2005 年第 3 期。

叶弥：《幸存记》，《花城》2014 年第 1 期。

亦夫：《城市尖叫》，文化艺术出版社 2001 年版。

亦夫：《迷失》，作家出版社 2008 年版。

尤凤伟：《泥鳅》，春风文艺出版社 2002 年版。

尤凤伟：《替妹妹柳枝报仇》，《上海文学》2005 年第 4 期。

尤凤伟：《衣钵》，花城出版社 2008 年版。

岳恒寿：《跪乳》，《中国作家》1996 年第 1 期。

张楚：《曲别针》，《名作欣赏》2004 年第 5 期。

张沪：《鸡窝》，群众出版社1996年版。

张洁：《她吸的是带薄荷味儿的烟》，花城出版社2011年版。

张欣：《留住我们的善根》，《中篇小说选刊》1996年第1期。

张欣：《缠绵之旅》，《天涯》1999年第4期（《小说月报》1999年第10期）。

张者：《老风口》，作家出版社2010年版。

钟晶晶：《哭泣的箱子》，《小说月报》2007年第4期。

周洁茹：《你疼吗》，长江文艺出版社2000年版。

朱日亮：《归去来兮》，《人民文学》2003年第7期。

朱山坡：《躺在表妹身边的男人》，《北京文学》2008年第3期。

朱文：《人民到底需不需要桑拿》，陕西师范大学出版社2000年版。

朱文颖：《高跟鞋》，春风文艺出版社2001年版。

二 外籍作家文学作品

［智利］罗贝托·波拉尼奥：《美洲纳粹文学》，赵德明译，上海人民出版社2014年版。

［英］虹影：《饥饿的女儿》，四川文艺出版社2000年版。

［英］虹影：《脏手指·瓶盖子》，漓江出版社2001年版。

［英］虹影：《我们时代的爱情》，上海人民出版社2007年版。

［英］虹影：《好儿女花》，江苏人民出版社2009年。

［英］玛琳娜·柳薇卡：《乌克兰拖拉机简史》，邵文实译，吉林出版集团有限责任公司2011年版。

［日］桐野夏生：《异常》，刘子倩译，广西师范大学出版社2010年版。

［美］严歌苓：《谁家有女初长成》，《北京文学》2001年第1期。

［美］严歌苓：《金陵十三钗》，中国工人出版社2007年版。

［美］严歌苓：《扶桑》，新星出版社2009年版。

主要参考文献

理论著述类

一 英语著述类

L. M. Augustin, *Sex at the Margins: Migration, Labour Markets, and the Rescue Industry*, London, 2007.

E. Bernstein, *Temporarily Yours: Intimacy, Authenticity, and the Commerce of Sex*, Chicago, IL, 2007.

L. Bernstein, *Sonia's Daughters: Prostitutes and Their Regulation in Imperial Russia*, Berkeley, CA, 1995.

A. Bingham, *Family Newspapers: Sex, Private Life, and the British Popular Press, 1918–1978*, Oxford, 2009.

E. J. Bristow, *Prostitution and Prejudice: The Jewish Fight against White Slavery 1870–1939*, Oxford, 1982.

P. C. Cohen, *The Murder of Helen Jewett: The Life and Death of a Prostitute in Nineteenth Century New York*, New York, 1999.

H. Cook, *The Long Sexual Revolution: English Women, Sex, and Contraception, 1800–1975*, Oxford, 2004.

M. Cook, *London and the Culture of Homosexuality, 1885–1914*, Cambridge, 2003.

K. Hardy, S. Kingston and T. Sanders, eds., *New Sociologies of Sex Work*, London, Ashgate, 2010.

S. Humphries, *A Secret World of Sex: Forbidden Fruit: The British Experience 1900-1950*, London, 1988.

二 中文著述类

《鲁迅全集》第 1 卷，人民文学出版社 2005 年版。

《茅盾全集》第 19 卷，人民文学出版社 1991 年版。

《周作人自编文集》，河北教育出版社 2002 年版。

艾晓明：《二十世纪文学与中国妇女》，天津人民出版社 2008 年版。

包亚明：《后现代性与地理学的政治》，上海教育出版社 2001 年版。

查建英：《八十年代访谈录》，生活·读书·新知三联书店 2006 年版。

陈东原：《中国妇女生活史》，商务印书馆 1998 年版。

陈顾远：《中国婚姻史》，商务印书馆 2014 年版。

陈平原：《中国小说叙事模式的转变》，北京大学出版社 2003 年版。

陈思和等主编：《文学中的妓女形象》，人民日报出版社 1990 年版。

陈晓兰：《城市意象》，广西师范大学出版社 2006 年版。

陈晓兰：《女性主义批评与文学诠释》，敦煌文艺出版社 1999 年版。

单光鼐：《中国娼妓——过去和现在》，法律出版社 1995 年版。

丁帆：《文学的玄览》，北京出版社 1998 年版。

丁帆：《中国乡土小说史》，北京大学出版社 2007 年版。

丁帆等：《中国大陆与台湾乡土小说比较史论》，南京大学出版社 2013 年版。

董健、丁帆、王彬彬主编：《中国当代文学史新稿（修订本）》，人民文学出版社 2005 年版。

方刚：《第三性男人：男人处境及其解放》，中国书籍出版社 2006 年版。

冯国超：《中国古代性学报告》，华夏出版社 2013 年版。

荒林、王光明：《两性对话》，中国文联出版社 2001 年版。

黄华：《权力，身体与自我》，北京大学出版社 2005 年版。

黄兴涛：《"她"字的文化史：女性新代词的发明与认同研究》（增订版），北京师范大学出版社 2015 年版。

江晓原：《云雨：性张力下的中国人》，东方出版中心 2006 年版。

李洁非：《漂泊者手记》，人民文学出版社2000年版。

李洁非：《城市像框》，山西教育出版社1999年版。

李银河：《福柯与性——解读福柯〈性史〉》，山东人民出版社2001年版。

李银河：《同性恋亚文化》，今日中国出版社1998年版。

李银河：《新中国性话语研究》，上海社会科学院出版社2014年版。

李银河：《性文化研究报告》，江苏人民出版社2003年版。

李银河、王小波：《他们的世界：中国男同性恋群落透视》，山西人民出版社1992年版。

令狐兆鹏：《作为想象的底层——当代乡下人进城小说研究》，中国文史出版社2013年版。

刘达临：《中国古代性文化》，宁夏人民出版社2003年版。

刘达临、胡宏霞：《性学十三讲》，珠海出版社2008年版。

刘达临、鲁龙光主编：《中国同性恋研究》，中国社会出版社2005年版。

柳素平：《晚明名妓文化研究》，武汉大学出版社2008年版。

聂绀弩：《蛇与塔》，生活·读书·新知三联书店1986年版。

潘绥铭：《生存与体验：对一个地下"红灯区"的追踪考察》，中国社会科学出版社2000年版。

裴谕新：《欲望都市：上海"70后"女性研究》，上海人民出版社2013年版。

冉隆中：《底层文学真相报告》，云南人民出版社2012年版。

邵雍：《中国近代妓女史》，上海人民美术出版社2005年版。

石海军：《爱欲正见：印度文化中的艳欲主义》，重庆出版社2008年版。

舒芜：《哀妇人》，安徽教育出版社2004年版。

束定芳：《隐喻学研究》，上海外语教育出版社2005年版。

宋晓萍：《女性书写和欲望的场域》，北京大学出版社2011年版。

苏冰：《允诺与恐吓：20世纪中国性主题文学的文化透视》，太白文艺出版社1995年版。

孙国群：《旧上海娼妓秘史》，河南人民出版社1991年版。

孙绍先：《女性与性权力》，辽宁画报出版社2000年版。

孙绍先：《女性主义文学》，辽宁大学出版社1987年版。

陶慕宁：《青楼文学与中国文化》，东方出版社2006年版。

佟彤：《暗伤：妇科门诊隐情纪录》，当代中国出版社2005年版。

王海明：《伦理学方法》，商务印书馆2003年版。

汪玢玲：《中国婚姻史》，武汉大学出版社2013年版。

汪民安、陈永国编：《后身体文化、权力和生命政治学》，吉林人民出版社2003年版。

（魏）王弼、（晋）韩康伯注，（唐）孔颖达疏，余培德点校：《周易正义》，九州出版社2004年版。

王逢振主编：《性别政治》，天津社会科学院出版社2001年版。

王宏图：《都市叙事与欲望书写》，广西师范大学出版社2005版。

王书奴：《中国娼妓史》，岳麓书社1998年版。

王伟、高玉兰：《性伦理学》，人民出版社1999年版。

王政：《百年中国女权思潮研究》，复旦大学出版社2005年版。

吴阶平：《中国性科学百科全书》，中国大百科全书出版社1998年版。

吴思：《血酬定律》，中国工人出版社2003年版。

武舟：《中国妓女文化史》，中国出版集团东方出版中心2006年版。

夏晓虹：《晚清女性与近代中国》，北京大学出版社2004年版。

萧国亮：《中国娼妓史》，文津出版社2006年版。

徐岱：《小说叙事学》，中国社会科学出版社1992年版。

许志英、丁帆：《中国新时期小说主潮》，人民文学出版社2002年版。

杨儒宾：《中国古代思想中的气论与身体观》，巨流图书公司1997年版。

杨义：《中国叙事学》，人民出版社1997年版。

姚宏翔：《西方艺术中的性》，广西师范大学出版社2003年版。

叶舒宪：《高唐神女与维纳斯》，陕西人民出版社2004年版。

尹小玲：《消费时代女性身体形象的建构》，黑龙江人民出版社2010年版。

张伯伟：《全唐五代诗格汇考》，江苏古籍出版社2002年版。

张光芒：《中国当代启蒙文学思潮论》，华东师范大学出版社2006年版。

张宏：《新时期小说中的苦难叙事》，中国传媒大学出版社2009年版。

张京媛：《当代女性主义文学批评》，北京大学出版社 1992 年版。

张竞生：《性史 1926》，世界图书出版公司 2014 年版。

张念：《女人的理想国》，新星出版社 2014 年版。

张念：《性别政治与国家：论中国妇女解放》，商务印书馆 2014 年版。

张柠：《文化的病症：中国当代经验研究》，上海文艺出版社版 2004 年版。

张沛：《隐喻的生命》，北京大学出版社 2004 年版。

张耀铭：《娼妓的历史》，北京图书馆出版社 2004 年版。

赵毅衡：《苦恼的叙述者——中国小说的叙述形式与中国文化》，十月文艺出版社 1994 年版。

郑震：《作为存在的身体》，南京大学出版社 2007 年版。

钟年：《中国人的传统角色》，湖北教育出版社 1999 年版。

三　译著类

［奥］奥托·魏宁格：《性与性格》，肖聿译，译林出版社 2011 年版。

［奥］弗洛伊德：《一种幻想的未来：文明及其不满》，严志军、张沫译，河北教育出版社 2003 年版。

［奥］威尔海姆·赖希：《法西斯主义群众心理学》，张峰译，重庆出版社 1990 年版。

［奥］西格蒙德·弗洛伊德：《梦的解析》，周艳红、胡惠君译，上海三联书店 2008 年版。

［奥］西格蒙德·弗洛伊德：《日常生活的精神病理学》，彭丽新译，国际文化出版公司 2000 年版。

［奥］西格蒙德·弗洛伊德：《性欲三论》，赵蕾等译，国际文化出版公司 2000 年版。

［澳］J. 丹纳赫、T. 斯奇拉托、J. 韦伯：《理解福柯》，刘瑾译，百花文艺出版社 2002 年版。

［澳］杰梅茵·格里尔：《完整的女人》，［澳］欧阳昱译，百花文艺出版社 2003 年版。

［澳］杰梅茵·格里尔：《女太监》，［澳］欧阳昱译，上海文艺出版社

2011年版。

[保加利亚] 瓦西列夫：《情爱论》，赵永穆、范国恩、陈行慧译，生活·读书·新知三联书店1998年版。

[德] E.M.温德尔：《女性主义神学景观：那片流淌着奶与蜜的土地》，刁承俊译，生活·读书·新知三联书店1995年版。

[德] 爱德华·福克斯：《情色艺术史》，杨德友译，陕西师范大学出版社2004年版。

[德] 恩斯特·卡西尔：《语言与神话》，于晓译，生活·读书·新知三联书店1988年版。

[德] 齐奥尔格·西美尔：《时尚的哲学》，费勇等译，文化艺术出版社2001年版。

[德] 舍勒：《爱的秩序》，林克等译，生活·读书·新知三联书店1995年版。

[德] 叔本华：《爱与生的苦恼》，金铃译，光明日报出版社2006年版。

[德] 叔本华：《情爱与性爱：叔本华哲学小文》，陈小南、金玲译，大众文艺出版社1999版。

[德] 西美尔：《货币哲学》，陈戎女等译，华夏出版社2002年版。

[俄] 米哈依尔·巴赫金：《小说理论》，白春仁等译，河北教育出版社1988年版。

[法] 埃马纽埃尔·列维纳斯：《从存在到存在者》，吴蕙仪译，凤凰出版传媒集团、江苏教育出版社2006年版。

[法] 安克强：《上海妓女：19—20世纪中国的卖淫与性》，袁燮铭、夏俊霞译，上海古籍出版社2004年版。

[法] 鲍德里亚：《生产之镜》，仰海峰译，中央编译出版社2005年版。

[法] 让·波德里亚：《游戏与警察》，张新木、孟婕译，南京大学出版社2013年版。

[法] 多米尼克·曼戈诺：《欲望书写：色情文学话语分析》，冯腾译，福建教育出版社2013年版。

[法] 古斯塔夫·勒庞：《乌合之众》，冯克利译，中央编译出版社

2005 年版。

［法］列维-斯特劳斯：《忧郁的热带》，王志明译，生活·读书·新知三联书店 2005 年版。

［法］罗兰·巴特：《恋人絮语》，汪耀进、武佩荣译，上海人民出版社 2009 年版。

［法］罗兰·巴特：《文学与恶》，董澄波译，北京燕山出版社 2006 年版。

［法］梅洛·庞蒂：《知觉现象学》，姜志辉译，商务印书馆 2001 年版。

［法］米歇尔·福柯：《词与物：人文科学考古学》，莫伟民译，上海三联书店 2001 年版。

［法］米歇尔·福柯：《疯癫与文明：理性时代的疯癫史》，刘北成、杨远婴译，生活·读书·新知三联书店 1999 年版。

［法］米歇尔·福柯：《规训与惩罚》，刘北成、杨远婴译，生活·读书·新知三联书店 2003 年版。

［法］米歇尔·福柯：《性经验史》（增订版），佘碧平译，上海人民出版社 2005 年版。

［法］皮埃尔·勒帕普：《爱情小说史》，郑克鲁译，商务印书馆 2015 年版。

［法］乔治·巴塔耶：《色情、耗费与普遍经济》，汪民安编，吉林人民出版社 2003 年版。

［法］乔治·巴塔耶：《色情史》，刘晖译，商务印书馆 2000 年版。

［法］让-克洛德·基尔伯：《爱欲的统治》，苜蓿译，商务印书馆 2014 年版。

［法］让·波德里亚：《消费社会》，刘成富、全志钢译，南京大学出版社 2006 年版。

［法］让·博德里亚尔：《完美的罪行》，王为民译，商务印书馆 2014 年版。

［法］尚·布希亚：《物体系》，林志明译，上海人民出版社 2001 年版。

［法］西蒙娜·德·波伏瓦：《第二性》，郑克鲁译，上海译文出版社 2011 年版。

［法］雅克·德里达：《〈友爱的政治学〉及其他》，胡继华译，吉林人

民出版社 2006 年版。

[法] 朱丽娅·克里斯特瓦:《反抗的意义和非意义》,林晓、宦征宇、王琰、黎鑫译,吉林出版集团有限责任公司 2009 年版。

[古希腊] 柏拉图:《理想国》,郭斌和、张竹明译,商务印书馆 1986 年版。

[古希腊] 亚里士多德:《诗学》,陈中梅译,商务印书馆 1996 年版。

[荷] 高罗佩:《中国古代房内考》,李零、郭晓惠等译,上海人民出版社 1990 年版。

[荷兰] 洛蒂·范·德·珀尔:《市民与妓女:近代初期阿姆斯特丹的不道德职业》,李士勋译,人民文学出版社 2009 年版。

[加] 加斯东·巴什拉:《水与梦:论物质的想象》,顾家琛译,岳麓书社 2005 年版。

[捷克] 米兰·昆德拉:《小说的艺术》,董强译,上海译文出版社 2004 年版。

[美] S. M. 吉尔伯特、[美] 苏珊·古芭:《阁楼上的疯女人:女性作家与 19 世纪文学想象》,杨莉馨译,上海人民出版社 2015 版。

[美] 艾·弗洛姆:《爱的艺术》,李健鸣译,商务印书馆 2000 年版。

[美] 安德鲁·斯特拉桑:《身体思想》,王业伟译,春风文艺出版社 1999 年版。

[美] 彼得·布鲁克斯:《身体活:现代叙述中的欲望对象》,朱生坚译,新星出版社 2005 年版。

[美] 程为坤:《劳作的女人:20 世纪初北京的城市空间和底层女性的日常生活》,杨可译,生活·读书·新知三联书店 2015 年版。

[美] 丹尼尔·贝尔:《资本主义文化矛盾》,赵一凡、蒲隆、任晓晋译,生活·读书·新知三联书店 1989 年版。

[美] 汉娜·阿伦特:《论革命》,陈周旺译,译林出版社 2011 年版。

[美] 贺兰特·凯查杜里安:《性学观止》,胡颖翀等译,世界图书出版公司 2009 年版。

[美] 贺萧:《危险的愉悦:20 世纪上海的娼妓问题与现代性》,韩敏中、盛宁译,江苏人民出版社 2003 年版。

[美] 赫伯特·马尔库塞：《爱欲与文明：对弗洛伊德思想的哲学探讨》，黄勇、薛民译，上海译文出版社 2005 年版。

[美] 加里·斯坦利·贝克尔：《家庭论》，王献生、王宇译，商务印书馆 1998 年版。

[美] 金·凯特罗尔：《性商》，刘雅娇译，中国妇女出版社 2007 年版。

[美] 卡罗尔·帕特曼：《性契约》，李朝晖译，社会科学文献出版社 2004 年版。

[美] 卡米拉·帕格利亚：《性面具》，王玫、王峰、李巧梅、萧湛译，内蒙古大学出版社 2003 年版。

[美] 凯瑟琳·巴里：《被奴役的性》，晓征译，江苏人民出版社 2000 年版。

[美] 凯特·米利特：《性政治》，宋文伟译，江苏人民出版社 2000 年版。

[美] 凯文·林奇：《城市意象》，方益萍、何晓军译，华夏出版社 2001 年版。

[美] 克利福德·格尔茨：《文化的解释》，韩莉译，译林出版社 1999 年版。

[美] 理安·艾斯勒：《神圣的欢爱：性、神话与女性肉体的政治学》，黄觉、黄棣光译，社会科学文献出版社 2004 年版。

[美] 理安·艾斯勒：《圣杯与剑：我们的历史，我们的未来》，程志民译，社会科学文献出版社 2009 年版。

[美] 理查德·利罕：《文学中的城市：知识与文化的历史》，吴子枫译，黄福海校，上海人民出版社 2009 年版。

[美] 理查德·桑内特：《肉体与石头：西方文明中的身体与城市》，黄煜文译，上海世纪出版集团 2006 年版。

[美] 罗伯特·麦克艾文：《夏娃的种子：重读两性对抗的历史》，王祖哲译，上海人民出版社 2005 年版。

[美] 罗洛·梅：《爱与意志》，彭仁郁译，国际文化出版公司 1987 年版。

[美] 马尔库塞：《爱欲与文明》，黄勇、薛民译，上海译文出版社 1987 年版。

[美] 马歇尔·伯曼：《一切坚固的东西都烟消云散了》，徐大建、张辑译，商务印书馆 2003 年版。

[美] 莫德尔：《文学中的色情动机》，刘文荣译，文汇出版社 2006 年版。

[美] 尼尔·波兹曼：《娱乐至死》，章艳译，广西师范大学出版社 2011 年版。

[美] 欧文·戈夫曼：《日常生活中的自我呈现》，冯钢译，北京大学出版社 2008 年版。

[美] 欧文·戈夫曼：《污名：受损身份管理札记》，宋立宏译，商务印书馆 2009 年版。

[美] 苏珊·鲍尔多：《不能承受之重：女性主义、西方文化与身体》，綦亮、赵育春译，江苏人民出版社 2009 年版。

[美] 苏珊·桑塔格：《疾病的隐喻》，程巍译，上海译文出版社 2014 年版。

[美] 维克多·特纳：《戏剧、场景及隐喻：人类社会的象征性行为》，刘珩、石毅译，民族出版社 2007 年版。

[美] 雪儿·海蒂：《海蒂性学报告：情爱篇》，李金梅、林瑞庭译，海南出版社 2002 年版。

[美] 雪儿·海蒂：《海蒂性学报告：男人篇》，林瑞庭、谭智华译，海南出版社 2002 年版。

[美] 雪儿·海蒂：《海蒂性学报告：女人篇》作，林淑贞译，海南出版社 2002 年版。

[美] 伊恩·P. 瓦特：《小说的兴起》，高原、董红钧译，生活·读书·新知三联书店 1992 年版。

[美] 伊莱恩·肖瓦尔特：《她们自己的文学》，韩敏中译，浙江大学出版社 2012 年版。

[美] 约翰·奥尼尔：《身体形态——现代社会的五种身体》，张旭春译，春风文艺出版社 1999 年版。

[美] 詹姆逊：《晚期资本主义的文化逻辑》，陈清侨等译，生活·读书·新知三联书店 2003 年版。

［美］詹妮特·A. 克莱妮：《女权主义哲学：问题，理论和应用》，李燕译，东方出版社 2006 年版。

［美］周蕾：《妇女与中国现代性》，蔡青松译，上海三联书店 2008 年版。

［美］朱迪斯·巴特勒：《身体之重》，李钧鹏译，上海三联书店 2011 年版。

［美］朱迪斯·巴特勒：《性别麻烦：女性主义与身份的颠覆》，宋素凤译，上海三联书店 2009 年版。

［日］山崎朋子：《望乡：底层女性史序章》，陈晖等译，作家出版社 1997 年版。

［斯洛文尼亚］斯拉沃热·齐泽克：《快感大转移——妇女和因果性六论》，胡大平、余宁平、蒋桂琴译，江苏人民出版社 2004 年版。

［英］霭理士：《性心理学》，潘光旦译，商务印书馆 1997 年版。

［英］艾华：《中国的女性与性相：1949 年以来的性别话语》，施施译，江苏人民出版社 2008 年。

［英］安东尼·吉登斯：《现代性与自我认同》，赵旭东等译，生活·读书·新知三联书店 1998 年版。

［英］多米尼克·斯特里纳蒂：《通俗文化理论导论》，阎嘉译，商务印书馆 2003 年版。

［英］恩特维斯特尔：《时髦的身体》，郜元宝译，广西师范大学出版社 2005 年版。

［英］法拉梅兹·达伯霍瓦拉：《性的起源：第一次性革命的历史》，杨朗译，译林出版社 2015 年版。

［英］哈夫洛克·霭理士：《性心理学》，潘光旦译，生活·读书·新知三联书店 1987 年版。

［英］哈奇森：《论激情和感情的本性与表现，以及对道德感官的阐明》，戴茂堂、李家莲、赵红梅译，浙江大学出版社 2009 年版。

［英］劳拉·穆尔维：《恋物与好奇》，钟仁译，上海人民出版社 2007 年版。

［英］雷蒙·威廉斯：《乡村与城市》，韩子满、刘戈、徐珊珊译，商务印书馆 2013 年版。

[英] 里斯特：《公民身份：女性主义的视角》，夏宏译，吉林出版集团有限责任公司 2010 年版。

[英] 玛丽·道格拉斯：《洁净与危险》，黄剑波、卢忱、柳博赟译，民族出版社 2008 年版。

[英] 玛丽·沃斯通克拉夫特：《女权辩护：关于政治和道德问题的批评》，王瑛译，中央编译出版社 2006 年版。

[英] 玛丽·沃斯通克拉夫特、[英] 约翰·斯图尔特·穆勒：《女权辩护：妇女的屈从地位》，王蓁、汪溪译，商务印书馆 1995 年版。

[英] 迈克·费瑟斯通：《消费文化与后现代主义》，刘精明译，译林出版社 2000 年版。

[英] 齐格蒙·鲍曼：《后现代性及其缺憾》，郇建立、李静韬译，学林出版社 2002 年版。

[英] 齐格蒙特·鲍曼：《废弃的生命》，谷蕾译，江苏人民出版社 2006 年版。

[英] 齐格蒙特·鲍曼：《后现代伦理学》，张成岗译，江苏人民出版社 2003 年版。

[英] 特里·伊格尔顿：《历史中的政治·哲学·爱欲》，马海良译，中国社会科学出版社 1999 年版。

四　学术论文类

陈辽：《中国文学中的别一景观——谈"写妓女"的文学和妓女写的文学》，《江苏社会科学》1999 年第 3 期。

丁帆：《"城市异乡者"的梦想与现实——关于文明冲突中乡土描写的转型》，《文学评论》2005 年第 4 期。

丁帆：《八十年代：文学思潮中启蒙与反启蒙的再思考》，《当代作家评论》2010 年第 1 期。

郜元宝：《九十年代中国文学之一瞥》，《南方文坛》2001 年第 6 期。

何显兵：《论性工作者的人权保障》，《中国性科学》2007 年第 4 期。

黄盈盈、潘绥铭：《中国东北地区劳动力市场中的女性性工作者》，《社会学研究》2003 年第 3 期。

雷鸣:《新世纪小说中妓女形象谱系与中国现代性问题》,《南京师范大学报》2015 年第 2 期。

林树明:《女同性恋女性主义批评简论》,《中国比较文学》1995 年第 2 期。

刘传霞:《女性视域中的中国现代妓女叙事》,《辽东学院学报》2007 年第 4 期。

宋明军:《南京国民政府战前首都禁娼初探》,《民国档案》2004 年第 2 期。

吴俊:《九十年代诞生的新一代作家——关于六十年代中后期出生的作家现象分析》,《当代作家评论》1999 年第 3 期。

杨璐玮:《晚清媒体中妓女形象探析——以〈申报〉及画报为中心予以考察》,《经济研究导刊》2009 年第 26 期。

姚慧清:《刑法文化视角下底层性工作者的人权之保障》,《法制与社会》2008 年第 11 期。

叶凯蒂:《妓女与城市文学》,《中国现代文学研究丛刊》2001 年第 2 期。

张真:《激情与梦魇的世界地图——写在国家之外的中国女作家群落》,《倾向》1996 年第 7—8 期合刊。

赵军:《关于我国目前娼妓问题的调查报告》,《中国青年研究》2001 年第 1 期。

刘羚:《解开缠绕多重的"结"——现当代文学作品中的妓女形象探析》,硕士学位论文,吉林大学,2006 年。

颜敏:《电影文本对"妓女"群体的形象建构分析》,硕士学位论文,陕西师范大学,2013 年。

游珍珍:《女性性工作者与其恋人的互动:传统性别观念的建构》,硕士学位论文,中国人民大学,2009 年。

郑瑜:《城市妓女形象之嬗变》,硕士学位论文,东北师范大学,2005 年。